대산세계문학총서 **0 2 4**

서유기 제4권

西遊記

吳承恩

서유기 제4권

오승은 지음
임홍빈 옮김

문학과지성사
2003

지은이 오승은(吳承恩, 1500?~1582?)
중국 명나라 효종-세종 때 문학가로서, 자는 여충(汝忠), 호는 사양산인(射陽山人), 지금의 장쑤성(江蘇省) 화이안(淮安) 지역에 해당하는 산양현(山陽縣) 출신이다.
1550년 성시(省試)에 급제, 공생(貢生)이 되고, 1566년 절강(浙江)의 장흥현승(長興縣丞)으로 재임하였으며, 만년에는 형왕부(荊王府) 기선(紀善) 직을 맡았으나, 평생을 청빈한 선비로 지냈다. 전통적인 유학 교육을 받았고, 고전 양식의 시와 산문에 뛰어났다. 평생 동안 구전된 기록과 민간설화 등의 괴담에 각별한 흥미를 가졌는데, 이것들은 『서유기』의 바탕이 되었다. 『서유기』는 그가 죽은 지 10년 뒤인 1592년에 처음 발표되었다. 저술에는 『서유기』 이외에, 장편 서사시 『이랑수산도가(二郎搜山圖歌)』와 지괴 소설(志怪小說) 『우정지서(禹鼎志序)』가 있다.

옮긴이 임홍빈(任弘彬)
1940년 인천 출신으로, 한국외국어대학교 중국어과를 졸업하고 민족문화추진회 국역연구부 전문위원을 거쳐 국방부 전사편찬위원회 민족군사실 책임편찬위원과 국방 군사연구소 지역연구부 선임연구원을 역임하고, 1992년부터 현재까지 개인 연구실 '함영서재(含英書齋)'에서 중국 군사사 연구와 중국 고전 및 현대문학을 번역하고 있다. 역저서로는 『중국역대명화가선』(Ⅰ·Ⅱ) 『수호별전』(전6권) 『백록원(白鹿原)』(전5권, 공역) 등 여러 종과 『현대중국어교본』(상·하), 그리고 한국 군사문헌으로 『문종진법·병장설』 『무경칠서』 『역대병요』 『백전기법(百戰奇法)』 『조선시대군사관계법』(경국대전·대명률직해) 등, 10여 종의 국역본이 있다.

대산세계문학총서 024
서유기 제4권

지은이 오승은
옮긴이 임홍빈
펴낸이 이광호
펴낸곳 ㈜문학과지성사
등록번호 제1993-000098호
주소 04034 서울 마포구 잔다리로7길 18(서교동 377-20)
전화 02) 338-7224
팩스 02) 323-4180(편집) 02) 338-7221(영업)
전자우편 moonji@moonji.com
홈페이지 www.moonji.com

제1판 1쇄 2003년 6월 10일
제1판 8쇄 2022년 4월 20일

ISBN 89-320-1419-1
ISBN 89-320-1246-6(세트)

한국어판 ⓒ 임홍빈, 2003
이 책의 판권은 옮긴이와 ㈜문학과지성사에 있습니다.
양측의 서면 동의 없는 무단 전재 및 복제를 금합니다.

이 책은 대산문화재단의 외국문학 번역지원사업을 통해 발간되었습니다.
대산문화재단은 大山 愼鏞虎 선생의 뜻에 따라 교보생명의 출연으로 창립되어
우리 문학의 창달과 세계화를 위해 다양한 공익문화사업을 펼치고 있습니다.

서유기 제4권
| 차례

제31회 저팔계는 의리를 내세워 미후왕을 격분시키고, 손행자는 지혜로써 요괴의 항복을 받아내다 · 17

제32회 평정산에서 일치 공조(日値功曹)는 소식을 전해주고, 미련한 저팔계는 연화동(蓮花洞)에서 봉변을 당하다 · 56

제33회 외도(外道)는 진성(眞性)을 미혹하고, 원신(元神)은 본심(本心)을 도와주다 · 92

제34회 마왕은 교묘한 계략으로 원숭이 임금을 곤경에 빠뜨리고, 제천대성은 사기 쳐서 상대편의 보배를 가로채 달아나다 · 128

제35회 외도(外道)는 위세 부려 올바른 심성을 업신여기고, 심원(心猿)은 보배 얻어 사악한 마귀를 굴복시키다 · 162

제36회 영악한 원숭이는 고집스런 승려들을 굴복시키고, 좌도 방문을 깨뜨려 견성명월(見性明月)에 잠기다 · 193

제37회 임금은 귀신이 되어 한밤중에 당 삼장을 만나뵙고, 손오공은 입제화로 변신하여 젊은 태자를 유인하다 · 226

제38회 젊은 태자는 모친에게 물어 정(正)과 사(邪)를 알아내고, 두 제자는 우물 용왕을 만나보고 진위(眞僞)를 가려내다 · 263

제39회 천상에서 한 알의 단사(丹砂)를 얻어 내려오고, 죽은 지 3년 만에 임금은 이승에 다시 살아나다 · 296

제40회 어린것에게 농락당하여 선심(禪心)이 흐트러지니, 세 형제는 각오를 새롭게 다지고 분발 노력하다 · 331

서유기 — 총 목차 · 363
기획의 말 · 371

제31회 저팔계는 의리를 내세워 미후왕을 격분시키고,
손행자는 지혜로써 요괴의 항복을 받아내다

제33회 외도(外道)는 진성(眞性)을 미혹하고,
원신(元神)은 본심(本心)을 도와주다

제35회 외도(外道)는 위세 부려 올바른 심성을 업신여기고,
심원(心猿)은 보배 얻어 사악한 마귀를 굴복시키다

제39회 천상에서 한 알의 단사(丹砂)를 얻어 내려오고,
죽은 지 3년 만에 임금은 이승에 다시 살아나다

제40회 어린것에게 농락당하여 선심(禪心)이 흐트러지니,
세 형제는 각오를 새롭게 다지고 분발 노력하다

일러두기

1. 이 책의 번역 대본은 중국 베이징 인민출판사(北京人民出版社)가 펴낸 『서유기』이다. 이 판본은 명나라 만력(萬曆) 20년(1592)에 간행된 금릉 세덕당(金陵世德堂) 『신각출상 관판대자 서유기(新刻出像官板大字西遊記)』의 촬영 필름과 청나라 때에 간행된 여섯 종류의 판각본을 참고하여 수정 정리한 것으로 1955년 초판을 발행한 이래 교정을 거듭하였으며, 특히 1977년 제4판부터는 1970년대에 발견된 명나라 숭정(崇禎) 때(1628~1644)의 『이탁오(李卓吾) 평본 서유기』를 대조 검토하여 이전 판을 크게 보완하였다.

2. 대조 보완 작업을 위해 그밖에 수집, 참고한 대본은 다음과 같다.
(1) 명나라 판본: 『서유기』 단권, 악록서사(岳麓書肆), 1997. 1, 제23판.
　　　　　　 『이탁오 평본 서유기』, 상하이 고적출판사(上海古籍出版社), 1997. 4, 제2판.
(2) 청나라 판본: 장서신(張書紳) 편 『신설 서유기 도상(新說西遊記圖像)』, 건륭(乾隆) 14년(1749), 영인본.
　　　　　　 황주성(黃周星) 주해본 『서유증도서(西遊證道書)』, 강희(康熙) 3년(1664).
　　　　　　 『진장본 서유기(珍藏本西遊記)』, 지린문사출판사(吉林文史出版社), 1995.
　　　　　　 『서유기(西遊記)』, 상무인서관(商務印書館)(H.K.), 1997, 전6권.

3. 『금릉 세덕당 본』이 비록 여러 면에서 장점을 많이 지녔다고는 해도 그 역시 결함이 없지 않아, 나머지 다른 판본의 우수한 점을 채택하여 고쳐 썼는데, 특히 현장 법사의 출신 내력을 다룬 대목은 주정신(朱鼎臣) 판본의 내용을 추가하는 과정에서 궁

색하게 '부록(附錄)'이란 형식을 썼으므로, 이를 청나라 때 장서신의 영인본 『신설서유기 도상』의 편차(編次)에 따라 다음과 같이 재구성하고 번역하였다.

『세덕당 본』의 편차

부 록	진광예는 부임 도중에 횡액을 당하고, 강류승은 아비의 원수를 갚고 근본을 되찾다	附 錄	陳光蕊赴任逢災 江流僧復仇報本
제9회	원수성의 신묘한 점술에 사사로이 굽힘이 없고, 어리석은 용왕은 치졸한 계략으로 천조를 어기다	第九回	袁守誠妙算無私曲 老龍王拙計犯天條
제10회	두 장군은 궁궐 문에서 귀신을 진압하고, 당 태종의 혼백은 저승에서 돌아오다	第十回	二將軍宮門鎭鬼 唐太宗地府還魂
제11회	목숨을 돌려받은 당나라 임금이 선과를 지키고, 외로운 넋 건져주려 소우가 부처의 교리를 바로 세우다	第十一回	還受生唐王遵善果 度孤魂蕭瑀正空門
제12회	현장 법사가 정성으로 수륙 대회를 베푸니, 관음보살이 현성하여 금선장로를 깨우치다	第十二回	玄奘秉誠建大會 觀音顯聖化金蟬

재구성한 편차

제9회	진광예는 부임 도중에 횡액을 당하고, 강류승은 아비의 원수를 갚고 근본을 되찾다	第九回	陳光蕊赴任逢災 江流僧復仇報本

제10회 어리석은 용왕 치졸한 계략으로 천조를 어기고,　　第十回　老龍王拙計犯天條
　　　　승상 위징은 서찰을 보내어 저승의 관리에게 청탁하다　　　　魏丞相遺書託冥吏

제11회 저승을 두루 유람하던 태종의 혼백이 돌아오고,　　第十一回　遊地府太宗還魂
　　　　호박을 바치러 죽어간 유전은 새로운 배필을 얻다　　　　進瓜果劉全續配

제12회 당 태종이 정성으로 수륙 대회를 베푸니,　　第十二回　唐王秉誠建大會
　　　　관음보살이 현성하여 금선 장로를 깨우치다　　　　觀音顯聖化金蟬

4. 번역에 있어서, 광범위한 독자를 대상으로 원문의 뜻을 충분히 살려 의역(意譯)하고, 될 수 있는 대로 한자(漢字) 용어를 배제하고 우리말로 쉽게 풀어 썼으며, 당시의 제도상 관용어는 그대로 사용하였다.

5. 역주는 중국의 역사적 인물, 사회 제도상 우리나라와 다른 관습, 종교적 용어, 내용과 관계가 깊은 배경 사실, 그리고 관용어와 인용문에 대한 설명을 주로 하였으며, 특히 본문 가운데 우리에게 생소한 중국 속담이나 사투리, 뜻 깊은 경구(警句)는 번역문 다음에 이어 원문(原文)을 부록하였다.
　【예】"다섯 가지 형벌을 받아야 할 죄목이 3천 가지가 있으되, 그중에서 불효보다 더 큰 죄는 없다(五刑之屬三千, 而罪莫大於不孝)."
　　　　"집안의 살림살이를 맡아봐야 땔나무 값 쌀값 비싼 줄 알게 되고, 자식을 길러봐야 부모님의 은혜를 알아본다(當家才知柴米價, 養子方曉父娘恩)."
　　　　"아무리 술맛이 좋다마다 해도 고향 우물 맛이 최고요, 친하니 어쩌니 해도 고향 사람이 최고(美不美, 鄉中水, 親不親, 故鄉人)."

서유기 西遊記

제31회 저팔계는 의리를 내세워 미후왕을 격분시키고, 손행자는 지혜로써 요괴의 항복을 받아내다

의리로써 공회(孔懷, 형제)를 맺으니, 법은 본성으로 귀의한다. 금(金, 손오공)은 순종하고 목(木, 저오능)은 길들여져 정과를 이루니, 심원(心猿)과 목모(木母)는 단원(丹元)에 합쳐진다. 더불어 극락세계에 오르고, 함께 불이(不二)의 법문(法門)에 들어온다.

경전은 수행의 지름길이요, 부처는 자기 원신(元神)과 배합한다.

형과 아우가 모여 삼계(三契)를 이루고, 요(妖)와 마(魔)와 색(色)은 오행에 응한다. 육취(六趣)의 문(門)[1]을 모두 끊어 없애니, 그 길로 곧 대뇌음사를 바라고 나아간다.

미련퉁이 저팔계는 숱한 원숭이들에게 붙잡혀 높이 치켜 들린 채, 잡아당기고 쥐어뜯기고 난리법석을 떠는 바람에 직철 승복 한 벌이 갈기갈기 찢겨 누더기가 되고 말았다. 벌거숭이가 다 된 저팔계는 끌려가면서도 투덜투덜 혼잣말로 불평을 쏟아냈다.

"망조가 들었구나, 망조가 들었어! 이놈의 원숭이 녀석들 노는 꼬

---

1 **육취의 문**: 불교 용어로 '육도(六道)'와 같다. 중생이 업보에 따라 윤회하는 여섯 가지 세계. **지옥취**(地獄趣)는 여덟 가지 추위와 무더위로 고통받는 지하의 세계. **아귀취**(餓鬼趣)는 항상 먹을 것을 구하는 귀신들이 사는 곳. **축생취**(畜生趣)는 날짐승·길짐승이 사는 곳. **아수라취**(阿修羅趣)는 항상 진심을 품고 싸움을 좋아한다는 대력신이 사는 심산유곡. **인간취**(人間趣)는 인류의 거처, 곧 남섬부주를 비롯한 4대주(四大洲). 마지막으로 **천상취**(天上趣)는 몸에 광명을 갖추고 자연의 쾌락을 받는 중생이 사는 곳으로, 육욕천(六欲天)과 색계천(色界天), 무색계천(無色界天)을 말한다.

락서니를 보아하니, 이번에 끌려가면 꼼짝없이 맞아죽는 신세가 되겠구나!"

원숭이들은 얼마 안 있어 동굴 어귀에 다다랐다. 포로가 끌려오자, 제천대성 손오공은 바위 더미 언덕 위에 높이 올라앉아서 무섭게 욕설을 퍼부어댔다.

"이 보릿겨나 처먹고 사는 미련한 놈아! 혼자서 잠자코 돌아가면 그만이지, 어째서 내 욕을 하는 거냐?"

저팔계란 놈은 땅바닥에 꿇어 엎드려서 변명을 했다.

"아이고, 형님! 나는 형님 욕을 한 적이 없었소. 만에 하나라도 내가 형님 욕을 했다면 내 당장 혓바닥을 깨물고 죽어버릴 거요. 나는 그저 형님이 같이 가지 않겠다고 하니까, 나 혼자서 사부님한테 돌아가 그런 사정을 여쭙겠다고 했을 뿐이지, 어찌 감히 형님을 욕하겠소?"

"흐흥! 네 녀석이 나를 속여넘길 수 있을 듯싶으냐? 내 이 왼쪽 귀를 위로 쫑긋하기만 해도 삼십삼천(三十三天)에 사는 사람들이 무슨 말을 하는지 낱낱이 들을 수 있고, 이 오른쪽 귀를 아래로 쫑긋하기만 하면 지옥의 십대 염라대왕과 저승 판관들이 생사부를 펼쳐놓고 어떤 놈을 잡아들일까 의논하는 소리까지 다 들을 수 있단 말이다. 이런 내가 네놈이 방금 길을 가면서 내 욕 하는 걸 듣지 못하고 있었는 줄 아느냐?"

"알겠소, 형님! 나도 잘 알고 있소. 형님이 또 살금살금 딴 것으로 둔갑해 가지고 내 뒤를 밟으면서 엿들은 거지 뭐겠소."

손행자는 그 말을 못 들은 척 무시해버리고 부하 원숭이들에게 호통을 쳤다.

"얘들아! 굵다란 몽둥이를 하나 골라오너라. 우선 이놈의 주둥아리에 스무 대를 안기고 그 다음에는 엎어놓고 등줄기에 삼십 대를 때려라.

그러고 나서는 내 이 철봉으로 깨끗이 저승으로 보내버리마."

이 끔찍한 소리를 들은 미련퉁이 저팔계, 다급한 나머지 머리통을 땅바닥에 처박으면서 애걸복걸 빌기 시작했다.

"아이고 맙소사, 형님! 제발 덕분에 사부님의 낯을 보아서라도 날 좀 용서해주시오!"

"흐흠, 날더러 그 사부란 사람을 인자하고 의리 있는 분으로 생각하란 말이냐? 어림 반푼어치도 없는 소리!"

그래도 저팔계는 필사적으로 매달렸다.

"형님, 사부님의 낯을 보지 않으시겠다면, 해상 보살(海上菩薩)님의 체면을 생각해서라도 날 용서해주시구려!"

미련퉁이가 관음보살 얘기까지 들먹이자, 손행자도 마음이 다소 누그러졌다.

"여보게, 아우. 자네가 그렇게까지 말하니 나도 때리지는 않겠네. 그 대신에 나를 속일 생각은 말고 솔직히 말해야 하네. 지금 당나라 스님이 어디서 봉변을 당하고 계신 거 아닌가? 그래서 자네가 나한테 도움을 청하려고 그런 거짓말을 늘어놓은 게 아닌가?"

"아니오, 형님! 절대로 봉변을 당하신 게 아니라, 사부님은 정말 형님을 그리워하고 계시단 말이오."

저팔계란 놈이 이렇듯 끝까지 뻗대니, 손행자는 그만 벌컥 성을 내고 말았다.

"이 바보 천치 같은 놈이, 나한테 정말 얻어맞아야 속이 시원할 모양이로구나! 지금 이 지경이 되고서도 나를 속이려 들 거냐? 이 손선생은 화과산 수렴동에 돌아온 이후로 경을 가지러 가는 스님 생각은 한 번도 마음에 두어본 적이 없는 몸이다. 나는 여기 있으면서도 그 사부란 사람이 가는 곳마다 재난을 당하고 도처에서 곤경에 처하리라는 것쯤

훤히 알아보고 있어. 그러니까 매를 맞기 전에 일찌감치 바른대로 사실을 얘기하란 말이다!"

아무리 거짓말로 둘러대도 넘어가지 않으니, 저팔계 역시 더 이상 어쩔 수 없어 그만 승복하고 말았다. 그는 공손히 머리를 조아리면서 이렇게 말했다.

"형님, 내가 잘못했소. 형님을 속여서 데려가려고 한 것은 분명한 사실이오. 그런데 형님이 그토록 눈치가 빠를 줄은 정말 뜻밖이었소. 나를 때리지 않겠다고 했으니, 기왕이면 풀어주어서 일어나게 해주시구려. 그래야만 말씀드리기가 편할 듯싶으니까……."

"좋다, 그럼 일어서서 말해라!"

포로의 덜미를 찍어누르고 있던 원숭이들이 손을 놓아주자, 미련퉁이 저팔계 녀석은 벌떡 뛰어 일어나더니, 하라는 말은 않고 전후 좌우를 이리저리 두리번거리기 시작했다.

"뭘 그렇게 휘둘러보는 거야?"

손행자가 영문을 모르고 물었더니, 미련퉁이 녀석의 대꾸가 걸작이다.

"어느 쪽 길이 넓게 트여서 도망치기 좋을까 둘러보고 있는 거요."

그 말을 듣고 손행자는 기가 막혀 웃음이 절로 나왔다.

"어디로 달아나겠다는 거야? 좋아! 지금부터 네 녀석을 사흘 동안 뛰어서 도망치게 내버려두지. 그리고 이 손선생이 사흘 뒤늦게 쫓아가더라도 너 따위 한 놈 붙잡아 가지고 돌아오는 것쯤이야 손바닥 뒤집기보다 더 쉽다는 걸 모르나? 엉뚱한 생각 집어치우고 어서 빨리 말하지 못할까! 내 불 같은 성미를 건드리면 어떻게 되는지 너도 잘 알고 있지? 내 단연코 네놈을 용서하지 않을 테다!"

"알았소, 형님! 알았다니까! 그럼 내가 사실대로 말하리다. 형님이 떠난 뒤에 나하고 사화상은 사부님을 모시고 계속 서쪽으로 나아갔소. 그런데 흑송림이란 곳에 이르렀을 때, 사부님이 말에서 내리더니 시장하다면서 날더러 어디 가서 동냥을 해오라고 시키지 뭐요. 그래서 한참 멀리까지 나가보았지만 사람 사는 집이라곤 눈을 씻고 찾아봐도 없습디다. 그러니 어쩌겠소, 고생만 죽도록 하고 힘이 들기에 수풀 속에 들어가서 잠깐 동안 눈을 붙이고 낮잠이나 잘밖에……."

"흐흥, 내 그럴 줄 알았지! 일을 시켜 내보내면 어디 처박혀서 늘어지게 잠만 자는 게 네 장기가 아니더냐?"

손행자가 비웃는 말에도 아랑곳하지 않고, 저팔계는 할 말을 계속했다.

"그런데 사화상이 소나무 숲 속에 사부님을 혼자 남겨두고 또 날 찾아 나설 줄이야 누가 생각이나 했겠소. 형님도 알다시피 우리 사부님이 어디 한자리에 가만히 앉아 계실 분이오? 그분은 혼자 남아서 답답하시니까 숲속을 이리저리 거닐면서 구경하시다가, 그만 소나무 숲 바깥으로 멀찌감치 나오고 말았지 뭐요. 숲 바깥으로 나와서 보았더니, 난데없이 황금 보탑이 한군데 세워져 눈부신 광채를 쏟아내고 있는 것을 발견하셨소. 사부님은 보탑이 있으면 사원도 있으리라 생각하시고 그리로 가셨소. 한데 뜻밖에도 그 보탑에는 황포괴란 요정이 한 마리 살고 있었소. 그러니 사부님은 꼼짝없이 그놈의 손에 붙잡힐밖에 더 있겠소. 그런 일이 있는 줄도 모르고 나는 사화상을 만나 소나무 숲 속으로 돌아갔는데, 가서 보니 백마와 짐보따리만 덜렁 남아 있을 뿐, 사부님은 온 데간데없이 사라져버린 거요. 그래서 이리저리 찾아 헤매던 끝에 그놈의 요괴가 살고 있는 동굴 어귀까지 찾아가 그놈과 맞닥뜨려 한바탕 싸우지 않았겠소. 사부님은 그 동굴 안에 갇혀 계시다가 천만다행히도 구원의 손길을 만나셨소. 그 사람은 원래 보상국 임금의 셋째 공주인데,

역시 그 요괴한테 납치당해 끌려와서 강제로 아내 노릇을 하고 있던 여인이었소. 그 여자는 자기 친정집으로 보낼 편지 한 통을 써가지고 사부님더러 전해달라고 부탁해놓고, 제 남편인 황포 노괴를 좋은 말로 구슬려서 사부님을 놓아드리게 했소.

　우리는 무사히 보상국에 당도해서 그 편지를 임금에게 넘겨주었소. 모든 사연을 알고 난 보상국 임금은 사부님에게 그 요괴를 항복시키고 공주를 찾아서 데려와달라고 부탁했소. 하지만 형님도 잘 아시지 않소. 그렇게 늙어빠진 화상이 무슨 재주로 사나운 요괴를 항복시킬 수 있단 말이오? 그래서 나하고 사화상 둘이서 또다시 그놈의 동굴로 쳐들어가서 싸워보았는데, 그 요괴의 신통력이 얼마나 크고 너른지 결국 사화상은 그놈의 손에 붙잡히고 말았지 뭐요. 나 역시 힘껏 싸웠지만 어쩔 수 없이 패하여 도망치고 말았소. 그리고 수풀 속에 꼼짝도 않고 엎드려 있었소. 그동안에 황포 노괴는 무슨 생각에서였는지 아주 그럴듯하게 잘생긴 선비로 둔갑해 가지고 보상국 도성에 찾아가더니, 자기가 셋째 부마랍시고 국왕에게 문안 인사를 드렸소. 그리고는 우리 사부님을 무서운 호랑이로 탈바꿈시켜놓고 말았소.

　사부님이 호랑이의 요괴라는 소문이 도성 안에 퍼지자, 그날 밤 역관에 매여 있던 백마가 조화를 부려 용의 본모습으로 변신하고 사부님을 찾아 나섰는데, 궁궐 안에 사부님은 보이지 않아 도무지 찾아낼 수 없고 은안전에서 술타령을 벌이고 있던 황포 노괴를 발견했다고 합디다. 그래서 용마는 궁녀의 모습으로 둔갑해 가지고 그 요괴에게 술도 따라 올리고 칼춤을 추어 보이다가 틈을 엿보아 내리찍었으나, 오히려 그놈의 요괴한테 촛대로 뒷다리를 얻어맞고 부상당한 몸으로 겨우 도망쳐 나왔다고 했소. 바로 그 백마가 날더러 형님을 불러오라고 시켰던 거요. 그놈의 얘기가, '형님은 인자하고 의리 있는 군자이시다. 군자는 지난날의 잘못을 염두에 두지 않는다. 반드시 재난에 빠진 사부님을 구출하러 달려오실 것이다' 하면서, 나를 재촉해 이리로 달려보낸 거요.

형님, 내가 이렇게 싹싹 빌 테니까, 제발 덕분에 마음을 돌려요. 성현의 말씀에 '하루를 스승으로 받들었으면 죽는 날까지 어버이로 섬겨야 한다(一日爲師, 終身爲父)' 하지 않았소? 이 말씀을 생각해서라도 부디 한 번만 사부님을 구출해주시구려!"

얘기를 다 듣고 나자, 손행자는 저팔계를 무섭게 꾸짖었다.

"이 바보 멍텅구리 같은 녀석들! 내가 떠날 때 뭐라고 신신당부를 했더냐. '만약에 요괴가 사부님을 붙잡거든 이 손오공이 그분의 수제자라고 말을 해라' 하지 않았느냐? 그런데 어째서 내 얘기대로 하지 않은 거야?"

눈물이 쑥 빠져나오도록 꾸중을 들으면서도, 저팔계는 속으로 궁리를 했다.

'옳거니, 이 원숭이 녀석은 콧대가 높고 자부심 강한 녀석이니까, 어디 격장법(激將法)을 써서 이놈의 약을 바짝 올려봐야겠다! 일단 격분시켜놓으면 물불 가리지 않고 달려가서 요괴와 한바탕 죽기살기로 싸우지 않고는 못 배길 것이다.'

이렇게 생각한 저팔계 녀석, 능청스럽게 우거지상을 지으면서 힘없이 말했다.

"형님, 말씀도 마시오. 내가 형님 얘기를 차라리 하지 않았더라면 좋았을 것을, 형님 얘기를 했기 때문에 그놈이 더욱 말도 못 하게 제멋대로 날뛰지 않았겠소."

"그건 또 무슨 말인가?"

손행자는 뜨악해서 물었다.

"내가 그놈의 요괴한테 이런 말을 했지. '요정아! 방자하게 날뛰지 말고 우리 사부님을 해치지 말아라! 우리에게는 대사형 한 분이 또 계신데, 그 이름은 행자 손오공이시다. 그분은 신통력이 크고 너른 분이라, 요괴 마귀를 항복시키는 재주가 비상하단 말이다. 그분이 오시는 날이면, 네놈은 죽어서 송장 파묻힐 곳도 없게 될 것이다!' 그랬더니 황포 노괴란 놈은 불구덩이에 기름 쏟아 붓듯 더욱 무섭게 설쳐대면서 차마 입에 못 담을 욕설을 마구 퍼붓지 않겠소? 그놈의 얘기가, '행자 손오공이라니, 어디서 굴러먹던 말 뼈다귀 녀석이란 말이냐! 내가 그따위 놈을 보고 두려워서 벌벌 떨 줄 알았더냐? 천만의 말씀을! 그놈이 나타나기만 해봐라, 내가 그놈의 껍질을 산 채로 벗겨내고 힘줄을 뽑아낸 다음, 뼈마디를 발라내고 염통을 씹어 먹고야 말 테니까……! 만약 그놈의 원숭이가 말라깽이 녀석이라면, 그냥 통째로 끓는 기름에 튀겨서 먹어버리겠다!' 이렇게 야단을 치는 게 아니겠소?"

손행자는 얘기를 듣는 동안 약이 올라 얼굴빛마저 빨개지더니, 얘기가 다 끝날 무렵에는 제 분에 못 이겨 귀를 쥐어뜯고 두 뺨을 할퀴어가며 그 자리에서 팔짝팔짝 마구 뛰기 시작했다.

"이런 괘씸한 것 봤나! 도대체 어떤 놈이 나를 그렇게 모욕한단 말이냐!"

저팔계는 충동질을 계속했다.

"형님, 나한테 화를 내지는 마시구려. 황포 노괴란 놈이 그런 욕을 했기 때문에 나도 그 흉내를 내서 똑같이 얘기를 해드린 것뿐이니까."

"여보게 아우, 그만 일어나게. 아무래도 내가 가지 않으면 안 되겠네. 그 요괴란 놈이 감히 나한테 그런 욕을 했다니, 내가 꼭 가서 그놈을 항복시키지 않을 도리가 없네. 이 제천대성 손오공이 오백 년 전에 천궁을 뒤엎어버렸을 때만 하더라도, 상계(上界)의 모든 신장(神將)들은 하나같이 나를 보고 허리를 굽실거리면서 '손대성님! 손대성님!' 하고 불렀는데, 그놈의 황포 요괴는 내 등 뒤에서 그따위 욕설을 퍼붓고 있다니, 정말 무례하기 짝이 없는 놈 아닌가? 내가 이번에 가면 그놈을 붙잡아놓고 갈기갈기 찢어 죽여서 그런 욕설을 퍼부은 앙갚음을 하고야 말 걸세. 원수를 갚고 나서는 곧바로 돌아오면 그만 아니겠나!"

"바로 그거요, 형님! 그 발칙한 요괴 놈을 붙잡아 원수만 갚고 나면, 그때 가서 이곳으로 다시 돌아오든 말든, 그건 형님 뜻대로 하실 일이 아니겠소?"

제천대성 손오공은 마침내 바위 언덕에서 뛰어내리더니 동굴 안으로 들어가 요괴의 옷을 벗어던지고 말끔한 직철 승복으로 갈아입은 다음, 그 겉에 호랑이 가죽 치마를 질끈 동여맸다. 그리고는 여의금고 철봉을 손에 잡고 문밖으로 기세등등하게 달려나갔더니, 그 모양을 본 부하 원숭이들이 깜짝 놀라 미후왕의 앞길을 가로막았다.

"대성 어르신! 어딜 가십니까? 저희들을 데리고 몇 해 더 놀아주시면 얼마나 좋습니까?"

손행자가 부하 원숭이떼를 이렇게 달랬다.

"얘들아, 그게 무슨 소리냐! 내가 당나라 스님을 보호하고 서천 땅으로 간다는 것은 하늘이 알고 땅이 아는 일이다. 또 이 손오공이 당나라 스님의 제자라는 사실도 모르는 사람이 없다. 그분이 나를 쫓아내신 게 아니라, 날더러 잠시 이곳에 돌아가 집안 형편을 잘 돌보면서 한갓지게 놀다 오라고 휴가를 보내신 것이다. 그런데 이제 피치 못할 사정이 생겼으니 어쩌겠느냐. 너희들은 조심해서 집을 잘 지키고 때맞춰 버드나무 묘목을 심고 소나무를 정성 들여 가꾸어 황폐하지 않게 돌보고 있거라. 나는 다시 당나라 스님을 모시고 서천에 가서 경을 얻어 가지고 동녘 땅으로 돌아올 것이다. 어느 때인가 공덕을 이룩한 다음에는 예전처럼 이곳에 돌아와서 너희들과 함께 자연의 천진함을 즐기기로 하마."

원숭이들은 어쩔 수 없이 그 명령에 복종했다.

제천대성 손오공은 그제야 저팔계와 손을 맞잡은 채 구름을 일으켜 타고 곧바로 수렴동을 떠나더니 눈 깜짝할 사이에 동양대해를 건넜다. 서쪽 기슭에 당도하자 그는 잠시 운광을 멈추고 저팔계를 돌아보면서 크게 소리쳤다.

"여보게! 자넨 여기서 조금 천천히 가게. 그동안 나는 바다 속에 들어가 몸을 깨끗이 씻고 나오겠네."

그 말을 듣고 저팔계가 불평을 털어놓는다.

"아니, 갈 길도 바쁜데 목욕은 해서 무엇 하시려오?"

"자네야 무얼 알겠나. 화과산 수렴동에 돌아온 이래 내 몸뚱이에 요괴의 냄새가 다소 배었단 말일세. 사부님은 워낙 깔끔한 것을 좋아하시는 분이라, 내가 이런 몸으로 만나뵈면 싫어하실까 봐 겁이 나서 그렇다네."

미련한 저팔계는 그제야 손행자가 진심으로 자기를 따라나섰다는 사실과, 그리고 더 이상 딴마음이 없다는 것을 비로소 알아차릴 수 있었다.

바닷물에서의 목욕은 잠깐 사이에 끝났다. 구름에 다시 올라탄 그는 서쪽으로 치달렸다. 이윽고 황금빛을 발하는 보탑이 눈앞에 나타났다.

저팔계가 그 탑을 가리켰다.

"저기가 황포 노괴의 소굴이 아니겠소? 사화상은 아직도 저 동굴 속에 갇혀 있을 거요."

손행자가 지시를 내린다.

"자네는 공중에 그대로 있게. 내가 저놈의 문전에 내려가 동정을 살펴보고 나서 요괴란 놈과 어떻게 싸울 것인지 준비를 좀 해야겠네."

"가볼 것 없소. 황포 요괴는 지금 저 동굴 안에 없으니까 말이오."

"나도 알고 있네."

용감한 원숭이 임금은 상광을 낮추고 내려서더니 동굴 문 밖에 가까이 가서 이리 기웃 저리 기웃 살펴보기 시작했다. 동굴 앞에는 어린아이 둘이서 머리끝이 둥그렇게 구부러진 막대기를 들고 공굴리기, 땅뺏앗기 놀이를 하며 재미있게 놀고 있었다. 하나는 열 살쯤 되어 보이고 다른 하나는 여덟 아니면 아홉 살쯤 들어 보였다. 아이들이 한참 정신없이 놀고 있는 마당에, 손행자는 와락 앞으로 달려들더니 뉘 집 자식인지는 아랑곳하지 않고 다짜고짜 한 손에 하나씩 덜미를 움켜잡아 가지고 번쩍 쳐들었다. 깜짝 놀란 아이들이 겁을 집어먹고 울며불며 고래고래 악을 쓰는가 하면 입에서 나오는 대로 욕설을 퍼부으면서 몸부림치기 시작했다. 그 통에 파월동 어귀를 지키던 부하 요괴들이 기절초풍을 해 가지고 허겁지겁 동굴 안으로 뛰어들어가 백화수 공주에게 급보를 전했다.

"마님! 큰일났습니다. 누군지도 모를 낯선 놈이 나타나서 우리 공자님 두 분을 잡아갔습니다!"

그 두 아이야말로 백화수 공주와 황포 노괴 사이에서 태어난 자식들이었다.

아이들이 잡혀갔다는 소리를 듣자 백화수 공주는 허둥지둥 동굴 문 바깥으로 달려나왔다. 좌우를 두리번거렸더니, 손행자가 두 아이를 번쩍 들고 높다란 언덕 위에 우뚝 서서 수틀리면 언제든지 아이들을 언덕 아래로 내던질 태세를 보이고 있었다. 당황한 공주는 매서운 목소리로 고함을 질렀다.

"이놈아! 나하고 무슨 원수가 졌기에 내 아이들을 잡아갔느냐? 그 아이들의 아버지가 얼마나 무서운 사람인지 알기나 하느냐? 조금이라도 섣부른 짓을 했다가는 네놈은 절대로 살아남지 못할 것이다!"

그러나 손행자는 코웃음으로 응수했다.

"내가 누군지 모르시오? 나는 당나라 스님의 수제자로 행자 손오공이란 사람이외다. 내 아우 사화상이 지금 당신네 동굴 안에 갇혀 있을 테니까, 이 길로 곧장 들어가서 놓아보내도록 하시오. 그럼 이 아이들을 당신에게 돌려보내겠소. 이렇게 한 사람을 가지고 두 아이를 맞바꾸면, 당신한테 득이 되는 셈 아니겠소?"

공주는 그 말을 듣기가 무섭게 부랴부랴 동굴 안으로 돌아가더니 문을 지키고 있던 졸개 요괴 몇 마리를 호통쳐서 쫓아버린 다음, 손수 사화상의 결박을 풀기 시작했다.

천성이 고지식한 사화상은 영문도 모르고 결박을 풀지 못하게 몸을 뒤틀었다.

"공주님, 나를 풀어주면 안 됩니다. 그 괴물이 돌아와서 공주님더러 나를 어쨌느냐고 물으면 큰일 아닙니까. 공연히 혼이 나실 일을 해서는 안 됩니다."

그러나 백화수 공주는 차근차근 결박을 풀어주며 이렇게 말했다.

"스님, 당신은 내게 은인이십니다. 당신이 나를 위해 편지를 보낸 일을 감춰주신 덕분에 내 목숨이 살아나지 않았습니까. 나도 스님을 놓아드릴 기회를 엿보고 있던 참인데, 때마침 생각지도 않게 동굴 문 밖에 스님의 큰사형 되시는 손오공이란 분이 오셔서 당신을 놓아보내라고 하셨답니다. 그래서 이렇게 풀어드리는 거예요."

사화상은 '손오공'이란 세 마디를 듣는 순간, 정수리에 제호탕(醍醐湯)[2]을 뒤집어쓴 듯 정신이 번쩍 들고, 가슴속을 감로수에 흠뻑 적신

---

2 제호탕: 제호(醍醐)란 우유를 정제하여 만든 다섯 가지 유제품으로 그 맛이 최고라고 일컬으며, 불교 용어로 불심(佛心), 진실한 가르침, 불성(佛性), 열반(涅槃)에 비유되는 말이다. **제호관정**(醍醐灌頂)은 이 맛좋은 제호를 사람의 정수리에 쏟아 부은 것과 마찬가지로 정신이 상쾌하고 깨끗해지는 것을 가리키는 말이다.

듯, 마치 봄기운이 넘쳐나는 것처럼 벅찬 기쁨과 감동을 느끼지 않을 수 없었다. 그는 사람이 찾아왔다는 소리로 알아듣지 않고 흡사 금덩어리 옥덩어리라도 움켜잡을 듯이 결박 풀린 두 손을 헤엄치듯 허우적거리면서 동굴 밖으로 달려나가 큰사형 앞에 넙죽 엎드려 절했다.

"형님! 정말 하늘에서 내려오셨구려! 제발 날 좀 구해주시오!"

손행자가 빙그레하니 미소를 짓는다.

"이 못된 사화상 녀석! 사부님께서 그놈의 '긴고주'를 외우셨을 때, 어째서 내 대신에 한마디 변명도 해주지 않았느냐? 미련퉁이 녀석이나 네 녀석이나 모두들 쓸데없는 주둥이를 놀려 나를 헐뜯기만 하고 모른 척 외면하더니, 이제 와서 날더러 구해달라고? 왜 사부님을 모시고 서쪽으로 가지는 않고 이런 데서 어물거리고 있는 거냐?"

손행자의 핀잔 섞인 말에, 사화상은 부끄러워 고개를 들지 못한다.

"그런 말씀 안 하셔도 다 압니다, 형님. 군자 된 사람은 지나간 잘못을 따지지 않는다 하지 않았소. 우리 같은 패군지장이야 입이 열 개라도 무슨 할 말이 있겠소만, 제발 날 좀 구해주시오!"

"이리 올라오게."

사화상은 그제야 몸을 솟구쳐 언덕 위로 올라갔다.

한편 저팔계는 공중에 멈춰 서 있다가 사화상이 동굴에서 나오는 것을 보자, 그 즉시 구름을 낮추고 버럭 고함쳐 불렀다.

"여보게, 아우! 미안하네, 내가 못 할 짓을 했어! 정말 미안하게 됐네!"

사화상도 마주 바라보면서 묻는다.

"둘째 형님 아니오? 형님은 어디서 오는 길이오?"

"나는 어제 싸움에 패하고 숨어 있다가, 한밤중에 성내로 들어가 백마와 만났네. 그리고 백마의 입을 통해서 사부님이 봉변을 당하시고 황포 노괴란 놈의 술법에 걸려 호랑이로 탈바꿈했단 사실을 알았지. 그래서 백마와 내가 상의한 끝에 이렇게 큰형님을 모셔온 걸세."

이때 손행자가 두 아우의 대화를 가로막았다.

"이 바보 같은 친구들아, 회포나 풀 시간이 어디 있어? 잡담일랑 그쯤 해두고 이 아이 녀석들이나 한 놈씩 안아들게. 그리고 한발 앞서 보상국 도성 안으로 들어가 요괴란 놈의 약을 바짝 올려 이곳으로 유인해오게. 나는 여기서 기다리고 있다가 들이칠 테니까. 무슨 말인지 알아듣겠나?"

"큰형님, 어떻게 그놈의 약을 올려서 끌어내란 말씀이오?"

사화상이 뜨악하게 묻자, 손행자는 단숨에 이렇게 말했다.

"자네 둘이서 구름을 타고 이 길로 곧장 보상국 임금이 거처하는 금란전까지 날아가게. 그리고 그 상공에 서서 어쩌고저쩌고 따져볼 것도 없이 다짜고짜 그놈의 아이들을 백옥 계단 앞에다 내동댕이치란 말일세. 웬 아이들이냐고 묻는 사람이 있거든, '황포 요괴의 자식들인데, 우리 둘이서 잡아왔다'고만 대답하게. 이 얘기가 황포 노괴의 귀에 들어가면, 그놈은 만사 제쳐놓고 부리나케 제 소굴로 돌아올 걸세. 그럼 나는 도성 안으로 들어가서 그놈과 싸울 필요가 없게 되지. 만약 성내에서 죽기살기로 맞붙어 싸운다면, 보나마나 안개구름을 토해내고 흙먼지 모래바람을 흩뿌려, 국왕은 물론이고 조정 대신들과 백성들까지 경동시켜 모두 불안에 떨게 될 것이 아닌가."

그 말을 듣고 저팔계란 놈이 무슨 생각을 했는지 히죽히죽 웃는다.

"형님, 그런 일을 저지르게 해서 우리를 골탕 먹이자는 거요?"

"뭐라고? 내가 자네들을 골탕 먹이다니, 그게 무슨 말인가?"

펄쩍 뛰는 손행자, 그러나 미련퉁이 저팔계는 보기 드물게 세심한 말을 한다.

"이 아이 녀석들은 형님 손에 붙잡히지 않았소? 낯선 사람한테 붙잡히는 통에 놀라서 울고불고 발버둥치느라 목이 다 쉬어빠졌는데, 이제 얼마 안 있으면 죽을 거란 생각마저 들었을 테니 이 얼마나 애처로운 노릇이오? 이런 아이들을 우리가 또 하늘 꼭대기에서 돌계단 밑으로 내동댕이쳐보시오. 보나마나 고기 떡이 되고 말 게 아니오? 제 새끼들이 그토록 참혹하게 죽임을 당했다는 걸 알면, 그 요괴란 놈이 우리 두 사람을 그냥 내버려두겠소? 아마 모르긴 몰라도 새끼들 원수를 갚겠다고 악착같이 뒤쫓아와서 우리를 잡아죽이고야 말 거요. 하지만 형님은 아무도 본 사람이 없으니까 이 일에서 깨끗해 보일 게 아니오? 우리는 어디 가서 하소연할 데도 없을 테고 말이오. 이게 모두 우리를 골탕 먹이려는 수작이 아니면 뭐겠소?"

"그놈이 뒤쫓아와서 붙잡으려고 하거든, 자네하고 사화상이 그놈과 번갈아 싸워가면서 이리로 유인해오기만 하게. 그러면 될 게 아닌가? 여기는 싸움터가 널찍해서 아주 좋네. 나는 여기서 기다리고 있다가 그놈을 때려잡겠네."

미련한 저팔계는 그래도 마음이 안 놓여 머뭇거리는데, 사화상이 그 말에 찬동하고 나섰다.

"옳소, 옳아요! 큰형님 말씀에 일리가 있소. 둘째 형님, 딴생각 말고 어서 다녀옵시다."

이윽고 두 사람이 의기양양하게 어린아이들을 하나씩 안고 떠나갔다. 그들을 떠나보낸 손행자는 벼랑에서 훌쩍 뛰어내리더니 보탑 문 앞으로 다가갔다.

멀찌감치 서서 그들의 하는 양을 지켜보던 백화수 공주가 독이 오를 대로 올라 손행자를 몰아세웠다.

"이 중놈아! 네놈은 어째 그리도 신의가 없단 말이냐? 네 아우를 풀어주면 내 아이들을 돌려주겠다고 네 입으로 약속하지 않았더냐? 사화상을 놓아주었는데도 내 아이들은 여전히 붙잡아놓고, 또 무엇 하러 내 집 문 앞에 어슬렁어슬렁 기어드는 거냐?"

손행자는 겸연쩍게 웃으면서 해명을 했다.

"공주님, 너무 언짢게 여기지는 마시오. 당신이 여기 오신 지 하도 오래되었기에, 당신 남편이 아이들을 저희 외할아버지에게 문안 인사를 드리게 하려고 데려갔을 뿐이니까, 걱정하실 것은 없소이다."

그제야 공주의 말투가 다소 누그러졌다.

"무례한 짓 하면 안 돼요! 우리 황포 낭군은 보통 사람들과는 아주 달라요. 만약 내 어린것들을 조금이라도 놀라게 했다가는, 당신을 가만 놓아두지 않을 테니 두고 보세요."

손행자는 여전히 미소를 띤 채 엉뚱한 것을 물었다.

"공주님, 사람으로 태어나 이 천지간에 살아가는데 무엇이 죄가 되는지 알고 계시오?"

"그런 것쯤은 나도 알아요!"

"아낙의 몸으로서 무엇을 아신다는 말씀이오?"

"나는 어렸을 적부터 궁중에서 부모님의 가르침을 받고 살아왔어요. 또 옛날 성현의 말씀을 기록한 책에 이런 내용이 있다는 것도 기억하고 있어요. '다섯 가지 형벌[3]을 받아야 할 죄목에 삼천 가지가 있으되, 그중에서 불효보다 더 큰 죄는 없다(五刑之屬三千, 而罪莫大於不孝)'

---

3 다섯 가지 형벌: 범죄 구성을 규정하는 다섯 가지 기본 항목. 『효경(孝經)』 제6편에, 농사를 게을리 하는 야형(野刑), 군령을 어기는 군형(軍刑), 불효하거나 그 밖의 윤리 도덕을 어지럽히는 향형(鄕刑), 벼슬아치가 직무를 태만하게 하는 관형(官刑), 나라의 질서를 문란하게 하는 국형(國刑)이 곧 그것이다.

라고 했지요."

이 말이 끝나기가 무섭게 손행자는 손가락으로 백화수 공주를 가리켰다.

"당신이야말로 가장 불효한 사람이오. 이런 말을 못 들어보셨소? '아버지는 나를 낳아주시고 어머니는 나를 길러주셨으니, 오호라, 슬프다! 어버이가 나를 낳아 길러주신 노고를 생각하라!(父兮生我, 母兮鞠我, 哀哀父母, 生我劬勞)'[4] 하였소. 그러므로 효도란 백 가지 행실의 근원이요, 만 가지 선행의 뿌리가 되는 거요. 그런데 당신은 어째서 몸으로 요괴만 섬기고 어버이를 그리워하는 마음이 없으시오? 이게 가장 큰 불효의 죄가 아니고 무엇이겠소?"

백화수 공주는 손행자가 지적하는 바른말을 듣고서 얼굴이 새빨갛다 못해 귀뿌리까지 벌겋게 물들어, 한참 동안이나 부끄러움을 견디지 못하고 어찌할 바를 몰랐다.

"스님의 그 말씀이 정녕 옳으십니다. 저라고 해서 왜 부모님을 그리워하는 마음이 없겠습니까. 다만 황포 요괴가 저를 이 동굴에 가두어놓고 가법(家法) 또한 엄격하기 짝이 없어 파월동 바깥으로는 한 걸음도 나서지 못하고 있습니다. 더구나 산길이 아득히 멀고 험하여 이 나약한 몸으로 걸어가기 어려울뿐더러, 첩첩산중으로 가로막혀 있으니 소식을 전해줄 사람조차 없는 실정입니다. 스스로 제 목숨을 끊으려고도 생각해보았으나, 이 또한 부모님에게 야반도주했다는 의심을 끝내 풀어드릴 기회를 저버리는 짓이 아닐까 두렵고, 사실을 밝히지 못한 채 죽기도 싫어, 어쩔 수 없이 구차스럽게 잔명을 보전하고 있는 것입니다. 이러하니 저야말로 이 천지간에 가장 큰 죄인이 아닐 수 없습니다!"

---

[4] 아버지는 나를 낳아주시고……: 이 대목은 『모시(毛詩)』「소아·곡풍·요아(小雅谷風蓼莪)」편에서 따온 말이다.

말을 마친 백화수 공주, 어느덧 두 눈에서 눈물이 샘솟듯 한다. 손행자는 정겨운 말씨로 위로해주었다.

"너무 슬퍼 마시오, 공주님. 저팔계가 나한테 벌써 얘기해주었소. 공주님은 우리 사부님의 생명을 구해주셨고, 또 그 편지에 부모님을 애타게 그리워하는 뜻이 간절하게 담겨 있다고 했소. 이 손오공은 무슨 일이 있어도 그 못된 요괴를 잡아 없애고, 당신을 무사히 궁중으로 데려갈 것이니, 그때에는 다시 좋은 배필을 찾아 양친 부모를 늙으시도록 섬겨드리게 하리다. 공주님의 뜻은 어떠하신지?"

"스님, 제발 죽음을 자초하지 마세요. 어제 당신의 두 아우 분이 그토록 힘세고 어엿한 장수들인데도, 둘이서 우리 황포 낭군과 싸워 거꾸러뜨리기는커녕 오히려 도망치거나 사로잡히는 신세가 되지 않았습니까. 그런데 당신처럼 야무진 구석 하나도 없이 비쩍 마른 귀신 같은 분이, 아예 시냇물에 기어다니는 게딱지보다 더 작은 몸집에 뼈다귀는 모조리 바깥으로 비죽 튀어나와 가지고, 무슨 놀라운 재간이 있어서 감히 요괴 마귀를 잡겠다고 큰소리를 친단 말입니까?"

그 말을 듣고 손행자는 껄껄껄 너털웃음을 터뜨렸다.

"공주님, 눈썰미가 어지간히 없으시군요. 사람을 몰라보니 말씀이외다. 속담에, '오줌보는 아무리 커도 근량이 나가지 않고, 저울추는 비록 작다 하나 천 근 무게를 누를 수 있다'는 말도 못 들어보셨소? 내 두 아우 녀석들은 생김새나 허우대가 멀쩡하게 크기만 했지 아무짝에도 쓸모가 없는 놈들이오. 길을 걸어갈 때 맞바람이나 잔뜩 맞기 쉽고, 옷을 해입을 때에도 옷감이나 많이 들 뿐이지요. 게다가 마음 씀씀이가 다부지지 못하고 야무진 구석이 없어서, 공밥이나 축내라면 축낼까 아무 소용도 없거든요. 하지만 이 손선생으로 말씀드리자면, 몸뚱이는 비록 작아도 무게가 나가고, 딱 부러지게 마디가 있을 뿐 아니라 야무지기도 하단 말이외다."

"그렇다면 정말 스님에게는 그만한 수단이 있다는 말씀인가요?"

"내 솜씨를 공주님이 보신 적은 없겠지만, 반드시 요괴를 항복시키고 때려잡을 수 있소."

손행자가 호언장담을 늘어놓았으나, 백화수 공주는 그래도 여전히 마음을 놓지 못한다.

"공연히 섣부른 짓을 해서 나를 더 못 살게 만들지는 마세요."

"절대로 당신을 못 살게 만들지는 않으리다."

"스님이 요괴를 잡을 수 있다고 치죠. 그럼 어떻게 그 사람을 잡으실 작정인가요?"

공주가 또 따져 물으니, 손행자는 대답 대신 이렇게 지시했다.

"공주님은 잠시 몸을 피해주시면 됩니다. 내 눈앞에 계시지 말고 어디 조용한 곳에 숨어 계시란 말입니다. 만약 내 곁에 그냥 계시면, 그 요괴가 여기 나타났을 때 내가 손을 쓰기가 매우 거북스럽소."

"왜 거북스럽다는 거예요?"

"공주님은 그 요괴와 오랜 세월 깊이 정들어서 차마 뿌리치기 어려울 겁니다. 내가 걱정하는 것이 바로 그 점이지요."

"내가 무엇 때문에 그 사람을 뿌리치지 못하겠어요? 여기 이렇게 갇혀 사는 것만도 죽지 못해 하는 짓인데 말입니다."

공주는 딱 잡아뗐으나, 그래도 손행자는 꼭 다짐을 받아내야 직성이 풀리겠다.

"그 요괴와 십삼 년 동안이나 부부 생활을 해왔으니 어찌 정이 들지 않았다고 하겠소? 이건 어린애 장난질이 아니오. 나는 그놈을 보는 순간, 철봉이면 철봉, 주먹이면 주먹 한 대로 단숨에 거꾸러뜨릴 거요. 그래야만 공주님은 비로소 궁중으로 돌아가실 수 있게 된다, 이런 말씀입니다."

손행자의 말대로 공주는 과연 동굴 속 외딴 구석으로 몸을 피해 들어갔다. 이 역시 백화수 공주와 황포 노괴 사이에 연분이 다하였으므로, 오늘 이 시각에 손행자가 여기 나타나고 서로 만나게 되었는지도 모를 일이다.

공주가 모습을 감추자, 이 앙큼한 원숭이 임금은 몸을 한 번 꿈틀하는 사이에 어느새 백화수 공주와 똑같은 모습으로 변신하더니, 동굴 속으로 들어가 황포 노괴가 나타나기만을 기다리기 시작했다.

한편 요괴의 자식들을 하나씩 안고 날아간 저팔계와 사화상은 보상국 도성 안 금란보전 상공에 다다르자, 손행자가 지시한 대로 아이들을 하늘 위에서 백옥 계단 섬돌 바닥에 내동댕이쳤다. 가련하게도 어린것들은 고기 떡이 되어 선지피를 쏟아내고 뼈마디가 모조리 으스러져 그 자리에서 죽고 말았다.

조회를 올리고 있던 만조 백관들은 대경실색을 해가지고 허겁지겁 국왕에게 달려가서 이 끔찍한 사건을 아뢰었다.

"큰일났습니다! 폐하, 큰일났습니다! 하늘 위에서 누군가 두 사람을 집어던져 죽였사옵니다!"

저팔계는 이때다 싶어 궁궐 안이 들썩거리도록 무서운 목소리로 고함을 쳤다.

"그 어린것들은 모두 황포 요괴의 자식들이다. 이 저팔계와 사화상이 그놈의 소굴에서 잡아 가지고 왔단 말이다!"

그때까지만 해도 황포 노괴는 여전히 은안전에서 밤새 마신 술이 덜 깬 채 곤드라져 잠을 자고 있었다. 그러다 잠결에 누군가 자기 이름을 부르는 소리를 어렴풋이 듣고 벌떡 몸을 뒤채어 일어났다. 고개를 쳐들고 바라보았더니, 이런 맙소사! 구름 끝머리에 저팔계란 녀석과 사화상이 우뚝 서서 호통을 치고 있는 것이 아닌가……? 요괴는 속으로 가만히 생각해보았다.

'저팔계란 놈은 어디로 뺑소니를 쳤다가 돌아왔는지 모르겠다만, 사화상은 분명히 내 동굴 안에 묶어두었는데 어떻게 빠져나왔을꼬? 혹시 마누라가 저놈을 놓아준 것은 아닐까……? 하면 왜 그랬을까? 내 자식들은 또 어떻게 해서 저놈들의 수중에 들어갔단 말인가? 어쩌면 이것은 저팔계란 놈이 내가 뛰쳐나가서 자기들과 싸우지 못하게 만들려고 이런 계략으로 나한테 올가미를 씌워놓겠다는 수작인지도 모른다. 만약 그렇다면 무슨 일이 있더라도 나가서 저놈들과 싸워야 한다. 하나 아직도 술이 덜 깨었으니, 아이! 이 노릇을 어쩌랴! 저놈의 쇠스랑에 찍혔다가는 내 위풍(威風)이 땅에 떨어져 납작하게 되어버릴 테고, 내 정체마저 탄로나게 될 것이 아닌가……? 안 되겠다, 우선 집으로 돌아가자꾸나! 돌아가서 저놈들이 던져 죽인 것이 과연 내 자식들인지 아닌지 그것부터 확인해보고 나서 다시 저놈들과 수작을 걸어도 늦지 않을 것이다.'

교활하기 짝이 없는 요괴는 국왕에게 하직 인사도 없이 그 즉시 궁궐 뒷산 나무숲 속으로 뛰어들어가더니, 구름을 일으켜 타고 부리나케 완자산 파월동으로 날아갔다. 사화상이 풀려나온 경위도 그렇거니와, 자식들의 안위를 알아보는 게 무엇보다 더 급했던 것이다.

이 무렵, 궁궐 안에서도 이미 '셋째 부마'가 요괴였다는 사실이 밝혀지고 있었다. 그가 밤중에 궁녀 한 사람을 잡아먹었을 때, 나머지 궁녀 열일곱 명은 가까스로 목숨을 건져 도망쳐 나왔다가, 오경(五更, 오전 3시~5시)이 되어서야 국왕에게 그 끔찍스런 광경을 처음부터 끝까지 아뢰었던 것이다. 게다가 '사위'란 녀석이 '장인'에게 온다간다 인사

한마디도 없이 연기처럼 사라져버렸으니, 그가 요괴라는 사실은 더욱 분명하게 드러난 셈이었다. 이리하여 국왕이 무관들의 수를 한층 늘려 가짜 호랑이를 가두어둔 우릿간을 단단히 지키고 있게 한 것은 두말할 나위도 없다.

궁궐에서야 대소동이 벌어지든 말든 아랑곳없이, 황포 노괴는 마침내 파월동 어귀까지 돌아왔다. 동굴에서 기다리던 손행자는 그가 돌아오는 것을 발견하자, 꼼수를 부려 두 눈두덩을 쓰윽쓱 비벼대더니 갑작스레 소나기 쏟아지듯 눈물을 펑펑 흘려가며 천지가 금방이라도 무너져 내릴 것처럼 두 발을 동동 구르고 가슴을 치면서 동굴 바닥에 털썩 주저앉아 대성통곡을 하기 시작했다.

황포 노괴는 창졸간이라 손대성이 가짜 공주라는 사실을 알아볼 턱이 없다. 그는 가짜 마누라 앞으로 와락 달려들어 부여안으면서 다급하게 물었다.

"여보, 왜 그렇게 슬퍼하는 거요? 무슨 일이 있었소?"

앙큼스런 손대성은 더욱 슬프게 울어가며 미리 짜놓았던 도깨비 수작을 슬슬 풀어놓기 시작했다.

"여보, 낭군! 속담에 이런 말이 있잖아요. '남자에게 마누라가 없으면 재물이 있어도 소용없고, 여자에게 남편이 없으면 허공에 뜬 신세와 같다'고 했어요. 어제 궁궐에 들어가 근친을 하셨으면 이내 돌아오실 것이지 어째서 그날로 돌아오지 않으신 거예요? 오늘 아침에 저팔계가 쳐들어와서 사화상을 빼돌려가더니, 둘이서 다시 나타나 우리 두 아이마저 빼앗아가고 말았어요. 내가 아무리 애걸복걸 빌어도 듣지 않고, 궁중에 데려가서 외할아버지를 만나게 해준다면서 그냥 데리고 사라졌지 뭐예요. 그리고 나서 반나절이 지나도록 어린것들을 볼 수가 없으니, 죽었는지 살았는지 모르기도 하려니와 당신마저 집으로 돌아오지 않으니,

날더러 어떻게 견디란 말이에요? 그래서 이렇듯 슬프게 울고 있었던 거예요."

요괴는 이 말을 듣고 속에서 보이지 않는 불길이 확 솟구쳐 올랐다.

"으으으! ……그게 정말 내 아이들이었단 말인가?"

"그래요, 저팔계란 놈에게 빼앗겼어요."

이윽고 황포 노괴의 울화통이 한꺼번에 터져나왔다. 요괴는 분을 못 참고 펄펄 뛰면서 고래고래 악을 썼다.

"끝장이로구나, 끝장이야! 내 아이들은 벌써 그놈이 내동댕이쳐서 죽었단 말이오! 다시 살아날 수는 없소. 이제부터 내가 할 일은 그 중놈들을 잡아다가 앙갚음을 하고 죽은 내 아이들의 목숨값을 받아내는 길밖에 달리 없소. 여보, 울지 말구려. 지금 당신의 심정이 아무리 괴롭더라도 꾹 참고 있구려. 내가 반드시 고쳐주리다."

가짜 마누라는 앙큼스레 거짓말을 늘어놓았다.

"저는 아무렇지도 않아요. 단지 무참하게 죽은 아이들을 생각하니, 눈물이 쏟아져 도무지 참을 수가 없어요. 여태껏 너무 울었더니 가슴이 찢어지는 듯이 아파요."

"괜찮소. 일어나구려. 내게 보배가 하나 있소. 그것으로 아픈 데를 슬쩍 문지르기만 해도 금방 낫게 될 거요. 하지만 조심해서 다루고 엄지손가락으로 퉁기지 말아야 하오. 엄지손가락으로 퉁기는 날에는 내 본상이 드러나게 되거든."

손행자는 그 말을 듣고 속으로 쿡쿡 웃었다.

'이 못된 요괴 녀석이 그래도 솔직한 구석은 있군 그래. 매달아놓고 때리지 않았는데도 제 입으로 술술 불다니 말씀이야. 보배를 내놓거든 어디 한번 퉁겨보자꾸나. 이 요괴의 정체가 무엇인지 두고 봐야겠다.'

황포 노괴는 가짜 마누라를 데리고 동굴 속 아주 깊숙하고도 단단히 밀폐된 곳으로 들어가더니, 입을 쩍 벌리고 보배 한 가지를 토해놓았다. 그것은 달걀만큼씩이나 커다란 사리자(舍利子), 영롱한 광채를 쏟아내는 내단(內丹)[5]이었다.

그것을 보고 손행자는 속으로 은근히 기뻐했다.

'흐흠, 정말 굉장한 보배로구나! 이걸 빚어내느라고 얼마나 많은 세월 동안 좌공을 하고 몇 해나 굽고 갈고 닦았으며 또 몇 차례나 자웅(雌雄)을 전환시켜 만들었는지 모르겠다만, 오늘 기막히게 놀라운 인연이 있어 이 손선생을 만나게 되는구나!'

앙큼스런 이 원숭이는 시침 뚝 떼고 그것을 건네받았다. 물론 아픈 데가 있을 턱이 없다. 그는 짐짓 손바닥에 올려놓고 주물럭주물럭하더니, 느닷없이 엄지손가락으로 탁 퉁겨버렸다. 기절초풍을 하도록 놀란 요괴가 손을 불쑥 내밀어 그것을 도로 빼앗으려 하였으나, 생각해보라, 이 깜찍하고도 눈치 빠른 원숭이가 호락호락 빼앗길 리가 어디 있겠는가! 손행자는 재빨리 그 보배를 입에 집어넣고 꿀꺽 삼켜버리고 말았다. 노발대발한 요괴가 주먹으로 내리질렀으나, 손행자는 그것을 한 손으로 넙죽 받아넘기면서 다른 한 손바닥으로 얼굴을 쓰윽 문질러내렸다. 손바닥이 문지르고 지나간 자리에는 손행자의 본래 모습이 여실하게 드러났다.

---

5 **사리자 · 내단: 사리자**(舍利子)에 관해서는 제8회 주 **6** 및 제19회 주 **17** 참조. **내단**(內丹)이란, 도교에서 광물질 약석(藥石)을 원료로 하여 솥과 화로(爐鼎)에 구워 만드는 '외단(外丹)'과는 달리, 수련자가 복기(服氣) · 존사(存思) · 벽곡(辟穀) · 정공(靜功) · 태식(胎息) 등의 양생술(養生術)과 장부경락학설(臟腑經絡學說)을 결부시킨 방법에 따라 인체 내의 정(精) · 기(氣) · 신(神)을 '기본 약재'로 삼고 신체의 어느 부위를 노정(爐鼎)으로 삼아, 의지와 상념의 인도를 받아 응결시켜 이룬다는 단약으로, 몇 단계의 고된 수련을 거쳐 이룩한 금단을 일명 '성태(聖胎)'라고 일컫는다. 이 과정에 관해서는 제39회 주 **1** '중루 · 명당 · 단전혈'과 주 **2** '일주천' 참조.

"요괴야! 무례하게 굴지 말아라. 이만하면 내가 누군지 알아보겠느냐?"

황포 노괴는 손행자를 쳐다보더니 그만 아연실색하고 말았다.

"아니, 여보 마누라! 당신 얼굴하며 주둥이가 어떻게 갑자기 그런 모습으로 바뀌었어?"

"이런 고약한 요괴 녀석 봤나! 누구더러 네 여편네라는 거야? 아무리 무식한 놈이기로서니 네놈의 조상 할아비도 못 알아본단 말이냐!"

이 말에 요괴는 퍼뜩 깨달았는지 고개를 갸우뚱거렸다.

"어디선가 본 적이 있는 낯짝인데,……누구더라?"

"네놈을 때리지는 않을 테니, 다시 한번 똑똑히 봐라."

"낯이 익기는 하지만 얼른 보아서는 성명이 무엇인지 기억나지 않는구나. 도대체 네놈은 누구냐? 어디서 온 놈이냐? 내 마누라는 어디다 숨겨놓았으며, 또 무엇 하러 내 집에 와서 보배까지 사기 쳐서 빼앗는 거냐? 정말 무례하기 짝이 없는 놈은 내가 아니라 바로 너다! 이 가증스러운 놈……!"

"그래도 날 알아보지 못하느냐? 나는 당나라 스님의 수제자, 이름은 손오공 행자이시다. 그리고 오백 년 전 네놈의 옛날 조상 할아비가 되시는 몸이다! 이만하면 알아듣겠느냐?"

"그럴 리가 없다! 그럴 리가 없어! 내가 당나라 화상을 붙잡았을 때, 그 땡추중에게는 저팔계와 사화상이란 제자 둘만 있다고 들었을 뿐, 손가 성을 가진 놈이 또 있단 말은 못 들어봤다. 네놈이 어디서 굴러들어온 괴물인지 모르겠다만, 무슨 속셈으로 여기 나타나서 이 어르신을 속이려 드는 거냐?"

"물론 그들 두 사람과 함께 온 것은 아니지! 우리 사부님은 이 손선생이 걸핏하면 요괴를 때려죽이고 너무 많은 살생을 저질렀기 때문에,

자비심 많고 착한 일을 좋아하시는 그분이 나를 파문시키고 쫓아내셨단 말이다. 그래서 사부님과 같이 오지 못하고 고향에 돌아가 있었던 것이다. 이러니 네 녀석이 조상 할아비의 이름자도 모를 수밖에 더 있겠느냐?"

그 말을 듣고 황포 노괴는 버럭 호통쳐 꾸짖었다.

"예끼, 이 못난 녀석아! 그러고도 사내대장부라고 할 테냐? 스승에게 내쫓긴 놈이 무슨 낯짝으로 뻔뻔스레 또다시 찾아왔단 말이냐?"

"이 무식한 요괴 놈아! '하루일지언정 스승으로 섬겼으면 죽는 날까지 어버이로 받든다'는 성현의 말씀을 너 같은 놈이 어찌 알겠느냐? '부자지간에는 단 하루라도 원수를 맺는 법이 없다'고 한 말도 네놈은 모를 게다! 네가 우리 사부님을 해쳤는데, 내 어찌 그분을 구하러 달려오지 않겠느냐? 또 그분을 해친 것은 그렇다고 치더라도, 어째서 만나본 적도 없는 나를 돌려세워놓고 욕설을 퍼붓는단 말이냐?"

"내가 언제 너한테 욕을 했다는 거냐?"

"저팔계가 그랬다고 했다."

"그놈의 말을 믿다니, 너도 한참 어리석은 놈이로구나. 저팔계란 녀석은 뻐죽한 주둥이를 가지고 늙어빠진 할망구처럼 의뭉스럽고 엉뚱한 소리를 곧잘 늘어놓는 놈이다. 그런 교활한 녀석의 말을 어떻게 믿게 되었는지 모르겠구나."

"쓸데없는 소리 작작 지껄여라! 이 손선생이 오늘 모처럼 네놈의 소굴에 행차하셨는데, 술과 안주를 차려 내놓고 환대는 하지 못할망정, 주인 된 몸으로 먼 데서 오신 손님을 이렇게 냉대할 수 있단 말이냐? 옳거니! 머리통 하나만큼은 달고 있구나. 이놈아, 그 머리통이나 이리 내밀거라! 이 손선생이 철봉으로 한 대 먹여서 박살내놓고 찻물 대신에 그놈의 핏물이라도 마셔야 쓰겠다!"

요괴는 자기 머리통을 철봉으로 으스러뜨리겠다는 말을 듣고 기가 막혔는지 한바탕 껄껄대며 웃었다.

"이것 봐, 손행자! 자네 그 계략을 잘못 썼네. 내 머리통을 박살내려면 날 따라서 이 동굴 안에 발을 들여놓지 말았어야 할 게 아닌가! 이 안에는 크고작은 부하 요괴들이 일백 수십 마리나 득시글거리고 있단 말이다. 네놈의 몸뚱이 구석구석에 손이 달렸다 하더라도, 이제는 두 번 다시 동굴 밖으로 빠져나갈 생각은 말아야 할 게다!"

"허튼소리 집어치워라! 일백 수십 마리는 그만두고 수천, 수만 마리가 있다손 치더라도 내가 한놈 한놈씩 낱낱이 뒤져내어 때려죽이고 말 테다. 이 철봉은 한번 후려 때릴 때마다 빗나가본 적이 없으니까, 잠시 후에는 네놈들의 씨를 깨끗이 말려버리고 말 게다."

황포 노괴는 이 말을 듣더니, 그 즉시 호통쳐서 부하들에게 출전 명령을 내렸다. 명령이 떨어지자, 앞산 뒷산과 동굴 속, 동굴 바깥에 도사려 있던 부하 요괴들이 와르르 쏟아져 나오더니 제각기 날카로운 병기를 손에 잡고 세 겹 문, 네 겹 문을 개미 새끼 한 마리도 빠져나가지 못하도록 빽빽하게 가로막은 채 열어주지 않았다.

무수한 요괴들이 한꺼번에 쏟아져 나오는 것을 보자, 손행자는 겁을 집어먹기는커녕 오히려 기뻐 어쩔 줄 모르고 두 손으로 철봉을 어루만지면서 냅다 고함을 질렀다.

"변해라!"

외마디 호통을 지르는 찰나, 손행자의 몸뚱이는 삽시간에 머리가 셋에 팔뚝이 여섯 달린 이른바 삼두육비(三頭六臂)의 화신으로 바뀌더니, 수중에 들고 있던 여의금고봉을 휘두르기가 무섭게 그것마저 세 자루로 늘어났다. 양손으로 한 자루씩 여섯 손이 세 자루의 철봉을 휘둘러가며 들이치는 품이, 마치 양떼 한가운데 호랑이를 풀어놓은 듯 사납기 짝이 없었고, 사흘 굶주린 독수리가 닭장에 곤두박질치듯 무시무시한 기세로 돌진하는 것이었다. 불쌍하게도 요괴의 무리들은 내려치는 철봉 끝에 골통이 박살나서 거꾸러지는 놈, 가로 후려치는 서슬에 얻어맞고 피떡이 되어 나자빠지는 놈 할 것 없이, 그야말로 손 한번 제대로 써보지도 못하고 하나하나씩 처참한 몰골로 쓰러져갔다. 동굴 속에 피가 냇물처럼 흐르는데도, 손행자의 철봉 세 자루는 종횡무진, 앞뒤 좌우 가릴 것 없이 무인지경으로 쳐들어가고 있었다.

마지막으로 남은 것은 황포 노괴 한 마리뿐, 그가 동굴 문 밖으로 뒤쫓아 나오면서 고래고래 악을 썼다.

"이 못된 원숭이 놈아! 참으로 가증스러운 놈이로구나. 어쩌자고 남의 집에 찾아와서 이렇듯 못 살게 들볶는단 말이냐!"

손행자는 고개를 돌리고 손짓해 불렀다.

"잔소리 말고 이리 나오기나 해라! 네놈을 때려눕혀야만 내가 여기 온 보람이 있겠다!"

악에 받친 괴물이 보도를 머리 높이 쳐들고 손행자의 정수리를 두 조각 낼 작정으로 있는 힘껏 내리쳤다. 용감한 손행자는 철봉을 휘둘러 철꺼덕 가로막더니, 그 기세를 몰아 요괴의 얼굴을 노리고 정면으로 마주 내질러 들어갔다.

이윽고 싸움터는 완자산 정상으로 옮겨져 안개구름을 흩날리면서 살기등등하게 전개되기 시작했다.

제천대성은 신통력이 굉장하고, 요사스런 마귀는 재간이 높다. 이편이 생철봉(生鐵棒)을 가로뉘어 후려치면, 저편은 강철로 벼린 큰 칼을 비스듬히 쪼개어 가로막는다.

여유만만하게 칼날을 번뜩이는 곳에 밝은 노을이 눈부시고, 날

렵하게 가로막는 철봉에 채운이 나부낀다.

오락가락 정수리를 보호하며 엎치락뒤치락하기를 벌써 몇 차례인가, 혼신의 힘을 다 기울여 빼돌리기를 거듭하니 벌써 여러 차례다.

한쪽은 바람결 따라 공세를 가다듬고, 또 한쪽은 땅을 딛고 우뚝 서서 몸을 뒤틀어 방어 태세를 굳힌다.

저편이 불덩어리 같은 눈을 부릅뜨고 원숭이의 긴 팔뚝을 내뻗으면, 이편은 황금빛 눈동자를 번뜩이며 호랑이의 허리를 꺾어 도사린다.

네놈이 들이치면 나도 역습하니 날카로운 병기와 육중한 병기가 맞부딪치며 어우러져 싸우고, 큰 칼이 요격하면 철봉이 가로막으니 쌍방은 서로 양보하고 용서하는 법이 없다.

원숭이 임금의 철곤(鐵棍)은 『삼략(三略)』 전법에 의존하고, 요괴의 강도(鋼刀)는 『육도(六韜)』[6] 전술을 본떴으니, 모두가 강태공의 비법이라네.

한쪽은 수단을 잘 써서 마왕이 되었고, 다른 한쪽은 법력을 널리 베풀어 당나라 스님을 보호한다.

불같이 사나운 미후왕이 맹렬함을 더 보태니, 영특한 괴물은 영웅호걸의 본색을 한껏 떨친다.

생사를 돌보지 않고 공중에서 치고받으나, 이래저래 당나라 스

---

6 『삼략』『육도』: 중국의 병법서 '무경칠서(武經七書)' 가운데 두 종류. 『삼략(三略)』은 진(秦)나라 말엽 황석공(黃石公, 제14회 주 7 참조)이 강태공 여상(呂尙)의 병법을 부연하여 한나라 개국 공신 장량(張良)에게 전수했다는 국가 군사 전략에 관한 서적으로, 「상략(上略)」 「중략(中略)」 「하략(下略)」의 세 부분으로 이루어졌다. 『육도(六韜)』 역시 강태공 여상이 지었다는 고대 국가 군사 전략을 다룬 병법서인데, 「문도(文韜)」 「무도(武韜)」 「용도(龍韜)」 「호도(虎韜)」 「표도(豹韜)」 「견도(犬韜)」의 여섯 가지 도략(韜略)편에 60장으로 나뉘었다.

님이 부처님을 뵙기는 아직도 아득할 뿐이다.

둘이서는 무려 5, 60합을 싸웠어도 좀처럼 승부가 나지 않았다. 모처럼 호적수를 만난 반가움에 손행자는 속으로 찬탄을 아끼지 않으면서 슬그머니 전법을 바꿀 생각을 했다.
'이 못된 요괴 녀석, 칼 쓰는 솜씨가 제법인걸! 이 손선생의 드센 철봉 공격을 곧잘 막아내니 말씀이야. 옳거니, 좋다! 내가 어디 헛손질을 하는 척해보자꾸나. 그래도 이놈이 눈치를 채나 못 채나 시험해봐야 겠다.'
앙큼스런 원숭이 임금은 양손으로 철봉 자루를 부여잡은 채 높이 쳐들고 이른바 '고탐마(高探馬)' 자세를 취했다. 그러자 황포 노괴는 이것이 유인 술책이라는 것을 까맣게 모른 채 상대방이 빈틈을 보였다고 생각한 나머지 칼춤을 추어가며 달려들더니, 상단과 중단, 하단 이렇게 세 방향으로 연속해서 좌우를 바꿔가며 가로 후려 찍었다. 그러나 손행자는 잽싸게 몸을 돌려 이른바 '대중평(大中平)'의 신법으로 한칼 한칼씩 퉁겨내면서 공세를 풀어버리더니, 이번에는 원숭이가 잎사귀 밑에서 복숭아를 훔친다는 이른바 '엽저투도세(葉底偸桃勢)'로 황포 노괴의 머리통을 겨누고 철봉 한 대를 있는 힘껏 후려쳤다. 그런데 어찌 된 노릇인가? 결정타를 먹였다고 생각하는 그 순간에, 요괴는 벌써 어디로 사라졌는지 그림자도 흔적도 남기지 않고 온데간데없질 않은가! 손행자는 황급히 철봉을 거두어들이고 요괴가 서 있던 위치를 살펴보았으나 상대방이 보이지 않았다. 삽시간에 목표를 잃어버린 손행자는 그만 대경실색하고 말았다.
"이런 빌어먹을……! 모처럼 마음 다져먹고 한 대 먹였더니 없어져버렸잖아? 한 대 맞아 죽었다면 피고름이라도 흘렸을 텐데, 어째서 털끝만한 그림자도 보이지 않고 흔적마저 없단 말인가……? 그렇다, 그놈은 분명 손끝 하나 다치지 않고 빠져 달아난 게 틀림없다!"

급히 몸을 솟구쳐 구름장 위로 뛰어올라 사면팔방을 샅샅이 둘러보았으나 요괴의 그림자는커녕 인기척도 없다.

"그것참 이상하군. 이 손선생의 시력이라면 어디든 한번 쓰윽 흘겨보기만 해도 시야에서 빠져나갈 놈이 없는데, 어떻게 이토록 날쌔게 빠져 달아났을까……? 옳지, 알았다! 그놈이 나를 처음 보았을 때 어딘가 모르게 낯이 익다고 했으렷다? 그렇다면 이놈은 인간 속세의 평범한 괴물이 아니라, 천상에서 내려온 요정일 가능성이 다분하다!"

천계의 요정에게 농락당했다는 생각이 들자, 손행자는 참고참았던 분노가 와락 치밀어 올랐다. 그는 철봉을 어깨에 둘러메고 곤두박질 한 번에 당장 근두운을 일으켜 타더니 그 길로 남천문을 바라고 날아 올라갔다. 얼마나 기세등등하게 들이닥쳤는지, 남대문을 지키고 있던 방(龐)·류(劉)·구(苟)·필(畢)·장(張)·도(陶)·등(鄧)·신(辛) 등, 여러 성수(星宿)들이 양편에 늘어서서 허리만 구부려 맞아들였을 뿐, 감히 그 앞을 가로막아 검문하지 못하고 그대로 통과시켜주었다. 손행자는 남천문을 거쳐서 곧바로 옥황상제가 계신 통명전(通明殿)에 들이닥쳤다. 대천존(大天尊)께 일을 아뢰는 장도릉 천사, 갈선옹 천사, 허정양 천사, 구홍제 천사들이 벌써부터 기다리고 있다가 이 골치 아픈 불청객을 영접하면서 물었다.

"손대성, 무슨 일로 오셨소이까?"

제천대성 손오공은 숨 돌릴 틈도 없이 내처 대답했다.

"당나라 스님을 모시고 보상국에 당도했는데, 요사스런 마귀 한 놈이 국왕의 셋째 따님을 사기 쳐서 제 아내로 삼았을 뿐만 아니라, 우리 사부님까지 해쳤기에 이 손선생은 그놈과 한바탕 싸웠는데, 결정타를 먹이려는 순간에 어디론가 사라지고 말았소. 가만히 생각해보니, 이 요괴는 속세의 보통 요괴가 아니라 아마도 천계에서 살던 요정 같기에, 그 요정의 정체가 무엇이며 또 어디로 달아났는지 알아보러 이렇게 달려왔소. 천사 네 분께서는 수고스럽지만 내 부탁을 좀 들어주시오."

사대 천사는 그 말을 듣고 즉시 영소보전에 올라가 대천존께 아뢰었다. 옥황상제는 당장 조사하라는 칙명을 내렸다. 그러나 십이원신(十二元辰), 동서남북과 중앙에 자리잡은 오두(五斗, 다섯 성좌), 하한군신(河漢群辰, 은하계의 여러 별), 오악사독(五嶽四瀆), 보천신성(普天神聖)들은 모두 천상에 있어 하나도 제 방위를 떠난 자가 없었다. 한데, 두우궁(斗牛宮) 밖을 조사해보니, 이십팔수(二十八宿) 가운데 스물일곱 별자리만 있고 규성(奎星)[7] 하나가 모자랐다.

사대 천사들은 영소전으로 돌아와 대천존께 아뢰었다.

"규목랑(奎木狼)이 하계로 내려갔사옵니다."

옥황상제가 하문하였다.

"천상에 있지 않은 지 며칠이나 되었는고?"

"사묘(四卯) 동안 점고에 불참하였나이다. 사흘에 한 차례씩 점묘(點卯)를 하였사온즉, 오늘까지 열사흘이 되나이다."

"천상에서 열사흘이면 하계에서는 십삼 년이 되겠구나."

이렇게 말씀하신 옥황상제는 즉시 본부에 명하여 규목랑을 상계로 불러 올리게 하였다.

스물일곱 분의 동료 별들은 어명을 받들고 하늘 문을 나서더니 저마다 주어를 외워 규성을 놀라 움직이게 만들었다. 그렇다면 규목랑은 어디에 피신해 숨어 있었을까? 그는 애당초 5백 년 전에 제천대성 손오

---

7 규성: 이십팔수(二十八宿, 제5회 주 **11** 참조)에 속하는 별자리의 하나. 지금의 안드로메다 Andromeda 성좌 **η**(에타)에 해당한다.

공이 천궁을 뒤엎고 일대 소동을 일으켰을 때부터 얻어맞을까 지레 겁먹고 있던 신장이었다. 그런데 오늘에 와서 그 무서운 적수와 또 맞닥뜨리게 되니, 철봉에 결정타를 얻어맞으려는 찰나 연기같이 몸을 빼어 완자산 파월동 근처 깊숙한 산골짜기로 숨어들어가, 짙은 수증기에 휩싸인 채 재앙을 피할 속셈으로 요사스런 구름 속에 처박혀 있었다. 그래서 손행자가 화안금정의 날카로운 눈으로 아무리 두리번거려도 끝내 발견하지 못했던 것이다.

그는 본부의 동료 성좌들이 외우는 주문을 듣자, 그제야 비로소 머리통을 내밀고 나타나 동료들을 따라 천상으로 올라갔다. 손행자는 하늘 문을 가로막은 채 지켜 서 있다가, 규목랑을 보기가 무섭게 철봉으로 때려죽이려고 설쳐댔다. 그러나 천궁의 여러 성관(星官)들이 좋은 말로 제천대성을 달래고 구슬려서 가까스로 진정시키고, 규목랑을 무사히 옥황상제 앞까지 끌고 가는 데 성공했다.

황포 요괴로 변신했던 규목랑은 허리춤에서 금패를 꺼내들고 전하(殿下)에 머리 조아려 스스로 지은 죄를 자백했다.

옥황상제가 엄한 말로 꾸짖었다.

"규목랑! 이 천상에는 명승절경이 무한정으로 많은데, 그대는 이를 버리고 제멋대로 다른 곳에 도망쳐가다니, 이게 무슨 까닭인고?"

규수(奎宿)는 머리 조아려 사죄하면서 아뢰었다.

"폐하! 소신이 죽을죄를 저질렀으나, 너그러이 용서하소서. 저 보상국 공주는 속세의 보통 인간이 아니옵고, 본디 피향전(披香殿)에서 향불을 맡아보던 옥녀였나이다. 옥녀는 소신과 사통하고 싶은 마음이 있었사오나, 소신은 천궁의 승경을 더럽히게 될까 두려운 나머지, 옥녀에게 범심(凡心)을 일으켜 우선 하계로 내려가게 만들고, 보상국 황궁 내원(內院, 왕비)의 태중에 붙여 전생(轉生)하도록 하였나이다. 그리고 소신 역시 전약(前約)을 어기지 못하고 요사스런 마귀로 변신하여 하계로 뒤쫓아 내려가, 완자산의 명승을 차지하고 공주로 다시 태어난 옥녀를 파월동 소굴로 끌어들인 다음, 그녀와 십삼 년 동안 부부의 인연을 맺었사온즉, '물 한 모금 마시는 것이나 음식 한 가지 먹는 것이나, 모두가 전생의 인과'로 정해짐이 아니오리까. 이제 손대성에게 잡히는 몸이 되어 결국 이 지경에 이르렀나이다."

규목랑의 변명을 다 듣고 나서, 옥황상제는 금패를 회수한 다음 그를 좌천시켜 두솔궁 태상노군에게 보내 일개 불목하니로 일하도록 명령했다. 그리고 녹봉도 차등을 두어 낮추고, 앞으로 공을 세우면 복직시킬 것이요, 공을 세우지 못할 때는 이미 지은 죄를 더욱 무겁게 다루기로 작정했다.

손행자는 옥황상제가 이렇게 명령을 내리는 것을 지켜보고 있다가 모든 조치가 끝나자, 속으로 무척 흐뭇해하면서 옥황상제에게 사뭇 점잖게 읍례를 올렸다.

"예에, 황공하나이다!"

그리고 다시 여러 선관들을 돌아보고 한마디 했다.

"여러분, 나는 이만 물러가오."

하긴 손행자가 천궁에 올라와 차린 예절이라고는 이것이 전부였다. 그 모양을 본 여러 선관들은 어처구니가 없어 쓴웃음만 지었다.

"이 원숭이 녀석은 여전히 시골뜨기 티를 벗어버리지 못하는군! 자기 한 사람을 위해 괴신을 붙잡아주느라 그토록 애를 썼는데도, 대천존의 우악하신 은혜에 감사할 줄은 모르고 그저 허리 한 번 꾸벅하면서 '예에!' 소리만 늘어놓다니, 촌뜨기 녀석은 역시 할 수 없군 그래."

선관들이 분개하는 것을 보고 옥황상제가 한마디 던졌다.

"그저 저 원숭이 녀석에게 아무 일도 없어서, 천궁이 늘 조용하고 평안하기나 하면 다행인 줄 알아야 하리로다."

제천대성 손오공은 상광을 낮추어 완자산 파월동으로 돌아왔다. 그리고 백화수 공주를 찾아 하계에서 황포 요괴를 하늘로 불러 올린 사연을 한바탕 늘어놓았다. 그가 한참 동안 신바람 나게 이야기를 하고 있는데, 반공중에서 저팔계와 사화상이 고함치는 소리가 들려왔다.

"형님! 졸개 요괴가 있거든 몇 마리 남겨두시오! 우리도 때려잡아야 할 게 아니겠소?"

손행자는 고개를 쳐들고 허공을 향해 버럭 악을 썼다.

"자네들 몫은 이제 없네, 없어! 요괴들은 벌써 깡그리 씨를 말려버렸으니까!"

사화상이 시무룩해서 단념을 한다.

"요괴를 뿌리뽑았다면 더 이상 거추장스러운 일도 없겠구려. 그럼 공주님을 모시고 궁중으로 돌아갑시다. 공주님, 우리가 축지법을 쓸 테니 눈을 뜨지 마세요!"

공주는 귓결에 요란한 바람 소리만 들었을 뿐인데, 일행은 삽시간에 도성 안으로 돌아와 있었다. 손행자를 비롯한 세 형제가 공주를 데리고 궁궐 안에 들어가니, 공주는 부왕과 모후 앞에 무릎 꿇어 절하고 언니들을 반갑게 만나보았다. 조정의 문무백관들도 소식을 듣고 모두 모여들어 셋째 공주에게 하례를 드렸다.

백화수 공주는 그제야 정신을 가다듬고 그동안의 사연을 자초지종 아뢴 다음, 이렇게 덧붙여 말했다.

"손장로님께서 놀라우신 법력으로 황포 요괴를 굴복시키고 이 여식을 구해주신 덕분에, 이제야 고국에 돌아왔나이다."

"황포 요괴란 도대체 어떤 놈이더냐?"

국왕이 묻는 말에, 손행자가 공주를 대신하여 설명했다.

"폐하의 셋째 부마는 본디 하늘나라의 이십팔수 가운데 하나인 규성입니다. 그리고 따님 역시 하늘나라에서 옥황상제의 향불을 맡아보던 옥녀였는데, 속세를 그리워하여 인간 세상에 떨어졌기 때문에 어쩔 수 없이 전생의 인연으로 황포 요괴로 변신한 규성과 십삼 년 동안 부부 관계를 맺게 되었던 것입니다. 그 요괴는 이 손선생이 천궁에 올라가 아뢴 까닭으로, 옥황상제께서 조사하라는 특명을 내리셨고, 그 결과 규성이 사묘 동안 점고에 불참했다는 사실이 밝혀졌습니다. 사묘라면 곧 열사흘이요, 천계에서 열사흘은 하계에서 십삼 년이 됩니다. 하늘나라에서의 하루는 인간 속세에서 일 년에 해당합니다. 그리하여 동료 이십칠수를 하계에 내려보내시어 그를 천궁으로 다시 불러 올리고 좌천시켜 태상노군의 두솔궁에서 불목하니로 일하면서 공을 세우라는 분부를 내리셨습니다. 이렇게 모든 일이 마무리된 것을 보고, 이 손선생은 곧바로 완자산 파월동으로 가서 따님을 구출하여 모시고 온 것입니다."

국왕은 손행자의 은덕에 감사를 표하고 나서 이렇게 분부했다.

"그대의 사부를 만나뵙고 오시오."

그들 세 사람은 보전을 내려와 관원들과 함께 조방(朝房)에 들어가 철창으로 둘러친 우릿간을 떠메어내고 그 안에 갇혀 있던 가짜 호랑이를 풀어주었다. 보통 사람들에게는 영락없이 호랑이였으나, 손행자의 눈에만큼은 사람으로 보였다. 알고 보면 삼장 법사는 요괴의 술법에 억눌려 몸을 움직이거나 걸어다닐 수 없을 뿐 아니라, 속으로는 모든 것을 똑똑히 알면서도 입을 벌려 말을 못 하고 눈을 뜰 수가 없었던 것이다.

자신을 파문시켜 쫓아낸 스승을 눈앞에 두고, 손행자의 가슴은 사랑과 미움이 엇갈려 뭐라고 형언할 길 없는 착잡한 심정이 되어 있었다. 그는 서글픈 웃음을 띠면서 이렇게 빈정거렸다.

"사부님, 사부님은 착한 사람이라고 하시더니 어쩌다가 이런 꼬락서니가 되셨습니까? 사부님은 절더러 흉악한 짓만 저지른다고 쫓아내 버리시고, 오로지 착한 일만 하셨을 터인데, 어째서 이런 괴상망측한 얼굴로 변하셨단 말씀입니까?"

곁에서 저팔계가 차마 듣다 못해 사형의 말을 가로막았다.

"형님, 공연히 조롱하지만 말고 어서 사부님을 구해주시오."

그 말에 손행자가 미련퉁이 쪽으로 휙 돌아서서 정색을 하고 꾸짖었다.

"자네는 터무니없는 소리를 지껄여 애꿎은 사람을 무고하고, 그래서 사부님의 신망을 두텁게 얻은 훌륭한 제자가 아닌가? 그런 자네 손으로 사부님을 구해드리지 않고 무엇 때문에 이 손오공을 찾아왔었나? 이제 자네와 약속한 대로, 나는 요괴를 항복시켰고 또 내 욕을 한 원수도 갚았으니까, 이대로 고향 땅에 돌아가야 옳은 일이 아닌가?"

사화상이 맏형 앞으로 나서더니, 공손히 무릎을 꿇고 빌었다.

"큰형님, 옛사람도 이런 말을 하지 않았소? '절간에 중의 얼굴을 보러 가는 것이 아니라, 부처님을 뵈러 간다' 했소. 기왕에 여기까지 오셨으니 제발 덕분에 사부님을 좀 구해주시오. 우리 힘으로 구할 수만 있었다면, 무엇 하러 그 머나먼 곳까지 가서 형님을 모셔왔겠소?"

손행자는 그 한마디에 마음이 풀렸는지, 두 손을 내밀어 사화상을 부여안아 일으켰다.

"내가 왜 사부님을 구해드리지 않겠나? 자아, 일어나서 물이나 한 그릇 빨리 가져오게."

사형이 스승을 구해주겠다는 말을 듣자, 사화상보다 저팔계가 먼저 쏜살같이 역관으로 달려가더니 보따리 속에서 자금(紫金) 바리때를 꺼내 가지고 맑은 물 반 대접을 담아서 사형에게 건네주었다. 손행자는 물 대접을 손에 들고 중얼중얼 진언을 외운 다음, 호랑이를 향해 물 한 모금을 확 뿜어보내, 요술을 물리치고 호랑이의 기운을 풀어놓았다. 과연 그의 신통력은 놀라웠다. 물을 뒤집어쓴 삼장 법사는 삽시간에 본래의 모습으로 돌아와 눈동자가 똑바로 박히더니, 그제야 맏제자를 알아보고 깜짝 놀라 물었다.

"오공아! 네가 어디 있다 돌아왔느냐?"

사화상이 스승 곁에 서 있다가, 맏사형을 대신해서 그동안에 겪었던 우여곡절을 자초지종 말씀드리기 시작했다. 저팔계가 어떻게 사형을 모셔오게 되었으며 또 손행자가 황포 요괴를 항복시키고 백화수 공주를 구출한 경위며 세 형제가 공주를 데리고 궁궐로 돌아와 스승이 뒤집어쓰고 있던 호랑이의 기운을 방금 풀어드린 사연에 이르기까지 하나도 빠뜨리지 않고 낱낱이 설명해주었던 것이다.

삼장 법사는 가슴 벅찬 감동을 느끼면서 맏제자의 노고에 감사해 마지않았다.

"오공아, 너는 역시 현명한 제자였구나. 수고했다! 정말 큰 신세를 졌다. 이제는 어서 빨리 서천으로 떠나자꾸나. 공을 이루고 다시 동녘 땅으로 돌아올 때에는 내 반드시 천자 폐하께 네가 으뜸가는 공로를 세웠노라고 아뢰겠다."

그 말씀에, 손행자는 서글픈 웃음을 띠었다.

"으뜸가는 공로라니요, 천만의 말씀이십니다. 그저 사부님께서 그 '긴고주'만 외우지 않으신다면, 감지덕지할 뿐입니다."

삼장 법사가 호랑이의 탈을 벗어버렸다는 소식이 전해지자, 국왕은 그들 일행 네 사람을 위하여 동각을 활짝 열어놓고 소찬으로 푸짐한 잔치를 베풀어 감사의 뜻을 표했다. 잔치가 끝난 뒤, 이들 스승과 제자는 국왕의 은혜에 감사하며 작별 인사를 했다.

이들이 서쪽으로 떠나던 날, 보상국 임금은 다시 문무백관을 거느리고 도성 밖 멀리까지 나와 전송해주었다.

*임금은 대궐로 돌아가 강산을 다스리고,
스님은 뇌음사로 가서 불조에게 참배한다.*

과연 앞으로는 또 무슨 일이 생길 것이며, 어느 때에야 서천에 당도할 수 있을 것인지, 다음 회에서 풀어보기로 하자.

제32회 평정산에서 일치 공조는 소식을 전해주고, 미련한 저팔계는 연화동에서 봉변을 당하다

삼장 법사는 다시 손행자를 거느리게 되었다. 이래서 스승과 제자들은 일심동체가 되어 서쪽 땅을 바라고 길을 떠났다. 보상국의 셋째 공주를 구출해주고 군신들의 배웅을 받으며 도성 서대문을 나선 이후부터, 길을 가는 동안에 시장하면 잿밥 얻어먹고 목마르면 물을 찾아 마시고, 밤이 되면 노숙하고 이른 새벽이면 또다시 길을 찾아 떠나는 고생이 말로는 이루 헤아릴 수 없었다.

그러다 보니 어느덧 또 봄철이 다가왔다. 처음으로 발을 내딛는 낯선 고장의 삼춘가절은 신비스러울 정도로 아름다웠다.

산들바람 버들가지에 부니 푸르기가 실밥 같아, 아름다운 경치는 시정(詩情)을 절로 자아낸다.
시절이 재촉하니 새들은 지저귀고, 포근한 기운이 꽃망울을 터뜨리니, 대지에는 온통 화초의 향기로 가득 찼다.
해당화 핀 뜨락에는 제비 쌍쌍이 날아드니, 바야흐로 상춘객을 손짓하는 호시절이다.
길거리마다 홍진(紅塵)이 자욱하게 일어 비단옷 걸치고 거문고 타니, 풀싸움 술내기 놀음으로 좋은 세월 다 보낸다.

스승과 제자들이 봄 경치를 감상하며 길을 가는데, 또 산이 앞길을 가로막는다.

"얘들아, 조심해라. 저 산이 높은 걸 보니 아무래도 호랑이나 이리 떼가 길을 가로막고 있을지 모르겠다."

삼장이 걱정스레 말했으나, 손행자는 시큰둥하게 핀잔을 주었다.

"사부님, 그런 말씀 마십쇼! 출가하신 분이 세속에 있는 분처럼 말씀하시면 되겠습니까. 앞서 만났던 오소 선사가 전해준 『심경』을 아직도 기억하고 계시죠?

'반야바라밀다에 의존하는 까닭에 마음에 거리낄 것이 없으며, 거리낄 바가 없는 까닭에 공포가 있을 수 없으며, 전도(顚倒)되는 몽상을 멀리 떠나 마침내는 열반에 이른다……'

이 말씀대로 오로지 '마음의 때를 씻고 귓속의 먼지를 말끔히 떨어내며, 온갖 고통을 거듭 받지 않고서는 지혜와 덕을 겸비한 고승이 될 수 없다(掃除心上垢, 洗淨耳邊塵, 不受苦中苦, 難爲人上人)'라고 했습니다. 그러니까 아무 걱정 마십쇼. 이 손오공이 함께 있는 이상, 하늘이 무너져 내리는 한이 있더라도 무사히 모셔드릴 것인데, 어찌 호랑이나 이리 따위를 겁내십니까!"

삼장은 말머리를 돌려세우면서 이렇게 한탄했다.

"제자야, 나는 말이다……."

떠나던 그해에 성지 받들고 장안성을 나설 때, 오로지 서천 땅에 가서 부처님을 참배할 생각만 했었다.

사리국(舍利國)에서 금신상의 찬란함을 보고, 부도(浮屠) 안에 어른거리는 옥호(玉毫)를 보려고도 했다.

하늘 아래 이름 없는 강물을 찾아 헤매기도 했으며, 인간이 오르지 못한 산악을 두루 거치기도 했다.

가고 또 갈수록 연파(煙波)가 중첩하니, 어느 때에야 이 몸이 한가로워질 수 있으랴?

손행자가 스승의 말을 듣더니 껄껄대고 웃었다.
"하하하! 사부님, 몸이 한가롭기를 바라신다면 어려울 게 뭐 있습니까? 공덕을 이루신 뒤에 '모든 인연이 끝나고 모든 법이 공(空)으로 돌아가고 나면(萬緣都罷, 諸法皆空)', 그때에는 가만히 계셔도 자연스럽게 한가로운 몸이 되실 게 아닙니까?"
삼장은 그 말을 듣고 마음이 한결 개운해져 모든 근심을 떨쳐버릴 수 있었다. 말고삐를 놓아 옷자락을 나부끼며 은빛 용마를 재촉하여 산 위로 올라가니, 비탈진 산세는 오를수록 점점 더 가파르고 험준했다.

까마득하게 높은 준령에, 깎아지른 봉우리가 붓끝을 곤두세운 듯한데,
굽이쳐 감돌아 나가는 깊은 골짜기 냇물 아래, 외로이 우뚝 솟은 아찔한 절벽 기슭.
굽이쳐 감돌아 나가는 깊은 골짜기 냇물 속에, *쏴르르쏴르르* 물장난치며 몸을 뒤채는 이무기의 물보라 소리만 들리고,
외로이 우뚝 솟은 아찔한 절벽 끝 우거진 숲 속에는, 얼룩무늬 호랑이가 꼬리를 감추고 도사려 앉은 모습만 보인다.
위를 바라보면 우뚝 치솟은 산봉우리 끝이 푸른 하늘을 뚫고, 눈을 돌이켜 바라보면 까마득히 깊은 절벽 아래 벽옥이 굴러떨어진다.
높은 데를 올라가려면 사다리나 걸상 위에 올라선 듯 휘청거리고, 낮은 데로 내려가는 길은 참호 속이나 갱도를 뚫고 나가듯 두

다리가 후들후들 떨린다.

정상도 봉우리도 고갯마루도 그야말로 기괴한 생김새요, 하나같이 깎아지른 절벽 날카로운 등성이와 이어져 있다.

산정과 봉우리, 고갯마루 위에는 약초 캐는 사람도 무서워 가지 못하고 망설이며, 깎아지른 절벽 날카로운 등성이에는 나무꾼도 촌보(寸步)를 떼어놓기 어렵다.

면양과 야생마 떼가 갈팡질팡 마구 날뛰고, 교활한 토끼와 들소 떼가 싸움터에 진을 친 듯 우글거린다.

산이 높아 해를 가리고 별빛을 막으며, 이따금씩 요사스런 들짐승하며 푸른 이리떼와 부닥치기도 한다.

가시덤불 헝클어지고 수풀만이 무성한 길에 말을 몰아 나아가기 어려우니, 어떻게 뇌음사에 이르러 불왕을 뵈올 수 있으랴?

삼장이 말을 멈추고 서서 바라보니 이야말로 더 나아가기 보통 힘든 곳이 아닌 듯싶다. 한데, 저편 한쪽 푸른 잔디가 덮인 언덕 위에 나무꾼 한 사람 서 있는 모습이 삼장 법사의 눈길을 끌었다.

머리에 쓴 것은 낡아빠진 쪽빛 털모자요, 몸에 걸친 것은 털로 만든 검정빛 누더기 겹옷 한 벌.

낡아빠진 쪽빛 털모자는 안개도 막고 햇볕도 가려주니 희한하기 그지없으며, 털로 짠 검정빛 누더기 겹옷이지만 삶을 즐겨 근심 걱정 잊게 하니 참으로 보기 드물다.

손에 들린 쇠도끼는 번쩍번쩍 빛나도록 날을 잘 갈았으며, 찍어넘긴 나뭇단을 가지런히 묶어 메었다.

머리 위에 비긴 봄빛에 사시장철 유유히 돌아가는 자연의 질서가 조화를 이루고, 몸 밖의 한가로운 정서는 수(壽), 복(福), 녹(祿)을 베푸는 삼성(三星)의 은혜에 담담하다.

늙을 때까지 분수에 맞춰 살아갈 뿐이니, 무슨 영욕을 위하여 잠시인들 산중을 뜨랴?

이윽고 나무꾼이 일행을 보았는지 움직이기 시작했다.

바야흐로 산비탈 아래에서 썩은 나무 찍다가, 불현듯 동쪽에서 오는 삼장 법사를 만났다네.

도끼질을 멈추고 산림 밖으로 나오더니, 빠른 걸음걸이로 몸을 놀려 바위투성이 절벽 위에 오른다.

"여보! 여보! 서쪽으로 가는 저 스님! 잠깐만 거기 멈추시오. 내가 한마디 여쭐 말씀이 있소이다. 이 산에는 악독하고 무서운 요괴 마귀가 있어, 동쪽으로부터 와서 서쪽으로 가는 사람만 잡아먹고 있답니다."

나무꾼이 삼장 법사를 향해 고함치듯 목청을 드높여 일러주었다.

삼장은 그 말을 듣고 혼비백산한 나머지, 안장 위에 제대로 앉아 있지 못하고 전전긍긍 떨면서 고개를 휙 돌려 제자들부터 찾았다.

"얘들아, 저 나무꾼 얘기를 들었느냐? 이 산에 악독한 요괴 마귀가 있다는데, 누가 건너가서 저 사람한테 자세히 물어보지 않겠느냐?"

"사부님, 안심하십쇼! 제가 다녀오겠습니다."

언제나 용감한 손행자가 선뜻 나서더니, 호기 있게 건너편 산등성이로 뛰어올라갔다. 그리고 나무꾼을 향해 먼저 수작을 걸었다.

"여보, 형씨! 안녕하시오?"

나무꾼도 황망히 답례를 건네면서 물어왔다.

"스님, 당신들은 무슨 일로 이런 곳엘 다 오셨소?"

"이런 곳이라니? 숨기지 않고 말하겠소만, 우리는 동녘 땅에서 경을 가지러 서천으로 가는 사람들이외다. 저기 말을 타고 계신 분이 우리 사부님인데, 겁이 좀 많으셔서 탈이오. 방금 형씨가 말하는 것을 들으니, 이 산에 무슨 요괴 마귀 따위가 있다고 하기에 한두 마디 여쭈어보려고 이렇게 건너왔소. 그 요괴 마귀란 것이 도대체 몇 년이나 묵은 놈이오? 또 그놈이 무예 솜씨가 제법 있는 놈이요, 아니면 햇병아리요? 수고스럽지만 사실대로 말씀해주시구려. 그럼 내가 산신령이나 토지신을 시켜 그것들을 붙잡아 이 산에서 아예 내쫓아버리겠소."

나무꾼이 그 말을 듣더니, 하늘을 우러러 껄껄대고 웃는다.

"이 화상, 머리가 어떻게 된 거 아니오? 어지간히 허풍을 떠는구먼!"

"내 머리가 돈 것도 아니고 허풍을 떠는 게 아니라, 사실이 그렇단 말이오."

"사실이 그렇다니 묻겠는데, 당신 같은 사람이 어찌 감히 그 마귀를 붙잡아서 내쫓아버리겠단 거요?"

"이 형씨, 가만히 보아하니 경우가 아주 없군 그래! 요괴 마귀가 있다면서 그놈의 위세는 북돋워주고, 내 편의 기를 꺾는 말만 골라서 하는 걸 보니, 아무래도 그놈의 요괴 마귀와 무슨 일가친척이라도 되는 모양이구려. 일가친척이 아니라면 이웃쯤 되겠고, 이웃이 아니라면 친구라도 되는 거요?"

손행자가 시비조로 나오자, 나무꾼은 어처구니가 없는지 너털웃음을 터뜨렸다.

"허어, 이것 참 고약한 중일세그려! 벽창호도 이만저만 벽창호가 아닌 걸 보니, 미쳐도 보통 미친 게 아니네. 나는 호의를 가지고 당신들한테 일러주는데, 오히려 내게 뒤집어씌울 참이오? 길을 가는데 미리 방비책을 세우라고 일부러 귀띔해주었더니, 날더러 요괴 마귀와 일가친척 아니면 이웃 친구라니, 그걸 말이라고 하는 거요? 내가 그 요괴 마귀의 출처 내력을 모른다고 무시하지는 마시오. 하기야 내가 알려준다 치더라도, 당신 같은 사람이 어떻게 그것들을 붙잡을 것이며, 또 붙잡아서 어디로 보내겠다는 거요?"

나무꾼이 조목조목 따지고 대드는데, 손행자는 시침 뚝 떼고 대꾸를 한다.

"만약에 그놈이 천마(天魔)라면 붙잡아서 옥황상제님께 올려보내고, 토박이 마귀(土魔)라면 토부(土府)로 압송하고, 서방 세계에서 온 놈이라면 부처님께 잡아보내고, 동방에서 온 놈이라면 공자님한테 보내고, 북방 귀신은 진무대제(眞武大帝)에게, 남방 귀신은 화덕성군(火德聖君)에게 보내면 그만이지! 또 이무기의 요정이라면 붙잡아서 사해 용왕에게 보내고, 저승에서 도망 나온 귀신이라면 염라대왕한테 붙잡아 보내면 그만 아니겠소? 이렇게 제각기 잡아보낼 데가 있단 말이오. 이 손 선생은 어딜 가나 아는 분이 많아서 편지 한 장 써보내면, 한밤중에라도 그런 놈을 붙잡는 대로 득달같이 보낼 수가 있단 말이오."

나무꾼은 하도 기가 막혀 웃음을 그칠 줄 모른다.

"이런 미치광이 화상 봤나! 원 허풍을 떨어도 어지간해야지. 세상 천지 떠돌아다니면서 동냥 밥술깨나 얻어먹고, 부적 몇 장 써주거나 주문 술법 몇 가지 부려서 사기(邪氣)나 잡귀 따위를 몰아낼 줄 안다고 해서 아무 요괴나 다 붙잡을 수 있는 줄 아시오? 어림 반푼어치도 없소! 아마도 당신은 이런 악독한 요괴를 만나본 적이 없을 게요."

그 말을 듣자, 손행자도 비로소 심각한 표정을 짓는다.

"그놈이 그렇게나 지독스럽소? 도대체 얼마나 지독하다는 거요?"

"여기서 서쪽으로 한 육백 리쯤 더 지나가면 평정산(平頂山)이란 곳이 있는데, 그 산중에 연화동(蓮花洞)이란 동굴이 하나 있소. 그 동굴에는 마귀 두목이 두 마리 살고 있는데, 그놈들은 초상화를 그려놓고 어떤 스님을 잡아먹으려 하고 있소. 어디서 수소문했는지 그 스님의 성씨와 이름까지 낱낱이 조사해 가지고, 하늘이 두 쪽 나는 일이 있어도 기어코 당나라 스님을 잡아먹겠다고 벼르고 있단 말이오. 그러니 당신들이 다른 데서 왔다면 혹 모를까, 그 산을 무사히 넘어가고 싶거든 당나라의 '당(唐)'자는 입에 올리지도 마시오. 만에 하나라도 '당'자를 들먹였다가는 아예 그 산을 넘어갈 생각을 걷어치워야 할 거요."

"우리가 바로 당나라에서 오는 길이오."

손행자는 대수롭지 않게 받아넘겼으나, 나무꾼은 펄쩍 뛰었다.

"이런 맙소사! 그 마귀가 바로 당신네 일행을 잡아먹으려는 거요."

"그렇다면 잘됐군, 잘됐어! 한데 그놈들이 우리를 어떻게 잡아먹을지 그게 궁금하구려."

"어떻게 잡아먹혔으면 좋겠소?"

"머리통부터 씹어 먹는다면 그래도 괜찮겠지만, 아래쪽 두 다리부터 씹어 먹는다면 그건 좀 곤란한걸!"

"머리통부터 잡아먹힌다면 어째서 괜찮고, 두 다리부터 잡아먹힌다면 왜 곤란하다는 거요?"

나무꾼은 기가 막혀 묻는데, 손행자는 사뭇 심드렁하게 대꾸한다.

"형씨는 당해보지 않았으니 모를 거요. 만약 머리 쪽부터 먹을 경우에는 한입에 덥석 물어서 씹어 먹을 게 아니오? 그럼 나는 벌써 죽은 몸이 되어 아무리 지지고 볶고 삶고 구워 먹더라도 아픈 줄 모를 테지만, 아래쪽 두 다리부터 잡아먹을 경우에는 발가락을 하나하나씩 아작아작 씹어 먹은 다음, 차츰 위로 올라가면서 종아리, 넓적다리를 뜯어먹고는 허리께까지 와서 등뼈를 우지끈 부러뜨려놓고 먹어치울 게 아니겠소? 그럼 나는 얼른 죽지 않고 지긋지긋하게 고통을 받다가 죽어야 하니, 이게 얼마나 고생스럽겠소? 그러니까 곤란하다는 거요."

"예끼, 여보시오! 마귀란 놈한테 무슨 여유가 그렇게나 많이 있겠소. 당신을 붙잡았다 하는 날이면 당장에 꽁꽁 묶어서 시루에 넣어 가지고 찜 쪄 먹고 말 거요."

"하하! 그렇다면 더 잘됐군. 아프지도 않고 금방 죽을 수 있을 테니까. 한데 시루 찜통 속이라면 숨이 막히고 좀 갑갑해서 힘들겠는데!"

"여보, 스님! 농담이라도 그런 말은 하지 마시오. 그 요괴 두 마리는 다섯 가지 보배를 몸에 지니고 있는데다, 신통력이 무섭게 놀라워서 하늘을 떠받치는 옥기둥이라 해도 지나친 말은 아니요, 바다 위를 가로걸친 황금 대들보에 견줄 만할 정도라고 합디다. 이러니 설사 당나라 스님을 모시고 그 산을 지나갈 수 있다손 치더라도 눈알이 핑핑 돌아갈 정도로 곤욕을 치러야 할 거요."

"눈알이 몇 번이나 핑핑 돌아가면 되겠소?"

"아무리 못 해도 서너 차례는 그래야 할 거외다."

"그거 뭐, 대수롭지는 않겠군. 우리는 일 년에 한 칠팔백 번도 더 눈알이 핑핑 돌아가고 있으니까, 그까짓 서너 번쯤이야 약과로 알겠소. 눈알이 핑핑 돌아가는 동안에 슬쩍 빠져나갈 수도 있으니까."

손행자에게는 오로지 일심전력 스승을 보호하여 서천 땅으로 가는 임무가 전부일 뿐, 애당초 두려움이란 것이 없다. 그는 극구 만류하는 나무꾼을 떨쳐버리고 발길을 되돌려 어슬렁어슬렁 산비탈에서 기다리고 있던 삼장 법사 일행 앞으로 돌아왔다.

"사부님, 그거 뭐 대단한 일은 아닙니다. 요괴가 한두 마리쯤 있기는 한 모양입니다만, 이곳 사람들은 워낙 겁쟁이라서 공연히 걱정만 하고 있는 겁니다. 제가 모든 일을 책임질 테니까, 너무 염려하지 마십쇼. 자, 이제 그만 떠나기로 합시다!"

삼장은 그 말을 듣고서야 마음이 놓여 홀가분하게 손행자의 뒤를 따라나섰다. 흘끗 뒤돌아보니, 나무꾼은 벌써 어디로 사라졌는지 그림자도 보이지 않는다.

"아니, 소식을 전해준 나무꾼이 어째 안 보이느냐?"

미련퉁이 저팔계가 엉뚱한 대답을 한다.

"아무래도 우리가 운수 사나워서 낮도깨비를 만난 모양입니다."

그러나 손행자는 도리질을 했다.

"아마 땔나무를 마저 하려고 숲속으로 들어갔을 겁니다. 잠깐 기다리십쇼. 제가 가서 보고 올 테니까요."

이렇게 말한 손행자는 절벽 위로 뛰어오르더니 불덩어리같이 시뻘건 눈자위, 금빛 나는 눈동자를 딱 부릅뜨고 산등성이 고갯마루에 이르기까지 눈길이 미치는 곳을 샅샅이 내다보았다. 그러나 어찌 된 영문인지 나무꾼의 모습은 어디에도 보이지 않았다. 퍼뜩 떠오르는 것이 있어 고개를 쳐들고 구름 끄트머리를 올려다보니, 아니나 다를까 그날 당직을 맡은 일치 공조(日値功曹)가 머리통을 살그머니 내어놓고 있다.

"이런 못된 놈의 잡귀 봤나!"

욕설 몇 마디 퍼붓고 당장 구름을 일으켜 타고 허공으로 올라간 손행자, 일치 공조를 무릎 꿇려놓고 호통쳐 꾸짖는다.

"전할 말이 있거든 곧장 내게 나타나서 해주지 않고, 어째서 그따위 모습으로 둔갑해 가지고 이 손선생을 놀리는 거냐?"

일치 공조가 변명을 했다.

"대성님, 너무 늦게 알려드려서 죄송합니다. 사실을 말씀드리면, 그 요괴들은 과연 신통력이 너르고 클 뿐만 아니라, 변화 술법도 대단한 놈들입니다. 하지만 대성님은 행동거지가 재빠르고 날쌘데다 꾀도 많으신 분이니까, 조심스럽게 삼장 법사를 보호하고 가시면 별일 없겠지만, 조금이라도 방심하셨다가는 아예 서천 땅으로 가실 생각을 접으셔야 할 겁니다."

손행자는 우선 호통쳐서 일치 공조를 물러가게 한 다음, 그가 남긴 말을 가슴속에 되새기면서 구름을 낮추어 산 위에 내려섰다. 쉬던 곳으로 돌아와보니, 스승은 벌써 저팔계와 사화상의 호위를 받아가며 계속 전진하고 있었다. 일행의 뒷모습을 바라보면서, 그는 곰곰이 생각해보았다.

"이제 만약 내가 일치 공조의 얘기를 사부님께 곧이곧대로 말씀드렸다가는, 워낙 변변치 못한 분이라 겁을 집어먹고 울음보나 터뜨리기 십상이겠지? 그렇다고 사실대로 말씀드리지 않으면, 속담에 '느닷없이 갈대밭에 뛰어들었다가는 수렁이 깊고 얕은 줄 모른다'고 했듯이 갈팡질팡 허둥대기나 할 게다. 그러다가 사부님이 요괴란 놈의 손에 채뜨려 가기라도 하는 날이면, 이 손선생이 또 한바탕 귀찮게 신경을 써야 할 게 아닌가……? 안 되겠다. 무작정 갈 것이 아니라, 저팔계란 녀석을 한번 부려먹어야겠다. 먼저 그놈을 내세워서 요괴와 싸워보게 하자꾸나. 그래서 요행으로 이기면 저팔계가 공을 세운 셈 쳐주고, 만약 그놈의 솜씨가 변변치 못해 요괴한테 붙잡혀가거든 그때 가서 이 손선생이 구해주어도 늦지 않을 것이다. 그래야만 내 솜씨가 돋보일 게 아닌가?"

하나 그것도 잠시뿐, 그는 또 생각이 바뀌었다.

"하지만 미련퉁이 녀석은 게으름뱅이인데다 엉뚱한 구석이 있어서 좀처럼 나서지 않으려고 할지도 모른다. 내가 윽박지르면 사부님은 보나마나 또 그 녀석만 감싸고 돌 테니까, 일이 꼬일 게다. 어찌 되었든, 이번 기회에 골탕을 좀 먹여서 미련퉁이 팔계 녀석이 함부로 날뛰지 못하게 버릇을 단단히 가르쳐줘야겠다."

앙큼스런 손대성은 손끝으로 두 눈을 비벼 가지고 안 나오는 눈물을 억지로 쥐어짜내더니, 훌쩍훌쩍 울면서 스승 앞으로 다가갔다.

저팔계가 그 모습을 보기가 무섭게 소리를 질렀다.

"여보게 사화상! 얼른 그 짐보따리를 내려놓고, 우리 두 몫으로 나누세!"

"아니, 둘째 형님! 짐을 왜 나누자는 거요?"

사화상이 어리둥절해서 묻자, 미련퉁이는 두말도 하지 말라는 듯이 양손을 홰홰 내젓는다.

"나누세, 나눠! 자네는 유사하로 되돌아가서 다시 요괴 노릇이나 하고, 이 저팔계는 고로장으로 돌아가서 마누라나 만나보세. 백마는 장터에 내다 팔아 가지고 관(棺)이나 마련해서 사부님이 죽거든 파묻어드리는 데 쓰시도록 하세. 그러고 나서 우리 모두 뿔뿔이 흩어지면 그만이지, 서천 땅에 가고 말고 할 건더기가 어디 있겠나?"

삼장이 마상에서 듣다 못해 버럭 호통쳐가며 역정을 냈다.

"예끼 이 못난 놈아! 한창 길을 잘 가고 있는 마당에 무슨 헛소리를 늘어놓는 거냐?"

모처럼 스승에게 꾸지람을 들은 저팔계가 시무룩해져서 투덜댄다.

"누가 헛소리를 한단 말입니까? 저길 보십쇼! 손행자가 꺼이꺼이 울면서 오는 모습이 보이지 않습니까? 저 친구는 위로 하늘을 뚫고 올라갈 줄도 알고 땅속으로 파고 들어갈 수도 있을 뿐 아니라, 도끼로 찍어내고 기름 가마솥에 던져넣는다 해도 겁을 내지 않는 사내대장부입니다. 그런 친구가 지금은 수심에 가득 차서 눈물을 뚝뚝 흘려가며 돌아오다니, 아무래도 그 산이 말도 못 하게 험준하지 않으면 그곳에 악독한 요괴가 득시글거리는 게 분명합니다. 저 친구가 이 모양인데, 우리 같은 약골들이 무슨 재주로 그 산을 넘어갈 수 있단 말입니까?"

"쓸데없는 소리 말고 가만있거라. 내가 어디 한번 물어볼 테니까, 뭐라고 대답하는지 들어보기나 하자."

삼장이 저팔계의 입을 막아놓고 맏제자 앞으로 말을 몰아나간다.

"오공아, 할 말이 있거든 내놓고 얘기할 것이지, 왜 혼자 속을 태우고 괴로워하느냐? 그렇게 울상을 지어 가지고 나를 놀라게 만들 참이냐?"

앙큼스런 손행자가 우거지상을 지은 채 이렇게 대답했다.

"사부님, 방금 전에 소식을 알려준 것은 나무꾼으로 변신한 일치공조였습니다. 그 사람 말이, 저 앞산에는 악독한 요괴 마귀가 살고 있어서 넘어가기가 무척 어려울 뿐만 아니라 산세도 무척 높고 험악해서 앞으로 나갈 수 없다는 겁니다. 그러니 날짜를 다시 잡아서 이다음에 떠나도록 하시지요."

삼장은 이 말을 듣자 놀랍고 두려운 나머지 맏제자의 호랑이 가죽 치마를 덥석 붙잡고 매달렸다.

"제자야, 우리가 벌써 세 고비 길에서 절반이나 왔는데, 어떻게 여기서 물러나자는 얘기냐?"

손행자는 시침을 뚝 떼고 이렇게 대답했다.

"저도 할 수 있는 데까지 해보겠습니다만, 앞길에 요괴 마귀는 우글거리고 힘에 부치니 형세가 여간 외롭고 단출한 실정이 아닙니다. 속담에도 이런 말이 있지 않습니까. '쇳조각 하나 가지고 용광로 속에 녹여보았자 못을 몇 개나 만들 수 있느냐.' ……우리가 바로 그런 형편에 놓여 있단 말씀입니다."

"얘야, 네 말도 옳기는 하다. 과연 한 사람의 힘만으로는 어려운 노릇일 테지. 병법에도 '중과부적(衆寡不敵)'이라 했으니, 적은 인원 가지고 많은 수를 당해낼 수 없는 노릇일 게다. 하지만 여기에는 너말고 저팔계와 사화상이 있다. 두 사람 모두 내 제자들이니 네가 이 아우들을 적당히 부려서 쓰도록 하려무나. 네가 주장(主將) 노릇을 하고 아우들이 조수가 되어서 일심 협력하여 앞길을 가로막는 요괴들을 말끔히 쓸어버리고, 내가 무사히 산을 넘어가게 해준다면 우리 모두 다 같이 정과를 얻을 수 있을 것이 아니냐?"

마침내 꼼수가 딱 들어맞았다. 스승의 입에서 이 말이 나오기를 기다렸던 손행자는 그제야 비로소 눈물을 거두고 이렇게 여쭈었다.

"사부님께서 그 산을 넘어가시려면 반드시 저팔계가 제 요구 두 가지를 들어주어야 합니다. 그렇게만 해준다면 그럭저럭 어떻게 넘어갈 수 있겠습니다만, 제 요구대로 따라주지 않는다면 아예 그 산을 넘어갈 생각도 마셔야 합니다."

곁에서 가만 듣고 있던 저팔계가 은근히 겁을 집어먹었는지 버럭 악을 썼다.

"형님, 산을 넘어가지 않으려거든 다 같이 뿔뿔이 흩어지면 그만이지, 자꾸만 나를 끌어넣을 게 뭐요? 공연히 지분거리지 마시구려."

그러나 스승은 이미 마음을 굳힌 뒤였다.

"얘, 팔계야. 그러지 말고 먼저 사형에게 물어보기나 하려무나. 무슨 일을 시킬 것인지 들어보기는 해야 할 게 아니냐?"

미련한 저팔계는 스승의 말을 곧이 믿고 시무룩한 기색으로 손행자에게 물었다.

"도대체 날더러 무슨 일을 하라는 거요, 형님?"

마침내 손행자는 미리 생각해두었던 계략을 하나하나씩 드러내 보이기 시작했다.

"한 가지는 사부님을 돌보아드리는 일이고, 다른 한 가지는 산길을 돌아다니면서 형편이 어떤지 살펴보는 일일세."

"아니, 사부님을 돌봐드리려면 앉아 있어야 하고, 산길을 순찰하려면 걸어서 다녀야 하는데, 그럼 결국 날더러 앉았다가 서서 걸어다니고, 걸어다니다가 또 앉아 있으란 말이오? 몸뚱이는 하나뿐인데 어떻게 두 가지 일을 한꺼번에 해치우라는 거요?"

미련퉁이가 심술을 부리자, 손행자는 차근차근 달래가며 설명해주었다.

"자네더러 두 가지 일을 다 하라는 게 아닐세. 둘 중 한 가지만 맡으면 되는 거야."

그 말을 듣고서 저팔계도 심통이 풀렸다.

"그거야 쉬운 노릇이지. 한데 사부님을 돌봐드리는 일은 어떻게 하는 거고, 산길을 돌아다니면서 형편을 살펴보는 일은 또 어떻게 하는 것인지, 그것부터 설명을 해주시오. 그럼 내 힘으로 감당할 수 있는 쪽을 맡기로 하겠소."

"사부님을 돌봐드린다는 것은 사부님께서 뒤를 보러 가실 때는 그 곁에 지켜 서서 시중을 들어야 하고, 길을 떠나시면 부축해드려야 하는 걸세. 또 사부님이 진지를 드실 때가 되면 어딜 가서든지 동냥을 해다 드려야 하네. 만약 사부님을 조금이라도 시장하게 만들 때는 내 철봉에 한 대 얻어맞아야 하고, 안색이 누르스름해지기만 해도 자네는 매를 맞아야 하고, 행색이 수척해지셔도 매를 맞아야 하네. 이만큼 얘기했으면 알아듣겠나?"

저팔계는 그 말이 떨어지기가 무섭게 두 손을 홰홰 내저었다.

"그건 안 되겠소, 안 되겠어! 보통 어려운 일이라야 말이지. 곁에 지켜 서서 시중을 들거나 부축해드리는 거야 큰 문제가 아니고, 사부님 곁에서 떨어지지 않고 따라다니기만 하는 일이라면 쉽지만, 날더러 마을로 찾아가서 동냥을 얻어오라면 그건 정말 못 할 노릇이오. 형님도 생각해보시구려. 만약에 내가 동냥을 얻으러 가는 곳마다, 사람들이 나를 서천 땅에 경을 가지러 가는 화상으로 알아주지 않고, 그저 산중에서 내려온 알맞게 살찐 멧돼지인 줄로만 알면 어찌 되겠소? 보나마나 쇠스랑 빗자루 따위를 들고 우르르 몰려와서 이 저팔계를 둘러싸고 마구잡이로 두들겨 패서 자빠뜨려놓고, 그 다음에는 집으로 끌어다가 멱을 따서 소금에 절여놓고 설날이나 명절 쇨 때 쓰면 어쩌겠소? 이야말로 염병 마마를 앓는 게 차라리 낫지, 날더러 그 꼴을 어떻게 당하란 말이오?"

"정 그렇다면 산길을 돌아다니면서 순찰이나 하게."

손행자가 냉정하게 의견을 바꾼다.

"순찰은 또 어떻게 도는 거요?"

"산속으로 들어가서 요괴가 얼마나 있는지 알아보고, 산 이름은 무엇이며 동굴은 있는지 없는지, 있다면 그 이름은 무엇인지 염탐해서 우리가 그 산을 넘어가기 쉽도록 하라는 것일세."

"그거라면 쉽겠군! 이 저팔계는 순찰을 하러 나가겠소."

이 미련한 녀석은 당장 옷매무새를 툭툭 털고 가다듬더니, 쇠스랑을 기세 좋게 번쩍 치켜들고 의기양양한 자세로 큰길에 올라섰다. 어깨를 딱 펼치고 거드름을 부리는 품이, 제아무리 높고 깊은 산중이라 할지라도 단숨에 헤쳐나갈 모양이다.

기세등등하게 산속으로 들어가는 저팔계의 뒷모습을 바라보면서, 손행자가 무엇이 그리 우스운지 키득키득 웃어대기 시작했다. 곁에서 스승이 야단을 쳤다.

"이 못된 원숭이 녀석아! 무얼 비웃고 있는 거냐? 형제간에 우애라곤 털끝만큼도 없이 언제나 질투심만 품고 있으니, 네놈은 그렇게 간사스런 꾀를 부려 가지고 알랑알랑 발라맞춰서 팔계더러 험악한 산중에 순찰이나 돌아보게 떠나보내고, 네놈은 여기서 비웃기만 하니, 이게 무슨 경우냐?"

손행자는 스승에게 변명을 했다.

"고정하십쇼, 사부님. 비웃는 게 아닙니다. 제가 웃은 것은 다른 뜻이 있어서였습니다. 두고 보십쇼, 사부님, 팔계란 녀석이 순찰한답시고 나서기는 했지만, 절대로 산을 돌아보지도 않을 테고 또 요괴도 만나보지 않을 테니까요. 아마도 십중팔구는 어디 가서 한나절 동안 처박혀 숨어 있다가 그럴듯한 거짓말이나 꾸며 가지고 돌아와 우리를 속여넘기려 들 겁니다."

"네가 어떻게 그럴 줄 아느냐?"

"팔계의 천성으로 보아 능히 그러고도 남을 겁니다. 사부님께서 정녕 제 말을 못 믿으시겠다면, 제가 저놈의 뒤를 따라가보겠습니다. 무슨 짓을 하는지, 또 무슨 소리를 지껄이는지 들어보면 알 게 아닙니까. 만약 진짜 요괴의 무리와 맞부딪친다면, 팔계를 도와 요괴를 항복시키도록 하고, 또 이번 기회에 저놈이 진심으로 부처님을 뵙겠다는 마음가짐을 지니고 있는지, 그것도 알아보기로 하지요."

"오냐, 좋다. 하지만 팔계를 골탕 먹여서는 못쓴다."

"예, 알겠습니다."

시원스레 대답한 손행자, 곧바로 언덕 위에 올라서더니 몸을 한 번 꿈틀하는 사이에 모기보다 조금 큰 각다귀로 둔갑했다. 실로 절묘하기 짝이 없는 변신술, 날렵하고도 재빠른 모습이 보기만 해도 앙큼스럽기 이를 데 없다.

얇디얇은 날개가 바람결 타고 춤을 추니 힘든 줄 모르고, 가느다란 허리는 바늘보다 더 가늘어서 호리호리하다.

물풀 속을 뚫고 풀숲 헤치며 꽃그늘 아래 날아다니는 자태가 유성보다 더 빠르다.

눈망울은 밝고 또랑또랑 빛나는데, 목소리와 숨결은 가늘어서 들리지 않는다.

날벌레 가운데서도 제일 작되 겁이 없으며, 야무지고 똑똑하여 생각하는 바도 깊고 멀다.

한가로운 대낮 숲그늘 속에서 몇 번이나 쉬었으되, 몸뚱이를 어디 숨겼는지 남의 눈에 뜨이지 않고, 천 쌍의 눈을 지녔어도 찾아내지 못한다.

'앵!' 하고 날아가는 소리, 날갯짓 한 번에 벌써 저팔계를 뒤쫓아 따라잡더니, 귓밥 뒤쪽 갈기터럭이 무성하게 돋아나온 속으로 파고들어 찰싹 달라붙는다. 미련퉁이 저팔계란 녀석은 그저 길 재촉을 하느라 바쁜 걸음만 옮겨놓을 뿐, 제 뒷덜미에 누가 앉아 있을 줄은 꿈에도 생각하지 않는다.

7, 8리쯤 나갔을까, 그러나 저팔계는 벌써 걷기에 진절머리가 났는지 쇠스랑을 털썩 내동댕이치고 고개를 뒤로 돌리더니, 당나라 스님 일행이 있는 쪽을 바라보면서 손짓 발짓해가며 투덜투덜 욕설을 퍼붓기 시작했다.

"저런 주책없는 늙다리 영감! 데데하기 짝이 없는 화상 영감! 심통꾸러기에 알깍쟁이 필마온 녀석! 줏대 없이 이리저리 쏠리는 사화상 녀석! 자기네들은 모두 편안하게 거기 앉아 있으면서, 이 저팔계만 귀찮게 고생을 시키고 이렇게 성가신 일을 떠맡겨 갈팡질팡하게 만들다니! 여럿이서 경을 가지러 가는 것은 너나 나나 다 같이 정과를 이룩하려고 하는 노릇이 아닌가? 그런데 어째서 날더러만 이 빌어먹을 놈의 순찰을 돌라는 거야? 산 이름은 뭐며 동굴 이름은 뭔지 알아오라고? 하! 하! 하! 요괴 마귀가 있는 줄 알고 모두들 겁이 나서 피하는 주제에 아직 길의 절반도 못 와서 이 저팔계더러 요괴가 어디 있는지 알아오라니, 이게 무슨 빌어먹을 놈의 일이란 말인가? 에라, 나도 모르겠다! 어디 으슥한 곳에 들어가서 낮잠이나 자자꾸나. 한잠 늘어지게 자고 나서 되돌아가 어물어물 그럴듯하게 대답해 뭉개놓고, 순찰을 열심히 돌았다고 둘러대면 그만 아닌가!"

이 미련한 놈은 한동안 요행히도 아무 일 없이 쇠스랑을 다시 뽑아 들고 계속 길을 걸어나갔다. 얼마쯤 나가다 보니, 산 귀퉁이 으슥한 곳에 붉은 풀이 무성하게 웃자란 수풀이 나타났다. 저팔계는 옳다구나 싶어 주둥이로 수풀을 헤치면서 기어들어가더니 쇠스랑을 땅바닥에 푹 꽂아놓고 드러누워 허리가 쑥 빠지도록 힘껏 기지개를 켰다.

"히야, 기분 좋다! 저 필마온 녀석도 나처럼 이렇게 마음 편하지는 못할 게다!"

그러나 이 기분 좋은 녀석의 귀뿌리 뒤에서 손행자가 그 말을 한마디도 빼놓지 않고 똑똑히 듣고 있을 줄이야 누가 알았으랴. 각다귀로 변신한 손행자는 더 이상 듣고만 있을 수가 없어 허공 위로 '앵!' 하고 날아오르더니, 또다시 몸을 꿈틀 움직여 이번에는 한 마리의 딱따구리로 탈바꿈을 했다.

쇠같이 단단한 부리는 뾰족하고 새빨간 것이 매끄러우며, 비취색 날개는 요염한 빛으로 반짝거린다.
강철 발톱 한 쌍이 못 박은 듯 날카롭고, 배가 고프니 숲속의 고요함을 어찌 아랑곳하랴?
제일 좋아하는 것은 중턱이 부러져 썩어들어가는 고사목이요,

가장 싫어하는 것은 외롭게 우뚝 선 늙은 나무 가장귀다.

동그란 눈동자, 뾰족하게 뻗은 꼬리 깃에 성질은 약삭빠르고, 나무껍질 벗겨내고 쪼아대는 소리 상큼한 것이 제법 들을 만하다.

이 벌레잡이 날짐승은 몸집이 크지도 작지도 않은 것이, 저울에 달아도 몸무게가 고작 두세 냥에 지나지 않는다. 딱따구리는 놋쇠처럼 붉은빛 주둥이를 번들거리면서, 흑철(黑鐵)만큼이나 검은 두 다리를 뒤로 접고 곤두박질치듯 날아서 내려앉더니, 때마침 고개를 뒤로 벌떡 젖히고 잠을 자던 저팔계의 주둥이 입술을 겨냥하고 날카로운 부리로 냅다 쪼아댔다.

잠결에 한 대 쪼인 저팔계는 깜짝 놀라 엉금엉금 기어 일어나면서 마구 떠들어대기 시작했다.

"어이쿠! 요괴다, 요괴가 나타났다! 창으로 나를 한 대 찔렀구나! 어이쿠, 주둥이가 어지간히 아픈걸!"

손바닥을 내밀어 주둥이를 만져보니, 피가 흐르고 있다.

"이크! 피가 났구나! 이런 젠장, 경사스런 일도 없는데 주둥이에 붉은 칠을 하다니……!"

피 묻은 손바닥을 들여다보면서 구시렁대는 저팔계, 이리저리 둘러보았으나 어디에도 인기척이 없다.

"요괴도 없는데, 누가 나를 찌른 거야?"

혼잣말로 투덜대다가 퍼뜩 고개를 쳐들고 허공 위를 바라보았더니, 앙큼스런 딱따구리 한 마리가 푸드덕 날아가고 있었다. 미련한 저팔계는 이를 악물고 날짐승에게 욕설을 퍼부어댔다.

"이런 빌어먹을 것! 필마온 녀석이 골탕을 먹이는 것도 끔찍스러운데, 네놈까지 성가시게 이 저팔계를 바보 멍텅구리로 취급할 거냐……?

옳지, 알았다! 저놈이 나를 사람으로 알아보지 못한 채 내 주둥이가 거무튀튀하게 생겨먹은 것을 보고 썩어 문드러진 나뭇등걸인 줄 알고서 그 속에 벌레나 생기지 않았는가 싶어 그것을 잡아먹으려고 내 주둥이를 쪼아댔구나. 그렇다면 좋다, 내게도 꾀가 있지! 주둥이를 가슴속에 파묻고 자면 그만 아닌가!"

미련퉁이는 여전히 쿨쿨 낮잠을 자기 시작했다. 그러자 딱따구리로 변신한 손행자가 또다시 날아오더니 이번에는 귀뿌리 뒤쪽을 호되게 쪼아버렸다.

"아얏……!"

벌떡 일어나 앉은 저팔계가 하늘에다 대고 주먹질을 하면서 고래고래 악을 쓴다.

"저런 망할 놈! 지긋지긋하게도 사람을 못 살게 구는구나! 아무래도 이 자리가 저놈의 둥지라서 그런 게 아닌지 모르겠다. 알을 낳고 새끼를 깔아놓아야 할 것을 내가 빼앗고 차지할까 봐 이처럼 귀찮게 구는 모양이야. 그만둬라, 그만둬! 네놈의 집에서 내가 자지 않으면 그만 아니냐!"

쇠스랑을 뽑아들고 부스럭부스럭 다시 일어선 저팔계, 붉은 풀 덮인 언덕을 헤치고 나와서 길 찾아 걷기 시작했다.

손행자는 우스워서 죽을 노릇이다. 아무리 바보 멍청이라 할지라도, 두 눈 멀뚱멀뚱 뜨고서 제 집 식구조차 알아보지 못하다니, 원숭이 임금 미후왕도 요절복통할 일이 아니고 무엇이겠는가. 앙큼스런 손행자, 웃음보가 터져나오려는 것을 가까스로 참고 또다시 각다귀로 탈바꿈해서 저팔계의 뒷덜미 갈기터럭에 찰싹 달라붙은 채 두 번 다시 떠나지 않았다.

미련퉁이 저팔계 녀석은 산속 깊숙이 들어선 다음 4, 5리쯤 더 나아가더니, 으슥한 골짜기 한 귀퉁이에 탁상만큼씩이나 커다랗고 네모 반듯하게 생긴 청석 바윗돌 세 덩어리가 나란히 있는 것을 발견하고, 갑자기 무슨 생각이 났는지 그 바위 더미 앞으로 어슬렁어슬렁 다가갔다. 그리고는 쇠스랑을 내려놓고 바윗돌을 향해 점잖게 허리 굽혀 꾸벅꾸벅 절을 하기 시작했다.

손행자는 속으로 혼자 웃으면서 생각했다.

'이런 바보 같은 녀석 봤나. 바윗돌은 사람도 아니요, 말도 할 줄 모르고 맞절을 할 줄도 모르는 돌덩어리인데, 거기에다 대고 절은 해서 뭘 하자는 걸까? 이거 미쳐도 단단히 미친 모양일세그려……!'

한데 이 바보 천치 녀석은 그 나름대로 궁리가 있었던지, 바윗돌 셋을 당나라 스님과 사화상, 손행자로 가정해놓고 혼잣말로 중얼대면서 연습하기 시작했다.

"내가 이제 돌아가서 사부님을 만나면 요괴가 있더냐고 물으시겠지? 그럼 나는 요괴가 분명히 있다고 그래야지. 또 산 이름이 뭐냐고 물으시면 뭐라고 대답할까……? 내가 '진흙으로 빚어 만든 산'이라거나 '흙더미를 쌓아놓은 산'이라거나, '주석(朱錫)을 두드려 만든 산' '구릿물을 부어 만든 산' '밀가루 찐 떡을 쌓아놓은 산' '종이에 풀칠해 붙여놓은 산' '붓으로 그려놓은 산'이라고 대답하면 그들은 날더러 바보 등신이라고 여길 게다. 아무렴! 그따위 소리를 늘어놓았다가는 내가 꼼짝없이 바보 멍청이 취급이나 당하기 십상이다. 그러니까 아예 돌로 된 산, '석두산'이라고 대답하자꾸나. 무슨 동굴이 있느냐고 묻거든, 그것도 '석두동'이라고 대답하면 그만이겠지. 어떻게 생긴 동굴이냐고 물으면, '대문짝에 쇳조각을 촘촘히 못질해 박아놓은 철엽문(鐵葉門)입니다!' 이렇게 대답하면 되겠고…… 그 동굴 속이 얼마나 깊으냐고 묻거든 '세 겹으로 층층이 들어가야 합니다!' 하고 대답해야겠다. 그러고 나서도 '문짝에 못이 몇 개나 박혀 있느냐'는 둥, 꼬치꼬치 캐물으면 어떻게 할까? 그때는 '이 저팔계가 세어보기는 했는데, 마음이 하도 다급해서 잊어버리고 기억하지 못합니다!'라고만 해두자. 됐다, 이만하면 그럴 듯하게 꾸며댄 셈이니까, 얼른 돌아가서 저 필마온 녀석을 속여먹기로 하자꾸나!"

이 미련한 놈은 궁리가 다 되자, 쇠스랑을 질질 끌면서 오던 길을 되돌아 일행이 기다리는 곳으로 돌아가기 시작했다.

그러나 교활하기 짝이 없는 손행자가 귓등 뒤에서 그 말을 낱낱이 엿듣고 있었을 줄이야 꿈에도 생각지 못했다. 손행자는 그가 발길을 되돌리는 것을 보기 무섭게 양 날개를 푸드덕 떨쳐 허공으로 날아오르더니 한발 앞서 돌아와 본래의 모습을 드러내고 스승을 만나뵈었다.

"오공아, 돌아왔구나. 그런데 오능은 왜 안 오느냐?"

스승이 반겨 맞으면서 묻는 말에, 손행자는 씨익 웃고 대답했다.

"흐흐, 금방 올 겁니다. 오면서 거짓말을 꾸미느라고 조금 늦을 뿐입지요."

"거짓말을 꾸미다니? 그 녀석은 두 귀가 눈을 덮을 만큼 아둔하고 미련하기 짝이 없는 놈인데, 그 주제에 무슨 거짓말을 꾸며댈 수 있단 말이냐? 또 네가 도깨비 같은 수작을 꾸며 가지고 팔계란 녀석을 골탕 먹이려는 것은 아니겠지?"

스승의 말을 듣고 손행자는 기가 막혀 웃음이 절로 나왔다.

"하하! 사부님, 언제나 팔계만 감싸고 도시는군요. 제가 그 친구를 골탕 먹이는지, 아니면 그 친구가 거짓말을 하는 것인지 그야 맞대놓고 따져보면 알 노릇이 아닙니까?"

그리고 저팔계가 수풀 속으로 쑤시고 들어가 낮잠을 자던 일부터 딱따구리한테 쪼여 잠을 깨던 일, 바윗돌 앞에서 절까지 해가며 무슨 산이니 무슨 동굴이니, 또 쇠문짝은 어떻게 생겼으며 요괴가 있느니 없느니 하고 거짓말을 꾸며대던 경위를 자초지종 한마디도 빼놓지 않고 낱낱이 꼬아바쳤다.

말을 끝마치고 난 지 얼마 안 되어서, 미련퉁이 저팔계가 어슬렁어슬렁 돌아오는 모습이 보였다. 그런데 이 미련한 녀석은 일껏 꾸며낸 거짓말을 잊어버릴까 봐 돌아오는 길에서도 입속으로 쉴새없이 중얼중얼 연습을 하면서 걸어오고 있었다.

그 꼴을 보고 손행자가 밉살스러워 버럭 악을 썼다.

"이 바보 녀석아! 뭘 그렇게 외우고 있는 거야?"

느닷없는 호통에 저팔계는 깜짝 놀라 두 귀를 번쩍 곤두세우고 손행자 쪽을 바라보았다.

"땅 끝까지 갔다 오느라 늦었소!"

이윽고 미련퉁이 녀석은 삼장 앞에 무릎 꿇고 복명했다.

"사부님, 순찰 다녀왔습니다."

삼장은 그를 부축해 일으켜주면서 노고를 치하했다.

"오냐, 수고했다."

저팔계는 스승이 손을 잡아주는 대로 일어나면서 공치사를 했다.

"세상에 길 가는 사람하고 산 올라가는 사람이 제일 고생이지요."

"그래, 요괴는 있더냐?"

삼장이 묻는 말에, 저팔계는 시침 뚝 떼고 대답했다.

"요괴요? 있고말고요! 끔찍스럽게 우글대더군요."

"그렇게나 많아? 그럼 널 보고 어떻게 대하더냐?"

"말씀 마십쇼! 절 보더니 멧돼지 조상이라고 하지 않나, 외할아버지라고 부르지 않나, 여하튼 당면 국에 소찬까지 한 상 잘 차려내다 먹여주면서 말도 못 하게 환대를 하더군요. 뿐만 아니라 우리 일행이 자기

네 산을 지나갈 때에는 깃발을 날리고 북을 쳐서 무사히 넘어가게 해준다나요."

거짓말도 하다 보면 늘어나는 법이다. 손행자는 듣다 못해 코웃음을 쳐서 그 말을 중도에 딱 끊었다.

"흐흥! 아마도 수풀 속에서 잠을 자다가 잠꼬대로 하는 말을 들었겠지?"

미련퉁이가 그 말을 듣고 저도 모르게 자라목을 움츠렸다.

"어이구, 하느님 맙소사! 내가 거기서 낮잠 잔 것을 어떻게 알았을꼬……?"

찔끔해서 혼잣말로 중얼거리는 저팔계, 손행자는 앞으로 썩 나서더니 그 멱살을 바싹 움켜쥐고 호통을 쳤다.

"자네, 이리 좀 와! 내가 물어볼 말이 있으니까."

미련퉁이 바보 녀석은 허둥대면서 전전긍긍 떨리는 목소리로 따져 물었다.

"아이쿠! 이것 좀 놓으시구려. 물어보면 물어봤지, 멱살은 왜 잡는 거요?"

"잔소리 말고 내 묻는 말에 대답이나 하게! 그래, 산 이름이 무엇이던가?"

"바윗돌투성이, 석두산이오."

"동굴 이름은?"

"석두동이랍디다."

"동굴 문짝은 어떻게 생겼던가?"

"쇳조각을 못질해서 빽빽하게 박아놓은 철엽문이오."

"그 속은 얼마나 깊고?"

"동굴 속 끝까지 들어가려면 세 겹이나 됩디다."

여기까지 듣고 나서 손행자는 그 입을 막았다.

"자네, 더 이상 말하지 않아도 되네. 그 뒷대목은 내가 더 똑똑히 기억하고 있으니까 말일세. 사부님께서 믿어주지 않으시니, 자네 대신에 내가 말해줌세."

"큰소리치지 마시오! 가보지도 못한 형님이 나 대신에 어떻게 말할 수 있다는 거요?"

저팔계가 버럭 악을 쓰자, 손행자는 싱글싱글 웃어가며 대꾸했다.

"동굴 문짝에 못이 몇 개나 박혔느냐고 물으면, '이 저팔계가 세어보기는 했는데, 마음이 하도 다급해서 기억하지 못하고 잊어버렸습니다'…… 이렇게 대답할 작정이었지?"

그제야 미련퉁이 녀석은 들통났구나 싶어 얼른 그 자리에 꿇어앉았다. 그러나 손행자는 여전히 주워섬겼다.

"바윗돌을 우리 셋으로 가정해놓고 그 앞에 점잖게 절을 하면서 혼자 주거니 받거니 자문자답을 했지! 안 그런가? 그리고 또 뭐랬더라, 옳지! '이만하면 그럴듯하게 꾸민 셈이니까, 얼른 돌아가서 저 필마온 녀석을 속여먹기로 하자꾸나……!' 여보게, 자네 입으로 그런 말을 하지 않았던가?"

바보 멍청이 저팔계는 이제 꼼짝 못하고 죽었구나 생각하고 손행자 앞에 무릎 꿇고 엎드린 채 정신없이 이마를 조아려 용서를 빌어야 했다.

"어이구, 형님 제발……! 용서해주시오. 내가 산에서 순찰을 돌고 있을 때 뒤를 밟아 내 하는 말을 모조리 엿들었구려!"

손행자는 냅다 욕설을 퍼부었다.

"이 보릿겨나 처먹고 사는 미련한 놈아! 이렇게 어려운 고비 길에 와서 순찰을 돌라고 했더니 세월 좋게 낮잠이나 퍼자고 있어? 딱따구리가 쪼아서 깨워놓지 않았더라면 네놈은 아직까지도 거기서 늘어지게 자고 있었을 게 아닌가! 잠에서 깨어나서도 마음 돌려먹고 열심히 순찰을 돌기는커녕 그따위 터무니없는 거짓말을 꾸며댈 꾀나 부리다니, 이야말로 막중한 대사를 망쳐놓기로 작정한 짓이 아니고 뭐냔 말이다! 자아, 그놈의 낯짝을 이리 돌려대라! 앞으로 정신이 번쩍 들도록 이 철봉으로 다섯 대만 때려주마."

그 말을 듣자, 저팔계는 당황한 나머지 두 손을 마구 휘저으면서 애걸복걸 빌었다.

"아이고 형님! 그 사람 잡는 철봉으로 날 때릴 참이오? 슬쩍 건드리기만 해도 살껍질이 뭉텅 벗겨져 나가고, 툭 내지르기만 해도 근육이 묵사발로 뭉개질 판인데, 다섯 대가 아니라 한 대만 얻어맞아도 나는 그 자리에서 즉사하고 말 거요!"

"매 맞는 것을 그리도 겁내는 녀석이 왜 그따위 거짓말을 늘어놓는 거냐?"

"형님, 제발 이번 한 번만 용서해주시오! 다음부터는 두 번 다시 이런 짓을 하지 않을 테니, 꼭 한 번만 용서해주시구려!"

"한 번은 그랬으니 두 대를 줄여서 세 대만 때려주기로 하지!"

"아이고, 형님! 한 대가 아니라 반 대도 견뎌내지 못할 거요."

그래도 손행자가 좀처럼 용서할 눈치를 보이지 않으니 어쩌랴, 미련퉁이 저팔계는 스승을 붙잡고 늘어질밖에 딴 도리가 없다.

"사부님! 저 대신에 말씀 좀 잘해주십쇼. 형님의 저 철봉에 얻어맞았다가는 죽고 살아남지 못합니다!"

곁에서 말없이 지켜보기만 하던 삼장 법사가 손행자를 돌아보았다.

"오공아, 네가 그 말을 했을 때, 사실 나는 거짓말이라 생각하고 믿지 않았었다. 그런데 막상 이렇게 되고 보니 아무래도 이 녀석이 매를 맞기는 맞아야겠다. 하지만 이제 산을 넘어가려면 부릴 사람이 모자라지 않겠느냐? 그러니 오공아, 잠시만 이놈을 용서해주려무나. 우선 이 산부터 넘어서고 나서 매를 때리기로 하자꾸나."

스승이 통사정을 하고 나서는데야 손행자도 어쩔 수가 없다. 그는 순순히 그 말을 받아들였다.

"옛 성현의 말씀에, '어버이의 말씀과 생각대로 따르는 것이 큰 효도라고 할 수 있다(順父母言情, 呼爲大孝)' 했습니다. 사부님께서 때리지 말라 하시니, 저도 이놈을 용서해주겠습니다……."

그리고 다시 미련한 놈을 돌아보고 엄하게 호통쳤다.

"팔계, 이놈아! 지금부터 다시 한번 그 산으로 들어가서 순찰을 돌아라. 이번에도 거짓말을 늘어놓고 일을 망쳐버릴 때는 내 단연코 네놈을 용서하지 않을 테다!"

스승 덕분에 가까스로 매를 모면한 저팔계, 엉금엉금 기다시피 일어서기가 무섭게 큰길로 뛰어나가더니 뒤도 안 돌아보고 치닫기 시작했다. 허둥지둥 달려나가는 꼬락서니가 우습기도 하려니와, 자라 보고 놀란 가슴 솥뚜껑 보고도 놀란다는 격으로 한 걸음을 옮겨 뗄 때마다 혹시 손행자가 뒤를 밟아오지 않는가 싶어 움칫거리고, 무엇이든지 눈에 뜨이는 것이 있으면 그때마다 손행자가 둔갑해서 감시하고 있는 것은 아닐까 의심스러워 가슴이 덜컥덜컥 내려앉아 도무지 마음을 놓을 수가 없었다.

이렇듯 조마조마하게 7, 8리 길을 나아갔을 때였다. 비탈진 언덕 위에서 난데없는 호랑이 한 마리가 훌쩍 뛰어내리더니 저팔계를 향해 덤벼들었다. 그런데도 저팔계란 놈은 겁을 집어먹기는커녕 쇠스랑을 번쩍 치켜들고 목젖이 드러나도록 고개를 젖히더니 껄껄껄 웃어대기 시작했다.

"형님, 내가 또 거짓말을 하는지 엿들으러 오셨소? 나도 이번에는 속아넘어가지 않을 거요!"

다시 한참을 걸어나가는데, 이번에는 산바람이 '쐬아아!' 하고 세차게 불어오더니 해묵은 고목 한 그루를 쓰러뜨려 저팔계가 서 있는 앞에까지 데굴데굴 굴려다 놓았다. 저팔계는 어마 뜨거라 싶어 뒷걸음을 치다가 주먹으로 제 가슴을 두드려가며 버럭 악을 썼다.

"형님! 이게 무슨 짓이오? 한번 거짓말을 하지 않겠다고 했으면 그만이지, 또 무슨 놈의 고목 따위로 변해 가지고 사람을 못 살게 들볶는 거요?"

또 앞으로 나아가고 있으려니, 이번에는 목덜미 하얀 갈가마귀 한 마리가 머리 위에서 '까욱, 까욱!' 짖어대기 시작했다. 저팔계란 놈은 그만 신경질이 나서 허공에다 대고 주먹질을 해가며 야단을 쳤다.

"형님도 참말 악착스럽소! 이거 정말 너무하지 않소? 내가 거짓말을 꾸며대지 않겠다고 일단 말했으면 꾸며대지 않는 줄 아셔야지, 갈가마귀로 변해서 뒤쫓아올 것은 또 뭐요? 끝까지 나를 따라와서 거짓말하는 걸 엿들어야 속이 시원하겠소?"

그러나 사실 말이지, 이번만큼은 손행자가 뒤따라붙은 것이 아니었다. 생사람 잡는 철봉 위협에 혼뜨검이 난 끝이라, 저팔계는 노루 제 방귀에 놀란다는 격으로 지레 겁을 먹고서 제풀에 놀라 자빠지고 당치도 않은 의심을 하게 된 것이다. 미욱한 저팔계가 한 걸음 내디딜 때마다 아무 까닭도 없이 지레짐작으로 겁을 먹고 착각에 빠져 허둥댄 것은 더 얘기하지 않기로 하겠다.

일치 공조가 귀띔해준 그 산 이름은 평정산(平頂山), 동굴은 연화동(蓮花洞), 그리고 이 동굴 속에는 두 마리의 요괴가 살고 있었다. 하나는 금각대왕(金角大王)이라 부르고, 다른 하나는 은각대왕(銀角大王)이라 불렀다.

　삼장 일행이 당도하던 이날, 금각대왕은 자리에 앉아서 은각대왕에게 이런 말을 했다.

　"여보게 아우, 우리가 얼마 동안이나 산을 돌아다녀보지 않았나?"

　은각대왕이 대답했다.

　"한 보름쯤 될 거요."

　"자네, 오늘은 나하고 같이 산을 좀 돌아보세."

　"하필이면 오늘 순찰을 돌자고 하시오?"

　"자넨 모를 걸세. 요즈음 소문을 듣자니까, 동녘 땅 당나라 조정에서 파견한 황제의 아우 삼장 법사가 서천으로 부처를 만나보러 간다던데, 그 문하 제자로 손행자, 저팔계, 사화상에 백마까지 합쳐서 일행이 모두 다섯 식구라고 하더군. 그러니 자네가 어디서든 그것들을 보기만 하면 냉큼 잡아 가지고 오도록 하게."

　그 말을 듣고 은각대왕이 시큰둥하게 대답했다.

　"원 형님도! 우리가 사람을 잡아먹으려면 어디 가서 몇 놈쯤이야 못 잡아먹겠소? 그까짓 중 녀석들이야 어디로 가든 내버려둡시다."

　"모르는 소리 말게. 내가 천계를 떠나던 그해에 사람들이 하는 말을 들어보니, 당나라 화상이란 자는 보통 승려가 아니라, 바로 금선장로가 속세에 내려온 사람으로서, 십세(十世)를 두고 수행한 아주 굉장한 인물이라는데, 도를 닦는 데 전념하느라고 원양(元陽)이 한 방울도 새어나가지 않았기 때문에, 그 살코기를 한 점 먹기만 해도 수명을 늘이고 불로장생할 수 있다는 걸세."

　그제야 은각대왕도 귀가 솔깃해졌다.

　"그놈의 고기를 먹기만 해도 장생불사할 수 있다면야, 우리가 굳이 무슨 타좌 입공(打坐立功)을 해가며 용이니 범이니 하는 것들을 빚어낼

서유기 제4권　85

일도 없을 테고, 또 무슨 자웅(雌雄)¹이니 하는 것을 배합하느라 애를 쓸 필요도 없이, 그놈의 고기만 먹으면 될 게 아니오? 그렇다면 내 당장 가서 잡아오리다!"

은각대왕이 그 즉시 자리를 박차고 나가려 하자, 금각대왕은 재빨리 붙들어 세웠다.

"여보게, 잠깐만……! 자네는 성미가 좀 급한 게 탈이야. 그렇게 서두를 일이 아닐세. 자네가 이제 나가서 불문곡직하고 지나가는 중이라면 아무 녀석이나 닥치는 대로 잡아들일 모양이네만, 그게 당나라 화상이 아닐 때는 소용없는 노릇이 아닌가. 나는 그놈의 생김새를 기억하고 있네. 그래서 그놈의 스승과 제자 녀석들이 생겨먹은 모습을 그림으로 한 폭 그려놓았으니, 그 초상화를 가지고 나가게. 만약 지나가는 중놈들이 있거든 그림하고 잘 맞추어봐서, 잡을 놈은 잡고 놓아보낼 녀석은 놓아보내란 말일세."

그리고 누구누구는 이름이 무엇무엇인지 일일이 설명해주고 나서야 은각대왕을 떠나보냈다.

은각대왕은 초상화에 이름까지 낱낱이 알아 가지고 동굴 밖으로 나오더니, 부하 요괴 30마리를 지명해 거느리고 산으로 올라가 돌아다니기 시작했다.

한편, 저팔계는 운수가 나빴는지 길을 가는 도중에 바로 이 요괴들

---

1 타좌 입공 · 용호 · 자웅: 타좌 입공(打坐入功)이란 속칭 '정좌(靜坐)' '정공(靜功)'이라고도 하는 도교의 내수양생법(內修養生法)으로, 심신을 가다듬고 자연의 형태를 본받아 고요히 앉아서 잡념을 배제하고 신기(神氣)를 모아, 마음을 맑고 깨끗하게 하고 생각하는 바를 줄여서 형체와 원신(元神)을 하나로 지킨다는 이른바 '형신수일(形神守一)'의 목표에 도달하는 수련 방법이다. **용호**(龍虎)에 관하여는 제19회 주 **5** '이룡 감호' 참조. **자웅**(雌雄)이란 도교 술사(術士)들이 단약을 구워 만드는 광물질 재료 가운데 '팔석(八石)'에 해당하는 자황(雌黃)과 웅황(雄黃)을 줄여서 일컫는 말이다.

과 정면으로 마주치고 말았다. 요괴들은 우르르 몰려들어 앞길을 가로막으면서 기세등등하게 호통쳐 물었다.

"어이! 거기 오는 놈은 누구냐?"

정신 놓고 걸어가기만 하던 저팔계가 느닷없이 묻는 소리에 고개를 번쩍 들고 두 귀를 곧추세우면서 앞쪽을 바라보니, 요괴 마귀들이 한패거리나 몰려서 있다. 그는 당황한 나머지 속으로 이런 생각을 했다.

'내가 경을 가지러 가는 화상이라고 대답하면 이놈들이 당장 붙잡아갈지도 모르니, 그냥 길 가는 나그네라고 해야겠다.'

"지나가는 길손이오!"

검문을 한 부하 요괴가 이 대답을 듣고 은각대왕에게 돌아가서 보고했다.

"대왕님, 지나가는 길손이라고 합니다."

하지만 부하 요괴 30명 가운데는 알아보는 놈도 있었고 몰라보는 녀석도 있게 마련이다. 곁에서 보고하는 말을 듣고 있던 녀석 하나가 고개를 갸우뚱하더니 저팔계를 손가락질하면서 이렇게 말했다.

"대왕님, 저 화상은 생김새가 아무래도 그림 가운데 있는 저팔계란 놈과 아주 쏙 빼어 닮았는데요?"

이 말을 듣고 은각대왕은 즉시 초상화를 꺼내 나무 가장귀에 걸어놓게 했다.

활짝 펼쳐서 늘어뜨린 그림폭을 멀찌감치 바라본 저팔계는 가슴이 덜컥 내려앉았다.

"아뿔싸……! 내가 왜 이리도 정신이 사나워졌는가 했더니, 저놈들이 내 얼굴을 그려놓은 탓이로구나……!"

저팔계가 놀라든 말든, 부하 요괴 녀석은 창 끝으로 하나씩 들춰주고, 은각대왕은 손가락으로 초상화에 그려진 인물을 하나씩 짚어가며 이름을 읊어대기 시작했다.

"여기 백마를 타고 있는 놈은 당나라 화상이요, 이 털북숭이 녀석은 손행자일 테고······."

한 사람 한 사람씩 읊어대는 소리를 듣고 있으려니, 저팔계는 속이 떨려서 도무지 견딜 수가 없다.

"서낭당 신령님······! 내 이름만 나오지 않도록 해주십쇼. 돼지 머리 소 대가리 양 대가리 골고루 갖춰놓고 스물네 가지 제물을 듬뿍 차려서 올릴 테니, 제발 내 이름은 읊어대지 않게 해주십쇼······!"

이 미련한 놈이 축원을 드리는 동안에도 은각대왕은 무정하게 그 다음 인물을 지목해나가고 있었다.

"······이 거무튀튀하게 생긴 껑다리는 사화상이요, 이 주둥아리 길고 귀가 커다란 놈은 저팔계로구나!"

미련퉁이 바보 녀석은 그 말을 듣자, 얼른 주둥이를 가슴팍에 틀어박았다. 그러나 이미 때는 늦었다.

"이것 봐! 중 녀석아, 그 주둥아리를 내밀어봐라!"

은각대왕이 무섭게 호통쳐 물으니, 저팔계는 군색한 대답을 했다.

"저는 배냇병신이라, 주둥이가 나오지 않습니다요."

그 말을 듣고 은각대왕은 부하 요괴에게 명령을 내렸다.

"안 되겠다. 얘들아, 쇠갈고리로 저놈의 주둥아리를 찍어내라!"

저팔계는 어마 뜨거라 싶어, 품속에 감추었던 주둥이를 쑥 뽑아냈다.

"이것 보시오, 기다란 게 아니라 짤막하지 않소? 보면 그만이지 구태여 쇠갈고리로 찍어낼 건 뭐요?"

그러나 이때쯤 저팔계를 알아본 은각대왕은 보도(寶刀)를 뽑아들고 달려나와 정면으로 후려 찍고 있었다. 미련퉁이 저팔계는 엉겁결에 쇠스랑을 쳐들어 가로막으면서 냅다 고함쳐 꾸짖었다.

"내 아들 녀석아, 무례하게 굴지 말고 이 쇠스랑 맛이나 봐라!"

은각대왕이 껄껄대고 웃는다.

"이 녀석은 중도에 집을 나와서 중이 된 모양이로군."

저팔계도 지지 않고 능글맞게 대꾸했다.

"요런 맹랑한 녀석 봤나! 제법 똑똑한 놈이로구나. 이 어르신께서 중도에 집을 나와 중 노릇을 하는지, 네놈이 어떻게 알아봤느냐?"

"네 녀석이 쓰고 있는 그 쇠스랑 말이다. 그건 보나마나 집 안에서 밭뙈기나 갈아엎고 흙바닥을 긁어대는 쇠스랑 아니냐? 네놈이 뉘 집에서 그 쇠스랑을 훔쳐 가지고 도망쳐 나온 게 분명하렷다?"

"요 녀석아, 네놈이 이 어르신의 쇠스랑을 언제 보았다고 씨부렁대느냐? 이 쇠스랑으로 말하자면, 밭뙈기나 갈아엎고 흙바닥을 긁어대는 그런 것과는 근본적으로 다르다는 걸 모르느냐? 이 쇠스랑이 어떤 것인지 말해주마……!"

거대한 이빨 아홉을 달구어서 만들었으니 용의 발톱이 따로 없고, 금을 녹여 꾸몄으니 그 형상이 호랑이를 닮았다.

적수와 맞부딪쳐 싸울 때마다 찬 바람이 씽씽 일고, 맞수를 만나 대결할 때마다 불꽃이 활활 타오른다.

당나라 스님을 대신하여 거추장스러운 놈을 없애주고, 서천 땅으로 가는 노상에 요괴 마귀를 잡아죽일 수도 있다.

수레바퀴 돌리듯 빙글빙글 휘두르면 안개구름이 해와 달을 가리고, 한번 쓰기 시작하는 날이면 먹구름이 북두칠성 별빛을 어둡게 만든다.

태산을 찍어 쓰러뜨리니 호랑이가 두려워 달아나고, 망망대해를 들쑤셔 뒤엎어놓으니 늙은 용이 놀라서 몸을 도사린다.

네 따위 요괴한테 수단이 있다고 한들 얼마나 되랴, 이 쇠스랑 한번 찍어대면 아홉 구멍 뚫려 선지피를 쏟아낼 줄 알거라!

은각대왕이 그 말을 듣고서 어찌 그냥 있으랴. 칠성검(七星劍)을 꼬나잡고 혼신의 수단을 다 떨쳐가며 저팔계와 일진일퇴의 공방전을 벌이기 시작했는데, 단숨에 20합을 겨루고 나서도 좀처럼 승부를 가르지 못한다.

분통이 터진 저팔계는 목숨을 던져가며 결사적으로 싸웠다. 은각대왕은 부채보다 더 큰 저팔계의 두 귀가 하늘로 솟구치고 걸쭉한 침을 내뿜어가며 씨근벌떡 거친 숨결을 토해내는 꼴을 보자, 적잖이 겁을 집어먹은 나머지 고개를 돌려 뒤쪽에 진을 친 채 대기하고 있던 부하 요괴들을 고함쳐 불렀다.

"얘들아! 뭣들 하느냐, 한꺼번에 덤벼들어라!"

저팔계는 당황했다. 만약 1대 1로 한 놈씩 상대한다면 오죽이나 좋으련만 30마리나 되는 졸개 요괴들이 전후 좌우에서 한꺼번에 덤벼드는데야 배겨낼 장사가 없다. 저팔계는 손발을 어떻게 써야 좋을지 모르고 허둥대기만 할 뿐 도무지 막아낼 재주가 없었던 것이다.

승산이 없으면 삼십육계 줄행랑이 최고, 견디다 못한 저팔계는 그대로 발길을 돌려 뺑소니를 치기 시작했다. 하지만 그 산길은 바닥이 울퉁불퉁해서 고르지 못한데다 맥을 놓고 오느라고 자세히 보아두지 않아, 도망친다는 것이 하필이면 등나무 덩굴하며 가시덤불이 뒤엉킨 곳으로 뛰어들고 말았다. 가뜩이나 다급한 마당에 두 다리를 휘감는 덩굴을 끊어가며 달아나자니 주변을 돌아볼 여유마저 없다. 등나무 덩굴 속에는 요괴 한 마리가 납죽 엎드려 있다가 허둥지둥 달려오는 저팔계의 발목을 보기 좋게 걸어 당겼다.

"어이쿠……!"

저팔계는 외마디 소리를 지르면서 앞으로 고꾸라져 그야말로 똥 핥아 먹는 강아지 꼴이 되고 말았다. 뒤미처 와르르 몰려온 부하 요괴들이 저팔계를 찍어누르더니 갈기터럭을 움켜쥐는 놈에 귀를 잡아 비트는 놈, 두 다리를 한 짝씩 부여잡고 늘어지는 놈, 꼬리를 끌어당기는 놈까지 가세하여, 눈 깜짝할 사이에 포로를 번쩍 떠메고 동굴 속으로 들어가 버렸다.

이야말로 한 몸이 마귀의 바람에 휩쓸렸으니 소멸하기 어렵고, 만 가지 재난이 생겼으니 없애기 어렵다는 격이 된 것이다.

과연 저팔계의 목숨이 어떻게 될 것인지, 다음 회에서 풀어보기로 하자.

제33회 외도는 진성을 미혹하고, 원신은 본심을 도와주다

은각대왕은 저팔계를 사로잡은 뒤 의기양양하게 동굴 속으로 들어갔다.

"형님, 한 놈 잡아왔소!"

늙은 마귀 금각대왕이 반색을 하면서 묻는다.

"어디 있나? 이리 끌고 와서 좀 보여주게."

"바로 이놈 아니오?"

은각대왕이 저팔계를 앞으로 끌어내면서 대답했다.

한데 그것을 본 금각대왕은 절레절레 도리질을 했다.

"여보게, 자네 잘못 잡아왔군 그래. 이 중 녀석은 아무짝에도 쓸모없는 놈일세."

잘못 잡아왔다는 말에 귀가 번쩍 뜨인 것은 은각대왕이 아니라 저팔계 자신이었다. 그는 마음이 다소 놓여 늙은 마귀를 우러러보면서 이렇게 말했다.

"대왕님, 아무짝에도 쓸모가 없으시면 그냥 놓아보내주시지요. 저 같은 화상은 애당초 사람값에도 못 드는 물건이니까요."

그런데 은각대왕이 딴죽을 걸고 나섰다.

"형님, 놓아줄 것 없소. 비록 아무짝에도 쓸모는 없다 하더라도, 이놈은 당나라 화상하고 한패거리로 온 놈이요, 그림에 그려진 저팔계란 제자 녀석이오. 이놈을 그냥 놓아줄 것이 아니라 뒤껻 연못에 담가둡시다. 그래서 맑은 연못 물에 흠씬 불려 가지고 털이 다 벗겨지거든 소금에 절이고 햇볕에 말려두었다가 날씨가 흐리거나 비가 오는 날 저며놓고 술안주로 쓰면 좋지 않겠소?"

저팔계가 그 말에 펄쩍 뛰었다.

"이거 신세 망쳤구나! 하필이면 소금에 절인 돼지고기에 장조림 장사를 하는 요괴와 맞닥뜨릴 게 뭐란 말이냐!"

부하 요괴들이 발버둥치는 저팔계를 떠메다가 연못 속에 던져 넣은 것은 두말할 나위도 없다.

한편 삼장 법사는 비탈진 언덕에 앉아 있었는데, 갑작스레 귓불이 화끈 달아오르고 두 눈꺼풀이 파르르 떨리는가 하면 가슴이 두근거려서 몸과 마음이 편하지 않았다.

"오공아, 산을 돌아보러 나간 오능이 왜 이리 늦도록 돌아오지 않느냐? 무슨 일이라도 생긴 게 아닌지 모르겠구나."

그러나 손행자는 별것 아니라는 듯이 시큰둥하게 대답했다.

"사부님은 아직도 그놈의 배짱을 모르고 계십니다그려."

"배짱이라니, 무슨 배짱 말이냐?"

"만약 이 산에 요괴가 있다면, 그놈은 한 걸음은커녕 반 걸음도 더 나가지 못하고 진작에 호들갑을 떨면서 돌아와 우리한테 알렸을 겁니다. 요괴가 없고 가는 길도 편하니까 자꾸만 더 나가보고 있는지 누가 압니까."

"네 말대로 그 녀석이 자꾸 나아가기만 한다면 어디 가서 다시 만나겠느냐? 여기는 산과 들판이 한없이 펼쳐진 곳이라, 물건 파는 가게가 즐비하게 늘어선 장터 길거리와는 사뭇 다르지 않으냐."

"사부님, 걱정 마시고 말이나 타십쇼. 그 미련한 놈은 워낙 게으른 편이라 걸음걸이가 느릴 것이 뻔합니다. 사부님이 말을 몰아 달려가시면, 우리 모두 그놈을 꼭 따라잡을 수 있을 겁니다. 그런 뒤에 함께 모여서 가기로 하지요."

이리하여 삼장은 다시 말에 올라타고, 사화상은 짐보따리를 둘러메고, 손행자가 앞장서서 길을 인도하여 평정산으로 올라가기 시작했다.

한편 연화동에서는 늙은 요괴가 둘째 마귀를 불러들였다.

"여보게 아우, 저팔계가 붙잡혀온 이상 당나라 중도 갈 데 없이 어딘가 오고 있을 것일세. 자네가 한번 더 나가서 산을 돌아보고 그놈을 놓치지 않도록 하는 것이 어떤가?"

"알겠소, 형님. 이제 곧 나가보리다."

둘째 마귀 은각대왕은 또다시 부하 50마리를 골라 뽑아 거느리고 산 위로 순찰하러 나갔다.

한참을 가고 있으려니, 상서로운 구름이 아련하게 나부끼고 서기가 감돌고 있는 것이 눈에 뜨였다. 은각대왕이 고개를 끄덕끄덕했다.

"당나라 화상이 왔구나."

부하들은 영문을 모르고 물었다.

"당나라 화상이 어디 왔단 말씀입니까? 저희 눈에는 아무것도 보이지 않는뎁쇼."

"착한 사람의 머리 위에는 상서로운 구름이 감돌고, 악한 자의 머리 위에는 검정 기운이 하늘을 찌르는 법이다. 저 당나라 화상은 본디 금선장로가 속세에 내려온 인물로, 십세를 두고 도를 닦은 착한 사람이다. 그래서 저렇듯 상서로운 구름이 아련하게 감돌고 있지 않느냐."

부하 요괴들은 아무리 둘러보아도 보이지 않았다. 둘째 마귀 은각대왕이 손가락으로 방향을 가리켰다.

"바로 저게 아니냐?"

그와 동시에 이쪽을 향해 오고 있던 삼장 법사는 마상에서 몸을 오싹 떨었다. 은각대왕이 다시 한번 손가락질을 하는 순간, 그는 소름이 오싹 끼치면서 몸뚱이가 또 한차례 부르르 떨렸다. 세번째 손가락질은 연거푸 세 차례나 소름이 끼쳐 떨어야 했다. 이러니 심신이 불안해질밖에 더 있으랴.

"애들아, 내가 웬일인지 자꾸 몸서리가 쳐지는구나."

사화상이 지레짐작으로 대답한다.

"소름이 끼치고 몸이 떨리신다면, 아마도 잡수신 게 체하신 모양입니다."

손행자가 그 말을 반박했다.

"못생긴 소리 말게. 사부님은 이 험악한 산등성이 가파른 고갯마루를 아슬아슬하게 넘어오시느라고 조금 놀라셔서 그런 걸세. 사부님, 겁내지 마십쇼. 두려워하실 것은 하나도 없습니다. 이 손오공이 철봉 한 자루로 가는 곳마다 사부님을 놀라시게 만드는 놈들을 모조리 때려누일 테니까 말입니다."

용감무쌍한 손행자, 철봉을 높이 쳐들고 말머리 앞에서 상단으로 세 차례, 하단으로 네 차례, 왼편으로 다섯 차례, 오른편으로 여섯 차례를 연거푸 휘둘러 치고 끊어 막고, 육도삼략 병법서에 적힌 전술 전법에 따라서 있는 술법 없는 신통력을 모조리 발휘해 보였다. 삼장 법사가 마상에서 바라보니, 과연 천상천하에 보기 드문 재주요, 인간 세상에서는 전혀 볼 수 없는 솜씨였다.

이리하여 맏제자의 실력 과시에 겨우 놀란 가슴을 가라앉힌 삼장은 계속 길을 뚫고 헤쳐가며 전진했다.

산봉우리 위에서 그 광경을 내려다보던 둘째 마귀는 그만 간담이 뚝 떨어져서 혼비백산하고 말았다. 은각대왕은 겁에 질리다 못해 자꾸만 목구멍 속으로 기어들어가는 소리를 억지로 끌어내어 이렇게 중얼거렸다.

"이 몇 해 동안에 손행자의 솜씨를 소문으로만 들어왔더니, 오늘에야 그것이 헛되이 전해진 말이 아니라, 과연 정말인 줄 알아보겠구나……."

부하 요괴들이 그 말을 듣고 앞으로 몰려들어 불평했다.

"대왕님, 어째서 남의 기세는 돋워주시고 우리 편 사기를 떨어뜨리는 말씀을 하십니까. 도대체 누구를 그렇게 칭찬하시는 겁니까?"

둘째 마귀가 대답해주었다.

"손행자는 신통력이 기막히게 너르고 커서, 아무래도 저 당나라 화상을 잡아먹을 수가 없겠다."

"대왕님께서 그럴 만한 솜씨가 없으시다면, 저희들이 몇 명쯤 보내서 큰 대왕님께 여쭙고 우리 연화동의 크고작은 졸개들을 모조리 출동시켜 전투 대열을 가다듬고 일심 합력하여 들이친다면, 그까짓 놈들이 어디로 달아나겠습니까?"

그러나 둘째 마귀는 여전히 도리질을 했다.

"너희들 눈에는 저 철봉이 안 보이느냐? 손행자가 들고 있는 저 철봉은 군사 일만 명이 덤벼들어도 당해내지 못할 만큼 무시무시한 병기다. 우리 동굴 안의 병력이 사오백 명도 못 되는데 무슨 수로 저놈의 철봉 앞에 맞설 수 있단 말이냐?"

은각대왕의 말을 듣고 부하 요괴들이 저들끼리 쑥덕거리더니 이렇게 아뢰었다.

"그렇게 말씀하시니 당나라 화상은 잡아먹을 수 없겠군요, 그렇다면 저팔계도 잘못 잡아들인 셈이 아닙니까. 그놈 역시 놓아보내도록 하시지요."

"잘못 잡아들인 것도 아니고, 또 그렇다고 선선히 돌려보내기도 그

다지 쉬운 노릇이 아니다. 어찌 되었든 당나라 화상을 꼭 잡아먹어야겠는데, 당장에는 어렵단 말이다."

"그렇다면 몇 해를 더 보내야만 기회가 온단 말씀입니까?"

"몇 해랄 것까지는 없다. 내가 짐작하건대, 저 당나라 화상은 꾀를 써서 잘 붙잡아야지 엄범덤벙 강제로 잡을 생각은 말아야 할 게다. 만약 우리가 힘만 가지고 함부로 덤벼들었다가는 저 중 녀석의 고기 냄새조차 맡지 못할 것이다. 그러니까 살살 구슬리고 마음을 돌리게 만들어서 우리와 마음이 서로 맞았을 때 절묘한 계략을 써서 낚아채야 한단 말이다."

"하면 대왕님은 계략을 정하시고, 저희들이 저놈을 붙잡도록 해주시지요."

"너희들은 일단 본채로 돌아가거라. 하지만 금각대왕에게 알려서는 안 된다. 만약 그분까지 놀라시게 만든다면 소문이 퍼져서 내 계략은 실패할 것이 분명하다. 내가 신통력을 부려서 저놈을 잡을 수 있으니까 더는 얘기하지 말아라."

부하 요괴들을 흩어 보낸 뒤에, 은각대왕은 혼자서 산 밑으로 내려와 길 한켵에서 몸을 한 번 꿈틀하더니, 눈 깜짝할 사이에 늙수그레한 도사로 탈바꿈했다. 둔감한 생김새가 그야말로 어떤지 보기로 하자.

머리에는 성관(星冠)이 번쩍번쩍 빛나고, 은빛 학발(鶴髮)은 텁수룩하니 헝클어졌다.

깃털 옷[羽衣]에 수놓은 띠를 둘렀으며, 한 켤레 운리(雲履) 신발에는 누른빛 종려나무 장식을 꿰매 달았다.

신기(神氣) 산뜻하고 눈이 초롱초롱 밝으니 선객(仙客)이나 다를 바 없고, 신체 강건하고 거뜬하니 무병장수 누리는 늙은이 같다.

청우도사(淸牛道士)를 말해 무엇 하랴, 소권선생(素券先生)보다 더 낫게 생겼다.
　　거짓 형상을 꾸몄어도 참된 형상과 다름없고, 허정(虛情)을 날 조했는데도 실정(實情)을 능가한다.

　늙은 도사로 변신한 그는 길 한곁에서 다리를 다친 것처럼 절뚝거리고 발에 피를 철철 흘려가며 입으로는 끙끙 신음 소리를 냈다.
　"사람 살리시오! 사람 좀 살려주시오!"
　한편 삼장 법사는 손대성과 사화상을 의지하며 홀가분한 마음으로 나아가고 있었다. 이들 일행은 둘째 요괴가 마음먹고 기다리는 곳에 다다랐을 때, 비로소 고함치는 소리를 들었다.
　"스님! 사람 살려주십쇼!"
　삼장이 그 소리를 듣고 제자에게 물었다.
　"맙소사! 이런 허허벌판 야산에 사면팔방을 아무리 둘러보아도 마을은커녕 집 한 채 없는데, 누가 고함을 치는 게냐? 아무래도 호랑이나 표범 아니면 독사 구렁이한테 놀란 사람이 있는 모양이다."
　삼장은 말머리를 돌려세우면서 외쳐 물었다.
　"거기 봉변을 당한 분이 누구요? 이리 나오시오!"
　이 소리를 듣고 은각대왕이 수풀 속에서 엉금엉금 기어나오더니, 삼장이 탄 말 앞에 엎드린 채 그저 쉴새없이 꾸벅꾸벅 이마를 조아렸다. 삼장은 그가 도사인데다 나이도 지긋한 것을 보고 측은한 마음이 들어 그대로 지나치기가 어려웠다. 그래서 얼른 말에서 내려와 부축해 일으켰다.
　"일어나시오, 어서 일어나시오!"
　그래도 요괴는 일어나지 않고 엄살을 떨었다.

"아이고, 아야……! 어이구 아파 죽겠네!"

도사가 죽는시늉을 하자 삼장은 깜짝 놀라 부축하려던 손을 떼고 아래쪽을 내려다보았다. 발에서는 피가 흐르고 있었다.

"선생, 어디서 오는 길인데 다리를 그렇게 다치셨소?"

간사한 요괴는 엉큼스러운 목소리로 거짓말을 꾸며댔다.

"스님, 이 산에서 서쪽으로 가시면 깨끗하고 조용한 도관이 하나 있소이다. 저는 그 도관에서 수행하는 도사올시다."

"도사님이라면 도관에서 향화(香火)를 받들고 경전을 읽어야 할 분이, 무슨 까닭으로 이런 데서 한가롭게 거닐고 계셨소이까?"

삼장의 물음에, 교활하기 짝이 없는 요괴가 미리 준비해두었던 말로 대답했다.

"사실을 말씀드리자면, 그저께 이 산 남쪽에 있는 시주 댁에서 도사들을 청하기에 그 댁에 가서 액막이굿을 올리고 복을 빌어드렸는데, 돌아오는 길이 너무 늦어 빈도와 제자 둘이서 길 재촉을 해가며 돌아오다가 이 근처 후미진 곳에 당도했더니, 난데없이 호랑이 한 마리가 뛰쳐나와 제자 녀석을 물고 달아났지 뭡니까. 빈도는 너무나 놀라고 당황한 나머지 도망칠 엄두를 못 내고 허둥거리던 끝에 바윗돌투성이 언덕 비탈에서 발을 헛딛고 쓰러졌소이다. 그 통에 다리를 다치고 방향을 잃어 돌아갈 길마저 찾을 수 없게 된 겁니다. 그런데 천만다행히도 스님과 같은 분을 만났으니, 아무쪼록 자비심을 크게 베푸셔서 빈도의 한 목숨을 구해주십쇼. 저를 도관까지만 데려다 주신다면 몸을 저당잡히고 목숨을 파는 한이 있더라도 그 깊으신 은덕에 후히 보답하리다."

삼장은 그것이 정말인 줄 알아듣고 얼른 승낙했다.

"도사님, 무슨 말씀을! 도사님이나 소승이나 모두 같은 운명을 타고난 사람 아닙니까. 저는 승려의 몸이요 당신은 도사로서, 비록 의관이

다를망정 수행하는 길은 같습니다. 그런데도 제가 도사님을 구해드리지 않는다면 출가한 사람의 도리가 아니지요. 그러나 구해드리기는 해야겠는데, 걷지 못하시니 어떻게 하면 좋을지 모르겠습니다."

"일어설 수도 없소이다. 이런 몸으로 어떻게 길을 걸어가야 할지 원……."

은근슬쩍 말끝을 흐리는 요괴, 삼장 법사는 꼼짝없이 그놈의 술책에 넘어가고 말았다.

"알겠습니다, 알겠어요! 나는 그래도 걸어갈 수 있으니, 내가 타고 있는 이 말을 드리면 되지 않겠습니까. 이걸 타고 가시다가 도관에 다다르거든 돌려주시면 되겠지요."

"스님의 후의는 정말 고맙습니다만, 사타구니까지 다쳐서 말에 올라탈 수가 없으니 어쩝니까."

삼장이 듣고 보니 일리가 있는 말씀이다.

"하긴 그러시겠군요."

그는 사화상을 돌아보고 분부했다.

"네 짐보따리는 말 위에 얹어 싣고, 이분을 업고 가도록 해라."

"예!"

사화상은 한마디로 대답했다. 그러나 요괴는 딴 궁리가 있는 터라, 고개를 돌리고 사화상의 얼굴 모습을 한참 동안이나 요모조모 뜯어보는 척하더니 절레절레 도리질을 했다.

"아닙니다, 스님! 빈도는 호랑이한테 얼마나 놀랐던지 저렇게 거무튀튀하고 험상궂게 생긴 화상을 보니까 어쩐지 무섭기만 합니다. 빈도는 이분에게 업히고 싶지 않소이다."

이 말을 듣고 삼장은 손행자를 소리쳐 불렀다.

"오공아, 네가 업어드려라!"

"아무렴, 제가 업고말굽쇼!"

손행자가 시원스럽게 응답했다. 요괴는 손행자의 정체를 알아본데다 또 그가 자신을 업고 가겠노라고 선선히 대답하는 것을 보자, 더 이상 군소리를 늘어놓지 않았다.

사화상은 그것이 우스웠는지 껄껄대고 비웃었다.

"이 도사 영감이 눈썰미가 어지간히도 없군! 내가 업어준다니 싫다 하고, 큰형님에게만 업히겠다니 정말 사람 볼 줄 모르는 모양일세. 우리 형님은 사부님께서 한눈을 파는 날이면 뾰족한 돌에다 태질을 쳐서 갈빗대를 분질러놓고 말 텐데 그걸 모르나?"

손행자는 요괴를 등에 업으려고 그 앞으로 어슬렁어슬렁 다가서면서 혼자 입속으로 중얼거리기 시작했다.

"요 못된 마귀 녀석아! 하필이면 이 손선생을 건드릴 게 뭐냐? 이 손선생이 몇 해나 묵은 능구렁이라는 것쯤 네놈도 알고 있겠지? 그따위 엉뚱한 수작으로 당나라 스님을 속여넘길 수는 있었다만, 나까지 속여먹으려고 들어? 네놈이 이 산중에 사는 요괴인 줄 내가 다 알고 있단 말이다. 네가 우리 사부님을 잡아먹고 싶은 모양인데, 그분은 네놈이 생각하는 것처럼 그렇게 호락호락 잡아먹히실 분이 아니다. 흐흐흐……! 네놈이 우리 사부님을 꼭 잡아먹겠다? 오냐, 좋다! 그럼 너 혼자서 독식하지는 말고 이 손선생한테 절반쯤은 넘겨주어야 할 게다."

혼잣말로 중얼대는 소리를 귀담아들은 요괴가 펄쩍 뛰었다.

"스님, 그런 말씀 마시오. 빈도는 훌륭한 가문에서 태어나 자란 후손이요, 또 이렇게 도사 노릇을 하고 있지 않소? 오늘 불행히도 호환(虎患)을 당해 이 꼴을 하고 있지만, 나는 절대로 요괴가 아니외다."

손행자는 급한 성미에 버럭 악을 썼다.

"호랑이를 무서워한다면서 왜 『북두경(北斗經)』¹을 외우지 않았단 말야?"

목청이 커졌으니 스승의 귀에도 들릴밖에, 마상에 점잖게 앉아 있던 삼장이 호통쳐서 손행자를 꾸짖는다.

"이 고약한 원숭이 녀석아! 사람의 목숨을 구해주는 일은 칠층 불탑을 쌓아올리는 것보다 나은 줄 모르느냐? 그분을 업어드리려거든 곱게 업어드릴 것이지, 북두경 남두경(南斗經)은 무엇 하러 들먹이는 게냐?"

스승에게 핀잔을 들은 손행자, 차마 대거리는 못 하고 속으로만 투덜거린다.

"젠장, 이거 운수 사납게 되었군! 우리 사부님은 워낙 천성이 인자하셔서 착한 일을 많이 하시는 분이라, 남한테는 너그럽게 대하시면서도 자기 편 사람에게는 언제나 각박하게 구시니, 그것참 무슨 경우가 이런지 모르겠군…… 내가 이놈을 업고 가지 않는다면 사부님이 또 야단치실 테니 그럴 수도 없고…… 좋다, 이 요괴야! 내가 네놈을 업고 가기는 하겠다만, 한마디 꼭 말해둘 게 있다. 만약 똥이나 오줌이 마렵거든 미리 얘기해야 한다. 내 등줄기에다 싸질러놓았다가는 지린내 구린내도 견디기 힘들고 더럽혀놓은 내 옷을 빨아줄 사람도 없으니 말이다."

요괴가 응답한다.

"나이를 이렇게 먹은 내가 당신 하는 말뜻을 못 알아들을 리 있겠소?"

그제야 손행자는 요괴를 끌어다가 등에 업고, 삼장과 사화상을 앞세워 서쪽으로 터벅터벅 걸어나갔다. 산길은 가면 갈수록 울퉁불퉁 고르지 못하고 가파른 비탈과 고개가 많았다. 손행자는 발 밑을 조심스럽

---

1 『북두경』: 도교의 경전 『북두치법무위경(北斗治法武威經)』의 준말. 편찬자는 미상. 북두칠성과 주천 이십팔수(周天二十八宿)에게 축원하여 재앙을 복으로 바꿀 수 있다 한다.

게 내딛느라고 걸음걸이가 느려졌다. 그래서 삼장과 사화상을 앞장세워 한 걸음 먼저 가게 했던 것이다.

4, 5리쯤 길을 나아가다 보니, 삼장과 사화상은 벌써 계곡 깊숙한 아래쪽으로 내려서 있어 손행자가 아무리 내다보아도 일행의 모습은 보이지 않았다. 손행자는 슬그머니 스승을 원망하는 마음이 들었다.

"이런 젠장! 사부님은 나이가 그만큼 들었어도 세상 물정을 통 모르신단 말씀이야. 이렇듯 머나먼 길을 빈 몸으로 걸어도 손발이 무거워서 떼어내고 싶을 지경인데, 이따위 요괴 녀석을 업고 가라니 정말 죽을 맛이로군! 이놈이 못된 요괴가 아니라 착한 사람이라 할지라도 나이를 이만큼 먹었으면 죽을 때도 됐지 않나? 에라, 나도 모르겠다! 여기다 내동댕이쳐버리고 말자꾸나! 업고 가기는 뭘 업고 간단 말이냐?"

손대성은 요괴를 태질쳐버릴 속셈으로 슬금슬금 자세를 취하기 시작했다. 그러나 눈치 빠른 은각대왕 역시 벌써부터 그런 낌새를 채고 있던 참이라, 미리 대응할 준비를 갖추고 있었다. 더구나 그에게는 산악을 옮겨다 놓을 수 있는 재간이 있었다. 손대성이 수상쩍은 몸짓을 보이자, 그는 당장 '이산도해(移山倒海)'의 술법을 쓰기로 작정하고, 손행자의 등에 업힌 채 두 손으로 인결을 맺고 중얼중얼 진언을 외우더니, 수미산(須彌山)[2]을 공중으로 옮겨와서 손행자의 정수리를 찍어눌러 내렸다. 손대성은 당황한 나머지 급히 머리를 한쪽으로 돌려 피하는 한편, 왼쪽 어깨죽지로 수미산을 떠받들었다. 그리고는 껄껄대며 요괴를 비웃었다.

---

2 수미산: 범어로 수메루 sumeru의 음역. 한문으로 묘고산(妙高山)이라 번역한다. 불교의 우주관에 따르면 세계의 중심에 높이 솟은 거대한 산악으로, 큰 바다 속에 있고 금륜(金輪) 위에 있으며, 그 높이는 수면에서 8만 요쟈나 yojana(由旬, 1유순은 40리)이며, 구산 팔해(九山八海)가 둘러싸고 있다 한다. 그 둘레를 해와 달이 돌고 육도 제천(六道諸天)이 모두 그 측면 또는 위쪽에 있으며, 정상에 제석천(帝釋天)이 사는 궁전이 있다고 한다.

"요 아들 녀석아, 네가 그따위 중신법(重身法)으로 이 손선생을 찍어눌러보겠다고? 어림없는 짓 말아라! 이런 술법쯤은 겁나지 않아. 속담에 '솜씨 좋은 짐꾼은 아무리 짐이 무거워도 걱정하지 않고, 한쪽으로 치우치는 걸 어렵게 여긴다' 했는데, 과연 어깨 한쪽에만 짐을 졌더니 거추장스럽기 짝이 없구나."

은각대왕은 속이 뜨끔했다.

"이놈 봐라? 산더미를 가지고도 찍어누를 수 없다니 과연 대단한 놈이로구나!"

요괴는 또다시 주어를 외워 이번에는 아미산(峨眉山)³을 옮겨다가 찍어눌렀다. 그러자 손대성은 고개를 외로 꼬더니 오른쪽 어깻죽지로 그 산더미를 떠받들었다. 거대한 산악을 두 채씩이나 떠메고도 마치 흐르는 별똥별처럼 스승을 뒤쫓아 치닫는 손대성…… 은각대왕은 그 광경을 보자 놀라다 못해 온 몸뚱이에서 진땀이 비 오듯 쏟아져 흐르고 닭살처럼 소름이 돋아나왔다.

"이 원숭이 녀석이 산더미를 떠메고 달음박질까지 칠 줄이야……!"

흘러내린 땀으로 마치 물구덩이 속에 빠진 꼬락서니가 된 요괴는 속으로 이렇게 탄성을 지르면서 또다시 기를 쓰고 주어를 외워, 이번에는 태산(泰山)⁴을 공중으로 들어 옮겨다가 손대성의 정수리부터 뒤집어

---

3 아미산: 중국 사천성(四川省) 아미현(峨眉縣) 서남쪽으로 7킬로미터쯤 떨어져 있는 산. 대아(大峨)·중아(中峨)·소아(小峨) 세 봉우리가 있으며 주봉의 높이는 1만 2천 척. 불교에서는 보현보살(普賢菩薩)의 도량(道場)이 있는 곳으로 신성하게 여긴다. 도교에서는 제7동천(洞天)으로 '영릉태묘천(靈陵太妙天)'이란 이름을 붙이고 지선(地仙)이 거처하는 곳이라 하였으며, 수-당(隋唐) 교체기에 도사 손사막(孫思邈)이 약초를 캐러 왔다가 은거하여, 지금까지도 손진인(孫眞人)이 쓰던 약발(藥鉢)과 약 절구, 단약을 굽던 동굴 유적이 남아 있다고 한다.

4 태산: 지금의 산동성(山東省) 태안현(泰安縣) 북쪽에 자리잡은 산. 주봉의 높이는 해발 1545미터. '오악(五嶽)'의 하나로 대산(垈山)·동악(東嶽)이라고도 부른다. 도교에서 제2소동천(小洞天)으로, 동악천제인성제(東嶽天齊仁聖帝)를 모시는 산이다.

씌워 내리눌렀다.

"으왓……!"

느닷없이 '태산압정(泰山壓頂)'의 술법에 걸려 머리통을 찍어눌린 손대성은 미처 피하지 못한 채 힘이 쭉 풀리고 맥이 빠져, 삼시신(三屍神)⁵조차 비명을 지르고 눈과 코, 귀, 입의 일곱 구멍으로 피를 쏟아내면서 꼼짝없이 짓눌리는 신세가 되고 말았다.

이 무서운 요괴는 신통력으로 손행자를 찍어누른 다음, 그 즉시 몸을 허공으로 솟구쳐 오르더니 황급히 바람을 일으켜 타고 당나라 삼장의 뒤를 쫓아갔다. 눈 깜짝할 사이에 삼장을 따라잡은 요괴가 구름 끄트머리에서 손을 뻗치더니 그를 마상에 앉은 자세 그대로 낚아챘다. 깜짝 놀란 사화상은 엉겁결에 짐보따리를 팽개쳐놓고 항요보장을 선뜻 뽑아들어 은각대왕의 손길을 막아냈다.

기습에 실패한 요괴는 칠성검(七星劍)을 높이 들고 사화상을 겨냥하여 정면으로 쳐들어갔다. 이리하여 평정산 중턱에서 기막힌 싸움이 한판 벌어지기 시작했다.

칠성검과 항요봉, 만 갈래로 금빛 광채를 받아 비추며 번갯불처럼 번뜩거린다.

이쪽이 부리부리한 고리눈을 부릅뜨니 흑살신(黑殺神)보다 더

---

5 삼시신: 도교 용어로 인간의 육신에 붙어 산다는 상시(上尸)·중시(中尸)·하시(下尸)의 세 신령. '삼충(三蟲)' '삼팽(三彭)'이라고도 부른다. 제15회 주 **2** 참조. 도교의 문헌『유양잡조(酉陽雜俎)』「전집(前集)」제2권에는 다른 학설을 기록하였는데, 상시신의 이름은 청고(淸姑), 빛깔은 검정색, 사람의 두뇌 속에 거처하면서 생각과 욕심을 많이 들게 하고 수레와 말타기를 좋아하게 만들며, 중시신은 이름이 백고(白姑), 빛깔은 청색, 사람의 뱃속에 거처하면서 먹고 마시기를 좋아하게 만들 뿐 아니라 원망과 노염을 부추긴다. 하시신은 이름이 혈고(血姑), 사람의 발바닥에 거처하면서 여색을 좋아하게 만들고 살인을 즐기게 만든다고 한다.

흉악스럽고, 저쪽은 얼굴에 철판을 깔았으니 그야말로 천상의 권렴대장으로 손색이 없다.

저 요괴는 자기 산 앞에서 능력을 한껏 크게 드러내며 일심전력 당나라 삼장 법사 잡으려 하고, 저편은 참된 스님 보호하려 애를 쓰니 죽는 한이 있더라도 놓아보내지 않으려 한다.

둘이서 구름을 토해내고 안개 장막 뿜어내니 천궁마저 비추고, 흙더미 파헤치고 먼지를 흩날리니 하늘의 별자리조차 가렸다.

수레바퀴 붉은 해도 빛을 잃어 담담해지고, 건곤 대지 역시 어둠에 휩싸여 아무것도 보이지 않는다.

치고받고 일진일퇴 여덟아홉 판을 맞겨루다 보니, 뜻밖에도 사화상 쪽에 먼저 패색이 짙었다.

흉악하고도 사납기 짝이 없는 요괴가 보검을 휘두르면서 유성과도 같이 혼신의 술법을 다 부려가며 무섭게 돌진해왔다. 힘에 부친 사화상은 섣불리 막아낼 엄두를 내지 못하고 고개를 돌려 도망치려 했으나 이미 때는 늦었다. 삽시간에 들이닥친 요괴의 칼날 앞에 항요보장이 가로막히고, 이어서 활짝 벌린 요괴의 손아귀가 덜미를 움켜쥐다가 왼쪽 옆구리에 꿰어차고, 또 한 손아귀가 마상의 삼장 법사를 덥석 낚아채는가 하면, 발끝으로는 짐보따리를 맵시 좋게 걷어올리고, 쩍 벌린 입으로 백마의 고삐를 덥석 물더니, 섭법(攝法)을 부려 한바탕 회오리바람을 일으켜 가지고 그들을 바람결에 휘몰아 쏜살같이 연화동으로 날아갔다. 그리고 동굴 앞에 당도하자, 은각대왕은 큰 소리로 고함을 질렀다.

"형님! 그놈의 중 녀석들을 모조리 잡아왔소!"

늙은 마귀 금각대왕이 그 소리를 듣고 크게 기뻐하며 일어섰다.

"어디 있나? 어서 이리 데려다 보여주게!"

"바로 이것들 아니오?"

둘째 마귀는 의기양양하게 포로들을 금각대왕 앞으로 끌어냈다. 그랬더니 포로들을 하나하나씩 살펴본 늙은 마귀가 고개를 절레절레 내둘렀다.

"여보게, 자네 또 잘못 잡아왔네."

그 말을 듣고 은각대왕은 이게 무슨 소리인가 싶어 되물었다.

"아니, 당나라 화상을 잡아오라고 하지 않으셨소?"

"그야 물론 당나라 화상을 잡아오긴 했네만, 저 수단이 높은 손행자를 잡아오지 못했단 말일세. 그놈을 꼭 잡아야만 우리가 이 당나라 화상을 잡아먹을 수 있게 되는 걸세. 그놈을 잡지 못한 바에야 이 중 녀석은 아예 건드릴 생각도 말아야 하네. 그 원숭이 임금은 신통력이 엄청나게 너르고 클 뿐 아니라 변화무쌍한 놈이어서, 만약 우리가 자기 스승을 잡아먹은 줄 알게 되면 그냥 있을 듯싶은가? 보나마나 우리 동굴 문 앞에 쳐들어와서 시끄럽게 난리법석을 칠 텐데, 그 소란통에 우리가 어떻게 마음놓고 지낼 수 있겠나? 누가 뭐래도 그런 생각일랑 깨끗이 접어 두어야 할 것이네."

그 말에 둘째 마귀가 피식 웃었다.

"원 형님도! 덮어놓고 남을 추켜세우시는구려. 형님 말씀대로라면 그놈은 천상천하에 둘도 없이 무서운 놈일 테지만, 내가 보기에는 그저 그럴 뿐, 별로 대단치도 않은 녀석입디다. 솜씨도 별것 아니고 말이오."

"자네가 그놈을 잡았단 말인가?"

금각대왕이 귀가 솔깃해져서 물었다.

"그 녀석은 내가 벌써 수미산, 아미산, 태산을 옮겨다가 찍어눌러 놓고 왔소. 아마 지금쯤 촌보도 옮겨놓지 못할 거요. 그러니까 이렇게 당나라 중 녀석과 사화상, 백마에 짐보따리까지 도매금으로 몽땅 훑어

가지고 온 게 아니오?"

이 말을 듣고서야 늙은 마귀는 기뻐 어쩔 줄을 몰랐다.

"잘됐구나, 잘됐어! 하하! 그놈마저 잡아놓았다니, 이제 당나라 화상은 우리 입에 들어온 떡이나 마찬가지일세!"

그리고는 부하 요괴들을 소리쳐 불렀다.

"얘들아! 뭐 하는 거냐? 냉큼 술자리를 마련해서 둘째 대왕의 공로를 축하해드리도록 해라!"

그러자 둘째 마귀가 얼른 제지했다.

"잠깐만! 형님, 축하 술은 나중에 마시기로 하고 우선 부하 녀석들을 시켜서 연못 물 속에 담가두었던 저팔계를 건져내다 기둥에 매달아 놓기로 하지요."

이리하여 마침내 저팔계는 물속에서 끌려나와 동쪽 낭하에 매달리는 신세가 되었고, 사화상은 서쪽 낭하에, 당나라 스님은 중간 대들보에 매달렸으며, 백마는 마구간으로 보내지고, 짐보따리는 거두어다 안채에 넘겨졌다.

늙은 마귀는 입가에서 싱글벙글 웃음이 떠날 새가 없다.

"여보게, 아우! 자네 수단이 정말 대단하네그려. 단 두 번만에 세 화상을 깡그리 잡아왔으니 말일세. 그러나 염려되는 것은 역시 손행자, 그놈일세. 그놈이 비록 산 밑에 눌려 있다고는 하나, 아무래도 무슨 수를 써서라도 그놈마저 잡아다가 찜을 쪄 먹어야만 안심이 되겠네."

"형님은 가만히 앉아 계시오. 기어코 손행자를 잡아다 끌고 와야 마음이 놓이겠다면, 굳이 우리가 손을 쓸 것까지는 없소. 부하 두 명을 시켜서 그 녀석들에게 두 가지 보배를 들려 보내 가지고 그놈을 잡아넣어 오게 하면 될 게 아니오?"

"무슨 보배를 들려 보낸단 말인가?"

늙은 마귀가 호기심 가득 물어오자, 둘째 마귀는 서슴지 않고 대답했다.

"내 자금 홍호로(紫金紅葫蘆)와 형님이 가지고 계신 양지옥 정병(羊脂玉淨甁)이면 될 거요."

"그럼 두 명은 누구누구고?"

"정세귀(精細鬼)란 놈과 영리충(伶俐蟲)을 보냅시다."

이윽고 지명을 받은 부하 요괴 두 마리가 대령하니, 은각대왕은 엄하게 분부를 내렸다.

"너희들 둘이서 이 보배를 한 가지씩 나눠 가지고 산꼭대기 높은 곳에 올라가서 밑바닥을 하늘로 향하고 아가리는 땅 쪽으로 향한 다음, '손행자야!' 하고 한마디만 불러라. 그래서 손행자란 놈이 대답을 하는 날이면 그 즉시 호리병 속으로 빨려들어갈 것이다. 그때에는 지체하지 말고 곧바로 태상노군의 '급급여율령봉칙(急急如律令奉勅)'[6] 부적을 붙여야 한다. 그렇게 되면 그놈은 빠져나오지 못하고 한 시진 삼각(一時三刻) 안에 녹아서 고름이 되어버리고 말 것이다."

두 마리의 부하 요괴는 이마를 조아려 절하고 보배를 받아들었다. 그리고 명령대로 손행자를 잡으러 떠난 것은 더 말할 나위도 없다.

한편, 마귀의 술법에 걸려 산자락 밑에 찍어눌린 제천대성 손오공

---

6 급급여율령봉칙: 도교의 부적이나 주어에 쓰이는 용어. '옥황상제의 칙명을 받들어 율령(律令)에 따라 급히 시행하라'는 뜻. 원래는 한나라 때 공문서를 전달하는 파발꾼이 외치던 말인데, 삼국 시대 오두미교(五斗米敎)의 창시자 장릉(張陵)이 빌려쓴 이후부터 도사들이 모방하여, 신령을 부르고 귀신을 잡아내는 부적이나 주어 끄트머리에 붙여서 급히 집행하도록 재촉하는 용어로 쓰이게 되었다. 더구나 '율령'은 뇌부(雷部)에 소속된 귀신으로서, 질풍같이 달리기를 잘하기 때문에 '율령'처럼 신속하게 집행하라는 의미도 담겨 있다.

은 자신의 괴로움도 괴로움이려니와 재난을 당한 삼장이 고통받고 있을 것을 생각하고 목청이 터져라 외쳐 부르며 신세타령을 늘어놓고 있었다.

"사부님! 어디 계십니까? 처음 만나뵙던 그해 양계산에서 부적을 떼어 이 손오공을 큰 재난에서 벗어나게 해주시고 사문(沙門)의 가르침을 받들게 하셨으며, 보살님께 감화되어 내려주신 법지를 받았으니, 사부님과 저는 함께 살고 함께 수행하며, 같은 인연으로 맺어지고 기쁨과 슬픔을 같이하며, 보는 것과 아는 것을 함께하여왔습니다. 그런데 이곳에 와서 마귀의 업장(業障)에 부닥쳐 사부님은 붙잡혀가시고, 저는 그놈의 '태산압정' 술법에 걸려 꼼짝달싹도 못 하는 신세가 될 줄이야 누가 알았겠습니까! 가련하구나! 이 신세가 가련하구나! 사부님은 제 말을 듣지 않으셨으니 죽어 마땅하지만, 사화상과 저팔계, 그리고 어린 용마까지 도매금으로 죽임을 당하게 되다니, 이야말로 '가지 많은 나무 바람 잘 날 없고, 명성을 추구하는 사람일수록 그 명성 높은 탓에 목숨을 잃기가 더 쉽다(樹大招風風撼樹, 人爲名高名喪人)' 하더니, 바로 사부님이 그 꼴이 되셨습니다그려!"

한탄을 마치니, 눈물은 비 오듯이 흘러내린다.

애절한 하소연이 산악을 쩌렁쩌렁 울리는 바람에, 산신령과 토지신, 그리고 오방 게체를 비롯한 여러 신령들을 놀라게 만들었다. 신령들은 금두게체(金頭揭諦) 앞으로 몰려들었다.

"여기 옮겨다 놓은 산이 누구의 관할이냐?"

금두게체가 묻는 말에, 토지신이 나서서 대답했다.

"저희들의 소관입니다."

"너희가 산 밑에 눌러놓은 사람이 누군지 아느냐?"

"누군지 모릅니다."

토지신들은 솔직히 대답했다.

"너희들은 모를 것이다만, 여기 찍어눌린 사람은 오백 년 전에 천궁을 한바탕 뒤집어놓았던 제천대성 손오공, 손행자다. 지금 그는 정과에 귀의하여 당나라 스님을 따르는 제자가 되었는데, 너희가 어찌하여 요사스런 마귀에게 산을 빌려주어 그를 찍어누르게 했단 말이냐? 이제 너희들은 모두 다 죽고 살아남지 못할 것이다. 손대성이 언젠가 빠져나오기라도 하는 날이면 너희들을 용서해줄 듯싶으냐! 설령 죄를 가볍게 해서 목숨만은 살려준다 해도 토지신은 통째로 깎아 장승으로 만들어버릴 테고, 산신령도 직책을 강등시켜 까마득한 하늘 끝에 쫓아보내 졸병으로 귀양살이나 하게 만들 것이다. 어디 그뿐인 줄 아느냐, 우리 오방게체와 호교 가람, 일치 공조들 역시 호된 꾸지람을 받고 무슨 곤욕을 치르게 될지 모른단 말이다!"

토지신과 산신령들은 그제야 겁을 집어먹고 벌벌 떨기 시작했다.

"그분이 손대성인 줄이야 누가 알았겠습니까? 정말이지 저희는 몰랐습니다. 이곳 마귀가 산을 옮겨놓으라는 '견산주(遣山咒)'의 술법을 외웠기 때문에 저희들은 영문도 모른 채 수미산과 아미산, 태산을 차례차례 이리로 옮겨왔을 뿐입니다."

그들의 변명을 듣고 금두게체는 이렇게 말했다.

"겁낼 것은 없다. 형법에도 '모르고 저지른 행위는 죄에 연루되지 않는다(不知者不坐罪)' 하지 않았더냐. 내가 계략을 꾸며줄 터이니, 우선 손대성을 놓아주어라. 미리 얘기하겠는데, 그 성미를 건드려서 우리들을 때리지 않도록 조심해야 한다."

"놓아주는 사람을 때리다니, 그런 법이 어디 있습니까."

"너희들은 그 사람을 잘 모를 것이다. 그는 여의금고봉이란 쇠몽둥이를 한 자루 가지고 있는데 이게 굉장히 무서운 물건이라, 얻어맞는 날이면 당장 즉사할 것이고, 슬쩍 건드리기만 해도 다치고, 톡톡 두드렸다가는 뼈마디가 부러져 나갈 뿐만 아니라 힘줄이 끊어지고, 가볍게 문지르기만 해도 살갗이 뭉텅뭉텅 벗겨져 나간단 말이다."

토지신과 산신령은 잔뜩 겁을 집어먹고 오방 게체와 쑥덕쑥덕 의논한 끝에 수미산과 아미산, 태산 자락 밑으로 다가가서 조심스럽게 외쳐 손행자를 불렀다.

"손대성님! 여기 산신령과 토지신, 오방 게체들이 와서 뵙기를 청합니다."

산자락 밑에 꼼짝달싹도 못 하게 깔려 맥이 빠질 대로 빠져버린 제천대성 손오공, 그러나 '호랑이는 늙어빠져 말라깽이가 되어서도 웅심(雄心)은 남아 있다'는 격으로 천연덕스레 헛기침을 해가며 또랑또랑한 목소리로 이렇게 물었다.

"무슨 일로 나를 찾아왔느냐?"

동료들을 대표해서 토지신이 대답을 한다.

"대성님께 아뢰오. 저희가 이 산더미들을 다른 데로 옮겨 대성님을 나오시도록 해드릴 테니, 소신들이 저지른 불경죄를 용서해주십시오."

말투는 공손하나, 석방 조건이 분명하게 딸려 있다. 손행자는 잠깐 생각해보더니 앙큼스레 대답했다.

"오냐, 좋다! 이 산더미들을 옮겨가면 나도 때리지는 않으마."

이어서 엄한 호통이 뒤따랐다.

"어서 빨리 떠메가지 못할까!"

이야말로 관가 동헌에서 원님이 명령을 내리듯 삼엄하기 짝이 없다. 토지신과 산신령들은 허둥지둥 주어와 진언을 외워 산더미 세 채를 본래 있던 곳으로 돌려보내고 손행자를 석방시켜주었다.

자유의 몸이 된 손행자는 용수철 퉁기듯 벌떡 뛰어 일어나더니, 흙먼지를 툭툭 털어내고 호랑이 가죽 치마를 단단히 여민 다음, 귓속에 감추었던 저 무시무시한 철봉을 꺼내 잡으면서 산신령과 토지신을 손짓해 불렀다.

"너희들, 그놈의 종아리를 이리 내밀어라. 한 사람 앞에 우선 두 대씩 때려서 이 손선생의 분풀이 좀 해야겠다."

신령들은 그 말을 듣고 기절초풍을 하다시피 놀라 자빠졌다.

"아이고 맙소사, 대성님! 방금 저희들의 불경죄를 용서해주시겠다고 하지 않았습니까. 그런데 어째서 풀려나기가 무섭게 우리를 때리시겠다는 겁니까? 이건 얘기가 다르지 않습니까?"

"이 괘씸한 토지신, 산신령 녀석들아! 네놈들이 이 손선생은 무서운 줄 모르고 오히려 요괴란 놈을 두려워하다니, 이게 무슨 배짱으로 하는 짓거리냐?"

이번에도 토지신이 대답을 한다.

"그 마귀는 신통력이 아주 대단할 뿐 아니라 술법 또한 굉장합니다. 그자는 진언과 주문을 외워서 저희들을 자기 동굴 속에 불러들여놓고 하루에 한 명씩 번갈아가며 당번을 서게 하고 있습니다."

'토지신과 산신령을 붙잡아놓고 당번을 서게 하다니!'…… 그 말을 듣고 어지간한 손행자도 속으로 찔끔 놀라지 않을 수 없었다. 그는 하도 기가 막혀 버럭 고래고래 악을 써가며 펄펄 뛰었다.

"하느님, 하느님이시여! 혼돈이 처음 갈라지고 천지가 개벽하여 제가 화과산에서 태어난 이래 명철하신 스승을 두루 찾아뵙고 장생불사의 비결을 전수받았습니다. 그리하여 바람결 따라 변화 술법을 쓸 줄 알게 되었고, 호랑이와 용을 굴복시켰으며, 천궁을 뒤엎는 일대 소동을 피워 제천대성이란 명칭까지 얻게 되었으나, 산신령과 토지신을 업신여기고 부려먹은 적은 없었습니다. 그런데 오늘날에 와서 이 요사한 마귀 놈은 아무런 공적도 없으면서 감히 산신령과 토지신을 하인처럼 부려먹고 번

갈아가며 당직을 서게 만들다니, 하늘이시여! 이 손오공을 태어나게 하신 마당에 어찌 또 그런 족속이 생겨나게 하셨나이까?"⁷

제천대성 손오공이 한참 푸념을 늘어놓고 있으려니, 산골짜기 으슥한 곳에서 무엇인가 노을빛처럼 휘황찬란한 광채가 무럭무럭 퍼지면서 다가오고 있는 것이 보였다. 손행자는 신령들을 돌아보고 물었다.

"여봐라, 토지신과 산신령아! 그대들이 동굴에서 당직을 서고 있었다니, 저 광채가 무엇인지 알고 있으렸다?"

토지신이 대답한다.

"저것은 요사스런 마귀의 보배가 쏟아내는 광채올시다. 저희 생각으로는 요정이 보배를 가지고 와서 대성님을 제압하려는 게 아닌가 싶습니다."

"허어, 그것참 잘됐구나! 좀이 쑤시던 판인데 한바탕 놀아볼 거리가 생겼는걸. 한 가지 더 묻겠다. 그놈의 동굴에는 어떤 작자가 많이 드나들더냐?"

"그자가 좋아하는 것이 단약을 빚어서 굽는 일이라, 반기는 사람 역시 전진 도사(全眞道士)⁸들뿐입니다."

---

7 "하늘이시여! ⋯⋯또 생겨나게⋯⋯": 원문은 "天阿! 旣生老孫, 怎麽又生此輩?"인데, 이 말은 『삼국연의(三國演義)』 제57회에서 오나라 도독(都督) 주유(周瑜)가 적벽대전(赤壁大戰)에서 이긴 후, 제갈공명(諸葛孔明)의 계략에 연거푸 세 차례나 골탕을 먹고 피를 토하며 죽을 때 하늘을 우러러 탄식하던 말, "이 세상에 주유를 태어나게 하신 마당에 어찌하여 또 제갈량과 같은 인재를 태어나게 하셨나이까!(旣生瑜, 何生亮!)"라는 대목을 저자 오승은(吳承恩)이 그대로 옮겨다 써서 분위기를 익살스럽게 만든 것이다.

8 전진(全眞): 도교의 다른 이름. "망령(妄靈)과 허환(虛幻)을 없애고 본래의 참된 것을 온전히한다(屛除妄幻, 全其本眞)"는 의미. 『형섬자어록(瑩蟾子語錄)』에 따르면, "순일(純一)하고 잡되지 않음을 전(全)이라 하며, 태허(太虛)와 동체(同體)를 이룸을 진(眞)이라 한다" 하였다. 또 『중화집(中和集)』 제3권에, "전정(全精)·전기(全氣)·전신(全神)해야만이 비로소 전진이라 말할 수 있다"고 했다. 왕중양(王重陽)의 전진교(全眞教)에서도 제자들을 '전진 도사(全眞道士)'라고 일컬었으나, 전진교가 창시된

토지신의 말에 손행자는 고개를 끄덕끄덕했다.

"어쩐지 그놈이 도사로 변신해 가지고 우리 사부님을 속여서 잡아갔는가 싶었더니, 그런 일이 있었구나! 오냐, 좋다. 그대들이 저지른 불경죄는 당분간 미뤄둘 테니까, 매를 벌어놓았다는 점을 명심하고 이만 돌아가거라. 저놈은 이 손선생이 알아서 요리하겠다."

신령들은 그제야 마음이 놓였는지 모조리 허공으로 솟구쳐 오르더니 삽시간에 뿔뿔이 흩어져갔다.

혼자 남은 제천대성 손오공, 몸뚱이 한 번 꿈틀하여 나이 지긋한 늙은 도사로 탈바꿈을 했다. 그 생김새가 어떠했는지 다음과 같은 시구가 있다.

머리터럭은 두 갈래로 땋아올려 상투를 두 개 틀었고, 몸에는 누덕누덕 기운 도포를 걸쳤다.
손으로는 어고간(漁鼓簡) 북과 목판을 두드리고, 허리에는 여공조(呂公絛) 허리띠를 질끈 동였다.
큰길 한가운데 비스듬히 기대서서, 조무래기 요괴 마귀가 나타나기만을 기다린다.
경각지간에 요괴가 들이닥치니, 원숭이 임금은 은근슬쩍 꼼수를 부려 골탕 먹일 작정이다.

얼마 안 있어 두 마리의 졸개 요괴가 당도했다. 손행자는 슬그머니 금고봉을 길게 내뻗었다. 방심하고 마냥 걸어오던 요괴 녀석들은 미처 대비하지 못하고 있다가 철봉에 발목이 걸려 앞으로 털썩 고꾸라지고

것은 이후 5백여 년 뒤의 일이므로, 여기서 쓰인 '전진 도사'와는 의미가 다르다.

말았다. 엉금엉금 기어서 일어나다 보니, 도사로 둔갑한 손행자가 길바닥 한가운데 우두커니 서 있다. 졸개 요괴들은 약이 올라 고래고래 악을 쓰면서 덤벼들었다.

"이런 너절한 영감태기 봤나! 어디다가 발을 거는 거야? 우리 대왕님께서 이따위 도사 녀석들을 존경하니까 그냥 놓아두지, 그렇지만 않았다면 당장에 한판 떴을 게다!"

앙큼스런 손행자는 피식 웃어가며 대거리를 했다.

"누구하고 한판 떠보겠다는 건가? 도사가 도사를 만났으면 모두들 한 집안 식구들이 아닌가?"

"한 집안 식구라는 사람이 한길 바닥에 누워 낮잠을 자면 잤지, 어째서 우리 발목을 걸어 당겨 고꾸라뜨리는 거요?"

"어린 동자 녀석이 늙은 도사를 만났으면 한번쯤은 고꾸라져서 얼굴 본 값을 해야지! 안 그러냐?"

"우리 대왕님 같으면 얼굴 뵙는 값으로 은전 몇 냥밖에 받지 않으시는데, 당신은 어쩌자고 사람을 고꾸라뜨려놓고 얼굴 본 값으로 치는 거요? 이게 도대체 어느 곳 풍습이오? 가만 보아하니 우리 고장에서 보던 도사 영감 같지는 않은데……"

"그야 물론이지! 이 고장에 살지 않으니까 너희 녀석들은 날 보지 못했을 게다. 이 어르신은 저 머나먼 봉래산에서 오신 분이다."

그 말을 듣고 졸개 요괴가 아는 척을 했다.

"봉래산이라면 바다 섬이 아닙니까? 신선들이 살고 계시다는 땅 말입니다."

"옳거니, 말 한번 잘했다! 내가 신선이 아니라면 누가 신선이겠느냐?"

시침 뚝 떼고 거짓부렁을 술술 늘어놓는 손행자, 요괴 녀석들은 당장에 노염을 풀고 반색하면서 그 앞으로 다가섰다.

"아이고 신선님! 저희들이 범태 육안이라 신선님을 알아뵙지 못하고 함부로 주둥이를 놀렸습니다. 제발 언짢게 여기지는 말아주십쇼."

"언짢게 여기다니, 그런 걱정일랑 하지 말아라. 속담에도 이런 말이 있지 않느냐. '신선의 몸은 평범한 땅을 밟지 않는다'고 했다. 그러니 너희들이 어찌 그것을 알겠느냐. 내가 오늘 너희 산중에 찾아온 뜻은, 도를 닦아 신선이 될 만한 좋은 인재를 건지기 위해서였다. 너희들 가운데 누구든지 나를 따라갈 녀석은 없느냐?"

눈치 빠른 정세귀가 얼른 응답하고 나섰다.

"사부님! 제가 따라가겠습니다. 저를 제자로 삼아주십쇼!"

머리가 잘 돌아가는 영리충도 뒤질세라 재빨리 나섰다.

"사부님! 저도 따라가겠습니다!"

졸개 요괴 두 녀석이 미끼를 물었다고 생각한 손행자는 능청스럽게 뻔한 일을 물었다.

"그런데 너희 둘은 어디서 오는 길이냐?"

"연화동에서 오는 길입지요."

"어디로 무엇 하러 가는데?"

"우리 대왕님의 명령을 받들어 손행자를 잡으러 가는 길입니다."

"누굴 잡으러 간다고?"

"손행자를 잡으러 갑니다."

"손행자라니, 그렇다면 바로 당나라 화상을 따라 서천 땅으로 경을 가지러 간다는 그 손행자 말이냐?"

"바로 맞히셨습니다! 한데 도사님은 어떻게 그놈을 아십니까?"

"그 원숭이 녀석은 버르장머리가 좀 없지. 나도 그놈을 잘 알고 있을 뿐 아니라 그놈에게 원한이 있는 터이니까, 너희들과 같이 가서 잡는 걸 도와주마."

"뭐 그러실 것까지는 없습니다. 우리 둘째 대왕님은 술법을 약간 지니고 계셔서 세 군데 산악을 옮기다가 그놈을 산자락 밑에 꼼짝도 못하게 찍어눌러놓으셨습니다. 그래서 한 걸음이 아니라 반 걸음도 옮겨떼지 못할 겁니다. 둘째 대왕님은 저희 둘에게 보배를 주셔서 그놈을 잡아넣어 가지고 돌아오라고 하셨습니다."

손행자는 어리둥절해서 물었다.

"보배라니, 무슨 보배?"

이번에는 정세귀가 대답했다.

"제가 받아 가지고 온 것은 붉은 호리병이고, 이 친구가 지니고 있는 것은 옥으로 깎아 만든 정병(淨甁)입니다."

"병 따위를 가지고 어떻게 그놈을 잡아넣을 수 있단 말이냐?"

"이 보배의 밑바닥을 하늘로 향하고 아가리를 땅으로 향해 놓은 다음, 그놈의 이름을 불러서 응답하기만 하면 그대로 병 속에 빨려들어가게 됩니다. 그럼 즉시 태상노군의 '급급여율령봉칙'이라는 부적을 아가리에 붙여놓습니다. 그 상태로 한 시진 삼각이 지나면 그놈의 몸뚱이가 녹아서 고름이 되어버리고 맙니다."

어지간한 손행자도 그 말을 듣고 가슴이 덜컥 내려앉을 정도로 놀랐다. 그는 속으로 곰곰이 생각했다.

'무섭구나! 정말 지독스럽게 무서운 보배야! 일치 공조가 소식을 전해왔을 때 뭐라고 했더라? 옳거니! 그놈들에게는 다섯 가지 보배가 있다고 했으렷다? 그중에서 이놈들이 두 가지를 지니고 왔으니까, 나머지 세 종류는 또 얼마나 지독스러운 물건인지 모르겠구나……'

앙큼스러운 손행자는 싱글벙글 웃어가며 두 녀석에게 흥정을 걸기 시작했다.

"여보게들, 그 보배를 좀 내게 보여주지 않으려나?"

두 졸개 요괴 녀석은 이것이 꼼수라는 것을 까맣게 모른 채, 소매춤에서 제각기 보배 한 가지씩을 선뜻 꺼내 가지고 인심 좋게 두 손으로 얌전히 갖다 바쳤다. 손행자는 그것을 받아들고 은근히 기뻐하면서 속으로 중얼거렸다.

'히야! 과연 신통한 보물이로구나. 참말 근사한 보배야! 이제 만약 내가 꼬리를 치고 훌쩍 뺑소니를 쳐버린다면, 이 보배들은 영락없이 손 선생에게 선사하는 셈이 되렷다……?'

하지만 생각은 다시 바뀌었다.

'아니지, 아니야! 빼앗기로 마음먹으면 빼앗을 수도 있겠다만, 그런 짓은 이 손오공의 명예를 더럽히는 일이 아닌가? 바로 그런 경우가 백주 대낮에 날강도 짓이 아니고 뭐란 말이냐?'

손행자는 일단 두 가지 보배를 선선히 돌려주었다.

"너희들은 내 보배를 아직 본 적이 없을 테지?"

도사 영감님도 보배를 가졌다는 말씀에, 정세귀와 영리충은 귀가 솔깃했다.

"도사님, 도사님은 무슨 보배를 가지고 계십니까? 저희들이 비록 변변치 못하기는 하지만 구경을 좀 시켜주시면 안 되겠습니까? 그런 보배를 한 번 보면 재앙을 물리칠 수 있다던데, 도사님, 제발 한 번만 보여주십쇼."

두 졸개 요괴가 안달해가며 매달리자, 앙큼스런 손행자는 슬그머니 손을 뒤로 내밀어 꼬리에서 솜털 한 가닥을 뽑아냈다. 그리고는 입속으로 중얼중얼 주문을 외우면서 들리지 않게 외마디 소리로 호통을 쳤다.

"변해라!"

솜털은 눈 깜짝할 사이에 한 자 일곱 치나 되는 커다란 '자금 홍호로' 병으로 변했다. 손행자는 그것을 허리춤으로 슬쩍 돌려 자랑스럽게 꺼내 보였다.

"자, 봐라! 내 호리병이 어떠냐?"

영리충이 그것을 손에 받아들고 요모조모 뜯어보더니 절레절레 도리질을 했다.

"도사님, 이 호리병 말인데요. 크기도 제법 크고 모양새도 아주 그럴듯하지만…… 쓸모가 없는 겁니다."

"어째서 쓸모가 없다는 거냐?"

"저희들이 가지고 있는 이 보배들은 한 가지마다 사람을 일천 명씩이나 잡아넣을 수 있거든요. 하지만 도사님의 호리병은……."

영리충이란 놈이 송구스럽다는 듯 말끝을 흐리니, 손행자는 코웃음을 쳤다.

"사람을 잡아넣는 게 무엇이 그리 희한하냐? 내 이 호리병은 사람은 둘째로 치고 하늘도 잡아넣을 수 있단 말이다."

"하늘을 잡아넣을 수 있다고요?"

요괴가 깜짝 놀라 묻는다. 손행자는 시침을 뚝 떼고 고개를 주억거렸다.

"아무렴, 하늘쯤 잡아넣는 거야 문제없지!"

"거짓말하시는 거 아닙니까? 그게 정말이라면 어디 한번 잡아넣어 보십쇼. 진짜인지 보아야만 믿어드리겠습니다. 그렇지 않으면 저희는 도사님을 절대로 믿지 못하겠습니다."

앙큼스런 손행자는 능청스럽게 허풍을 떨었다.

"사실이라니까! 만약 하늘이 내 비위를 건드리면 한 달 동안에 일고여덟 번이라도 잡아넣고, 나를 귀찮게 굴지 않는다면 반년 동안에 단 한 차례도 잡아넣지 않는단 말이다."

꾀가 말짱한 영리충이 그 말을 듣고 동료의 귀에 속닥거린다.

"형님, 하늘을 잡아넣는 보배라니 굉장하지 않소? 우리 것하고 바꿉시다."

그러나 성격 꼼꼼한 도깨비 정세귀는 고개를 갸우뚱한다.

"글쎄, ……하늘마저 잡아넣을 수 있는 것을, 사람이나 잡아넣을 줄 아는 우리 것하고 바꿔줄 턱이 있나?"

"싫다고 하면 이 '양지옥 정병'까지 곁들여서 주면 되지 않겠소?"

둘이서 쑥덕공론하는 소리를 엿들은 손행자, 속으로 기뻐서 덩실덩실 어깨춤이라도 추고 싶을 지경이다.

'이게 웬 떡이냐? 호리병끼리 맞바꾸는 것도 괜찮은 장사인데, 게다가 정병까지 덤으로 얹어주겠다니 한 가지로 두 가지를 바꾼다면 그야말로 수지맞는 일 아닌가!'

손행자는 내친김에 앞으로 썩 나서더니 영리충의 소맷자락을 부여잡고 다짐을 두었다.

"하늘을 담아서 보여주면 꼭 바꾸겠느냐?"

"그야 물론입지요! 하늘을 담아 보여주시기만 한다면야 이 자리에서 당장 바꾸지요. 만약 바꾸지 않는다면, 저희는 도사님의 자식입니다."

"좋다, 정 그렇다면 너희들에게 하늘을 담아 보여주기로 하지!"

교활하기 짝이 없는 손행자, 즉석에서 머리를 숙이고 입속으로 중얼중얼 주어를 외워 그날 당직을 맡은 일유신(日遊神), 야유신(夜遊神)과 오방 게체 신령들을 불러내더니 이렇게 분부를 내렸다.

"그대들은 이 길로 옥황상제께 가서 아뢰시오. 이 손오공이 정과에 귀의하여 당나라 스님을 모시고 서천으로 경을 가지러 가는 도중에, 갈 길이 높은 산에 가로막히고 사부님 역시 마귀들의 액운을 만나 고초를 당하고 계시다고 말씀드려주시오. 그리고 이제 내가 요괴를 구슬려서 저 보배 두 가지를 가짜와 바꿔치기해야 되겠는데, 옥황상제께 골백번이라도 빌고 또 빌 테니까, 반 시진 동안만이라도 하늘을 이 호리병 속에 담아서 안 보이게 해주시기를 부탁드린다고 아뢰시오. 만약 옥황상제가 '싫다'거나 '안 된다'는 말의 반 마디라도 꺼냈다가는, 내 당장에 영소보전으로 쳐들어가서 깡그리 때려부숴놓겠다고 하시오!"

일유신과 야유신은 그 즉시 남천문으로 올라가 영소보전 아래 당도하여 손행자가 전하라는 말을 낱낱이 옥황상제께 아뢰었다.

하늘을 호리병 속에 잡아넣어달라는 요구에, 옥황상제는 기가 막혀 말도 제대로 나오지 않았다.

"저런 고약한 원숭이 녀석, 이젠 못 하는 소리가 없구나! 지난번에도 관음보살이 와서 그놈을 놓아주어 당나라 중을 모시도록 해달라고 청하기에, 짐은 그대로 해주었을 뿐 아니라 오방 게체와 사치 공조까지 보내 당나라 화상을 번갈아 보호하도록 배려해주었는데, 이제 와서는 또 하늘을 빌려서 병 속에 잡아넣어달라니, 도대체 하늘을 무슨 수로 병 속에 담을 수가 있단 말이냐?"

하긴 그렇다. 아무리 대천존 옥황상제라 할지라도 하늘을 어떻게 작은 호리병 속에 집어넣을 수 있겠는가! 이때 반열 가운데서 나타 삼태자가 선뜻 나서더니 이렇게 아뢰었다.

"만세 폐하! 하늘도 잡아넣을 수는 있사옵니다."

"어떻게 집어넣는단 말인고?"

옥황상제는 어리둥절한 기색으로 물었다. 나타태자가 대답했다.

"혼돈이 처음 나뉘었을 때, 가볍고 맑은 것은 위로 떠올라 하늘이 되고 무겁고 탁한 것은 아래로 가라앉아 땅이 되었나이다. 하늘은 맑은 기운 덩어리로서 요천(瑤天) 궁궐을 떠받들고 있사오니, 이치로 따진다

하오면 이것을 잡아넣기는 어렵사옵니다. 그러나 손행자는 지금 당나라 화상을 보호하여 서천으로 경을 가지러 가고 있사오니, 이야말로 태산과 같이 두터운 복연(福緣)이요, 바다만큼이나 깊은 선행으로 경사스런 일이라 하겠사옵니다. 그러하오니, 이제 그가 공을 이룩하도록 도와줌이 마땅하다 생각하나이다."

"경은 무엇으로 도와주겠단 말인고?"

"칙명으로 전지(傳旨)를 내려주시오면, 소신이 북천문으로 가서 진무제군(眞武帝君)⁹에게 '조조기(皁雕旗, 검정 수리 깃발)'를 빌려 그것을 남천문 앞에 펼쳐놓고 일월성신을 가려놓겠사옵니다. 해와 달, 그리고 모든 별빛을 막아놓으면 얼굴을 마주 대하여도 사람이 보이지 않고, 흰 물건을 잡고도 검은 것을 볼 수 없게 되오니, 하늘을 호리병 속에 잡아넣었다고 요괴들의 눈을 속여넘길 수 있지 않겠나이까. 이것이 곧 손행자가 공과를 이루도록 도와주는 방법이 될 것이옵니다."

옥황상제가 듣고 보니 과연 그럴듯한 말씀이다.

"경이 아뢴 대로 하라."

나타 삼태자는 칙명을 받들고 북천문으로 달려갔다. 그리고 진무제군을 만나 이런 사실을 얘기하고 검정 깃발을 빌려달라고 청하였다.

진무 조사(眞武祖師)는 칙명에 따라 검정 수리 깃발을 나타태자에게 선선히 넘겨주었다.

일이 순조롭게 풀리자, 일유신과 야유신은 한발 앞서 손행자에게

---

9 진무제군: 일명 현천상제(玄天上帝) 또는 진무대제(眞武大帝). 『신선통감(神仙通鑒)』에 따르면, 도교의 으뜸인 원시 천존의 화신으로 상고 시대 정락국(淨樂國) 왕비의 몸에 태어나 태자가 되었으나, 왕위 계승권을 포기하고 무당산(武當山)에 들어가 40년 동안 은둔하면서 형체를 감추고 기를 단련한 끝에 공덕을 원만히 이루고 대낮에 비승하여 신선이 되었다고 한다. 주무왕(周武王)이 폭군 주(紂)를 토벌할 때 탕마대제(蕩魔大帝)로 현신하여 큰 공을 세웠으므로, 천제(天帝)에게서 옥허사상(玉虛師相) 현천상제의 봉호(封號)를 받았다고 한다. 제21회 주 **1** '진무대제' 참조.

내려와 귓속말로 이 사실을 알려주었다.

"나타 삼태자께서 손대성님을 도와드리러 강림하셨소!"

손행자가 고개를 쳐들어 바라보니, 과연 중천에 상서로운 구름이 감돌고 천신의 모습이 아련히 눈길에 들어왔다. 비로소 마음이 놓인 그는 다시 요괴들을 돌아보고 이렇게 말했다.

"자아, 그럼 이제부터 하늘을 잡아넣을 테니, 잘들 보아라!"

"잡아넣으시려거든 잡아넣어보십쇼. 공연히 시간만 끌지 마시고……"

두 졸개 요괴가 믿는 둥 마는 둥, 되는 대로 대답했다.

"시간을 끌려는 게 아니다. 방금 천신을 움직이느라 주문을 외웠던 것이다."

손행자가 호리병을 쳐들자, 영리한 졸개 요괴들은 두 눈 딱 부릅뜨고 어떻게 하늘을 잡아넣을 것인지 지켜보기 시작했다.

이윽고 손행자는 손에 들고 있던 가짜 호리병을 하늘 위로 번쩍 던져올렸다. 그러나 생각해보라, 솜털 한 가닥으로 만들어진 것이 무거우면 얼마나 무겁겠는가? 호리병은 때마침 산꼭대기에서 불어온 바람결에 흩날려 너울너울 춤추더니 반 시진이 지나서야 아래로 떨어져 내렸다. 이와 때를 같이해서 남천문 앞에 서서 기다리고 있던 나타 삼태자가 검정 수리 깃발을 활짝 펼쳤다. 그랬더니 하늘의 해와 달과 별빛이 모조리 가리어져 순식간에 온 천지가 먹물을 흩뿌린 듯 시커멓게 어두워지고 온 우주가 캄캄절벽이 되고 말았다.

이것을 본 요괴 두 마리는 깜짝 놀라 큰 소리를 질렀다.

"아이쿠! 방금 얘기를 나눌 때까지만 해도 환한 대낮이었는데, 어째서 갑작스레 황혼이 되었을꼬?"

손행자의 목소리가 들려왔다.

"하늘을 잡아넣었으니 때를 분간할 수 없게 된 것이다. 그러니 어두워질밖에 더 있겠느냐?"

"어째서 이렇게 캄캄한 겁니까?"

"해와 달, 모든 별들까지 모조리 병 속으로 빨려들어가고 바깥에는 빛이 없으니, 왜 캄캄해지지 않겠느냐."

"도사님은 어디서 말씀하시는 겁니까?"

"바로 네 얼굴 앞에 서 있지 않느냐."

그 말을 듣고 졸개 요괴가 손을 뻗쳐서 얼굴을 만져본다.

"목소리만 들리고 얼굴은 전혀 보이지 않는군요. 여기가 도대체 어딥니까?"

손행자는 계속 요괴들을 놀려먹는다.

"발을 움직이지 말아라. 여기는 바로 발해(渤海) 기슭이다. 자칫 발을 잘못 놀리면 아래로 떨어져서 칠팔 일 동안을 지나도 밑바닥에 닿지 못하게 될 것이다."

졸개 요괴들은 대경실색을 해가지고 애걸복걸 빌었다.

"그만 하십쇼! 그만 해요! 이제 저희도 하늘을 잡아넣었다는 것을 알았으니, 어서 하늘과 해를 도로 꺼내주십쇼. 자칫 잘못하면 바닷물에 떨어져서 집으로 돌아가지 못합니다!"

앙큼스런 손행자는 그들이 사실로 인정하는 것을 보고, 또다시 주문을 외워 나타 삼태자의 주의를 끌어서 깃발을 걷어들이게 했다. 태자가 검정 수리 깃발을 말아들였더니, 당장에 햇빛이 드러나고 때는 바야흐로 한낮 정오 무렵이었다.

졸개 요괴들은 기뻐 웃으면서 저희들끼리 말을 주고받았다.

"히야, 그것 참말 굉장한 보배로구나! 이런 기막힌 보물을 바꾸지 않는다면 그야말로 사람의 새끼가 아니다!"

이리하여 정세귀는 가짜 도사에게 '자금 홍호로'를 넘겨주고, 영리충은 '양지옥 정병'을 꺼내 공손히 바쳤다. 두 가지 보배를 받아든 손행자는 서슴지 않고 가짜 호리병을 건네주었다. 이렇게 거래를 끝내고 보니, 또 한 가지 깨끗이 마무리해야 할 일이 남았다. 그는 배꼽 밑의 터럭을 한 가닥 뽑아 선기를 불어넣어 동전 한 닢을 만들어 가지고 졸개 요괴한테 주었다.

"애들아, 이 돈을 가지고 가서 종이 한 장 사오너라."

졸개 요괴는 영문을 모르고 물었다.

"종이는 사다가 무엇에 쓰시렵니까?"

"나하고 너희들하고 계약서를 써야겠다. 너희들이 사람을 잡아넣는 보배 두 가지를 가지고 하늘을 잡아넣는 내 보배 한 가지와 맞바꾸었는데, 사람의 마음이란 어떻게 변할지 누가 알겠느냐. 나중에 가서라도 혹시 불공평하다고 생각해서 후회하고 도로 무르자고 할지 모르니까, 지금 이 자리에서 계약서를 만들어 피차간에 증거로 삼자는 거다."

"이곳에는 붓도 먹물도 없는데 무슨 계약서를 쓰잔 말입니까? 그럴 것이 아니라 우리가 서로 굳게 맹세를 하십시다."

"맹세를 하다니, 어떻게 말이냐?"

"저희가 두 가지 보배를 가지고 도사님의 보배 한 가지와 바꾸었는데, 훗날 후회하고 도로 무르자고 한다면, 일 년 열두 달 사시장철 염병을 앓을 것입니다."

졸개 요괴들이 맹세하는 소리를 듣고서 손행자는 껄껄대며 웃었다.

"오냐, 좋다! 나도 절대로 후회하지 않으마. 만약 후회하는 날에는 나 역시 일 년 열두 달 사시장철을 두고 염병을 앓을 것이다!"

이렇게 다짐을 둔 손행자는 그 즉시 꼬리를 도사리고 몸을 솟구쳐 눈 깜짝할 사이에 남천문으로 뛰어올랐다. 그리고 도움을 준 나타 삼태자에게 고맙다는 인사를 했다.

나타 삼태자가 영소보전으로 돌아가 전말을 아뢰고 나서 검정 수리 깃발을 진무제군에게 돌려준 것은 더 말할 나위도 없다.

손행자는 하릴없이 구름 위에 우두커니 서서, 졸개 요괴들이 무슨 짓을 하나 유심히 지켜보기 시작했다.

과연 그가 외톨박이 신세로 앞길을 어떻게 열어나갈 것인지, 다음 회에서 풀어보기로 하자.

제34회 마왕은 교묘한 계략으로 원숭이 임금을 곤경에 빠뜨리고, 제천대성은 사기 쳐서 상대편의 보배를 가로채 달아나다

한편 정세귀와 영리충, 이들 두 졸개 요괴는 가짜 호리병을 손에 들고 서로 다투어가며 한참 동안 살펴보다가 퍼뜩 생각났는지 머리를 들고 돌아보니, 도사로 둔갑한 손행자는 어디로 사라졌는지 온데간데가 없다. 영리충은 어리둥절한 기색으로 동료를 돌아다보고 투덜거렸다.

"형님, 신선이란 분도 거짓말을 하는구려. 보배를 바꿔주면 우리를 데려다가 신선이 되게 해주겠다더니, 어째서 말 한마디도 없이 훌쩍 떠나버리고 말았을까?"

정세귀가 대답한다.

"갈 테면 가라지 뭘 그래! 맞바꾸기를 해서 우리가 얻은 이득이 더 큰데 무슨 걱정인가? 그건 그렇고, 자네 그 호리병을 이리 주게. 어디 내가 시험 삼아서 하늘을 잡아넣어볼 테니까."

영리충이 선선히 호리병을 넘겨주자, 정세귀는 그것을 받아들고 손행자가 했던 것처럼 공중으로 힘껏 던져올렸다. 그랬더니 이게 웬일인가, 허공 높이 올라간 호리병은 하늘을 담기는커녕 나풀나풀 맥없이 툭 떨어지고 마는 것이 아닌가?

곁에서 잔뜩 기대를 걸고 지켜보던 영리충은 당황했다.

"이크, 안 들어갔다! 어째서 담기지 않았을까? 혹시 손행자란 놈이 신선으로 둔갑해 가지고 나타나서 가짜 호리병으로 우리 진짜 보배와

바꿔치기해 달아난 것은 아닐까?"

그 말을 듣고 정세귀가 핀잔을 주었다.

"못생긴 소리 하지도 말게! 지금 손행자란 녀석은 산악 세 채로 짓눌려 있는데 무슨 수로 빠져나왔단 말인가? 그 호리병을 이리 주게. 내가 그 신선이 중얼거린 주문을 들어 알고 있으니까, 몇 마디 외워서 하늘을 잡아넣어 보이겠네."

정세귀는 호리병을 또다시 공중으로 던져올리면서 입속으로 주어를 외웠다.

"만약 '싫다'거나 '안 된다'는 말의 반마디라도 꺼냈다가는, 내 당장에 영소보전으로 쳐들어가서 깡그리 때려부숴놓겠다!"

그러나 주어를 미처 다 외우기도 전에, 호리병은 또 맥없이 툭 떨어졌다. 이것을 본 졸개 요괴 두 마리는 펄펄 뛰면서 난리법석을 떨기 시작했다.

"글렀다, 글렀어! 이건 가짜로구나! 틀림없이 가짜야!"

요괴들이 아우성치고 있는 동안에도 손행자는 구름 위에서 그 소리를 낱낱이 듣고 있었다. 그는 시간을 너무 오래 끌면 들통이 날까 싶어, 몸을 슬쩍 뒤틀어 호리병으로 둔갑시켰던 꼬리털을 도로 거두어서 제 몸에 붙였다. 그러자 두 졸개 요괴는 삽시간에 빈털터리가 되어버리고 말았다.

"여보게 아우, 호리병을 이리 주게!"

정세귀가 손을 내밀었다.

"아니 형님! 호리병은 방금 형님이 가지고 계셨잖소……? 아이고 맙소사! 그게 왜 보이지 않는 거야?"

두 요괴는 땅바닥을 마구잡이로 헤집어보고 수풀 속을 닥치는 대로 더듬어보고, 나중에는 하다못해 소맷자락 허리춤까지 샅샅이 뒤져보았으나, 벌써 손행자의 몸뚱이에 터럭으로 돌아간 것을 무슨 수로 찾아내 랴? 요괴들은 아연실색, 두 눈만 멀뚱멀뚱 뜬 채로 상대방의 얼굴만 바라보고 있을 따름이었다.

"어쩌면 좋으냐? 이 노릇을 어쩌면 좋단 말이냐……? 대왕님께서 우리들한테 보배를 내어주실 때, 반드시 손행자를 잡아넣어 오라고 분부하셨는데, 손행자란 놈을 잡아넣기는커녕 보배마저 잃어버리고 말았으니, 이제 돌아가서 뭐라고 말씀드려야 한단 말이냐? 이번에는 꼼짝없이 맞아죽는 신세가 되고 말았구나! 장차 이 노릇을 어찌해야 좋단 말이냐? 어찌해야 좋단 말이냐……?"

정세귀가 푸념을 늘어놓으니, 머리 잘 돌아가는 영리충이 얼른 그 말을 막았다.

"형님, 우리 달아납시다!"

"달아나다니, 어디로 말인가?"

"아무 데로나 도망치면 그만 아니오? 이제 이대로 돌아가서 보배를 잃어버렸다고 말씀드려보시오. 갈 데 없이 목이나 댕겅 날아가기 십상 아니겠소?"

이 말에 정세귀는 절레절레 도리질을 했다.

"그건 안 될 말일세. 죽거나 살거나 역시 돌아가는 것이 낫겠네. 둘째 대왕님은 평소 자네를 끔찍이 아끼고 사랑해주셨으니, 내 모든 일을 자네한테 맡기겠네. 자네가 말씀을 잘 드려서 대왕님이 받아주신다면 목숨을 부지하게 될 것이고, 변명이 통하지 않을 때에는 맞아죽으면 그만 아닌가? 딴 데로 정처 없이 도망치기보다는 차라리 살던 곳에서 죽는 것이 낫지 않겠나? 오도 가도 못 하게 망설이지 말고 어서 돌아가기나 하세! 돌아가자니까!"

이윽고 상의를 끝낸 두 요괴는 발길을 돌려 소굴로 돌아가기 시작했다.

반공중에 서서 이들의 대화를 끝까지 엿듣고 있던 손행자는 그들이 발길을 돌리자 몸을 한 차례 꿈틀해서 파리로 둔갑한 다음 살그머니 뒤따르기 시작했다. 그렇다면 두 가지 보배 '자금 홍호로'와 '양지옥 정병'은 어디다 두었을까? 길 곁이나 수풀 속에 던져둔 것은 아니었을까? 만약 그랬다가 지나가던 길손이 발견하고 집어가기라도 하는 날이면 헛수고해서 남 좋은 일만 시켜주는 꼴이 되어버리고 말 게 아닌가? 그 보배는 여전히 손행자의 몸에 지니고 있었다. 그렇다면 파리의 몸뚱이는 고작 콩알만할 텐데, 그 커다란 것을 어떻게 지니고 있었을까? 원래 그 호리병과 정병은 손행자의 여의금고봉처럼 자유자재로 크기가 변하는 여의불보(如意佛寶)였다. 그렇기 때문에 몸의 변화에 따라서 마음대로 커지게 할 수도 있고 작아지게 할 수도 있어, 파리로 둔갑한 손행자의 몸에 지닐 수 있게 되었던 것이다.

이리하여 파리는 '앵!' 소리를 내면서 두 요괴를 따라붙은 채, 얼마 안 있어 동굴 어귀에 다다랐다.

동굴 안에서는 금각대왕과 은각대왕이 술을 마시고, 부하 요괴들은 그 발 밑에 꿇어 엎드려 있었다. 손행자는 문틀 위에 날아 앉아서 귀를 기울여 그들이 주고받는 말을 엿듣기 시작했다.

"대왕님!"

영리충이 먼저 입을 열었다.

"너희들, 이제 돌아왔느냐?"

둘째 마귀가 술잔을 내려놓으며 묻는다.

"예, 이제 돌아왔습니다."

"그래, 손행자란 놈은 잡아왔겠지?"

늙은 마귀 금각대왕이 묻는 말에, 부하 요괴들은 그저 머리를 조아리기만 할 뿐 차마 입이 떨어지지 않아 대답을 못 한다. 늙은 마귀가 두 번 세 번 거듭 물은 끝에 역정을 내자, 그들은 비로소 입을 열고 애걸복걸 빌기 시작했다.

"그저 죽을죄를 지었습니다, 대왕님……! 골백번 죽을죄를 지었으니 용서하여주십시오! 제발 용서해주십쇼, 대왕님……!"

"죽을죄라니, 그게 무슨 소리냐!"

"저희들이 보배를 가지고 산길을 절반쯤 가는 도중에, 우연히 봉래산에서 왔다는 신선 한 분과 마주치게 되었습니다. 그 신선은 저희들을 보고 어디로 가느냐고 물었습니다. 저희들이 손행자를 잡으러 가는 길이라고 대답했더니, 그는 자기도 손행자에게 원한이 있다면서 저희가 하는 일을 거들어주겠노라고 했습니다. 저희들이 그 신선에게 도와달란 말은 한마디도 하지 않고, 보배를 내보이면서 그것으로 사람을 거뜬히 잡아넣을 수 있다고 말했습니다. 그랬더니 신선은 자기한테도 호리병이 하나 있는데, 사람뿐만 아니라 하늘도 잡아넣을 수 있다는 게 아닙니까……."

"그래서?"

"저희들은 어리석은 생각에 그만 욕심이 나서, 사람을 잡아넣는 것보다 하늘을 잡아넣는 것이 이득이 되겠구나 싶어 보배를 맞바꾸자고 했습니다. 처음에는 호리병끼리만 바꾸기로 흥정을 했는데, 그만 영리충이 정병까지 덤으로 얹어서 주고 말았습니다. 그런데 신선의 보물은 속세 인간의 손에 가까이 닿으면 효력이 없어지는지, 저희가 시험 삼아 하늘을 잡아넣어보려고 했더니 어디론가 감쪽같이 사라져버리고 말지 않겠습니까. 신선을 찾아보려 했지만 그분마저 온데간데없이 종적을 감추고 말았습니다. 이렇게 해서 저희들은 보배를 모두 잃어버리고 빈털터리가 되어서 돌아왔습니다…… 대왕님, 죽을죄를 지었으니 제발 덕분에 저희들의 죄를 용서해주십시오……!"

늙은 마귀가 그 말을 듣더니 천둥 벼락 치듯 노발대발했다.

"이런 죽일 놈 봤나! 일을 다 망쳐버리고 말다니……! 이건 보나마나 손행자란 놈이 신선으로 둔갑해 가지고 나타나서 네놈들을 속여넘기고 빼앗아간 거야! 그놈의 원숭이 두목은 신통력이 너르고 커서 가는 곳마다 모르는 사람이 없을 지경이다. 도대체 어떤 잡놈의 신령이 그 녀석을 놓아주었기에 '태산압정' 술법에서 빠져나와 우리 보배를 사기 쳐서 가지고 달아나게 만들었는지 모르겠구나!"

둘째 마귀가 금각대왕의 마음을 달랜다.

"형님, 그렇게 노여워하실 것 없소. 하지만 그 원숭이 두목 녀석은 정말 버르장머리 없는 놈이오. 솜씨가 있어서 빠져나왔으면 저 갈 데로 가버릴 것이지, 어쩌자고 속임수를 써서 우리 보배까지 빼앗아 달아났는지 모르겠구려. 하지만 염려 마시오, 형님. 내가 기필코 그놈을 다시 잡고야 말 거요. 내게 그만한 재간이 없다면, 아예 이 서방 세계 노상에서 요괴 노릇을 하지 않으리다!"

"어떻게 그놈을 다시 잡겠단 말인가?"

금각대왕이 미심쩍어 묻는다.

"우리에게는 다섯 가지 보배가 있었지 않소? 그 가운데 두 가지는 잃어버렸으나 아직도 세 가지는 남아 있으니, 그것으로 반드시 저 앙큼한 사기꾼 녀석을 잡고 말겠소."

"세 가지 보배가 남아 있다니?"

"칠성검(七星劍)과 파초선(芭蕉扇)은 내 몸에 지니고 있고, 또 황금승(幌金繩) 한 가지는 압룡산(壓龍山) 압룡동(壓龍洞)에 계시는 노모님이 간직하고 있지 않소? 이제 부하 요괴 두 녀석을 어머님께 보내서 당나라 화상의 고기를 잡수러 오시도록 초청하고, 오시는 길에 황금승을 가져오셔서 그것으로 손행자를 붙잡도록 하잔 말이오."

"누굴 보내면 좋겠나?"

금각대왕의 물음에, 둘째 마귀는 아직도 꿇어 엎드린 정세귀와 영리충을 손가락질하면서 이렇게 대답했다.

"저따위 쓸모없는 녀석들은 보내지 맙시다!"

그리고는 두 졸개를 호통쳐 일어나게 했다.

"이런 변변치 못한 녀석들, 냉큼 일어나지 못할까!"

정세귀와 영리충은 송구스럽게 일어서면서 가슴을 쓸어내렸다.

"잘됐구나, 잘됐어! 매 한 대 때리지 않고 욕설 한마디 퍼붓지 않고 공짜로 용서해주시다니, 이젠 살았구나!"

뒤미처 둘째 마귀의 분부가 떨어졌다.

"썩 나가서 내 곁에 늘 시중을 드는 파산호(巴山虎)와 의해룡(倚海龍)을 불러오너라!"

이윽고 호명을 받고 들어온 부하 요괴 두 마리가 그 앞에 무릎을 꿇었다.

둘째 마귀는 명령을 내리기 전에 다짐부터 두었다.

"너희들, 각별히 조심해야 한다!"

"예에! 조심하겠습니다."

"정신들 똑바로 차리고!"

"예에! 정신 똑바로 차리겠습니다."

"너희들, 노마님 댁을 아느냐?"

"예에, 알다뿐이겠습니까."

"알고 있다니 됐다. 이 길로 노마님 댁에 달려가서 공손히 문안 인사 여쭙고, 당나라 화상의 고기를 잡수러 오시라고 말씀드려라. 그리고 손행자를 잡는 데 쓰려고 하니, 오시는 길에 황금승을 가져오시라고 전해라. 알겠느냐?"

두 마리의 부하 요괴는 명령을 받자마자 질풍같이 달려나갔다. 그러나 손행자가 곁에서 낱낱이 엿듣고 있었을 줄이야 어찌 알았으랴! 뒤따라 날개를 펼치고 날아오른 그는 파산호란 놈을 따라잡더니 그 몸에 내려앉아 찰싹 달라붙었다.

소굴을 떠나서 2, 3리쯤 갔을 때, 손행자는 이들을 때려죽이고 싶은 충동이 일었으나 이내 생각을 바꾸었다.

'아니다, 이까짓 녀석들을 때려죽이는 일쯤 어려울 게 없다만, 그랬다가는 그놈의 어미가 황금승이란 밧줄을 몸에 지니고 있다는데, 어디 살고 있는지 알 수 없지 않은가? 오냐, 우선 그것부터 알아보고 나서 때려죽이기로 하자꾸나!'

약삭빠른 손행자는 생각을 정리하기가 무섭게 '앵!' 하는 소리와 함께 파산호의 몸뚱이에서 떨어져 나왔다. 그리고 이들을 1백 몇십 보쯤 앞서 보낸 뒤에 또 한차례 몸을 꿈틀해서 이번에는 졸개 요괴와 똑같은 모습으로 탈바꿈했다. 머리에는 여우 털모자를 쓰고 호랑이 가죽 치마를 거꾸로 뒤집어 걸쳐입은 뒤, 일부러 허둥지둥 바쁜 걸음걸이로 그들의 뒤를 쫓아가면서 고함쳐 불러세웠다.

"여어! 거기 길 가는 친구 분들! 잠깐만 기다리시오!"

난데없이 불러세우는 소리에 의해룡이란 놈이 흘끗 뒤돌아보았다.

"어디서 오는 사람이오?"

졸개 요괴가 의심스러운 눈초리로 물어오자, 손행자는 능청을 떨어가며 넉살 좋게 대꾸했다.

"하하! 이 형씨가 한 집안 식구도 못 알아보나?"

"한 집안 식구라니, 우리 소굴에는 자네 같은 사람이 없어."

"왜 없단 말인가? 다시 한번 잘 보라니까!"

"아니야, 아무래도 낯설어! 자네 같은 사람은 본 기억이 없는걸."

"바로 그걸세! 나는 바깥일을 보는 외근반 소속이니까, 자네들이 알아볼 턱이 없을 걸세."

이 말을 듣고서야 졸개 요괴는 고개를 끄덕끄덕, 아는 척을 한다.

"외근반이라? 옳거니, 그래서 알아보지 못했군 그래! 한데 지금 어딜 가시는 길인가?"

손행자는 외눈 하나 깜짝하지 않고 거짓말을 술술 늘어놓았다.

"대왕님이 자네들더러 노마님을 모셔와서 당나라 화상의 고기를 잡수시게 하라고 보내지 않았나? 그리고 오실 때 손행자를 붙잡는 데 쓸 황금승을 가지고 오시도록 말씀드리라고 분부하셨지. 한데 자네들의 걸음걸이가 느려터져서 빨리 가지 못하고 또 게으름을 부려 일을 그르치지나 않을까 걱정하신 끝에, 이렇게 나를 뒤따라 보내셔서 빨리 다녀오도록 재촉하라 하셨다네."

파산호와 의해룡이 얘기를 가만 듣고 보니, 모두가 자기네들밖에 모르는 내막을 줄줄이 주워섬기는 터라, 믿지 않으려 해도 믿지 않을 도리가 없다. 이래서 눈뜬장님처럼 손행자의 정체를 조금도 의심하지 않고 한 집안 식구인 줄만 알았다. 이리하여 셋으로 늘어난 요괴 일행은 부랴부랴 갈 길을 서둘러 날 듯이 치닫기 시작했다.

이들이 단숨에 8, 9리나 되는 길을 나아갔을 때였다. 손행자는 졸개 요괴들에게 은근슬쩍 물었다.

"거참 되게 빨리 왔군! 우리가 집을 떠나서 몇 리 길이나 왔는가?"

졸개 요괴는 무심코 대답했다.

"한 십오륙 리쯤 될 거요."

"여기서 얼마나 더 가야 되나?"

의해룡이 한곳을 손가락질해 가리켰다.

"저기 저 시커먼 숲 속이 바로 거기요."

손행자가 고개 들어 손가락질하는 곳을 바라보니, 과연 시커멓게 우거진 나무숲이 그다지 멀지 않게 내다보였다. 그는 '노마님'이란 늙은 요괴가 사는 곳이 숲 근처 어디쯤 있는지 짐작이 가는 터라, 즉시 걸음을 멈추고 졸개 요괴들을 앞장세워 보낸 다음 슬그머니 철봉을 꺼내들고 뒤쪽에서부터 달려들면서 뒤통수를 한 대씩 후려갈겼다. 얼마나 호되게 후려쳤는지, 가련하게도 졸개 요괴 두 마리는 그 자리에서 즉사하여 고기 떡이 되고 말았다. 손행자는 시체의 다리를 한 손에 한 짝씩 잡고 끌어다가 길 곁 으슥한 수풀 속에 감춰두었다. 그리고는 솜털 한 가닥 뽑아 숨결을 불어넣으면서 외마디 호통을 쳤다.

"변해라!"

솜털은 눈 깜짝할 사이에 파산호로 둔갑했다. 그는 자기 자신도 의해룡으로 탈바꿈하여 졸개 요괴 두 마리로 감쪽같이 변신했다. 그리고 '압룡동 노마님을 모셔오라'는 은각대왕의 분부를 수행하기 위해 천연덕스럽게 길을 찾아 나섰다. 그야말로 지살수(地煞數) 72종의 놀라운 신통력을 보유한 제천대성 손오공이니, 물건을 제 마음대로 바꿔치는 솜씨쯤이야 더 말할 나위도 없다.

단숨에 네댓 걸음씩 뛰어 숲속으로 들어간 손행자가 이리저리 찾아보니, 한군데 돌 문짝 두 쪽이 눈길에 잡히는데, 한 짝은 열려 있고 한 짝은 닫혀 있다. 손행자는 무턱대고 뛰어들기가 섣부른 짓이라 생각하고, 동굴 문 바깥에서 큰 소리로 외쳐 불렀다.

"문 좀 여시오! 문 좀 여시오!"

그 소리는 당장 파수를 보고 있던 문지기 여자 괴물을 놀라게 만들었다. 여괴가 반쪽 문을 마저 열더니 낯선 손님을 보고 물었다.

"어디서 오신 분이오?"

손행자가 시침을 뚝 떼고 대답했다.

"나는 평정산 연화동에서 노마님을 모셔가려고 온 사람이외다."

"들어오시지요."

여괴는 별 의심도 않고 선선히 들여보냈다.

손행자는 여괴의 안내를 받아 동굴 안으로 들어갔다. 중간에 가로막은 겹문 앞에 가서 바라보았더니, 정면에 요사스런 노파 하나가 높은 상좌에 앉아 있다.

그 모습이 어떻게 생겼는지, 이런 시가 있다.

눈발같이 흰 귀밑머리 텁수룩하게 늘어져, 별빛처럼 반짝인다.
얼굴의 살결은 불그스레 윤기 감돌고 주름이 가득 잡혔으며,
이빨은 듬성듬성 박혔으나 표정과 기색은 장엄하다.
그 모습은 국화 꽃송이 서리밭에 빛나는 듯하고, 형체는 비 내린 뒤에 늙은 소나무 얼굴 드러냈는가 싶다.
머리에는 하얀 비단 수건을 두르고, 두 귀에는 보석을 박은 황금 고리를 늘어뜨렸다.

제천대성 손오공이 그 꼴을 보더니 들어갈 생각은 않고 겹문 밖에서 고개를 떨군 채 훌쩍훌쩍 울음을 터뜨리기 시작했다. 어째서 울음을 터뜨렸을까? 설마 이 노파를 두려워해서였을까? 두렵다 하더라도 울 사람은 아닌데 말이다. 하물며 그는 대담하게 요괴의 보배를 사기 쳐서 빼앗았을 뿐 아니라 졸개 요괴들마저 가차 없이 때려죽인 사람이 아니었던가? 한때는 발이 아홉 달린 기름 가마 속에 던져져서 7, 8일 동안이나 튀김을 당하면서도 눈물 한 방울 내비치지 않았다. 그렇듯 대담무쌍한 사람이 늙은 요괴 한 마리를 눈앞에 두고 어째서 울 턱이 있겠는가?

이유는 간단하다. 손행자는 오로지 경을 가지러 가는 당나라 스님의 고통과 괴로움을 생각하자 애간장이 끊어질 듯 가슴 아프고 서글퍼, 저도 모르게 두 눈에서 눈물이 펑펑 쏟아져 나온 것이다. 눈물을 흘리면서 그는 이런 생각을 했다.

'이 손오공이 온갖 수단을 몽땅 드러내어 졸개 요괴로 변신하고 저 요망한 괴물을 모시러 왔으니, 사리를 따져보자면 무례하게 꼿꼿이 서서 수작을 걸 수 없는 노릇이요, 반드시 머리를 조아려 문안 인사를 올리지 않으면 안 될 처지다. 하지만 나처럼 떳떳한 사내대장부가 어찌 그런 수모를 당해야 한단 말이냐? 내게 큰절을 받은 분은 고작 세 사람뿐이었다. 서천에 계신 불조 여래님과 남해의 관세음보살, 그리고 양계산에서 사부님이 나를 구해내셨을 때, 그분께 네 번 큰절을 드리고 그분을 위하여 육엽간폐(六葉肝肺, 오장 육부)가 으스러지고 삼모칠공(三毛七孔)이 닳아 없어지도록 마음을 다 기울여 보호해왔던 것이다. 도대체 불경 한 권 값이 몇 푼어치나 되기에, 오늘날 내가 그것을 위해 이따위 늙은 요괴 앞에 무릎 꿇고 큰절을 해야 한단 말인가? 만약 무릎 꿇고 큰절을 하지 않으면 저것이 수상쩍은 낌새를 채고 꼬치꼬치 캐물을 테고, 그러다 보면 결국 일이 틀어지고 말 게 아닌가? 아아, 정말 괴롭구나! 따져보면 이 모두가 사부님을 위해서 받는 고생이요, 또 그것이 남한테 모욕을 당하게 만드는구나……!'

하지만 사세가 이 지경에 이르렀으니 어쩌겠는가. 손행자는 할 수 없이 무턱대고 안으로 뛰어들기가 무섭게 두 눈 질끈 감고 무릎 꿇어 엎드렸다. 그리고 상좌에 앉아 있는 늙은 요괴에게 큰절을 올렸다.

"노마님께 문안 인사 드리오!"

그러자 늙은 요괴가 자상하게 대꾸했다.

"얘야, 어서 일어나거라."

손행자는 일어나면서도 속으로 기가 막혀 죽을 노릇이다. 잘 논다, 잘 놀아! 이건 아주 제멋대로 막 부르는구나……!

"그래, 어디서 왔느냐?"

"평정산 연화동에서 두 분 대왕님의 분부를 받들어 노마님께서 당나라 화상의 고기를 잡숫도록 모셔가려고 찾아왔습니다. 대왕님 말씀이, 오시는 길에 손행자를 잡으려 하니 황금승을 가지고 와줍시사고 여쭈라 하셨습니다."

그 말을 듣고 늙은 요괴가 크게 기뻐했다.

"참으로 효성이 지극한 아들이로구나! 얘들아, 가마를 대령해라!"

손행자는 남몰래 한탄했다.

'맙소사! 요정도 가마를 타다니, 참으로 가관이다!'

이윽고 부하 여괴 두 마리가 뒤꼍에서 향기로운 등나무로 엮은 가마 한 채를 떠메고 나오더니 문밖에 내려놓고 푸른 비단 휘장을 드리웠다. 늙은 요괴가 몸을 일으켜 동굴 바깥으로 나와서 가마에 올라앉았다. 그 뒤를 따라서 부하 여괴 몇몇이 화장 도구하며 경대와 수건, 향합 따위를 받들고 나와 좌우에 늘어섰다. 그것을 본 늙은 요괴가 꾸짖어 말했다.

"너희들은 무엇 하러 따라나서느냐? 내 아들 집에 가는데 거기에 시중들어줄 사람이 없을까 봐 걱정이냐? 너희 같은 것들이 갔다가는 공연히 사내 녀석들한테 꼬리치고 아양이나 떨 텐데, 날더러 그 꼴을 보란 말이냐? 모두들 돌아가거라! 내가 돌아올 때까지 문단속 단단히하고 집이나 잘 지키고 있어라!"

꾸지람 한마디에 부하 요괴들이 과연 발길을 돌려 동굴 안으로 돌아가고, 가마채를 떠메고 갈 두 마리만 남았다. 떠날 채비가 끝나자, 늙은 요괴는 손행자를 돌아보고 물었다.

"심부름을 온 너희 둘은 이름이 뭔가?"

손행자는 황급히 대답했다.

"이 친구는 파산호요, 저는 의해룡이라 부릅니다."

"그럼 좋다, 너희 둘이 앞장서서 길 안내를 해주려무나."

길라잡이 노릇을 하라는 말에, 손행자는 속으로 이렇게까지 해야 하는 자신이 한심스럽기 짝이 없었다.

'이런, 재수가 옴 붙었네그려! 경을 가지러 가지도 못하고 이따위 요물의 종 노릇이나 하다니……!'

그러나 싫다고 뻗댈 도리가 없는 처지라, 그저 두 눈 딱 감고 앞장서서 사면팔방에다 대고 '길 비켜라!' 악을 써가며 길을 안내하기 시작했다.

5, 6리쯤 나아갔을 때였다. 멀찌감치 앞서나간 손행자는 비탈진 바위 더미에 올라앉아서 가마꾼들이 도착할 때까지 기다리고 있다가 이렇게 수작을 걸었다.

"가마채를 메느라고 어깨도 아플 텐데, 좀 쉬었다 가는 것이 어떻겠소?"

이게 무슨 꿍꿍이속인지 알 턱이 없는 두 요괴는 가마채를 내려놓고 길바닥에 앉아 쉬었다. 손행자는 가마 뒤로 돌아가서 남몰래 앞가슴 털을 한 오리 뽑아 가지고 큼지막하게 구운 떡을 한 개 만들더니, 두 손으로 부여잡고 맛있게 뜯어먹기 시작했다.

"나으리, 뭘 자시는 거예요?"

가마꾼이 물었다. 손행자는 일부러 투덜거리면서 대답했다.

"말하기가 쑥스럽구려. 이렇게 먼 길을 찾아와서 노마님을 모시고 가는데 특별히 상을 내려주실 것도 아니고 내 힘만 빠지니 어쩌겠소. 그래서 애당초 떠날 때에 배가 고플까 봐 마른 음식을 준비해서 가져온 거요. 이거나 다 먹고 우리 떠나기로 합시다."

"우리도 좀 먹게 나눠주지 않겠어요?"

가마꾼의 요청에, 손행자는 시원시원하게 응낙했다.

"이리들 오구려. 다 같이 한 집안 사람인데, 내 것 네 것 따질 게 뭐 있겠소."

자기네 운명이 어찌 될 것인지 알 리 없는 요괴 두 마리가 멋도 모르고 다가와서 쪼개주는 대로 구운 떡을 나누어 받았다. 두 손 털고 일어선 손행자는 그들이 먹느라 정신없는 틈에 철봉을 뽑아들고 우선 가까운 놈의 머리통을 겨냥하여 '딱!' 소리가 나도록 호되게 후려쳐서 곤죽을 만들어버렸다. 뒤미처 놀라 일어서는 놈의 정수리를 슬쩍 건드리자, 그놈은 설맞았는지 즉사하지 않고 버둥거리면서 비명을 질러대기 시작했다.

이때 늙은 요괴가 비명 소리를 듣고 무슨 소리인가 싶어 가마채 바깥으로 머리통을 불쑥 내밀었다. 손행자는 기다리고 있었다는 듯이 댓바람에 달려들어 정면으로 한 대 후려갈겼다. 단매에 구멍이 뻥 뚫린 머리통에서 뇌장이 한꺼번에 쏟아져 나오고, 이어서 핏물이 왈칵 솟구쳤다. 가마에서 끌어내고 보니, 그것은 끔찍스럽게도 꼬리가 아홉 개 달린 구미호(九尾狐)[1]였다.

손행자는 꼬리 아홉 달린 여우를 내려다보면서 히죽 웃었다.

"이런 고약한 짐승이 무슨 노마님이라구? 네 따위가 노마님이라면

---

1 구미호: 중국에서 구미호가 처음 등장한 문헌으로 『산해경(山海經)』 「해외동경(海外東經)」에 "청구국(靑丘國)의 여우는 네 발, 아홉 꼬리를 지녔다"는 기록과, 「남산경(南山經)」에 "청구산(靑丘山)에 짐승이 있는데, 그 생김새가 여우와 같으며 꼬리가 아홉이다. 그 목소리는 갓난아이의 울음과 같으며, 사람을 잡아먹는다" 하였다. 고대 중국어에서 '청(靑)'은 곧 검정빛(黑色)을 가리키므로, '청구(靑丘)'란 말은 소나무가 울창하게 숲을 이룬 '흑송림(黑松林)'과 같은 뜻으로 해석할 수 있다.

이 손선생은 시조 할아비가 되고도 남을 게다!"

이 대담한 미후왕은 여우의 시체를 뒤져 황금승을 찾아내 가지고 소매춤에 간직했다. 그러고는 흡족한 기색으로 보이지 않는 은각대왕을 향해 한마디 던졌다.

"이 못된 마귀 녀석아! 네놈이 아무리 솜씨가 뛰어나다 해도 이 세 가지 보배는 벌써 손선생의 소유가 되었다는 사실을 알아야 될 거다."

기분이 한껏 좋아진 손행자는 다시 솜털 두 가닥을 뽑아 파산호와 의해룡으로 둔갑시켜 세워놓고, 또 두 가닥을 더 뽑아 이번에는 가마꾼 두 명으로 만들었다. 그리고 자기 자신은 노마님으로 탈바꿈하여 가마 속에 들어앉았다. 이윽고 가마채가 기우뚱하다가 번쩍 들리더니, 돌아갈 목적지 연화동을 향해 움직이기 시작했다.

가마채는 얼마 안 있어 연화동 어귀에 도착했다. 졸개 요괴로 바뀐 솜털이 한꺼번에 가마 앞으로 나섰다.

"문 열어라! 문 열어!"

동굴 안에서 문지기 요괴가 문을 활짝 열어주었다.

"여어! 파산호, 의해룡! 자네들, 돌아왔나?"

솜털이 대꾸한다.

"돌아왔네."

"자네들이 모시러 간 노마님은?"

솜털은 손가락으로 가마를 가리켰다.

"저 가마 안에 계시지 않나?"

"잠깐만 기다리게. 내가 먼저 들어가서 보고할 테니까."

문지기 요괴는 부리나케 동굴 안으로 들어가 아뢰었다.

"대왕님, 노마님께서 오셨습니다."

두 마귀는 그 말을 듣자 즉시 향불 피운 탁자를 준비시키고 동굴 바

같으로 마중하러 나왔다.

마귀들이 영접하러 나오는 기척을 듣자, 손행자는 속으로 끌끌대고 웃어가며 좋아라 했다.

"잘됐구나, 잘됐어! 이번에는 내가 사람 노릇 해볼 차례가 되었구나. 내가 의해룡으로 탈바꿈해서 늙은 요괴를 찾아갔을 때에는 큰절을 한 번밖에 안 했는데, 이번에는 저놈들의 어미가 되었으니 아들 녀석한테 큰절 네 번씩은 받게 되지 않았느냐. 이게 별로 대수로운 일은 아니지만, 어찌 됐든 두 아들 녀석에게 큰절 두 번씩을 갑절에 또 곱빼기로 받게 되었으니, 이야말로 한참 남는 장사 아닌가!"

가마에서 내려선 그는 옷자락을 툭툭 털면서 솜털 네 가닥을 모조리 거두어들였다. 문지기 요괴들이 빈 가마채를 떠메고 문 안으로 들여갔다. 그 뒤를 따라 천연덕스레 들어가는 손행자의 걸음걸이가 교태를 부리며 아장아장 걷는데, 그야말로 영락없는 노마님의 탯거리를 쏙 빼어 닮았다.

동굴 안으로 들어가는 길 양곁에는 크고작은 요괴들이 떼를 지어 몰려와서 꿇어앉은 자세로 공손히 노마님을 영접했다. 북소리가 둥둥 울리고 풍악이 질탕하게 메아리치는가 하면, 박산(博山) 특제 향로에서 짙은 향불 연기가 모락모락 피어오르고 있었다.

손행자는 대청 한가운데 올라 남쪽을 바라고 앉았다. 이윽고 금각대왕과 은각대왕 두 마귀가 쌍쌍이 무릎 꿇고 우러러 머리를 조아리며 큰절을 올리기 시작했다.

"어머님, 문안 인사 받으십쇼!"

손행자는 앙큼스럽게도 노마님의 목소리까지 흉내내어 응답했다.

"얘들아, 됐다! 어서 일어나거라."

한편 대들보에 매달려 있던 저팔계가 무엇을 보았는지 한바탕 껄껄대고 웃어젖혔다.

사화상은 기가 막혀 핀잔을 주었다.

"원, 둘째 형님도 어지간하시오! 들보에 매달린 신세가 되고서도 무엇이 그리 좋아서 껄껄대는 거요?"

"내가 웃는 데는 다 그럴 만한 까닭이 있네."

"까닭이라니, 무슨 까닭?"

"우리는 노마님이란 것이 와서 우리를 쪄 먹을까 봐 겁이 났는데, 이제 봤더니 노마님이 아니라 옛 친구가 왔다. 그 말일세!"

"옛 친구라니, 그게 누구요?"

어리둥절해하는 사화상의 물음에, 저팔계는 여전히 낄낄대고 웃어가며 말했다.

"필마온이 왔단 말일세!"

"그걸 어떻게 아시오?"

"방금 저 노마님이란 것이 허리를 구부리고 '얘들아, 됐다! 어서 일어나거라' 하지 않았나? 그때 보니까 노마님의 꽁무니에서 원숭이 꼬리가 꼼지락꼼지락했단 말일세. 나는 자네보다 더 높이 매달려 있어 똑똑히 볼 수 있었다네."

이 말을 듣자, 사화상은 기겁을 해가지고 저팔계의 말을 끊었다.

"쉬잇! 형님, 제발 잠자코 계시오. 뭐라고 하나 우리 들어봅시다."

"그럼세, 그래!"

그동안 손대성이 대청 한복판에 높이 앉아서 묻고 있다.

"얘들아, 무슨 일로 날 오라고 했느냐?"

"어머님, 저희가 오랫동안 문안 인사를 드리지 못하여 불효막심했습니다. 그런데 오늘 이 아우가 당나라 화상을 잡았사온데, 저희들끼리 함부로 먹을 수 없는 일이라 어머님을 모셔다가 그놈을 푹 쪄서 오래오래 사시도록 잡숫게 해드리려고 이렇게 오시라 한 것입니다."

금각대왕의 말에, 손행자는 절레절레 도리질을 해 보였다.

"아니다, 얘들아. 난 당나라 화상의 고기는 먹고 싶지 않구나. 소문에 들자니까 저팔계란 놈의 귀가 아주 맛좋다던데, 그걸 베어다가 잘 요리해서 술안주나 해주려무나."

이 말을 듣고 펄쩍 뛰다시피 놀란 것은 대들보에 높이 매달린 저팔계다.

"저런 염병할 녀석! 기껏 와서 한다는 짓이 내 귀를 베어 먹겠다니…… 어디 그만만 봐라! 내가 고래고래 악을 써서 산통을 깨뜨려놓고 말 테니까!"

허어, 참! 말귀도 못 알아듣는 미련퉁이 녀석이다. 남은 자기를 위해 귀띔해주려고 그런 소리를 던졌는데, 진짜 산통을 다 깨뜨려놓고야 말려는 게 아닌가?

은각대왕이 무슨 소린가 싶어 흘끗 저팔계 쪽을 바라본다. 바로 그때였다. 산중에 순찰을 나갔던 부하 요괴 몇 마리와 문지기 한패거리가 헐레벌떡 달려오면서 고함을 질러 급보를 알렸다.

"대왕님, 큰일났습니다! 손행자가 노마님을 때려죽이고 노마님으로 변장하고 들어왔습니다!"

가뜩이나 의심을 품고 있던 판에 이런 소리를 들었으니 무슨 말이 더 필요하랴. 은각대왕은 불문곡직하고 칠성검을 뽑아들기가 무섭게 손행자의 면상을 겨냥하여 냅다 후려 찍었다.

눈치 빠른 손대성, 칼날이 들이닥치는 순간 몸뚱이를 훌쩍 날리더니 별안간에 동굴 속이 온통 붉은 광채로 가득 차버리고, 뭇 요괴들이 눈부신 광채에 어리둥절하는 틈에 손행자는 어디로 갔는지 감쪽같이 사라져 보이지 않았다. 한발 앞서 뺑소니를 쳐버린 것이다. 그야말로 기가 막힐 정도로 절묘한 솜씨, '응결되면 형체를 이루고, 흩어지면 기체가 된다(聚則成形, 散則成氣)'는 천지의 이치를 꿰뚫어 아는 자만이 펼칠 수 있는 술법이었다.

늙은 마귀 금각대왕은 혼비백산하도록 놀라 자빠지고, 부하 요괴의 패거리들은 손가락을 입에 문 채 절레절레 도리질을 하고 있을 뿐이었다.

이윽고 정신을 차린 금각대왕이 잔뜩 겁을 집어먹고 둘째 마귀에게 말했다.

"여보게 아우! 어서 빨리 저 당나라 중과 사화상, 저팔계하고 백마에 짐보따리까지 모조리 끌어내다 손행자에게 도로 내주어서 저 갈 데로 떠나게 내버려두세. 저런 무서운 놈과 시비를 따져서 좋을 게 뭐 있겠나? 우리 아예 이 일에서 손을 떼는 게 낫겠네!"

"형님, 무슨 말을 그리 하시는 거요!"

은각대왕이 버럭 성을 냈다.

"내가 얼마나 공들이고 애를 써서 저 화상을 채뜨려왔는지 모르는데, 형님은 그따위 잔꾀에 겁을 집어먹고 도로 내주라니, 이야말로 칼날이 무서워서 피해 달아난다는 격으로 그런 사람이 어떻게 사내대장부 노릇을 할 수 있겠소? 손행자란 놈의 신통력이 크고 너르다는 말은 나도 들어봤소. 그리고 그놈과 한 번 만나본 적은 있어도 진짜 실력으로 겨뤄보지는 못했소. 때문에 나는 이제 갑옷 투구로 무장을 단단히 갖추고 그놈과 두세 합쯤 싸워볼 작정이오. 만약 그놈이 나하고 세 판 싸워서 이기지 못할 경우, 당나라 화상은 우리 입 안에 들어온 고기가 될 것이고, 내가 저놈을 이기지 못한다면 그때에는 그놈에게 고스란히 내어주더라도 늦지 않을 게 아니겠소?"

금각대왕은 이 말을 듣고 고개를 끄덕끄덕했다.

서유기 제4권

"자네 말이 옳으이. 그리 하도록 하게!"

은각대왕은 그 자리에서 호통쳐 갑옷 투구를 가져오게 했다. 부하 요괴들이 갑옷 투구를 떠메고 나오자 은각대왕은 무장을 단단히 갖춘 다음, 보검을 잡고 기세등등하게 동굴 바깥으로 뛰쳐나가면서 고함을 쳤다.

"손행자! 어디로 도망쳤느냐?"

이 무렵 손대성은 구름 끝에 서서 기다리고 있다가, 자기 이름을 부르는 소리가 들려오는 쪽으로 후딱 고개를 돌렸다. 누군가 싶어 바라보니 둘째 마귀 은각대왕인데, 그 차림새가 어마어마하다.

> 머리에는 봉황 장식 투구를 썼으니 그 빛깔이 섣달 보름 백설인가 속을 만하고, 몸에 걸친 전투용 갑옷은 빈철(鑌鐵)을 두드려 만들어 눈부시게 번쩍거린다.
>
> 허리에 두른 것은 이무기의 힘줄로 엮은 망룡근(蟒龍觔)이요, 무두질한 가죽 장화에는 매화 꽃무늬로 테두리를 꾸몄다.
>
> 얼굴 모습은 관강구에 살아 있는 현성 이랑진군을 빼어 닮았고, 생김새는 거령신(巨靈神)[2]에 견주어 조금도 다를 바 없다.
>
> 칠성보검을 손에 잡고 휘둘러가며, 노기 충천하여 내닫는 위엄이 늠름하기 짝이 없다.

"손행자! 어서 내 보배와 어머니를 돌려보내라. 그럼 나도 네 사부의 목숨을 살려주어 경을 가지러 가게 놓아주마!"

둘째 마귀가 고함을 질렀다.

---

2 거령신: 탁탑 이천왕의 부하 장수. 내력에 관해서는 제4회 본문과 주 **4** 참조.

손대성은 참다못해 욕설을 퍼부었다.

"이 못된 놈의 괴물아! 네놈이 외할아버지 손선생을 잘못 보아도 한참 잘못 보았구나. 잔소리 집어치우고 어서 빨리 내 사부님과 아우들, 백마와 짐보따리에 서쪽 가는 길 여비로 쓰게 노잣돈까지 두둑이 얹어서 내놓기나 해라. 만약 이빨 틈서리로 '싫다'는 말의 반마디라도 지껄였다가는, 이 외할아버님께서 직접 손찌검을 할 것도 없이 네 손으로 밧줄을 꼬아서 자신을 결박하게 만들 테니 잘 생각해봐라!"

둘째 마귀는 이 말을 듣더니 급히 구름을 일으켜 타고 허공으로 뛰어올라 보검을 휘둘러 손행자를 겨냥하고 무섭게 찔러들었다. 손행자도 질세라 철봉을 들어 정면으로 맞받아치면서 반격해나갔다. 이리하여 중천에서 또 한바탕 일대 격전이 벌어지기 시작했다.

바둑판에 호적수를 만나고, 장기판에 솜씨 좋은 인재를 만난 격이라.

바둑판에 호적수를 만났으니 신바람을 감추기 어렵고, 장기판에 좋은 인재를 만났으니 머리를 짜내고 힘을 써야 할 판이다.

두 사람의 신장이 맞닥뜨리니, 마치 남산의 호랑이가 싸우고 북해의 용이 다투는 듯하네.

용이 다투는 곳에 비늘 갑옷이 번쩍번쩍 광채가 나고, 호랑이가 싸우는 곳에 발톱과 송곳니가 어지러이 떨어진다.

발톱과 송곳니가 흩어져 떨어지니 은 갈고리를 흩뿌린 듯하고, 비늘 갑옷이 번쩍번쩍 광채를 쏟아내니 철엽(鐵葉)의 장벽을 버텨 놓은 듯하다.

이편에서 엎치락뒤치락 천만 가지 재주를 다 부리면, 저편은 오락가락 일진일퇴, 조금도 빈틈을 열어주지 않는다.

금고봉이 상대의 이마빼기에서 떨어지기 고작 서 푼이라면, 손행자의 심장을 노린 칠성검은 겨우 손가락 한 마디를 다툴 뿐이다.
저편의 위풍은 두우궁(斗牛宮)의 성좌를 핍박하여 간담이 써늘하게 만들고, 이편의 노기는 뇌성벽력에 섬전보다 더욱 험악하다.

그들 두 사람은 30여 합을 싸우고도 승부가 나지 않았다. 상대방의 기분이야 어찌 되었든 간에, 모처럼 호적수를 만난 손행자는 혼자 기뻐서 신바람이 났다.
"히야! 이 못된 괴물이 제법 손선생의 철봉을 막아낼 줄 아는구먼. 내가 이 녀석의 보배 세 가지씩이나 손에 넣고서도 이렇듯 힘겹게 싸울 줄이야 누가 알았겠나? 안 되겠다. 이래봤자 내 시간만 자꾸 허비하는 게 아닌가! 차라리 호리병이나 정병을 가지고 이놈을 잡아넣는 것이 낫겠다. 그편이 다소나마 시간을 줄일 수 있을 게 아닌가?"
하지만 생각은 이내 바뀌었다.
"아니다, 아냐! 속담에 뭐라고 그랬는가? '이 세상에 어떤 물건이든지 그 주인의 뜻을 따라야 편하다(物隨主便)'고 했다. 이제 만약 내가 저놈의 보배인 호리병이나 정병 속에 주인을 잡아넣으려다 대꾸가 없으면 도리어 일을 망쳐버리게 될는지 누가 알랴? 그보다는 먼저 노파가 지니고 있던 황금승으로 저놈의 모가지를 얽어매기로 하자꾸나."
이리하여 손행자는 철봉으로 상대방의 칠성검을 가로막는 한편 다른 한 손으로 황금승을 꺼내들고 빙글빙글 돌리다가 냅다 던져 은각대왕의 목을 옭아 잡는 데 성공했다. 그러나 이 황금승이란 밧줄 역시 마귀의 보배라, 그것을 쓰는 데 다른 사람 모르는 주어(咒語)가 따로 있을 줄이야 꿈에나 생각했으랴. 황금승에는 다른 사람을 옭아 잡을 때에는 '긴승주(緊繩咒)'를 외워 벗어나지 못하게 하는 술법이 있고, 또 상대방이 자기 편을 옭아매었을 때에는 '송승주(鬆繩咒)'를 외워야만 몸이 상하지 않게 풀려나오는 술법이 있었다. 손행자는 이런 비밀이 있는 줄 까맣게 모른 채 솜씨 좋게 은각대왕의 목에 올가미를 거는 데만 성공했던 것이다.

은각대왕은 제 목에 걸린 밧줄이 가전 비보(家傳秘寶)임을 알아차리고 그 즉시 '송승주'를 외워 밧줄을 느슨하게 풀어서 벗어버린 다음, 재빨리 그것을 손행자에게 던져 단번에 옭아매고 말았다. 깜짝 놀란 손행자가 몸뚱이를 수척하게 만드는 '수신법(瘦身法)'을 써서 빠져나오려고 했을 때, 은각대왕은 벌써 '긴승주'를 외워 단단히 옭아 죄어들고 있었다. 사세가 이렇게 된 마당이니 무슨 수로 올가미에서 빠져나올 수 있으랴? 금으로 만든 밧줄은 목덜미를 옭아 감은 채 손행자가 몸부림을 칠수록 더욱 심하게 조여들었다.

이윽고 은각대왕이 밧줄 한끝을 움켜잡은 채 앞으로 끌어당기더니, 칼끝이 닿을 만한 거리까지 조여들자 칠성보검으로 손행자의 정수리를 힘껏 내리치기 시작했다. 그러나 이게 또 웬일인가, 칼부림을 일고여덟 차례나 연거푸 내리쳤어도 손행자의 머리통이 갈라지기는커녕 살갗에 불그스레한 상처 자국조차 나지 않았다.

은각대왕은 기가 막혀 말도 제대로 나오지 않았다.

"이놈의 원숭이 녀석 봤나! 돌대가리도 이런 돌대가리는 난생처음 보겠다. 안 되겠군, 공연히 칼부림을 할 것 없이 끌어다가 매질을 해야 쓰겠다. 그건 그렇고, 내 두 가지 보배를 훔쳐갔으렷다? 그걸 어서 내놓지 못할까!"

손행자는 능청스레 대꾸했다.

"내가 네놈의 보배를 가졌다니, 무슨 보배를 내놓으라는 거냐?"

둘째 마귀는 입씨름할 생각이 없었는지, 제 손으로 손행자의 몸을 샅샅이 뒤져 마침내 '자금 홍호로'와 '양지옥 정병'을 찾아낸 다음, 밧줄로 꽁꽁 묶어 가지고 동굴 안으로 끌고 돌아갔다.

"형님, 잡아왔소!"

"누굴 잡아왔다는 건가?"

늙은 마귀의 물음에, 은각대왕은 손가락을 들어 포로를 가리켰다.

"이걸 보시구려. 이놈이 손행자요. 가까이 와서 보면 알 거요."

금각대왕이 흘끗 바라보니, 과연 손행자가 틀림없다. 그제야 늙은 마귀의 얼굴에는 온통 웃음꽃이 피어났다.

"바로 그놈이로구나! 틀림없이 그놈이야! 우선 그놈을 기다란 밧줄로 기둥에 묶어놓고 노는 꼴이나 구경하세!"

이윽고 부하 요괴들이 손행자를 끌어다가 기둥에 비끄러매었다. 금각대왕과 은각대왕은 뒤채로 들어가서 느긋이 술을 마시기 시작했다.

손행자는 기둥뿌리 밑에서 결박을 풀어보려고 버둥버둥 몸부림을 쳤다. 그 바람에 대들보에 매달려 있던 저팔계가 놀라서 아래쪽을 내려다보더니, 껄껄대고 웃음보를 터뜨렸다.

"형님! 내 귀를 잘못 잡수셨구려."

"이런 바보 멍텅구리 녀석! 대들보에 매달려서도 마음이 편하냐? 잠깐만 기다려, 내 당장 빠져나가서 자네들을 구해줄 테니까."

"흥! 창피한 줄이나 아시오. 제 몸 하나 빠져나가지 못하는 주제에 남을 구해주겠다고? 그만두시오, 그만둬! 스승과 제자들이 모조리 한곳에서 죽게 되었으니, 저승에 가서 길찾기는 편해 좋겠소."

"쓸데없는 소리 작작 지껄이고, 이제 내가 빠져나갈 테니 구경이나 해라!"

"어떻게 빠져나가나 어디 두고 봅시다."

저팔계가 빈정거려도 손행자는 아랑곳하지 않았다. 그는 입씨름을 주고받으면서도 눈길은 요괴들의 동태를 살피느라 잠시도 떨어지지 않았다. 마귀 두목이 안채에서 술을 마시는 동안, 부하 요괴들은 술주전자와 안주 접시를 나르랴, 술을 따르랴 두목들의 시중을 드느라고 오락가락 분주하게 뛰어다녔다. 그 통에 분위기는 어수선해지고 경계가 다소 풀어졌다. 손행자는 눈앞에 아무도 없는 것을 확인하자, 그 즉시 신통력을 발휘하여 철봉을 꺼내더니, 숨결 한 모금 불어넣으면서 나지막이 호통을 쳤다.

"변해라!"

그러자 철봉은 삽시간에 순 강철로 만든 줄칼 한 자루로 변했다. 그는 줄칼로 목덜미를 졸라맨 황금승의 올가미를 쓱싹쓱싹 네댓 번 썰어서 양편으로 벌려놓고, 다시 그 공간을 넓힌 다음 그 사이로 빠져나오는 데 성공했다. 그리고는 솜털 한 가닥을 뽑아 가짜 손행자로 만들어 먼젓번처럼 기둥에 비끄러매더니, 진짜 몸뚱이를 뒤흔들어 졸개 요괴로 둔갑한 뒤 시침 뚝 떼고 요괴들 곁에 천연덕스레 섞여 섰다.

그것을 본 저팔계가 또 대들보 위에서 고래고래 악을 썼다.

"안 된다! 안 돼! 기둥뿌리에 묶인 것은 가짜고, 대들보에 매달린 것이 진짜다!"

늙은 마귀가 술잔을 내려놓으면서 묻는다.

"저 저팔계란 놈이 뭐라고 떠드는 게냐?"

부하 요괴로 둔갑한 손행자가 냉큼 나서면서 대답했다.

"저놈이 방금 손행자더러 변신 술법을 써서 도망치라고 부추겼는데, 듣지 않으니까 분해서 저렇게 떠드는 모양입니다."

이 말에 둘째 마귀가 한마디 던졌다.

"난 그래도 저팔계란 놈을 성실하다고 생각했는데, 이제 보니 아주 고얀 놈이로구나. 안 되겠다, 네가 가서 저놈의 주둥아리를 한 스무 대쯤 때려주어라!"

"예!"

손행자가 몽둥이를 한 개 찾아들고 어슬렁어슬렁 대들보 앞으로 다가갔다.

기겁을 한 저팔계는 협박까지 곁들여가며 통사정을 했다.

"살살 좀 때려주시오. 호되게 때리면 나도 악을 써서 산통을 깨뜨려버릴 테요! 내가 형님을 못 알아볼 줄 알고?"

손행자는 찔끔 놀라 물었다.

"내가 이렇게 변신한 것도 다 자네들을 구해주기 위해서 하는 노릇인데, 어쩌자고 자꾸 일을 망치려고만 드는 거야? 이 동굴 안의 요괴들은 하나같이 나를 알아보지 못하는데, 자네 혼자서만 어떻게 나를 알아볼 수 있었나?"

"형님, 얼굴은 바꾸었어도 엉덩이는 안 바꿨지 않소? 뒤 좀 돌아다보시구려. 두 볼기짝이 빨간 게 안 보이시오? 그래서 형님을 알아본 거요."

손행자는 부리나케 뒤꼍 부엌으로 돌아가더니, 가마솥 밑바닥을 더듬어 검댕을 한 줌 움켜내다가 두 볼기짝을 시커멓게 문질러 가지고 다시 앞채로 나왔다.

그 꼬락서니를 본 저팔계가 또 껄껄대고 웃었다.

"저 원숭이 녀석이 어딜 가서 어물거렸나 했더니, 볼기짝을 시커멓게 만들어 가지고 나오셨군 그래!"

손행자는 여전히 시침 뚝 떼고 요괴들 틈에 섞여 보배를 훔쳐낼 기회만 엿보고 있었다. 술판이 좀처럼 끝낼 기미를 보이지 않자, 꾀가 말짱한 그는 정면 대청으로 올라가 늙은 마귀의 넓적다리를 툭툭 치면서 지분거렸다.

"대왕님, 저 손행자란 놈이 기둥에 묶여서도 이리저리 몸을 뒤틀어대고 버둥버둥 몸부림을 쳐서 황금승을 끊어버리려 발광을 떨고 있습니다. 아무래도 안심이 되지 않으니 좀더 굵고 튼튼한 밧줄로 묶어놓는 것이 좋을 듯싶습니다."

"옳은 말이다. 옜다, 이걸 가져가서 바꾸어 묶도록 하려무나."

늙은 마귀는 허리에 두르고 있던 사만대(獅蠻帶) 굵다란 띠를 풀어서 손행자에게 건네주었다.

허리띠를 받아든 손행자는 기둥 앞으로 가더니 그것으로 가짜 손행자의 몸뚱이를 묶어놓고 황금승을 풀어서 둘둘 말아 잽싸게 소매춤에 감춰버린 다음, 또 한 가닥 솜털을 뽑아 숨결 한 모금을 '훅!' 뿜어 가짜 황금승으로 만들어 가지고 돌아가 늙은 마귀에게 두 손으로 공손히 바쳤다.

술 마시기에 정신 팔려 있는 녀석이 그것을 자세히 살펴볼 틈이 어디 있으랴, 늙은 마귀는 부하 요괴가 주는 대로 받아넣고 말았다. 이렇듯 바꿔치기의 명수 제천대성 손오공은 또 한차례 재간을 부려 원숭이의 솜털 한 가닥으로 황금승을 바꿔치는 데 성공한 것이다.

보배를 손에 넣자, 그는 급히 돌아서서 동굴 문 바깥으로 뛰쳐나와 본래의 모습을 드러내고 고함을 질러댔다.

"요괴야!"

문을 지키던 졸개 요괴가 깜짝 놀라 물었다.

"어떤 놈이 여기서 고함을 지르느냐?"

앙큼스런 손행자는 시침 뚝 떼고 호통을 쳤다.

"너 이놈! 빨리 들어가서 못된 마귀 두목에게 '자행손(者行孫)' 나리가 오셨다고 보고해라!"

문지기 요괴가 동굴 안으로 들어가 그 말대로 보고했더니, 늙은 마귀는 대경실색을 했다.

"아니, 이게 어찌 된 일인가? 손행자는 분명히 잡아놓았는데, 어디서 또 '자행손'이란 놈이 나타났단 말이냐?"

둘째 마귀가 퉁명스레 말한다.

"형님, 보배는 모두 우리 수중에 있는데 겁내실 게 뭐 있소? 가만히 앉아 계시구려. 내가 호리병을 가지고 나가서 그놈을 잡아넣고 말 테니까."

"여보게, 조심해야 하네."

늙은 마귀의 당부 말을 귓등으로 들으면서 은각대왕은 '자금 홍호로'를 가지고 산문 바깥으로 걸어나갔다. 나가서 보니, 불청객의 생김새는 손행자와 똑같으나 어딘지 모르게 키가 조금 작은 듯하다.

"너는 어디서 온 놈이냐?"

은각대왕의 물음에, 손행자는 능청스레 거짓말을 늘어놓는다.

"나는 손행자의 아우 되는 사람이다. 네놈이 우리 형님을 잡아 가두었다고 하기에 따지려고 찾아왔다!"

"그래, 그놈은 내가 잡아서 동굴 속에 가두어놓았다. 네놈이 여기까지 온 걸 보면 나한테 싸움을 걸어볼 모양이다만, 나는 너 따위하고 싸우고 싶지 않다. 어떠냐, 내가 먼저 네놈의 이름을 불러볼 테니, 대답 한번 해보겠느냐?"

"한 번이 아니라 천 번을 불러보려무나! 골백번이라도 응답해줄 테니까. 내가 겁낼 줄 아느냐?"

다짐을 받아놓고 허공으로 훌쩍 뛰어오른 은각대왕, 손에 들고 있던 호리병 밑바닥을 하늘로 향하고 아가리를 땅 쪽으로 향한 다음, 손행자를 바라보고 외쳐 불렀다.

"자행손아!"

일이 이 지경에 이르자, 손행자는 섣불리 대답을 못 하고 망설이기 시작했다. 대답을 할까, 말까? 응답을 했다가는 곧바로 빨려들어가고 말 게 아닌가……?

은각대왕이 재촉을 한다.

"이놈아, 어째서 대답을 안 하는 거냐?"

"귀가 좀 먹어서 잘 듣지 못했다. 더 크게 불러보려무나."

손행자가 둘러대니, 은각대왕은 다시 한번 목청 높여 불렀다.

"자행손아!"

그래도 손행자는 선뜻 응답하지 못하고 손가락만 입에 문 채 곰곰이 생각했다. 내 진짜 이름은 손행자, 저 마귀 녀석이 부른 이름은 내가 엉터리로 붙인 '자행손'이 아닌가? 그러니까 진짜 이름에 응답하면 잡아넣을 수 있겠지만, 엉터리 이름은 잡아넣지 못할 것이다…… 이렇게 생각한 그는 더 이상 참지 못하고 큰 소리로 응답하고 말았다.

"오오냐—!"

대꾸 한마디가 입 밖으로 나오기가 무섭게, 손행자의 몸뚱이는 '쉬익!' 하는 소리와 함께 그만 호리병 속으로 빨려들어가고 말았다. 그는 모르고 있었다. '자금 홍호로'와 '양지옥 정병'이란 보배는 이름이 가짜든 진짜든 간에 대답하기만 하면 곧바로 응답자를 삼켜버리고 마는 무서운 것이었다.

순식간에 호리병 속으로 빨려들어간 손대성은 눈앞이 온통 캄캄절벽, 암흑 천지가 되어버렸다. 위로 머리를 치받아보려 했으나 쳐들 수도 없고, 게다가 병마개가 단단히 닫혀 있기 때문에 움쭉달싹도 하지 못한 채 어둠 속에 갇혀버리고 말았다. 그제야 이 용감무쌍한 손대성도 조바심이 일기 시작했다. 앞서 산중에서 정세귀와 영리충 두 졸개 녀석과 마주쳤을 때, 그놈들이 뭐라고 했던가? 호리병이든 정병이든 일단 사람을 잡아넣기만 하면 고작 두세 시간 안에 흐물흐물 녹아서 고름이 되어버린다고 했다. 그놈들의 말대로 내 몸뚱이가 과연 녹아서 고름이 되어버리는 게 아닐까……?

생각은 또 바뀌었다. 문제없다, 문제없어! 내 몸뚱이를 무슨 수로 녹여버린단 말이냐? 이 손선생으로 말하자면 태상노군의 팔괘로에 갇혀서 49일이나 단련을 받아, 염통과 간은 금덩어리가 되고 폐부(肺腑)는 은덩어리처럼 굳어졌을 뿐 아니라, 머리통은 구리보다 더 단단하고 등뼈는 무쇠요, 불타는 눈알에 금빛 눈동자를 지니게 되었는데, 어떻게 한 시진 삼각에 녹여버릴 수가 있단 말이냐? 그런 걱정일랑 접어두고 우선 이놈을 따라가서 무슨 수작을 어떻게 할 것인지 구경이나 해보자꾸나……!

이윽고 둘째 마귀가 동굴 안으로 들어섰다.

"형님, 잡아왔소!"

"누굴 잡아왔나?"

늙은 마귀가 묻는다.

"자행손이란 놈을 호리병 속에 잡아넣어 가지고 왔단 말이오."

그 말을 듣자, 금각대왕은 반색하며 둘째 마귀를 맞아들였다.

"수고했네, 아우님! 어서 이리 앉게. 그 호리병은 움직이지 말게. 조금 있다가 흔들어봐서 출렁출렁하는 소리가 나거든 그때 마개를 뽑기로 하세."

병 속에 갇힌 손행자가 그 말을 듣고 가만히 생각해본다.

"흐흥, 이 몸뚱이가 그렇게 호락호락 소리를 낼 줄 아는 모양이로군! 어림 반푼어치도 없다! 희멀건 국물이 되어야 출렁출렁 소리가 날지는 모르겠다만…… 가만있거라! 오줌을 싸면 소리가 나겠지? 저놈이 호리병을 흔들 때에 맞춰서 오줌을 싸자꾸나. '쐐아!' 하는 소리를 들으면 부적을 떼고 마개를 뽑을 테니까, 그 틈에 뺑소니를 쳐버리기로 하지!"

그러나 생각은 이내 바뀌었다.

"그건 안 되겠다, 아무래도 안 되겠는걸! 오줌을 싸면 소리야 나겠지만 내 승복을 몽땅 더럽히고 지린내가 날 게 아닌가? 오냐, 좋다! 저놈이 병을 흔들 때에 침을 한입 가득 모아두었다가 푸걱푸걱 양치질하는 소리를 내어서 속여먹기로 하자. 마개만 뽑아봐라! 그때는 이 손선생께서 삼십육계 줄행랑을 치는 시각이다!"

손대성은 만반의 준비를 끝내고 때가 오기만을 기다렸다. 그런데 마귀들은 온통 술 마시기에만 정신이 팔려 좀처럼 호리병을 흔들어볼 기미를 보이지 않는다. 사세가 이렇게 되자, 그는 호리병을 흔들도록 꼼수를 부리기로 작정하고 느닷없이 고함을 질렀다.

"아이고 맙소사! 내 다리가 몽땅 녹아버렸구나!"

그래도 마귀는 호리병을 흔들지 않았다. 손대성은 다시 한번 악을 썼다.

"에구머니! 허리뼈까지 다 녹아버렸네!"

이윽고 늙은 마귀의 목소리가 들려왔다.

"허리뼈가 녹아들었으면 거의 다 녹았을 걸세. 부적을 뜯고 마개를 뽑아보세."

이 말을 들은 손대성, 재빠른 솜씨로 터럭 한 가닥을 뽑아들고 호통을 쳤다.

"변해라!"

솜털은 순식간에 상반신만 남은 반 토막짜리 몸뚱이로 바뀌었다. 그는 이것을 병 밑바닥에 붙여놓고 진짜 몸뚱이는 하루살이로 둔갑하여 호리병 아가리 근처에 찰싹 달라붙었다.

둘째 마귀가 부적을 뜯는 소리, 이윽고 마개가 뽑혀나갔다. 그 순간을 기다리고 있던 하루살이 손대성은 잽싸게 몸을 날려 호리병 바깥으로 뛰쳐나가더니, 공중제비를 한 바퀴 도는 사이에 벌써 의해룡으로 탈바꿈하여 시침 뚝 떼고 다시 요괴들 틈에 서 있었다. 의해룡은 '노마님'을 모시러 갔다가 중도에서 손행자의 철봉에 맞아죽은 두 요괴 가운데 한 녀석이다.

늙은 마귀는 호리병을 끌어당겨놓고 아가리를 벌려 그 속을 들여다보았다. 과연 밑바닥에는 반 토막짜리 손행자가 꿈틀거리고 있었다. 그는 그것이 진짜인지 가짜인지 살펴볼 겨를도 없이 당황해서 소리쳤다.

"여보게 어서 도로 막게! 아직 다 녹지 않았네!"

둘째 마귀는 분부대로 서둘러 마개를 막고 부적을 다시 붙였다. 그 곁에서는 손대성이 속으로 쿡쿡 웃어대고 있었다.

'어리석은 것들……, 손선생께서 이렇게 빠져나온 줄 모르다니!'

늙은 마귀가 술주전자를 집어들더니 한 잔 가득 따라서 두 손으로 은각대왕에게 건네주었다.

"아우님, 수고 많았네! 내 술 한잔 받게."

둘째 마귀는 사양을 했다.

"원 형님도! 지금껏 사이좋게 술을 마시다가 이제 와서 무얼 새삼스럽게 술을 따라주시오?"

"아닐세. 자네는 당나라 중과 저팔계, 사화상을 잡은 것만으로도 대단한 일을 해낸 셈인데, 이제 또 손행자를 잡아 묶었을 뿐만 아니라, 그 아우 녀석 자행손마저 호리병에 잡아넣다니, 그 공로를 따지자면 자네한테 몇 잔을 더 따라서 축배를 올려도 모자랄 걸세."

형님이 모처럼 내리는 술잔을 어찌 마다하랴? 그러나 둘째 마귀는 한 손에 호리병을 들고 있는 터라, 무엄하게 한 손으로만 술잔을 받을 수가 없었다. 그래서 호리병은 곁에 서 있는 심복 부하 의해룡에게 넘겨주고 두 손으로 공손히 술잔을 받았다. 의해룡이 바로 손행자가 탈바꿈한 가짜라는 사실을 그로서는 알 턱이 없었다. 둘째 마귀는 술잔을 비우고 나서 그것을 다시 주인에게 돌렸다.

"형님, 이 잔 받으십쇼."

늙은 마귀가 도리질을 했다.

"술잔을 돌릴 것 없네. 여기 또 하나 있으니까."

이리하여 두 마귀 형제는 끝까지 서로 겸양하면서 사이좋게 술판을 즐겼다. 손행자는 호리병을 떠받든 채 외눈 하나 깜빡이지 않고 그들이 권커니 잣거니 생각 없이 놀고 있는 꼬락서니를 지켜보다가, 한눈을 파는 틈에 은근슬쩍 호리병을 소맷자락에 집어넣고, 솜털 한 가닥을 뽑아 그것과 똑같은 가짜 호리병을 하나 만들어, 천연덕스럽게 머리 위에 떠받들고 서 있었다.

이윽고 술잔 돌리기가 끝났다. 술에 취한 은각대왕은 호리병이 진짜인지 가짜인지 살펴보지도 않고 심복 부하가 건네주는 대로 받아들고 또다시 제자리로 돌아가 편안히 앉아서 여전히 술판을 계속했다.

보배를 손아귀에 넣은 손행자는 슬그머니 그 자리를 빠져나와 동굴 바깥으로 뛰쳐나갔다. 무시무시한 보배를 손에 넣었으니, 그 기쁨도 여간 큰 것이 아니었다.

"요 마귀 녀석들아! 네놈이 아무리 뛰어난 수단을 지녔다 해도, 이 호리병은 결국 손선생의 소유가 되었단 말이다!"

과연 손행자는 장차 어떤 수단을 써서 스승을 구출하고 마귀들을 섬멸할 것인지, 다음 회에서 풀어보기로 하자.

제35회 외도는 위세 부려 올바른 심성을 업신여기고, 심원은 보배 얻어 사악한 마귀를 굴복시키다

본성이 원만하게 밝으니 도(道)는 저절로 통하고, 몸을 뒤채어 천라지망(天羅地網)의 겹그물에서 뛰쳐나왔다.
지살수(地煞數) 일흔두 가지의 변화 술법 익히기가 어찌 쉬우리 있겠으며, 불로장생의 도를 닦기가 어찌 범속한 일과 같으랴.
청탁(淸濁)이 몇 번이나 돌고도는 대로 따랐을 것이며, 천지개벽의 겁수(劫數)는 동녘과 서녘, 가는 대로 떠맡겼다.
억만 년을 소요(逍遙)하여도 햇수는 끝이 없고, 한 점의 신령한 빛을 영원히 허공에 쏟아 붓는다.

이 시는 제천대성 손오공의 절묘한 신통력을 암시하는 것이다.
마귀의 진짜 보배를 손에 넣은 손행자, 그것을 소매춤에 간직하면서 싱글벙글 기쁨을 감추지 못하고 얼굴에 웃음꽃이 떠날 줄 몰랐다.
"고약한 마귀 녀석……, 네놈이 고심참담 애를 써서 나를 잡으려 한다만, 그거야말로 물속에 비친 달을 건져내려는 격이 아닌가! 하지만 이 손선생이 네놈을 잡겠다고 마음만 먹는다면, 화톳불 위에서 얼음 덩어리를 가지고 노는 격이나 다름없을 게다."
호리병을 감추고 살그머니 동굴 바깥으로 빠져나온 그는 본래의 모습을 드러내면서 큰 목소리로 고함을 질렀다.
"요괴 정령들아! 문 열어라!"

졸개 요괴가 곁에 있다가 묻는다.

"너는 또 누구인데, 여기 와서 호통을 치는 거냐?"

"냉큼 들어가서 못된 늙다리 마귀 녀석한테 보고해라! 여기 '행자손(行者孫)'이란 분이 찾아왔다고 말이다."

그 말을 듣고 졸개 요괴는 부리나케 동굴 안으로 달려가서 보고를 했다.

"대왕님! 바깥에 또 '행자손'인지 뭔지 하는 놈이 나타났습니다."

늙은 마귀는 깜짝 놀라 얼굴빛이 바뀌었다.

"여보게, 아우! 이거 큰일났네. 아무래도 벌집을 쑤셔놓은 거 아닌가? 손행자는 황금승으로 묶어놓았고, 자행손이란 놈은 호리병 속에 가둬놓았는데, 어디서 또 행자손인지 뭔지 하는 녀석이 나타났단 말인가? 가만 보아하니, 그놈의 형제들이 깡그리 몰려오는 모양일세."

둘째 마귀가 장담을 한다.

"형님, 안심하십쇼. 내 이 호리병은 사람을 일천 명이라도 잡아넣을 수 있지 않소? 이제 겨우 자행손 한 녀석만 잡아넣었는데, 행자손이고 뭐고 간에 겁낼 것이 뭐 있겠소? 내가 나가보고 단숨에 잡아넣어 가지고 오리다."

"아우, 조심해야 되네."

은각대왕을 떠나보내면서 늙은 마귀가 신신당부를 한다.

이윽고 둘째 마귀는 가짜 호리병을 들고 먼젓번처럼 거드름을 한껏 부려가며 기세등등하게 동굴 문 바깥으로 나서더니 목청을 드높여 호통쳤다.

"너는 어디서 굴러먹다 온 놈이기에 여기가 어디라고 감히 찾아와서 악을 쓰는 거냐?"

손행자가 대꾸를 했다.

"내가 누군지 모르느냐?"

　　내 집은 화과산이요, 고향은 수렴동이다.
　　천궁을 함부로 뒤집어엎은 탓으로, 오랜 세월 붙들려서 곤욕을 치른 몸이다.
　　이제 다행히도 재난에서 풀려나와, 도(道)를 버리고 스님을 따르게 되었다.
　　부처님의 가르침을 받들어 경을 구하고 정각(正覺)에 귀의하려, 서방 세계 뇌음사로 가는 길이다.
　　운수 사납게 너 같은 시골뜨기 못된 마귀와 마주쳤으되, 오히려 신통력을 써볼 기회를 얻었구나.
　　우리 대 당나라 스님을 돌려보내어, 서천(西天)에 올라 거룩하신 부처님을 참배하게 해드려라.
　　양편이 다 같이 싸움을 그치고, 제각기 평화로운 경지를 지키기로 하자꾸나.
　　공연히 이 손선생의 약을 올려서, 겨우 남은 목숨을 다치게 만들지 말아라!

은각대왕은 그 말을 귓등으로도 듣지 않고 딴죽을 걸어왔다.
"이리 좀 가까이 오너라. 나도 너하고 싸우고 싶지 않다. 그러나 이제 내가 네 이름을 한번 불러볼 텐데, 네가 대답할 수 있겠느냐?"
그놈의 속셈을 뻔히 아는 손행자가 빙글빙글 웃으면서 대꾸를 한다.
"오냐, 불러보려무나! 얼마든지 대답해줄 테니까. 그 대신에 내 쪽에서도 너를 부르면 대답해주겠지?"
"이런! 내가 네 녀석의 이름을 부르는 것은 내 보배 호리병 속에 잡아녛을 수 있기 때문인데, 네놈은 또 무엇을 가졌기에 날더러 대답하라는 거냐?"

"내게도 호리병이 있단 말이다."

"뭐라고! 호리병? 좋다, 있거든 어디 꺼내서 한번 보여주려무나."

손행자는 소매춤에서 진짜 호리병을 꺼내들었다.

"못된 마귀 녀석아, 자 이걸 보아라!"

호리병을 한 두어 차례 흔들어 보이고 나서, 상대방이 빼앗으러 덤벼들까 봐 얼른 소매춤에 도로 감추었다.

은각대왕은 그것을 보고 대경실색, 얼굴빛마저 하얗게 질리고 말았다.

"그 호리병, 어디서 난 거냐? 어쩌면 그리 내 것과 똑같이 생겼을꼬……? 등나무 한 뿌리에서 열린 것이라 하더라도, 크기가 다르고 모양도 들쭉날쭉할 텐데, 어째서 내 것과 눈곱만큼도 틀린 구석이 없단 말이냐?"

마귀는 정색을 하고 호통쳐 물었다.

"행자손아! 너, 그 호리병은 어디서 생긴 거냐?"

사실 손행자는 이 호리병이 어디서 생겨났는지 그 내력에 대해서는 깜깜절벽이다. 그래서 똑같은 말투로 은각대왕에게 되물었다.

"네 그 호리병은 어디서 생겨났지?"

은각대왕은 워낙 우직하고 꾀가 없는 마귀라, 손행자의 꿍꿍이속을 알아차리지 못하고 진정으로 묻는 줄로만 알았다. 그래서 '자금 홍호로'의 출처 내력을 숨김없이 솔직하게 털어놓기 시작했다.

"잘 들거라! 내 이 호리병은 혼돈이 처음 나뉘고 천지가 개벽할 때, 태상노조(太上老祖)란 분이 여왜(女媧)¹라는 이름으로 환생하여 오색 돌

---

1 여왜(女媧): 『회남자(淮南子)』 「설휴편(說休篇)」을 보면, 중국 고대 신화에 반고(盤古)가 천지를 개벽한 이후, 복희(伏羲)와 더불어 인류의 시조가 되는 여신. 「산동 가

을 구워 하늘을 메우고, 염부 세계(閻浮世界)를 널리 구하고자 하셨다. 그때 건궁(乾宮)의 모자란 땅을 메우시다가 곤륜산(崑崙山) 밑에서 신령한 등나무를 한 그루 발견하셨는데, 그 덩굴에 이 '자금 홍호로'가 열려 있는 것을 태상노군께서 따다가 오늘날까지 간직해두신 것이다."

교활하기 짝이 없는 손대성, 그 말을 고스란히 귀담아듣고 나더니, 은각대왕의 말투를 그대로 흉내냈다.

"마귀야, 내 호리병도 거기서 생겨났단 말이다!"

"그걸 어떻게 아느냐?"

"이제부터 얘기할 테니 잘 들어두어라. 청탁(淸濁)이 처음 열려, 하늘은 서북방을 채우지 못하고 대지는 동남방을 다 채우지 못하였을 무렵, 태상도조(太上道祖)께서 여왜로 환생하여 하늘의 모자란 부분을 완전히 메우시고 곤륜산 아래 이르렀는데, 그곳에 신령스러운 등나무 한 그루를 발견하셨다. 그 등나무 덩굴에는 호리병박이 두 개 열려 있었는데, 내가 얻은 이것은 수컷이요, 네놈의 그것은 암컷이었단 말이다."

은각대왕이 얼른 그 말을 끊었다.

"암컷 수컷 따질 것 없다. 사람을 잡아넣을 수 있기만 하면, 그것이 좋은 보배 아니냐."

"네 말도 그럴듯하구나. 좋다, 그럼 네가 먼저 나를 잡아넣을 수 있

상 무량사 화상석(山東嘉祥無梁祠畫像石)」 벽화에 그려진 여신의 모습은 사람의 얼굴에 뱀과 같은 몸뚱이를 지녔다. 복희는 일명 수인씨(燧人氏)로 '불을 채취하는 자' 곧 인류에게 불을 만들어 쓸 수 있는 방법을 가르쳐주고 대홍수를 몰아내어 마른 대지를 가져다 준 신이며, 여왜는 복희씨와 결합하여 인류를 비롯한 천지만물을 지어낸 여신이다. 『태평어람(太平御覽)』 제78권 「풍속통의(風俗通義)」 기록에 따르면, 진흙을 반죽하여 사람을 만들어냈다고도 한다. 『회남자』 「남명편(覽冥篇)」에 보면, 이 여신은 또 하늘의 한 귀퉁이가 무너져 내리는 것을 거대한 기둥으로 떠받쳐놓고 오색 바윗돌로 뚫어진 하늘의 구멍을 메우는 한편, 대지를 평평하게 골라서 인류의 재앙을 막아주었다고 한다.

도록 기회를 주마!"

상대방이 양보해주니, 은각대왕은 뛸 듯이 기뻐하면서 당장 몸을 솟구쳐 허공으로 뛰어오른 다음, 호리병을 잡고 외마디 호통을 쳤다.

"행자손아!"

앙큼스런 손대성은 그 소리를 듣기가 무섭게 숨 한 모금 돌리지 않고 연거푸 여덟아홉 차례나 응답했다.

"오냐! 오냐! 오냐……!"

그러나 손행자가 가짜 호리병에 빨려들어갈 턱이 없으니, 이 노릇을 어쩌랴. 은각대왕은 하늘에서 곤두박질치듯 떨어져 내리더니, 안타까움에 못 이겨 두 발을 동동 굴러가며 주먹으로 제 가슴팍을 마구 두드렸다.

"하느님 맙소사! 세상만사 변한 것이 하나도 없구나. 아무리 인간의 정리가 바뀌지 않았다 해도, 이런 보배조차 제 남편을 두려워하고, 암컷이 수컷을 만나니까 맥을 못 쓰고 사람 잡아넣을 엄두마저 내지 못할 줄이야……!"

손행자가 낄낄대고 웃는다.

"그 호리병은 글러먹었으니 치워버리려무나. 자아, 이번에는 이 손 선생께서 부르실 차례다!"

그는 선뜻 허공으로 솟구쳐 오르더니 공중제비 한 바퀴에 근두운을 일으켜 타고 서서, 호리병 밑바닥을 하늘 쪽으로, 아가리는 땅 쪽으로 향한 다음, 둘째 마귀를 겨냥한 자세로 한마디 외쳐 불렀다.

"은각대왕!"

둘째 마귀는 감히 입을 다물고 있을 수가 없어 그저 '끙!' 하는 소리만 냈을 뿐인데, 그 몸뚱이는 어느새 '쉬익!' 하는 소리와 함께 호리병 속으로 빨려들어가고 말았다.

손행자는 옳다 됐구나 싶어 냉큼 마개를 눌러 닫고 그 위에 태상노군의 주술(呪術)이 걸린 '급급여율령봉칙'의 부적을 철썩 갖다 붙였다. 일이 손쉽게 성공하자, 그는 속으로 좋아서 어쩔 줄 몰라했다.
　　"요 내 아들 녀석아! 네가 오늘 아주 새로운 맛을 보게 되었구나."
　　구름을 낮추고 지면에 내려선 뒤, 그는 호리병을 손에 든 채 연화동을 바라고 힘껏 치닫기 시작했다. 그저 마음속에 간절한 것은 오로지 스승을 구해야겠다는 일념뿐이었다. 산길이 울퉁불퉁한 자갈밭투성이요, 게다가 그 역시 안짱다리 걸음걸이라 제대로 중심을 잡지 못하고 이리 비틀 저리 비틀 뒤뚱거리면서 나아가다 보니, 그럴 때마다 호리병이 흔들려서 출렁출렁하는 소리가 끊이지 않았다. 호리병이 어째서 이런 소리를 냈을까? 그렇다. 손행자는 불길 속에서 단련을 받은 몸이라 그다지 급하게 녹아버리지 않았으나, 은각대왕으로 말하자면 비록 안개구름을 탈 줄 안다고는 하지만, 그것은 단순한 술법에 지나지 않고 그 몸뚱이 역시 범태 육골에서 벗어나지 못하였기 때문에, 일단 호리병 속에 빨려들기가 무섭게 그대로 녹아버린 것이었다.
　　이런 내막을 알 턱이 없는 손행자는 그가 아직 녹아버리지 않았으리라 생각하고 껄껄대며 비웃었다.
　　"요 아들 녀석이 병 속에서 오줌을 싸나 양치질을 하나? 그런 짓은 이 손선생께서 다 해본 장난질이다. 날 속여먹을 생각일랑 그만 해두고 얌전하게 가만히 들어앉아 있거나 하려무나. 한 칠팔 일쯤 지나면 깡그리 녹아버려 멀건 국물처럼 될 테니까, 내가 마개를 열어볼 것도 없을 게다. 뭐가 바쁘다고 그리 발광을 떠는 거냐? 급한 일이라도 생겼느냐? 너도 생각 좀 해봐라. 내가 그따위 꼼수로 쉽사리 빠져나왔는데, 너한테 사기를 당할 사람 같으냐? 어림 반푼어치도 없다. 한 시진 삼각이 아니라, 천년이 지나도 들여다보지 않을 것이다!"

한 손에 호리병을 들고 혼잣말로 중얼거리면서 가다 보니, 어느새 동굴 어귀에 다다랐다. 호리병을 흔들어보니 여전히 출렁대는 소리가 났다.

"이놈이 꼭 점쟁이 산통 흔드는 소리를 내는구나. 그렇다면 이 손선생도 사부님이 어느 때에나 풀려나오실 수 있을 것인지 점이나 한번 쳐봐야겠다."

그리고는 호리병을 출렁출렁 쉴새없이 흔들어붙이면서, 입에서 나오는 대로 중언부언(重言復言), 말도 안 되는 소리를 주워섬기기 시작했다.

"주역 문왕(周易文王),[2] 공자 성인(孔子聖人), 도화녀 선생(桃花女先生),[3] 귀곡자 선생(鬼谷子先生)[4]……."

동굴 안에서 파수를 보던 졸개 요괴가 그 소리를 듣고 기절초풍하다시피 놀라 금각대왕에게 달려가 급보를 전했다.

---

2 주역 문왕: 『주역(周易)』은 우주 생성과 존재 원리의 오묘한 신비를 드러낸 경전으로, 음(陰, 물질)·양(陽, 정신)·시(時, 시간)·위(位, 공간)의 4대 요소를 귀납하여 상(象)·이(理)·수(數)의 개념으로 풀어서 설명하였으며, 도교 이론을 만들어낸 근원 중의 하나이기도 하다. 유가(儒家)의 여섯 경전 가운데 으뜸을 차지하므로 『역경(易經)』이라고 일컫는데, 전해 내리는 말로는 복희씨, 그리고 주(周)나라의 건국 시조 문왕(文王) 희창(姬昌), 이후 공자(孔子) 등 여러 사람의 손을 거쳐 집대성한 경전이라 하기 때문에, 여기서도 '주역 문왕'이라고 읊은 것이다.

3 도화녀 선생: 도교 신녀(神女)의 한 사람. 원나라 사람이 쓴 희곡(戲曲) 「도화녀(桃花女)」에 보면, 이 신녀는 임이공(任二公)의 딸로 액운을 잘 풀어주었는데, 당시 낙양촌(洛陽村)에 사는 유명한 점술가 주공(周公)이 석류주(石留住)와 팽조(彭祖)가 아무 날 아무 시에 죽을 것이라고 예언했으나, 도화녀는 그들의 액운을 모두 풀어주어 죽지 않고 살아나게 만들었다고 한다. 이에 자존심이 크게 상한 주공은 계략을 꾸며 그녀를 강제로 자기 며느리로 맞아들였는데, 그녀가 시댁으로 오는 신행(新行) 날짜와 방위를 모조리 흉신악살(凶神惡煞)을 건드려 피할 수 없게 만들었으나, 도화녀는 이것을 낱낱이 알아차리고 미리 준비한 액땜 제물(祭物)로 차례차례 깨뜨리고 무사히 시댁에 들어섰으며, 주공은 비로소 부끄러움을 느끼고 며느리에게 감복하여 그 이후 평생토록 점괘를 보지 않았다 한다.

4 귀곡자 선생: 전국 시대 병법가로 알려진 은둔자. 제10회 주 **3** 참조.

"대왕님, 큰일났습니다! 행자손이란 놈이 둘째 대왕님을 호리병 속에 잡아넣어 가지고 와서 점을 치고 있습니다!"

늙은 마귀가 이 말을 듣더니 혼비백산하도록 놀라 자빠졌다. 뼈마디는 사개가 물러나고 힘줄은 녹신녹신하게 풀어졌으니 제가 무슨 수로 서 있으랴. 금각대왕은 아예 땅바닥에 털썩 주저앉은 채 목놓아 대성통곡을 하기 시작했다.

"아우님아! 아우님아⋯⋯! 내가 그대와 하늘나라를 몰래 떠나 속세에 몸을 던지고 부귀영화를 함께 누리며 영원히 평정산 연화동의 주인이 될 것을 바랐더니, 저따위 중 녀석 하나 때문에 그대 목숨을 다치고 형제간의 정분⁵마저 끊길 줄이야 어찌 알았겠는가!"

대왕이 통곡을 하니, 동굴 안의 부하 요괴 패거리들도 덩달아서 일제히 울음보를 터뜨렸다.

들보에 대롱대롱 매달려 있던 저팔계가 온 집안에 통곡 소리가 진동하자 그새를 못 참고 또 주둥아리를 놀렸다.

"요괴 마귀야! 잠시 울음을 그치고 내 말이나 듣거라. 처음에 잡혀온 손행자나, 그 다음에 잡혀온 자행손이나, 맨 나중에 쳐들어온 행자손이나, 모두가 똑같은 이름 석 자를 차례차례 뒤집어서 썼을 뿐, 하나같이 우리 형님 한 사람이라는 사실을 모르느냐? 그 사람은 지살수 일흔두 가지 변화 술법을 익히고 있기 때문에, 남의 물건을 살짝 바꿔치는 데 명수란 말이다. 그래서 너희들의 보배를 사기 쳐서 훔쳐내고 그 보배로 네놈의 아우 녀석을 잡아넣었던 것이다. 네 아우는 이미 죽었으니 아

---

5 형제간의 정분: 원문은 '수족지정(手足之情)'. 이 용어는 『예기(禮記)』에 "골육의 은혜, 수족간의 사랑(骨肉之恩, 手足之愛)"에서 비롯되어, 『후한서(後漢書)』 「원담전(袁譚傳)」에 "형제란 좌우 수족과 같다(兄弟者, 左右手足也)", 『양서(梁書)』 「소릉 왕윤전(邵陵王綸傳)」에, "어찌 제 손발, 다리 팔뚝 같은 형제끼리 서로 죽이고 해칠 수 있단 말인가!(豈可手足肱支, 自相屠害)" 등등, 숱한 비유로 써온 말이다.

무리 가슴 치고 통곡해도 부질없는 짓이다. 그러니 어서 부엌에 들어가 가마솥이나 깨끗이 닦아놓고, 참나무버섯, 송이버섯, 찻잎, 죽순, 두부, 목이버섯 같은 채소 음식을 만들어 가지고, 우리 사부님과 나하고 사화상을 모셔 내려 푸짐하게 대접이나 해드려라. 그럼 죽은 네 아우의 넋을 위해 『수생경(受生經)』한 권쯤은 읽어주마!"

이야말로 불난 집에 부채질하는 격이라, 늙은 마귀는 그 소리를 듣고 노발대발, 무섭게 미쳐 날뛰기 시작했다.

"저런 오라질 놈 봤나! 아우님 얘기가, '저팔계는 성실한 놈'이라 해서 나도 그런 줄 알았는데 그따위 우스갯소리로 나를 놀려먹다니, 저놈 역시 아주 고얀 놈이로구나! 여봐라, 애들아! 곡은 두었다 하고 우선 저팔계란 놈부터 끌어내다 흐물흐물해지도록 푹 삶아라! 내 배부르게 먹고 기운 차려서 손행자란 놈을 잡아다가 아우님의 원수를 갚고야 말 테다!"

일이 이렇게 뒤틀리니, 사화상이 저팔계를 원망했다.

"잘했소, 잘해! 정말 꼴좋게 되었구려! 내가 그토록 주둥이를 함부로 놀리지 말라고 당부했는데도 수다를 떨더니, 그 입질 덕분에 먼저 삶아 자시겠다는 대왕님의 음식상에 오르게 되지 않았소?"

막내에게 면박을 당하자, 그토록 미련한 저팔계 녀석도 가슴이 철렁 내려앉았다. 그래서 이 노릇을 어쩌나 하고 눈치를 살피는데, 금각대왕 곁에 서 있던 부하 요괴 하나가 이런 말을 했다.

"대왕님, 저팔계는 푹 삶아지지 않을 겁니다."

저팔계는 얼씨구나 됐다 싶어 냉큼 그 말을 받았다.

"나무아미타불! 어느 분이 음덕을 쌓으셨기에 저런 말씀을 다 해주실까? 그렇소이다, 그래요! 이 저팔계는 잘 삶아지지 않을 거요!"

그런데 또 다른 요괴가 재를 뿌리고 나섰다.

"멧돼지는 껍질을 벗기면 푹 삶기가 좋습니다."

그러자 저팔계가 당황하여 또 말을 뒤집었다.

"아니다, 아니야! 그냥 삶아도 잘 삶아진다! 푹 삶아진다니까! 내 껍질이나 뼈마디가 비록 거칠고 굵기는 하지만, 펄펄 끓는 물에 처박으면 당장 흐물흐물하게 삶아진단 말이다! 우릿간의 집돼지나 산속의 멧돼지나 다를 게 뭐 있단 말이냐!"

이렇듯 옥신각신 떠들썩하는 판국에, 앞문을 지키던 부하 요괴 한 녀석이 달려와서 보고를 했다.

"행자손이 또 문밖에 쳐들어와서 욕설을 퍼붓고 있습니다."

"저런 고약한 놈! 사람을 얕잡아봐도 분수가 있지, 이런 마당에 또 와서 욕설을 퍼붓다니! 에잇, 안 되겠구나! 얘들아, 저팔계란 놈은 그대로 매달아둔 채 놓아두고 보배가 아직 몇 가지가 더 남았는지 그것부터 조사해보아라."

집안 살림을 맡아보는 부하 요괴가 대답한다.

"동굴 안에 아직도 세 가지는 남아 있습니다."

"세 가지라면, 무엇무엇이냐?"

"칠성검과 파초선, 그리고 양지옥 정병입니다."

부하의 말에 금각대왕은 잠시 생각해보더니 절레절레 도리질했다.

"정병은 쓸모가 없겠다. 그것은 상대방의 이름을 불러서 대답만 하면 그 속에 빨려들어가게 마련인데, 그 구결(口訣)이 손행자란 녀석에게 새어나가 그놈을 잡아넣기커녕 도리어 내 아우만 빨려들어가서 죽고 말았으니, 그것은 쓰지 않을 테다. 양지옥 정병은 집 안에 그대로 놓아두고 어서 칠성검과 파초선을 가져오너라!"

집안 살림을 맡아보는 부하 요괴가 그 즉시 두 가지 보배를 꺼내다가 늙은 마귀에게 바쳤다. 이윽고 금각대왕은 파초선을 목덜미 뒤쪽 옷깃에 꽂아넣고 칠성검을 잡은 다음, 크고작은 부하 요괴들을 모조리 집결시켜 점검했다. 병력은 모두 합쳐서 3백여 마리, 저마다 창칼 아니면 밧줄과 몽둥이를 잡고 즉각 출동할 수 있도록 대기시켰다. 그리고 금각대왕 자신은 머리에 투구를, 몸에는 갑옷을 걸치고 그 위에 다시 불꽃처럼 붉은 그물코 형태의 전포(戰袍)를 받쳐입었다. 출전 태세가 갖추어지자, 그는 요괴 병정들을 이끌고 동굴 바깥으로 달려나가 손대성을 잡기 위해 진을 쳤다.

손대성은 둘째 마귀가 호리병 속에서 완전히 녹아버렸다는 사실을 알고 있었으나, 그럴수록 마개를 더욱 단단히 틀어막아 허리춤에 꿰어 차고, 여의금고봉을 뽑아 두 손으로 부여잡은 채 요괴의 무리들을 맞아 싸울 준비를 갖추었다.

이윽고 늙은 마귀가 붉은 깃발을 활짝 펼쳐 휘두르면서 동굴 문 밖으로 뛰쳐나왔다. 그 차림새는 과연 어마어마했다.

머리에 쓴 투구 끈이 불꽃처럼 빛나고, 허리를 질끈 동인 띠에 채색 노을빛이 선명하다.

몸에 걸친 미늘 갑옷에는 용의 비늘이 기왓장처럼 포개지고, 그 위에 덧입은 붉은 전포는 사납게 타오르는 불길 같다.

고리눈을 부릅뜨니 그 광채가 번갯불처럼 빛나고, 강철 같은 구레나룻이 흩날리는 연기 속에 어지러이 나부낀다.

칠성보검 칼자루를 가볍게 거머쥐고, 파초선 부챗살이 어깻죽지를 절반쯤 가리었다.

몸을 쓰는 품이 흐르는 구름장 해악(海岳)을 떠나가듯 하고, 목청은 뇌성벽력이 되어 산천을 뒤흔들어놓는다.

하늘의 장수를 얕잡아보는 늠름한 그 위풍, 분노에 찬 기세로

요괴의 무리를 휘몰아 동굴 앞에 나섰다.

마침내 늙은 마귀가 부하 요괴들을 호령하여 진세(陣勢)를 철통같이 펼쳐놓고, 손행자를 꾸짖는다.

"이 발칙한 원숭이 놈아! 아무리 터무니없는 짓을 저지르기로서니 우리와 무슨 원한이 그리도 많기에 내 아우를 해치고 형제간의 정리마저 끊어놓았단 말이냐! 이 가증스러운 놈, 너는 내 원수다!"

손행자도 질세라 맞고함을 쳤다.

"이런 죽지 못해 발광한 괴물 녀석! 네놈들 같은 요괴도 제 목숨을 아까워할 줄은 아는 모양이로구나. 너희가 그렇듯 목숨을 소중히 여기면서 우리 사부님과 사제들, 게다가 백마까지 합치면 넷이나 되는 무고한 생령을 고스란히 동굴 속에 매달아두었으니, 내 어찌 참고만 있을 것이며 또 사제간의 정리를 보더라도 어찌 그대로 보고만 있겠느냐? 어서 속히 그들을 내게 돌려보내고 노잣돈이나 두둑이 얹어서 이 손선생이 기꺼운 마음으로 길을 떠나시도록 해드려라! 그렇게만 해준다면 나 역시 늙은 네 목숨을 용서해주마!"

원한에 사무친 금각대왕의 귀에 이런 소리가 어찌 통할 리 있으랴. 늙은 마귀는 칠성보검을 높이 치켜들고 다짜고짜 손대성의 머리통을 겨냥하여 무서운 기세로 달려들었다. 손대성 역시 그럴 줄 알았다는 듯이 철봉을 높이 들고 정면으로 마주쳐나갔다.

이리하여 동굴 문 밖에서 한바탕 무시무시한 싸움판이 벌어지기 시작했다.

금고봉과 칠성검이 맞닥뜨리니, 하늘의 노을빛이 번개처럼 번뜩이고,

유연히 감도는 싸늘한 기운은 사람을 핍박하여 오싹오싹 떨게 만들고,

질탕하게 어두운 먹구름장은 고갯마루 언덕을 가려놓는다.

저편은 형제간의 정리를 잊지 못하여 조금도 만만한 기색을 보이지 않고,

이편은 오로지 경을 얻으러 가는 스님을 위하여 추호도 기세를 늦추지 않는다.

쌍방에 저마다 원한이 똑같으니, 어느 쪽에나 노여움과 증오를 품고 있다.

살기 찬 함성에 천지가 어두워져 귀신을 놀라게 만들고,

옅은 햇볕 짙은 연기 속에 용호상박(龍虎相搏)의 결전이 거듭된다.

이편에서 어금니를 악물고 백옥 같은 이빨을 갈아붙이면,

저편에서 성난 두 눈 부릅뜨고 금빛 불꽃을 날려보낸다.

주거니 받거니 일진일퇴, 영웅호걸의 본색을 뽐내고,

엎치락뒤치락 찌르고 후려치는 몽둥이질과 칼부림이 쉴 새가 없구나.

늙은 마귀와 손대성은 20여 합을 싸우고도 좀처럼 승부가 나지 않았다. 마귀는 칼끝으로 철봉의 공격을 휘둘러 막으면서 부하 요괴들에게 버럭 호통을 쳤다.

"얘들아! 한꺼번에 덤벼들어라!"

명령이 떨어지자, 3백여 마리나 되는 요괴들이 일제히 몰려들더니 손행자를 한복판에 몰아넣고 단단히 에워쌌다. 그래도 대담무쌍한 손대성은 태연자약, 겁내는 기색 하나 없이 철봉 한 자루만 가지고 좌충우

돌, 배후로 들이치는 공세를 가로막는가 하면 어느새 앞쪽으로 찔러드는 마귀의 공격마저 거뜬히 막아냈다. 그러나 졸개 요괴들 역시 저마다 솜씨를 갖추고 있는 터라, 손행자가 들이치면 들이칠수록 더욱 악착같이 덤벼들어 마치 몸뚱이에 솜뭉치가 달라붙듯 여기저기서 허리를 부여잡고 두 다리를 잡아당기며 도무지 물러설 기미를 보이지 않았다.

운신의 폭은 갈수록 좁아들었다. 이에 당황한 손대성은 즉석에서 '신외신(身外身)'의 술법을 부려 왼편 겨드랑이 밑의 보드라운 솜털을 한 움큼 뽑아내더니 그것을 입 안에 털어넣고 우물우물 씹다가 확 뿜어내면서 외마디 소리로 호통을 쳤다.

"변해라!"

솜털 가닥은 하나같이 손행자로 둔갑했다. 그중에서 키가 큰 놈은 철봉을 쓰고, 작은 녀석은 주먹을 휘두르고, 그보다 더 작아서 손댈 곳이 없는 놈들은 요괴의 팔과 다리를 붙잡고 늘어져서 죽어라고 떨어지지 않았다. 형세가 이렇게 되니, 졸개 요괴들은 마치 별똥별이 떨어지듯, 구름장 흩어지듯 한꺼번에 뿔뿔이 나가떨어지고 말았다. 낭패스런 꼴을 당한 요괴들이 여기저기서 아우성을 쳤다.

"대왕님! 일이 다 글렀습니다! 도저히 당해내지 못하겠습니다. 온 산 벌판이 전부 손행자투성이가 되어버렸습니다!"

'신외신' 술법으로 탈바꿈한 원숭이떼는 요괴들을 물리친 뒤 늙은 마귀 하나만을 한복판에 몰아넣고 마침내 사면팔방으로 물샐 틈 없이 에워싸는 데 성공했다. 이제 금각대왕은 아무리 동분서주(東奔西走), 애를 써가며 포위망을 빠져나가려 해도 나갈 구멍이 없었다.

당황한 금각대왕은 왼 손아귀에 보검을 잡은 채 나머지 한 손을 뒷덜미로 뻗쳐 파초선을 뽑아냈다. 그리고 동남쪽 병정화(丙丁火) 방위를 바라보면서 이궁(離宮)을 똑바로 대하고 '휘익!' 하고 부채질을 했다.

그것도 딱 한 차례뿐, 이와 때를 같이하여 느닷없이 지면에서 불길이 확 솟구치더니 삽시간에 무서운 화염으로 변하여 번져나가기 시작했다. 파초선이란 보배는 불씨 하나 없이 아무 데서나 불길을 일으킬 수 있는 물건이었다. 금각대왕은 확실히 비정하기 짝이 없는 괴물이었다. 한 번 부채질에 솟구친 불길만도 무서운 속도로 번져나가는데, 여기에 또 일고여덟 차례나 연거푸 부채질을 해대니, 천지에 온통 사나운 불길이 맹렬하게 용솟음쳐 하늘이 그슬리고 땅이 불타올랐던 것이다.

그 불은 천상의 벼락불도 아니요, 화로 속의 숯불도 아니며, 산불도 아니고 가마솥 밑바닥 아궁이의 불길도 아니며, 바로 오행(五行) 가운데 저절로 뽑혀나온 한 점 영광(靈光)의 불이다.

그 부채 역시 인간 속세에 늘 있는 평범한 물건이 아니요, 사람의 손으로 만들어진 물건도 아니며, 바로 혼돈 세계가 개벽할 때 생겨난 참된 보배였다.

이 부채를 써서 일으킨 불은 휘황찬란하기가 번갯불 같고, 이글이글 타오르는 화염은 붉은 비단폭에 날아든 노을빛과 같다.

한 가닥 푸른 연기도 오르지 않는데, 온 산 들판은 모조리 시뻘건 화염에 휩싸였다.

고개 마루턱에 짙푸르던 소나무도 불덩어리 화수(火樹)가 되어버리고, 절벽 아래 잣나무도 등롱(燈籠)으로 바뀌어버렸다.

소굴에 들어앉았던 길짐승은 목숨이 아까워 동쪽으로 서쪽으로 갈팡질팡 달아나고,

나무숲 둥지에 깃들인 날짐승은 깃털을 태울까 두려워 원주고비(遠走高飛), 까마득한 창공으로 날아 도망친다.

신령한 불길은 길길이 치솟아 허공을 불사르고, 지상의 바위

더미를 녹이는가 하면 시냇물도 말려놓고 대지를 온통 붉게 물들여 버린다.

제아무리 용감무쌍하다는 손대성도 이 험악한 불길을 보자, 깜짝 놀라다 못해 가슴살마저 부들부들 떨었다.
"아뿔싸, 이거 큰일났다! 내가 온전한 몸이라면 어디든지 도망쳐 피할 수 있겠지만, 솜털이 제대로 박혀 있지 못하고 여기저기 흩어져 있는데, 이대로 불길에 휩쓸렸다가는 순식간에 모조리 불타 없어지고 말 게 아닌가?"
이렇게 생각한 손대성은 그 즉시 몸을 한 번 꿈틀하고 떨어서 단숨에 솜털을 거두어들였다. 그러고는 터럭 한 가닥만 남겨 가짜 손행자로 둔갑시킨 뒤 불길을 피해 달아나게 만들어놓고, 그 틈에 자신은 '피화결(避火訣)'의 술법을 써서 일단 불길을 피한 다음, 근두운을 일으켜 타고 허공 높이 솟구쳐 올라갔다. 이리하여 무시무시한 불길 속을 빠져나온 그는 스승과 사제들을 구해낼 작정으로 방향을 되돌려 연화동 쪽으로 황급히 날아갔다.
동굴 문 앞에서 구름을 낮추고 내려서보니, 그곳에는 1백 수십 마리나 되는 졸개 요괴들이 널브러져 있는데, 하나같이 머리통이 터져나간 놈에 다리가 부러진 놈, 살점이 튀어나오고 껍질이 벗겨진 놈들이요, 여기저기서 애처롭게 비명을 지르는가 하면 죽기 직전의 신음 소리가 사면팔방을 뒤덮고 있었다. 모두들 손행자가 '신외신' 술법을 써서 때려누인 부상병들이었다.
난데없는 불길에 골탕 먹고 독이 오를 대로 오른 손대성이 그것들을 그냥 보아넘길 리가 있으랴. 흉포한 야성이 되살아난 그는 철봉을 휘둘러 닥치는 대로 후려갈기면서 동굴 쪽으로 다가섰다. 요괴들은 불쌍하게도 인간의 몸을 얻으려고 애쓴 보람도 없이 이날 이때껏 힘들여 갈고닦은 공과(功果)를 모조리 잃어버린 채 한낱 털 가진 짐승으로 돌아가 허망한 죽음을 맞이하고 말았다.

눈앞에 거치적거리는 요괴들을 한 마리도 남기지 않고 깡그리 때려죽인 그는 무엇보다 먼저 스승과 사제들을 구해낼 일이 급한 터라, 곧바로 동굴 문을 박차고 뛰어들었다.

바로 이때였다. 동굴 안에서 또다시 이글이글 타오르는 화광이 비쳤다. 금각대왕의 불길에 질릴 대로 질린 손행자는 당황한 나머지 손발을 어디다 두어야 좋을지 모른 채 허둥거렸다.

"큰일났다! 큰일났어! 불길이 뒷문으로 번져 들어왔을 줄이야 누가 알았나? 이거 아무래도 사부님을 구해내기가 어렵게 됐구나……!"

겁을 잔뜩 집어먹고 허둥거리면서도 자세히 바라보니, 웬걸! 그것은 불길이 아니라 금빛 광채가 아닌가? 정신을 가다듬고 안으로 더 깊이 들어서서 눈을 씻고 살펴보았더니, 그것은 '양지옥 정병'이 광채를 발하고 있는 것이었다. 두려움은 이내 기쁨으로 바뀌었다.

"저런! 기막힌 보배를 찾아냈군. 이 정병은 영리충이란 놈이 날 잡아넣으려고 산길에 가지고 왔을 때부터 상서로운 광채를 발하더니 지금도 여전하구나. 이 손선생의 수중에 들어온 것을 둘째 마귀 녀석한테 도로 빼앗겨 두 번 다시 찾지 못할 줄 알았더니만, 오늘에야 이런 곳에 감추어진 채 여전히 광채를 쏟아내고 있다니 조화로구나, 조화야!"

손행자는 그 보배를 슬쩍 챙겨넣고 기뻐서 어쩔 바를 모르면서 스승은 구할 생각 않고 다시 동굴 바깥으로 뛰쳐나갔다. 불길도 없고 요괴들도 없는 이상, 당나라 스님과 저팔계 일행은 잠시 안전하게 그냥 내버려두고 마지막으로 잔당을 소탕해버릴 생각에서였다.

예상은 들어맞았다. 아니나 다를까, 동굴 문 밖으로 막 나섰을 때였다. 늙은 마귀 금각대왕이 보검과 파초선을 양손에 하나씩 갈라 쥐고 남쪽에서부터 무서운 기세로 돌진해오고 있었다. 손대성은 미처 피할 겨를도 없이 늙은 마귀의 기습 공격에 정면으로 부닥치게 되었다. 그는 잽싸게 공중제비를 한 바퀴 돌아 근두운을 일으켜 타고 허공으로 솟구쳐 오르더니 눈 깜짝할 사이에 그림자도 남기지 않고 어디론가 종적을 감추어버렸다. 두말할 나위도 없이 늙은 마귀의 예봉(銳鋒)을 피해 뺑소니를 친 것이다.

마침내 금각대왕은 소굴로 돌아왔다. 동굴 어귀에 다다르고 보니, 사면팔방 어디를 둘러보아도 눈에 뜨이는 것이라곤 모조리 참혹하게 맞아죽은 부하 요괴들의 시체뿐이다. 그는 너무나 기가 막혀 하늘을 우러러 가슴을 치면서 대성통곡을 터뜨렸다.
"아이고, 원통해라! 아이고 원통해라……!"
얼마나 슬피 울고 넋두리를 하는지, 이를 증명하는 시가 있다.

　　가증스럽구나! 이 앙큼하고 교활한 심술꾸러기 원숭이야, 천상의 신령한 태기(胎氣)가 환생하여 속진(俗塵)에 강림하였다.
　　오로지 생각 한번 잘못하여 천궁을 떠난 까닭으로, 본래의 형체를 잃어버리고 이 평정산에 떨어졌구나.
　　이제는 무리를 잃은 외기러기 신세가 되고, 요괴 부하 졸개마저 멸족했으니 하염없는 눈물만 샘솟듯이 흘러내린다.
　　어느 세월에야 이 업보(業報) 다하고 죄악의 사슬에서 풀려나, 그리운 천상 고향으로 돌아가 옥황상제의 궁궐에 오를 날이 있으랴?

늙은 마귀는 부끄러움과 후회스러움을 이기지 못하여 한 걸음을 내딛고는 통곡하고, 울고 나서는 또 한 걸음 내딛고, 이렇듯 참담한 심정으로 동굴 안에 들어갔다. 집 안을 여기저기 둘러보니, 세간 살림은 그대로 고스란히 남아 있으나, 사방은 쥐 죽은 듯 적막에 싸이고 사람의 그림자라곤 눈을 씻고 찾아봐도 보이지 않으니, 슬픔이 복받쳐 더욱 애절한 울음만 터져나올 따름이다.

비통하고 처참한 심사를 안고 홀로 동굴 한복판에 주저앉은 외톨박이 금각대왕, 쭈그린 자세 그대로 쓰러질 듯이 돌탁자에 기대어 앉아서, 보검일랑 탁자 변두리에 비스듬히 세워놓고 부채는 뒷덜미 옷깃에 꽂아넣은 채 꾸벅꾸벅 졸다가 그만 잠이 들고 말았다. 이야말로 '사람이 기쁜 일을 당하면 정신이 산뜻하게 맑아지고, 슬픔과 근심 걱정이 생기면 잠이 많아진다(人逢喜事精神爽, 悶上心來瞌睡多)'는 격언 그대로였다.

한편 손대성은 근두운을 되돌려 평정산 정상에 우뚝 올라섰다. 이제는 스승과 사제 일행을 구출할 때가 되었다고 생각한 것이다. 그는 '양지옥 정병'을 허리춤에 단단히 꿰어차고 나서 동태를 살펴볼 작정으로 동굴 어귀에 내려앉았다. 문짝 두 개는 휑하니 열려 있고 생쥐 새끼 한 마리 얼씬하는 기척도 없이 물 뿌린 듯 조용하기만 하다. 살금살금 들어가보니, 늙은 마귀가 돌탁자에 비스듬히 기대어 앉은 채 코를 골아가며 잠들어 있는데, 어깨 뒤에는 저 무시무시한 파초선이 뒤통수를 절반쯤 가린 채 옷깃에 얌전히 꽂혀 있고 칠성보검 역시 돌탁자 변두리에 기대어 세워져 있는 것을 발견했다. 손대성은 옳다구나 됐다 싶어, 도둑 고양이 걸음걸이로 살금살금 다가가서 옷섶에 꽂힌 파초선부터 잽싸게 낚아챘다. 그리고는 뒤도 안 돌아보고 동굴 바깥으로 뺑소니를 쳤다.

그런데 파초선을 뽑아내는 순간, 부채 자루 끝이 금각대왕의 머리카락을 건드리고 말았다. 그 바람에 곤히 잠들어 있던 늙은 마귀는 깜짝 놀라 깨어났다. 눈을 뜨고 바라보니 저 원수 같은 손행자가 보배마저 도둑질해 달아나고 있는 것이 아닌가! 그는 부리나케 칠성검을 찾아들고 뒤쫓아갔다.

한발 앞서 빠져나간 손대성은 부채를 허리 뒤춤에 꾹 찔러넣고 두 손으로 철봉 자루를 움켜쥔 자세로 기다리고 있다가, 늙은 마귀가 뒤쫓아 나오는 것을 보자 철봉을 풍차 돌아가듯 휘둘러가며 마주쳐나갔다. 이윽고 동굴 어귀에서는 또 한판 격렬한 싸움이 벌어졌다.

어리석고 못된 마왕은 분노와 슬픔이 정수리 끝까지 치밀어 발악을 한다.

교활한 원숭이 놈을 단숨에 움켜다가 한입에 씹어 삼키지 못하는 것이 한스럽고, 가슴속 맺힌 원한을 풀어내기 어렵구나.

독이 오른 입으로 원숭이에게 욕설을 퍼부으니,

"이 악착같은 놈아! 어쩌자고 이렇듯이 사람을 농락하느냐! 내 부하들의 목숨을 그토록 많이 다쳐놓고, 이제 와서 보배까지 훔쳐 가다니, 이번 싸움에서만큼은 내 결코 네놈을 용서하지 않으리. 반드시 생사 결판을 내고야 말 테다!"

손대성도 뒤질세라 마왕에게 호통을 친다.

"이 바보 천치 같은 녀석, 눈치코치도 모르느냐! 제자뻘도 못 되는 놈이 이 손선생과 겨뤄보겠다니, 이야말로 '이란격석(以卵擊石)', 달걀 던져 바위 깨뜨리려는 격이 아니고 뭐란 말이냐?"

보검이 찔러들고 철봉이 마주쳐나가니, 쌍방은 피차간에 원수를 맺은 터라 인정사정 볼 것 없다.

한 번 엎치락, 두 번 뒤치락, 저마다 승부에 목숨을 걸고, 세 번 뒹굴고 네번째 돌아가며 무예 솜씨를 아낌없이 발휘한다.

이 모두가 서천으로 경을 얻으러 가는 스님을 위함이요, 영취산 뇌음사 부처님께 참배하고자 함인데,

금(金)과 화(火)가 서로 의기투합하지 못하고, 오행(五行)을 어지럽혀 화목한 기운을 다친다.

위세를 드날리고 무예 솜씨 빛내며 온갖 신통력을 드러내니, 바위 더미 굴려 옮기고 모래먼지 흩날리며 있는 솜씨 없는 솜씨 한껏 부린다.

칼끝과 철봉 자루 맞닥뜨리는 동안에 어느덧 날은 점점 어두워지니, 마왕은 힘에 부쳐 제가 먼저 몸을 피한다.

늙은 마귀는 손대성을 맞아 잠시도 쉬지 않고 연거푸 3, 40합을 싸우고 났더니, 몸과 마음은 지칠 대로 지치고 날은 저물어오는데, 더 이상은 도무지 견뎌낼 도리가 없다. 마침내 그는 상대방을 떨쳐버리고 서남쪽 압룡동(壓龍洞)으로 달아나고 말았다. 압룡동이라면 '노마님'으로 불리던 구미호가 살던 소굴임은 두말할 나위도 없다.

손대성은 그제야 구름을 낮추고 내려서서 연화동 동굴 속으로 뛰어들어가 당나라 스님과 저팔계, 사화상을 차례차례 풀어주었다. 액운에서 벗어난 이들 세 사람은 손행자의 노고를 치하한 뒤 물었다.

"형님, 요괴 마귀들은 어떻게 되었소?"

"둘째 마귀는 진작 이 호리병 속에 잡아넣었는데, 아마 지금쯤 다 녹아서 고름이 되어버렸을 걸세. 큰 마귀는 방금 내 손에 패하여 서남쪽 압룡동으로 달아났고, 동굴 안팎에 우글거리던 조무래기 녀석들은 이 손선생의 분신 술법에 걸려 절반은 맞아죽고, 나머지도 패잔병이 되어 이리로 쫓겨오다가 또 이 손선생에게 걸려 일망타진을 당하고 말았다네. 그래서 이렇게 말끔히 쓸어버리고 사부님과 자네들을 풀어준 것이

아닌가."

당나라 스님은 고마움을 이기지 못하고 어쩔 바를 몰랐다.

"제자야, 수고했다. 그래, 얼마나 고생이 많았겠느냐."

스승에게 칭찬을 듣고 손행자는 겸연쩍게 웃었다.

"수고가 많기는 많았습죠. 물론 사부님과 아우들 역시 대들보에 매달려 죽을 고생을 하셨겠지만, 이 손오공은 발바닥을 땅에 붙여보지 못하고 어찌나 다급하게 뛰어다녔는지 그 심정은 전쟁터에 문서 전달하는 파발꾼[6]보다 더 급박했습니다. 동굴 안팎으로 들락날락, 산중에서 공중에서 갈팡질팡 서둘러가며 임기응변으로 대처하느라 어지간히 진땀을 뽑았습니다만, 결국 그놈의 보배를 훔쳐낸 덕택으로 간신히 요괴 마귀들을 물리칠 수 있었습니다."

미련퉁이 저팔계가 끼어들었다.

"형님, 그 호리병 좀 꺼내서 보여주시구려. 아마 그 둘째 마귀란 놈은 지금쯤 흐물흐물 녹아 곤죽이 되어버렸을 거요."

손대성은 우선 '양지옥 정병'부터 끌러놓고 다시 황금 밧줄과 부채를 꺼낸 다음, 마지막으로 '자금 홍호로'를 손바닥에 올려놓았다.

"지금 들여다보면 안 되네, 안 돼! 이 녀석이 먼저 나를 잡아넣었을 때, 나는 입에 침을 한 모금 고여 가지고 양치질하는 흉내를 냈지. 그 바람에 이놈이 마개를 열었고, 그 틈에 내가 겨우 빠져나왔던 걸세. 그러니 우리는 절대로 마개를 뽑지 말아야 하네. 그놈 역시 나처럼 은근슬쩍 빠져나갈지 누가 아나?"

스승과 제자들은 모처럼 희희낙락, 정겨운 대화를 주고받으면서 동굴 속을 뒤져 쌀과 밀가루, 채소를 찾아내어 손질해놓고 물을 끓여 가마

---

[6] 문서 전달 파발꾼: 원문은 '포병(鋪兵)'. 긴급 연락병의 뜻. 제2회 주 **17** '파발꾼' 참조.

솥을 깨끗이 닦아낸 다음 부뚜막에 걸고 푸짐하게 소찬을 마련하여 한 끼니 배불리 먹었다. 그리고 동굴 속에서 하룻밤을 편안하게, 무사히 지냈다. 죽을 고생을 겪은 끝이라, 잠도 빨리 오고 시간도 빨리 가서 아침이 되어 다시 날이 밝았다.

한편 늙은 마귀는 압룡동으로 달아나 크고작은 여괴들을 집결시켜놓고 제 어미 구미호가 손행자의 손에 맞아죽은 사연과 아우 은각대왕이 호리병 속에 갇혀 녹아버렸을 뿐 아니라 요괴 병졸들이 전멸당한 경위며 보배까지 속임수에 넘어가 빼앗긴 사실을 낱낱이 일러주었다. 노마님이 무참히 타살당했다는 소식에, 여괴들은 일제히 목을 놓아 통곡했다. 애통이 극도에 다다랐을 무렵, 금각대왕은 그들에게 이런 말을 했다.

"너무 슬퍼들 할 것 없다. 잠시 울음을 그치고 내 말을 듣거라. 내게는 아직도 칠성검이 남아 있으니, 너희들은 여군 병력을 총동원하여 거느리고 압룡산 뒤쪽 산채에 집합해라. 나는 여기에 다시 외가 친척들의 힘을 빌려서 단연코 손행자를 잡아 복수하기로 하겠다."

이 말이 미처 끝나기도 전에, 문밖에서 부하 요괴가 보고해왔다.

"대왕님, 뒷산에 거처하시는 나리께서 병력을 조금 이끌고 오셨습니다."

늙은 마귀는 이내 상복으로 갈아입고 허리 굽혀 영접하러 나갔다.

나으리라고 불린 것은 본디 '노마님'으로 일컬음을 받던 구미호의 남동생, 다시 말하자면 금각대왕의 외삼촌이 되는 괴물로서, 그 이름을 '호아칠대왕(狐阿七大王)'이라고 불리었다. 그는 산중에 보초를 서고 있던 부하 요괴에게서 급보를 받고, 손행자가 제 누이를 때려죽이고 똑같은 모습으로 탈바꿈하여 조카의 보배까지 훔쳐갔으며, 그래서 조카들이 평정산 일대에서 날마다 적을 맞아 싸운다는 사실을 알고, 제 소굴의 요괴 병력 2백여 마리를 거느리고 싸움을 도와주러 오던 길에 형편을 알아볼 겸해서 누이 집에 들렀던 것이다.

대문 안에 들어서자 호아칠대왕은 상복을 걸친 조카의 처참한 모습을 보고 둘이서 마주 부여안은 채 대성통곡을 하고 말았다. 한참 동안이나 눈물을 쏟던 금각대왕은 외삼촌 앞에 큰절을 하고 이제까지 겪었던 일들을 낱낱이 일러주었다. 사연을 끝까지 다 듣고 나서 호아칠대왕은 노발대발, 조카에게 당장 상복을 벗어던지고 보검을 잡으라며 호통쳤다. 그리고 여괴들을 하나도 빠뜨리지 않고 모조리 한곳에 집결시켜 일일이 점호를 취한 다음, 본부 병력과 합류시켜 거느리고 풍운을 일으켜서 기세등등하게 동북방 연화동 쪽으로 휘몰아갔다.

한편 손대성은 사화상더러 아침밥을 차리게 하여 스승과 제자들이 배불리 먹고 나서 막 길 떠날 채비를 마쳤는데, 바로 이때 난데없는 함성이 바람결을 타고 들려왔다. 동굴 바깥으로 뛰쳐나가보았더니, 요괴의 무리가 떼를 지어 서남쪽으로부터 무서운 기세로 돌진해오고 있는 것이 아닌가!

깜짝 놀란 손행자는 급히 안으로 되돌아와서 저팔계를 소리쳐 불렀다.

"여보게! 그놈의 마귀가 또 구원병을 청해 가지고 몰려왔네."

삼장이 그 말을 듣고 아연실색, 얼굴빛이 핼쑥하게 질렸다.

"얘들아, 그럼 이 노릇을 어찌해야 한단 말이냐?"

손행자는 껄껄대고 웃어가며 스승을 안심시켰다.

"사부님은 걱정 마십쇼…… 여보게, 사화상! 그 보배를 모조리 가져다가 날 주게."

손대성은 호리병과 정병을 허리춤에 질끈 동여매고 황금승은 소맷자락에, 파초선은 뒷덜미 옷깃에 꽂아넣더니, 두 손으로 철봉 자루를 단단히 움켜잡았다. 그리고 사화상에게 스승을 잘 모시고 동굴 안에 머물러 있으라는 당부의 말을 남긴 다음, 저팔계한테는 쇠스랑을 들려 함께 동굴 바깥으로 나아가 적을 맞아 칠 태세를 갖추었다.

이윽고 요괴의 군사들이 몰려왔다. 전투 대열에 선봉을 맡은 장수는 호아칠대왕이었다. 그는 백옥처럼 허여멀건 얼굴에 수염을 기다랗게 늘어뜨리고, 강철 같은 두 눈썹에 두 귀를 칼날처럼 꼿꼿하게 세우고 있었다. 머리에는 황금으로 단련한 투구를 쓰고 몸뚱이에는 사슬 갑옷을 걸쳤으며, 손에는 한 자루 방천극(方天戟)을 잡았다. 손대성과 저팔계 두 사람이 모습을 드러내자, 그는 목청을 드높여 큰 소리로 꾸짖었다.

"요 앙큼스러운 원숭이 녀석! 간덩어리가 커도 유분수지, 여기가 어디라고 감히 기어들어와서 사람을 업신여긴단 말이냐! 우리 집안의 보배를 훔치고 일가친척들을 해친 것은 물론이요 우리 부하 병사들을 몰살하고도 모자라 조카네 집마저 빼앗아 차지하다니! 어서 그놈의 모가지를 하나하나씩 이리 내밀어라! 내 기어코 그 목을 베어 누님의 원수를 갚고야 말겠다!"

손행자가 마주 호통을 쳤다.

"이 죽지 못해 환장한 털짐승 놈아! 네 외할아버지 손선생의 솜씨를 못 알아보는구나! 꼼짝 말고 게 서서 내 몽둥이나 받아봐라!"

말이 끝나기가 무섭게 들이치는 쇠몽둥이, 괴물은 한곁으로 슬쩍 비켜서서 피하더니, 방천극을 휘둘러 정면으로 덤벼들었다. 손대성과 호아칠대왕이 산꼭대기에서 치고받고 일진일퇴, 단숨에 3, 4합을 겨루고 났을 때, 그 괴물은 마침내 힘에 부쳤는지 패하여 도망치기 시작했다. 손행자가 뒤쫓으려 하자, 이번에는 늙은 마귀 금각대왕이 앞을 가로막고 덤벼들었다. 싸움은 또다시 상대를 바꿔 3, 4합이나 계속되었다. 이때 도망치던 호아칠대왕이 그 광경을 보고 되돌아와서 조카와 협공을 퍼붓기 시작했다. 싸움판을 지켜보고 있던 저팔계가 이거 큰일났다 싶어 이빨 아홉 달린 쇠스랑을 번쩍 들고 달려나와 호아칠대왕의 공격을 막아냈다. 이리하여 싸움판은 1대 1, 손행자와 저팔계는 한 사람이 한 놈씩 떠맡아 한참 동안 싸웠으나 좀처럼 승부가 나지 않았다.

"애들아! 뭣들 하느냐. 한꺼번에 들이쳐라!"

늙은 마귀가 다급하게 호통을 치자, 수많은 부하 요괴들이 일제히 손행자와 저팔계를 사면팔방으로 에워싸고 정신 못 차리게 덤벼들었다.

한편 동굴 속의 삼장 법사는 천지를 뒤흔드는 함성을 듣고 사화상을 불렀다.

"애야, 오정아, 너 밖에 나가서 네 형들의 승부가 어찌 되었는지 좀 살펴보고 오려무나."

"예, 알겠습니다."

사화상은 항요보장을 찾아들고 나오더니, 숱한 요괴들이 두 사형을 에워싸고 들이치는 광경을 보자 분노가 복받쳐 외마디 기합성을 터뜨리면서 싸움터 한복판으로 뛰어들었다.

"이야압——!"

두 사람을 포위하고 있던 졸개 요괴들은 느닷없이 터지는 기합성에 놀라 공격을 멈추고 뿔뿔이 흩어졌다.

호아칠대왕은 상대편에 또 한 명의 맹장이 가담하는 것을 보자, 사세가 불리함을 깨닫고 후딱 돌아서서 달아나기 시작했다. 그러나 저팔계도 모처럼 골라잡은 상대를 호락호락 놓치려 하지 않았다. 호아칠대왕이 몇 걸음 못 나갔을 때 그 뒤를 바싹 따라잡은 저팔계의 쇠스랑이 등판을 내리찍고, 날카로운 아홉 이빨에 찍힌 등줄기에서는 아홉 가닥의 핏줄기가 뻗쳐나왔다. 가련하게도 호아칠대왕은 누이와 조카의 원수를 갚지 못한 채 그 자리에서 죽어 널브러지고 말았다. 시체를 끌어다가

옷을 벗겨내고 보니, 그것은 어처구니없게도 한 마리 늙은 여우의 정령이었다.

늙은 마귀는 믿고믿었던 외삼촌이 허망하게 죽어 거꾸러지는 것을 보자, 악에 받친 나머지 손행자를 떨쳐버리고 저팔계 쪽으로 달려가더니 보검을 휘둘러 있는 힘껏 내리찍었다. 저팔계는 쇠스랑으로 철꺼덕 가로막았다. 바야흐로 싸움이 무르익으려는 찰나에 졸개 요괴들을 닥치는 대로 때려잡던 사화상이 달려오더니 측방에서 항요보장으로 들이쳤다. 늙은 마귀는 더 이상 버텨낼 재간이 없게 되자 급히 풍운을 일으켜 타고 남쪽을 향해 도망치기 시작했다. 저팔계와 사화상은 놓치지 않고 그 뒤를 바짝 쫓았다. 손대성이 그 광경을 보더니 무슨 생각을 했는지 재빨리 구름을 휘몰아 공중 높이 뛰어올랐다. 그리고 허리에 차고 있던 '양지옥 정병'을 풀어 늙은 마귀를 겨냥하면서 버럭 고함쳐 불러세웠다.

"금각대왕!"

늙은 마귀는 그 소리를 제 부하 요괴가 부르는 줄로만 생각하고 엉겁결에 고개를 돌려 뒤돌아보면서 대답했다.

"왜 그러느냐?"

응답이든 반문이든, 한마디로 그만이다. 금각대왕은 말끝이 미처 다 떨어지기도 전에 '쉬익!' 하는 소리와 함께 정병 속으로 빨려들어가고 말았다. 손행자가 재빨리 태상노군의 주술 '급급여율령봉칙' 부적을 마개 위에 붙인 것은 말할 나위도 없고…… 빨려들어가는 속도가 얼마나 빨랐는지 마귀가 들고 있던 칠성검이 주인을 뒤따르지 못하고 땅바닥에 툭 떨어졌다가 고스란히 손행자의 몫이 되었다. 마지막 보배 한 가지를 손에 넣은 손행자는 싱글벙글 웃으면서 느긋이 발길을 되돌렸다.

저팔계가 돌아오는 손행자를 맞아들였다.

"형님, 보검이 생겼구려! 마귀는 어딜 갔소?"

손행자는 씨익 웃어 보였다.

"다 끝났네, 다 끝났어! 벌써 내 이 병 속에 잡아넣었는걸!"

곁에서 사화상이 그 말을 듣고 저팔계와 함께 기뻐 어쩔 바를 몰라 했다.

그들은 여기저기 숨어 있던 나머지 조무래기 요괴들마저 말끔히 소탕하고 동굴로 돌아와 삼장에게 그 기쁜 소식을 아뢰었다.

"평정산 일대는 깨끗이 쓸어버렸고, 요괴들도 다 없어졌습니다. 사부님, 이제 그만 말에 오르셔서 길을 떠나시지요."

삼장도 물론 기쁨을 이기지 못하였다. 이윽고 스승과 제자들은 아침밥을 먹고 짐보따리와 마필을 수습해 가지고 한갓지게 서쪽으로 길을 찾아 떠나갔다.

얼마쯤 나갔을까, 한데 길 곁에서 느닷없이 소경 한 사람이 달려오더니 삼장이 타고 있는 말 재갈을 부여잡고 시비를 걸어왔다.

"스님, 어디로 가시오? 내 보배를 돌려주시게!"

저팔계가 깜짝 놀라 소리쳤다.

"이거 큰일났구나! 저 늙은 마귀가 보배를 찾으러 나타났어!"

손행자도 경계심을 품은 채 상대방의 행색을 유심히 살펴보더니, 이내 빙그레하니 미소를 지었다. 장님으로 둔갑한 것은 다른 사람이 아니라 태상이로군(太上李老君), 바로 그분이었던 것이다. 손행자는 웃음 속에서도 황망히 그 앞에 나아가 큰절을 드렸다.

"노군 어르신께서는 어디를 가시는 길입니까?"

그제야 태상노군도 장님의 행색을 벗어던지고 급히 옥국 보좌(玉局寶座)에 오르더니, 하늘 높이 올라가 우뚝 서서 일행을 굽어보았다.

"손행자, 내 보배를 돌려다오."

손대성 역시 구름을 일으켜 타고 허공으로 솟구쳐 올랐다.

"보배라니요, 무슨 보배 말입니까?"

말투는 공손하나, 앙큼스럽게 잡아뗀다.

태상노군이라고 그 속을 모를 리 없다.

"호리병은 내가 단약을 담아두는 그릇이요, 정병은 물을 담을 때 쓰던 것이다. 보검은 요사스런 마귀를 단련할 때 쓰는 병기요, 부채는 팔괘로에 불 지필 때 쓰던 것이다. 그리고 황금승은 내가 도포를 입을 때 매는 허리띠다. 두 요괴 중에 금각은 내 금로(金爐)를 지키던 동자 녀석이요, 은각은 은로(銀爐)를 맡아보던 동자 녀석이다. 그 녀석들이 내 보배를 훔쳐 가지고 하계로 달아나는 바람에 찾아내지 못하였는데, 이제 그대가 그 녀석들을 잡았으니 큰 공덕을 쌓았다고 할 수 있다."

물에 빠진 사람 건져주었더니 보따리까지 몽땅 내놓으란 격이라, 손행자는 이만저만 불평이 큰 게 아니다.

"노군 어르신, 그런 억지 말씀이 어디 있습니까? 슬하에 부리는 동자 녀석들을 제대로 단속하지 못해 이렇듯 제멋대로 날뛰게 하셨으니 그 책임을 지셔야 할 게 아닙니까. 누가 물어도 제자들을 엄격히 단속하지 못하신 죄명은 벗어나기 어려울 겁니다."

태상노군이 대꾸했다.

"그건 내 알 바 아니다. 그러니 남의 탓 하지 말아라. 이번 일은 남해 보살께서 나한테 세 차례나 간청해서 동자들과 보배를 빌려다가 이곳에 보내놓고 요사스런 마귀로 둔갑시켜, 그대들이 과연 이 난관을 헤치고 진정 서천으로 갈 뜻이 있는지 시험해보신 것이다."

이 말을 듣자, 손대성은 퍼뜩 깨친 바가 있었다. 그러나 입으로는 여전히 투덜투덜, 불만이 적지 않았다.

"원, 보살님도 너무하시지! 이 손오공을 풀어주실 때만 하더라도, 일심전력으로 당나라 스님을 안전하게 모시고 서천 땅으로 가서 경을 얻어오라고 하시며, '길이 험난하여 나아가기 어렵더라도 걱정하지 말아라. 위급한 지경에 처하게 되거든 내가 친히 가서 구해주겠다' 하시더니, 이제 와서 도리어 요괴 마귀들을 시켜 우리 갈 길을 가로막고 이렇게 훼방을 놓을 수 있단 말이오? 이야말로 언어도단이고말고! 그러니 보살님도 어지간히 사나운 팔자를 타고나셔서 평생토록 남편감을 못 만나셨지 뭔가. 좋습니다! 노군 어르신께서 친히 왕림하지 않으셨다면, 내 결코 이 보배를 돌려드리지 않겠으나, 그토록 자상하게 말씀하시니 어쩔 도리가 없군요. 자, 여기 있습니다! 가져가시지요."

손행자가 하나하나씩 꺼내는 대로, 태상노군은 받아서 챙겼다. '자금 홍호로'와 '양지옥 정병'을 받자, 마개를 뜯고 거꾸로 잡았다. 그러자 호리병과 정병 속에서는 저마다 한 가닥 신령스러운 연기가 솟구쳐 나오더니, 삽시간에 금빛·은빛 상투 달린 금각 동자, 은각 동자로 바뀌어 태상노군의 좌우 양곁에 모시고 섰다.

이윽고 휘황찬란한 노을빛이 천만 갈래로 뻗치는 가운데 두 동자를 거느린 태상노군은 아득히 멀고먼 대라천에 올라 두솔궁으로 돌아갔다.

평정산 연화동의 대소동이 끝난 이후, 과연 무슨 사건이 또 일어날 것이며 제천대성 손오공은 어떻게 당나라 스님을 보호하여 어느 세월에야 서천 땅에 도달할 것인지, 다음 회를 보기로 하자.

제36회 영악한 원숭이는 고집스런 승려들을 굴복시키고, 좌도 방문을 깨뜨려 견성명월에 잠기다

이윽고 손행자가 구름을 낮추고 내려서더니, 스승에게 관음보살이 천상의 동자들을 빌려다가 마왕으로 둔갑시켜 일행의 진심을 시험해보았다는 사실과 함께 태상노군이 다섯 가지 보배를 찾아 가지고 돌아간 일을 자초지종 낱낱이 말씀드렸다.

삼장 법사는 보살에게 시험을 받았다는 사실에 놀라면서도 그 자상한 뜻에 거듭 사례하여 마지않았다. 그리고 죽을 각오를 단단히 굳히고 경건한 마음으로 마상에 올라 서행길을 재촉하였다.

저팔계는 짐보따리를 짊어지고, 사화상은 말머리 앞에서 고삐를 잡았다. 손행자는 철봉을 어깨에 메고 산길을 헤쳐가며 앞장서서 높은 산을 내려와 기세당당하게 전진했다.

일행은 숱한 날을 야산 벌판에서 잠자고 이슬과 비바람을 무릅쓰며 앞으로 나아갔다. 풍찬노숙의 괴로움은 이루 헤아릴 수 없을 정도였다.

스승과 제자 일행이 한참을 가다 보니, 앞길에 또 한군데 높은 산이 가로막았다. 삼장은 마상에서 큰 목소리로 외쳐 제자들을 불러세웠다.

"얘들아, 저 산을 보아라. 산세가 굉장히 높고 험악하지 않으냐. 혹시라도 앞서처럼 또 마귀가 나타나서 길을 막고 해치려 들지 모르니, 모두들 정신 바짝 차리고 단단히 방비를 해야겠다."

"사부님, 쓸데없는 걱정 마십쇼. 마음을 침착하게 지니고 정신을 가다듬기만 하신다면 아무런 일도 생기지 않을 겁니다."

손행자가 말했다. 그래도 삼장은 단조롭고도 지루한 여행길에 흐트러진 마음을 좀처럼 추스를 수가 없었다.

"얘야, 서천으로 가는 길이 어째서 이리도 어렵단 말이냐? 내가 기억하기로는 장안성을 떠난 이래 노상에서 봄이 가면 여름이 오고, 가을을 보내고 겨울을 맞이하기가 벌써 사오 년이나 되었는데, 아직도 다다르지 못하고 있으니, 언제까지 가야 당도할지 모르겠구나."

손행자는 이 말을 듣고 껄껄 웃었다.

"하하하! 사부님, 아직도 멀었습니다, 멀었어요! 아직 대문 밖에도 나서지 못한 셈인걸요!"

미련퉁이 팔계는 말뜻을 알아듣지 못하고 두 귀를 곤추세웠다.

"원, 형님도! 거짓말을 해도 분수가 있지, 이 세상에 그렇게 커다란 대문이 어디 있단 말이오?"

"여보게, 우리가 대문 밖에 나서기는커녕 집 안에서 오락가락 맴돌고 있다네!"

이번에는 사화상이 피식 웃는다.

"형님, 큰소리 탕탕 쳐서 사람 놀라게 하지 마시구려. 세상에 그렇게 큰 집이 어디 있소? 그렇게 큰 대들보감을 구할 데도 없을 거요."

"이보게, 아우님들. 이 손선생의 눈으로 본다면, 저 푸른 하늘이 곧 지붕이요, 해와 달은 들창이며, 삼산오악(三山五嶽) 모든 산봉우리가 대들보요 기둥이며, 하늘과 땅 온 천지가 한 채의 집이나 다를 바 없다네."

말투에는 심오한 철리(哲理)가 담겨 있으나, 저팔계에게는 쇠귀에 경 읽기다.

"그만둡시다, 그만둬요! 얘기가 그렇다면, 우리는 그저 오락가락 맴돌다가 오던 길로 되돌아가면 그만 아니오?"

"허튼소리 작작 하고 이 손선생을 따라서 부지런히 갈 길이나 가

세."

 용감한 손대성은 철봉을 어깨에 비스듬히 둘러멘 채, 당나라 스님을 모시고 산길을 헤쳐가며 곧장 앞으로 나아갔다.

 삼장이 말 위에 등자를 딛고 서서 멀리 내다보니, 산중의 경치가 참으로 황홀할 지경으로 아름답다.

 산머리는 우뚝 솟아 북두성(北斗星)을 어루더듬고, 나뭇가지 끝머리는 아득한 구름에 맞닿은 듯하다.
 푸른 연기 자욱이 싸인 곳에, 이따금씩 원숭이 울음소리 골짜기 어귀에 메아리치는데,
 헝클어진 푸른 나무숲 그늘 속에, 솔숲 사이로 두루미 우짖는 소리 언제나 들린다.
 '쏴아아! 쏴아!' 불어닥치는 바람결에, 산도깨비 시냇가에 우뚝 서서 나무꾼을 희롱하고,
 재주 잘 넘는 여우가 언덕 위에 도사려 앉아, 사냥꾼을 놀라 자빠지게 만든다.
 좋은 산이다!
 보라, 저기 저 팔방으로 우뚝우뚝 높이 선 모습하며, 사면으로 험준하게 둘러싼 모습을.
 기괴하게 생긴 해묵은 교송(喬松)은 초록빛 일산을 덮어썼는가 하면, 메마르고 부러진 고목 가지에는 등나무 덩굴이 휘감아 걸쳐 있다.
 샘물은 물보라 흩뿌리며 흘러내리는데, 뼈가 시릴 듯 차가운 기운에 머리터럭이 싸늘해지도록 몸에 스민다.
 산봉우리 까마득히 우뚝 솟았는가 하면, 눈부시도록 맑은 바람

결에 꿈속의 혼백마저 놀라게 만든다.

이따금씩 호랑이의 으르렁대는 소리에 놀라고, 때없이 우짖는 산새 소리 상큼하게 들린다.

큰 고라니와 사슴들도 떼를 지어 가시덤불 헤치고, 오락가락 껑충껑충 뛰어다닌다.

노루와 산돼지가 패거리를 짓고 야산 들판에 먹이를 찾아 앞으로 뒤로 분주하게 치닫는다.

잔디 덮인 언덕 위에 한참 동안 서서 아무리 바라보아도 지나가는 길손 하나 없고, 갈수록 깊어지는 구렁텅이에 사면팔방 어디에나 승냥이와 이리 떼만 우글거린다.

부처님이 수행할 곳은 결코 아니려니, 온통 날짐승과 네 다리 길짐승만 날고 뛰는 금수(禽獸)들의 천국이로구나.

전전긍긍 떨어가며 인적 없는 깊은 산중에 들어서자, 삼장 법사는 처참한 생각이 들어 말을 멈춰 세우고 제자를 소리쳐 불렀다.

"오공아! 내 마음이 어찌 이리도 착잡하냐……?"

말문을 연 삼장의 입에서는 넋두리가 흘러나왔다.

자신의 분수도 모르고 산에 오르기를 맹세했을 때, 임금은 만류하지 않고 성 밖까지 배웅을 나왔다.

오는 길에 어진 제자를 셋씩이나 만났으며, 도중에 준마를 얻어 바쁜 길 재촉하게 되었다.

언덕 찾아 노숙하고 개울을 감돌아 나가며 형개(荊芥)를 구하고, 영마루 고개 넘어 산봉우리에 오르면 복령(茯苓)에게 절했다.

내 한 몸 단속하기를 대쪽같이 반듯했는데, 이 회향(茴香) 같은

몸이 어느 때에야 고국으로 돌아가 조정에 참배하랴?¹

손행자는 스승의 나약해진 푸념을 듣고 껄껄대며 냉소를 터뜨렸다.
"사부님, 그다지 걱정하실 것 없습니다. 너무 조바심 내지 마십쇼. 그저 마음 턱 놓으시고 앞길이나 재촉하세요. '공을 들이면 일은 스스로 이루어진다' 하지 않았습니까?"

스승과 제자, 네 사람은 산 경치를 즐기면서 발길 닿는 대로 걷고 또 걸었다. 그러다 보니 어느새 붉은 해가 뉘엿뉘엿 서산에 떨어졌다.

십 리(十里) 길 머나먼 정자 앞에 지나치는 길손 없고, 구중천(九重天)² 아득한 하늘에는 별자리가 떠오른다.
팔하(八河)의 강물 위에 뜬 배는 모두 항구로 돌아가고, 칠십(七十) 주현(州縣) 고을마다 성문을 닫아걸었다.
육궁오부(六宮五府)의 벼슬아치들은 저마다 관사로 돌아가고, 사해삼강(四海三江)에 낚싯줄은 모조리 걷어들였다.
두 군데〔兩座〕누각에서 종소리 북소리 울리는데, 한 덩어리〔一輪〕둥근 보름달 밝은 빛이 건곤(乾坤)에 가득 찼구나.

삼장이 마상에서 멀리 내다보니, 저쪽 산등성이 후미진 곳에 누대와 전각 건물이 겹겹으로 포개져 솟아 있다.

---

1 자신의 분수도 모르고…… 어느 때에 돌아가…… 참배하랴?: 삼장 법사가 넋두리로 읊은 이 시 구절은 모두 약재 이름을 모아서 만든 것이다. '자신의 분수도 모르고(益智)' '임금은 만류하지 않고(王不留行)' '어진 제자 셋(三棱子)' '도중에 준마 얻어(馬兜鈴)' '형개(荊芥)' '복령(茯苓)' '내 몸 단속하기(防己)' '대쪽같이 반듯했는데(竹瀝)' '회향(茴香)' 모두가 약명이다. 더구나 '회향'은 불교 용어로 '깨달음을 향하여 나아간다'는 뜻의 '회향(回向)'과 같이 통하는 쌍관어(雙關語)이기도 하다.
2 구중천: 도교에서 말하는 아홉 계통의 하늘. 제8회 주 **23** 참조.

"애들아, 날도 이미 저물었는데, 다행히 저편에 누각이 멀지 않구나. 필시 무슨 암자 아니면 절간 같으니, 우리 저리로 가서 하룻밤 잠잘 데를 빌려 쉬고 내일 다시 길 떠나기로 하자꾸나."

"사부님 말씀이 옳습니다. 제가 먼저 가서 좋은 곳인지 어떤지 알아볼 테니까, 서두르지 마시고 여기서 잠깐만 기다리십쇼."

이렇게 말한 손대성이 허공에 뛰어올라 자세히 살펴보니, 짐작한 대로 절간으로 들어가는 산문이 한군데 세워져 있다.

여덟 팔자 벽돌담에 붉은 회칠을 먹였고, 양편의 두 문짝에는 쇠못을 박았다.

첩첩으로 포개진 누각은 고갯마루 중턱에 모습을 감추고, 층층 높은 궁궐은 산허리에 숨어 있다.

만불각(萬佛閣)은 여래전(如來殿)을 마주 대하고, 조양루(朝陽樓)와 대웅문(大雄門)은 서로 부르고 응답하는 듯.

칠층 탑에는 구름이 서리고 안개가 잠자듯이 감돌며, 삼존불(三尊佛)의 법신(法身)이 영광(榮光)을 드러낸다.

문수대(文殊臺)는 가람정사(伽藍精舍)와 마주 대하고, 미륵전(彌勒殿)은 대자청(大慈廳)에 가까이 붙어 있다.

간산루(看山樓) 밖에는 푸른빛이 춤을 추며, 보허각(步虛閣) 용마루에는 자줏빛 구름이 인다.

송관죽원(松關竹院)은 의연히 짙푸르며, 방장(方丈)과 선당(禪堂)은 발길 닿는 곳마다 맑고 깨끗하다.

유아하고도 그윽하게 즐거운 행사만 거행되고, 이길 저길 돌아가는 곳마다 기쁜 마음으로 영접한다.

참선하는 곳에서는 선승(禪僧)이 설법을 강하고, 불악(佛樂)을 연주하는 방에서는 숱한 악기가 울린다.
묘고대(妙高臺) 위에는 담화(曇花)가 떨어지고, 설법단(說法壇) 앞에는 패엽(貝葉)³이 돋아난다.
이야말로 삼보(三寶)의 땅을 저 숲이 가리고, 범왕(梵王)의 궁궐⁴을 산악이 껴안고 있는 풍경이다.
반벽(半壁)에 등불 연기가 타오르듯 번쩍번쩍 빛나고, 한줄기 향연(香煙)이 안개처럼 몽롱하다.

손행자는 구름을 내려서서 삼장에게 보고했다.
"사부님 말씀대로 절간이 한군데 있군요. 잠자리를 빌리기 쉬울 듯합니다. 우리 가보기로 하지요."
하룻밤 쉴 데가 있다는 말에 삼장은 호기 있게 말고삐를 풀어주고 곧바로 달려나가더니 단숨에 산문 밖에 당도했다.
"사부님, 이게 무슨 절입니까?"
맏제자의 물음에, 삼장이 핀잔을 준다.
"내가 탄 말발굽이 이제 겨우 멈춰 섰고 내 발끝이 미처 등자를 벗겨내지도 않았는데, 날더러 무슨 절이냐고 물으면 낸들 어떻게 알고 대답하란 말이냐?"

---

3 담화·패엽: 불교 용어로, 담화(曇花)는 우담바라 udambara의 음역. 우담화(優曇花)의 준말. 꽃이 3천 년에 한 번 핀다 하며, 석가여래가 탄생하고 통치의 고리를 굴린다는 전륜성왕(轉輪聖王)이 세상에 나타나면 핀다는 꽃. 패엽(貝葉)은 패다라엽(貝多羅葉)의 준말로 경전(經典)의 뜻. 인도에서는 옛날부터 종려나무 잎을 따서 장방형으로 잘라 표면을 평평하게 해놓고 그 위에 문자를 새기고 기름을 흘려 그 자국을 검게 만들어 책으로 썼다.
4 삼보·범왕의 궁궐: 삼보(三寶)에 관해서는 제12회 주 9 참조. '범왕(梵王)의 궁궐'은 범천의 임금 곧 대범천왕(大梵天王)의 궁전으로 색계(色界) 초선(初禪)의 범보천(梵輔天) 가운데 높은 누대 위에 지은 아름다운 궁전.

"사부님은 어려서부터 중이 되시고 유가(儒家)의 책을 많이 읽으셔서 경법을 강연하실 만큼 문리에 통달하셨을 테고 그러니까 당나라 임금의 은총을 받으셨는데, 산문 위에 걸린 편액의 글자가 저렇게 큰데도 무슨 뜻인지 몰라본단 말씀입니까?"

"이 못된 원숭이 녀석아! 말귀도 제대로 알아듣지 못하느냐? 내가 서쪽으로 달려오느라 석양을 맞받아 눈이 부신데다 또 편액에 저렇게 먼지가 뽀얗게 쌓였으니, 설령 글자가 쓰여 있다 하더라도 무슨 수로 읽어낸단 말이냐?"

손행자는 이 말을 듣더니, 허리를 구부렸다가 기지개 켜듯 쭉 펴서 키를 단숨에 20척가웃이나 늘린 다음, 손바닥으로 편액이 낀 먼지를 훑어냈다.

"자 보십쇼, 사부님!"

편액에는 다섯 글자가 큼지막하게 쓰여 있었다.

칙건 보림사(勅建寶林寺)

이 나라 임금의 시주를 받아 세운 '보림사'란 절간이다.

손행자는 법신을 거두고 제 모습으로 돌아와 스승에게 여쭈었다.

"사부님, 누가 들어가서 묵을 데를 청할까요?"

"내가 들어가보마. 너희들은 들어가보았자, 얼굴 생김새가 추접스러운데다 말투 역시 무뚝뚝하고 성미가 거칠어서, 이곳 스님들의 비위나 건드려 잠자리를 빌리기는커녕 오히려 쫓겨나기 십상이겠다."

"그렇다면 더 말씀 마시고 사부님이 들어가보십쇼."

삼장은 짚고 있던 석장을 내려놓고 머리에 쓴 차양 삿갓 끈을 풀어서 벗어놓은 다음, 옷매무새를 가다듬고 두 손으로 단정하게 합장을 했다. 산문 안에 들어서니, 좌우 양편으로 붉은 칠을 먹인 난간 속에 금강보살 한 쌍이 높지거니 들어앉았는데, 엄숙하고도 위압적인 자세가 무척이나 추악해 보였다.

하나는 무쇠 얼굴에 꼿꼿한 수염이 마치 살아 있는 얼굴 모습이요, 또 하나는 찌푸린 이맛살에 딱 부릅뜬 고리눈이 구슬을 박은 듯 영롱하다.
왼편 주먹에는 뼈마디가 튀어나와 무쇠를 두드려 만든 것 같고, 오른편의 손바닥은 산봉우리처럼 울퉁불퉁한 품이 붉은 구리쇠보다 더 단단하다.
황금 갑옷을 꿴 고리 사슬이 휘황찬란한 광채를 쏟아내고, 번쩍번쩍 빛나는 투구와 수놓은 허리띠가 바람결에 나부끼며 서로 비친다.
서방 세계에는 진실로 부처님을 많이 받들고 있으니, 세 발 달린 돌솥 한복판에 향화가 붉게 탄다.

그것을 보고 삼장은 고개를 끄덕여가며 길게 탄식한다.
"우리 동녘 땅에서도 저렇게 큰 보살님을 흙으로 빚어 모셔놓고 언제나 향을 사르고 공양했더라면, 우리 같은 불제자들이 이렇듯 서천까지 나설 필요는 없었을 텐데……."
장탄식을 늘어놓는 동안에 발걸음은 다시 둘째 문으로 들어서고 있었다. 둘째 산문에는 사대 천왕(四大天王),[5] 곧 지국(持國)·다문(多

---

[5] 사대 천왕: 곧 사천왕(四天王). 제석천(帝釋天)의 신하들로, 불법을 염원하여 귀의하는 사람들을 지키고 보호해주는 호법신. 동방의 **지국천왕**(持國天王)Dhṛtarāṣṭra, 남방의 **증장천왕**(增長天王)Virūḍhaka, 서방의 **광목천왕**(廣目天王)Virūpākṣa, 북방의 **다문**

聞)·증장(增長)·광목(廣目) 천왕상이 동남서북 네 방위로 늘어섰는데, 일 년 내내 풍우가 순조로워 농사가 잘되라는 뜻에서였다.

안으로 들어서니 교송(喬松) 네 그루가 저마다 짙푸른 일산을 드리운 듯 탐스럽게 우뚝우뚝 서 있다. 문득 고개를 쳐들고 바라보니, 그곳이 바로 대웅보전이다.

삼장 법사는 공손하게 두 손 모아 귀의하는 예를 올리고 천천히 몸을 굽혀 예배를 드렸다. 절이 끝나자 불단을 감돌아 뒷문 아래 이르렀다. 그곳에는 또 한군데 중생을 널리 구제하는 남해 관음보살상이 안치되어 있었다. 벽에는 솜씨 뛰어난 장인(匠人)들이 심혈을 기울여 새겨 놓은 바다새우·물고기·게·자라 등이 머리를 쳐들고 꼬리를 드러낸 채 물결 위로 뛰쳐나와 놀고 있다. 삼장은 또다시 고개를 네댓 차례나 주억거려가며 감탄해 마지않았다.

"가련하구나, 중생들아! 비늘 달린 미물조차 부처님께 절하는데, 만물의 영장이란 사람들이 어찌하여 수행하려 들지 않는가!"

이렇듯 감탄을 하고 있는데, 셋째 산문 안에서 수도승 한 사람이 걸어나왔다. 그는 삼장의 얼굴 모습이 여느 사람과는 달리 귀티가 나고 자태 역시 속되지 않은 것을 보자, 급히 앞으로 달려나오더니 꾸벅 절하고 물었다.

"사부님은 어디서 오신 분입니까?"

"제자는 동녘 땅 대 당나라에서 파견되어 서방 세계로 부처님을 찾아뵙고 경을 구하러 가는 사람입니다. 이제 이곳을 지나쳐가던 길에 날이 저물었기에, 하룻밤만 쉬어갈까 해서 이렇게 찾아들었습니다."

그랬더니 수도승은 고개를 가로저었다.

천왕(多聞天王)Vaiśaravaṇa을 말한다. 이들은 도교에서도 하늘의 사방 천문(天門)을 지키는 수비장으로 등장한다.

"사부님, 이상하게 여기지 마십시오. 저로서는 뭐라고 대답해드릴 수가 없습니다. 저는 그저 이곳에서 마당이나 쓸고 때가 되면 종을 치고 허드렛일을 맡아보고 있는 심부름꾼에 지나지 않으니까요. 저 안쪽에 주지 스님이 계십니다. 들어가서 여쭙고 올 테니, 여기서 잠깐 기다려주십시오. 그분께서 머무르셔도 좋다고 허락하시면 제가 다시 나와 모셔 들이겠습니다만, 허락을 내리지 않으신다면 저로서도 어쩔 도리가 없습니다."

"그럼 폐를 끼치겠소이다."

수도승은 급히 방장으로 달려가서 주지 스님에게 아뢰었다.

"주지 어르신, 바깥에 웬 손님이 와 계십니다."

주지 스님은 손님이 왔다는 말에 당장 일어나 옷을 갈아입고 비로모를 꺼내 쓰더니, 장삼 가사를 걸치고 정중한 태도로 문을 열고 영접하러 나왔다.

"어디 계시냐?"

주지 스님이 묻자, 수도승은 삼장을 손가락질해 가리켰다.

"저기 대웅전 뒤에 계시지 않습니까?"

손가락 끝이 가리키는 쪽을 바라보았더니, 손님이란 작자래야 고작 번들거리는 대머리에 스물다섯 줄로 누빈 달마의(達摩衣)를 걸치고 두 발에는 진흙탕에 흥건히 젖은 한 켤레 달공혜(達公鞋)를 신은 떠돌이 탁발승이 뒷문에 우두커니 기대어 서 있다. 주지 스님은 놀림을 당했다고 생각한 나머지 버럭 역정을 내면서 수도승을 꾸짖었다.

"너 이놈, 매를 덜 맞았나 보구나! 내가 관아에서 임명받은 주지 스님이란 것을 네놈이 몰랐단 말이냐? 이런 존귀한 신분으로 성내에서 사대부가 불공을 드리러 와야만 겨우 영접을 나온다는 것을 모를 리 없는데, 어째서 쓸데없는 보고를 올려 저따위 화상을 영접하러 나오게 만들었느냐! 저 중놈의 낯짝을 봐라, 성실하게 생겨먹지도 않은 걸 보니 이곳저곳 정처 없이 떠돌아다니면서 동냥질이나 해먹고 사는 탁발승이 분명하다. 오늘 해가 저무니까 하룻밤 신세나 지려고 어슬렁어슬렁 기어들어왔을 게다. 우리 이 절간에 어찌 저런 녀석을 받아들여 번거롭게 군단 말이냐? 안에는 들일 수 없으니 처마 밑에 쭈그려 앉아 쉬도록 내버려두어라! 에잇! 그따위 하찮은 일을 가지고 내게 알리다니……!"

말을 마치자 매정하게 몸을 홱 돌려 들어가버리고 만다.

한곁에서 조용히 그 얘기를 다 듣고 난 삼장 법사, 기가 막혀 두 눈에 눈물이 글썽글썽 가득 맺힌다.

"아아, 서럽구나, 서러워! '사람이 제 고향을 떠나면 천덕꾸러기가 된다' 하더니, 그게 바로 이런 경우를 두고 하는 말이로구나! 내가 어렸을 적에 출가하여 중 노릇을 한 이래로 부정 탄 음식을 입에 대어본 적 없었고 나쁜 생각을 지녀본 적이 없었으며, 경을 읽으면서 노한 마음을 품어 선심(禪心)을 깨뜨려본 적도 없는 몸이다. 또 기왓장 하나, 벽돌 한 장 내던져 불당 건물을 다친 일도 없으며, 아라(阿羅)[6]의 얼굴에서 금박 한 조각 벗겨낸 일도 없었다. 아아, 가련하다! 내 어느 세상천지에 잘못을 저질렀기에 금생에 태어나 이런 불량한 사람들을 만나게 되었을꼬ㅡ? 여보시오, 주지 스님! 우리를 재워주지 않겠다면 그뿐이지 어찌하여 이렇듯 괘씸한 소리를 지껄이고 처마 끝에서나 쭈그려 자라니, 이런 오만방자한 말씀이 어디 있소? 이 말을 손행자가 듣지 않았으니 망정이지, 그 원숭이 녀석에게 그따위 말을 했다가는 당장에 쳐들어와서 저 무시무시한 철봉으로 단매에 당신의 다리몽둥이를 분질러놓았을 거외다!"

---

6 아라: arahā의 음역으로 '아라가(阿羅呵)'의 준말. 부처님의 열 가지 이름 가운데 하나. '아라한(阿羅漢)'과 같이 쓰임. 제8회 주 **10** 참조.

그러나 이내 생각을 고쳐먹고 이렇게 중얼거렸다.

"그만두자, 그만둬! '사람은 예악(禮樂)을 앞세운다' 하지 않았더냐? 우선 저 사람을 따라 들어가서 예의를 갖추어 한마디 물어보기나 하자. 대답이 어떻게 나올지 모르는 일 아닌가!"

삼장은 주지 스님이 사라진 방장 쪽으로 들어갔다. 방장 안의 주지 스님은 역정이 덜 풀렸는지 의관을 벗어던져놓고 앉아서 여전히 씨근벌떡 가쁜 숨을 몰아쉬어가며 투덜대고 있었다. 조금 전까지 경을 읽고 있었는지 아니면 공문서를 쓰고 있다가 나왔는지, 탁상 위에는 종잇장이 수북하게 쌓여 있었다.

삼장 법사는 방장 안으로 들어서기가 민망스러워 안마당에 선 채로 공손히 절을 하고 큰 소리로 외쳐 불렀다.

"방장 스님, 소승이 문안 인사 여쭈오!"

주지는 삼장이 그곳까지 따라 들어온 것이 못마땅했는지 귀찮다는 기색으로 답례를 하는 둥 마는 둥, 건성으로 꾸벅하고 퉁명스레 물었다.

"그대는 어디서 왔소?"

삼장이 차분한 말씨로 대답했다.

"소승은 동녘 땅 대 당나라 황제 폐하의 어명을 받들고 서천으로 파견되어 부처님을 찾아뵙고 경을 가지러 가는 길입니다. 이곳을 지나치다가 때마침 날이 저물었기에 하룻밤만 쉬었다가 내일 새벽 일찍감치 날이 밝기 전에 떠나겠으니, 방장 스님께서 편의를 좀 보아주시기 바랍니다."

주지는 그제야 예의를 갖추어 절을 하고 일어서더니 다시 한번 물었다.

"그대가 저 당나라에서 온다는 삼장이시오?"

"예, 제자가 바로 그 사람입니다."

"서천으로 경을 가지러 간다면서 어찌 길도 찾아갈 줄 모르시오?"

"처음 가는 길이라 생소하여 그럽니다."

"여기서 곧장 서쪽으로 사오 리쯤 더 가면 '삼십리점(三十里店)'이란 주막이 하나 있소. 그곳에는 음식을 파는 집도 있으니 묵어가기에 알맞을 거요. 우리 이 절간은 좀 불편한 데가 있어 그대처럼 멀리서 온 중을 재워드릴 수 없소이다."

행여나 하고 기다렸더니 인심 사납게 문전박대를 한다. 삼장은 두 손 모아 합장하고 다시 한번 부탁했다.

"방장 스님, 옛말에도 '암자 도관 사원은 모두가 우리 승려의 역관(驛館)이요, 산문을 보면 석 되 쌀이 생긴다' 하지 않았습니까. 우리를 재워주실 수 없다 하셨는데, 무슨 사정이 있어서 그러시는지요?"

사리를 조목조목 따져가며 간청하니, 주지는 버럭 성을 내면서 호통쳤다.

"동냥하러 떠돌아다니는 탁발승이라 입만 살아 가지고 말도 많다!"

"입만 살아 가지고 말도 많다니요?"

"옛말에 '호랑이가 성안에 들어오면 문을 닫아걸지 않는 집이 없다. 설령 사람을 물지 않는다 해도 평소의 악명은 벗어버리기 어려우니라' 하지 않았소?"

"아니 평소의 악명이라니, 그건 또 무슨 말씀입니까?"

"예전에도 우리 절간에 그대 같은 탁발승 몇 사람이 찾아든 적이 있었소. 산문 바깥 한 귀퉁이에 덜덜 떨면서 웅크리고 있었는데, 옷은 누덕누덕 다 해지고 대머리에 맨발 차림을 한 꼬락서니가 하도 꾀죄죄하기에 불쌍한 생각이 들어, 부랴부랴 방장 안으로 모셔들여 윗자리에 앉히고 잿밥을 지어 공양했을 뿐 아니라, 낡은 옷가지나마 입다 남은 것을 한 벌씩 주고 며칠 동안 머무르게 해주었소. 그랬더니 이 염치없는 것들이 먹고 입을 걱정이 없어지니까, 도무지 떠날 생각을 않고 하릴없이 빈둥빈둥 놀면서 무려 칠팔 년 동안이나 눌러앉았지 뭐요. 머물러 있는 것은 그냥 넘어간다 하더라도, 게다가 못된 짓만 골라가며 저지르고 행패를 부렸으니 그게 더 문제였소."

"못된 짓에 행패까지 부리다뇨?"

"내 말 좀 들어보구려……."

한가로울 때는 담벼락을 타고 올라앉아 기왓장 벗겨 던지고, 심심하면 담벼락에 박힌 못을 비틀어 뽑는다.
한겨울철 추위에는 창살 분질러 불을 때기 일쑤요, 여름철에는 문짝을 떼어서 끌고 다니며 길을 가로막는다.
당간철주(幢竿鐵柱)에 깃발 떼어서 각반(脚絆) 만들어 다리에 둘러차고, 향기름을 훔쳐내다 순무와 바꿔 먹는다.
언제나 유리그릇에 기름을 쏟아 붓고, 밥그릇 냄비 솥 빼앗아다가 노름판에 밑천 걸기 일쑤다.

이 말을 듣고 삼장은 속으로 이만저만 걱정이 아니다.

"실로 서글픈 노릇이다. 혹시 내 제자 녀석들도 그처럼 줏대 없는 승려들이 아닐는지……?"

생각을 하다 보니 울음이 터져나올 것만 같다. 그러나 눈앞의 늙은 화상이 비웃을까 두려워 남몰래 옷자락을 끌어다가 눈물을 훔쳐내고 복받치는 노여움을 꿀꺽꿀꺽 삼켜가며 발길을 되돌려 산문 밖으로 물러나왔다.

손행자는 스승의 얼굴에 노기가 어린 것을 보고 앞으로 달려나와 여쭈었다.

"사부님, 절간의 중놈들이 때립디까?"

"아니, 때리지는 않았다."

그러자 저팔계가 곁에서 한마디 건넨다.

"아냐, 분명히 얻어맞으셨소. 그렇지 않고서야 울음소리를 내실 턱이 있나?"

손행자는 다시 여쭈었다.

"그렇다면, 그 녀석들이 욕을 했습니까?"

"아니다, 욕을 하다니……."

그러자 손행자는 급한 성미에 버럭 악을 썼다.

"얻어맞지도 않고 욕을 먹은 것도 아닌데, 왜 이토록 괴로워하시는 겁니까? 설마 고향 생각이 나신 것은 아니겠지요?"

맏제자가 따져 물으니, 삼장 법사도 어쩔 수 없이 실토하고 말았다.

"애야, 더 묻지 말아라. 이 절간에서 우리를 재워주기가 불편하다는구나."

손행자는 기가 막혀 너털웃음을 터뜨렸다.

"그럼 여기가 절간이 아니고 도사가 거처하는 곳이라도 된다는 말씀입니까?"

이 말에 삼장은 참고 있던 노여움이 한꺼번에 터져나왔다.

"그게 무슨 얘기냐! 도관에나 도사가 있지, 절간이니까 스님만 있지 않겠느냐!"

"사부님, 정말 세상 물정 모르십니다그려. 이 절간에 승려가 있다면 우리와 마찬가지 아니겠습니까? 속담에 '부처님 앞에 있는 사람이면 누구나 인연이 있다' 했습니다. 잠깐 여기 앉아 계십쇼. 도대체 어떤 구석이기에 문전박대를 하는지 제가 한번 들어가보겠습니다."

대담한 손행자는 머리에 쓴 금테두리를 매만져보고 허리띠를 단단히 졸라매더니, 철봉을 손에 잡고 둘째 산문 안에 성큼 들어서서 곧장 대웅보전 앞으로 나아갔다. 그리고 삼존 불상을 손가락질해가며 엄한 목소리로 이렇게 꾸짖었다.

"그대는 본디 흙으로 빚어 만든 가짜 금신이기는 하나, 어째서 그토록 감응이 없는가! 이 손선생은 당나라 스님을 보호하여 서천 땅에 가서 부처님을 만나뵙고 진경을 구하러 가는 길인데, 오늘 밤 일부러 여기 와서 투숙하려 하니, 어서 빨리 내 이름을 알려라! 만약 우리 일행을 재워주지 않았다가는, 이 철봉으로 그대의 금신을 당장 때려부수어서 본래의 진흙 덩어리로 돌아가게 해놓고 말겠다!"

손행자가 부처 앞에서 이렇듯 포달을 부려가며 무슨 트집거리가 없나 하고 두리번거릴 때였다. 저녁 분향을 맡은 수도승 한 사람이 들어오더니 제단 앞 향로에 향 몇 가닥을 꽂으려 했다. 손행자는 그를 보고 옳다 잘 걸려들었구나 싶어 냅다 호통을 쳤다.

"너 이놈!"

아무도 없는 줄 알고 맥을 놓고 있던 수도승은 그 소리에 깜짝 놀라 자빠졌다가 엉금엉금 기어서 일어나더니, 이번에는 손행자의 얼굴 생김새를 보고 다시 한번 고꾸라져 데굴데굴 구르던 끝에, 가까스로 대웅전 바깥으로 빠져나가 그 길로 주지 스님이 거처하는 방장을 향해 뒤도 안 돌아보고 허둥지둥 달려갔다.

"방장 스님! 바깥에 어떤 중이 또 한 사람 왔습니다!"

주지 스님은 겨우 가라앉았던 역정이 다시 터져나와 수도승을 호되게 꾸짖었다.

"이런 미욱한 놈 같으니! 수도하는 것들이 하나같이 매를 덜 맞은 모양이로구나! 처마 끝에 쭈그려 자게 하라고 일렀으면 그만이지, 또 무엇을 나한테 보고하는 거냐? 안 되겠다, 네놈들 아무래도 매를 스무

대쯤 때려야 정신을 차리겠구나!"

"방장 스님, 이번에 온 화상은 아까 그 중과는 딴판입니다. 괴상망측하게 생겨먹은 것이, 사납기도 하려니와 등뼈조차 없어 보여 도무지 사람 같지 않습니다."

"어떻게 생겼기에 그리 호들갑을 떠는 게냐?"

방장 주지는 성을 내다 말고 호기심이 들어 물었다.

"두 눈이 똥그랗고 귀가 발딱 일어섰으며, 얼굴은 온통 털북숭이에다 뇌공(雷公) 같은 상판을 가졌습니다. 손아귀에 쇠몽둥이를 들고 이를 악문 것이, 누구든지 사람을 보기만 하면 당장 때려잡을 듯한 기세였습니다."

방장 주지는 이맛살을 찌푸린 채 무엇인가 잠시 생각에 잠기더니 소매를 떨치고 일어섰다.

"알겠다, 내가 나가보마."

방장 문을 열고 막 나서려는데, 손행자가 씨근벌떡 들이닥쳤다. 주지 스님이 그 생김새를 보니 과연 추접스럽기 짝이 없다. 쭈글쭈글 주름투성이의 얼굴에 두 눈동자는 샛노랗고 훌떡 벗겨진 이마에 송곳니 두 개가 입술 틈서리로 사납게 비어져 나왔을 뿐 아니라, 민물 방게처럼 살은 껍질 속으로 들어가고 광대뼈만 바깥으로 툭 불거져 나온 품이, 보면 볼수록 흉신악살(凶神惡煞)에 낮도깨비를 만났더라도 이처럼 두렵지는 않을 터였다. 늙은 주지 스님은 기절초풍을 하도록 놀라 질색하고 방장 안으로 들어가기가 무섭게 방문을 '꽝!' 닫아걸었다.

손행자가 그 뒤를 바싹 쫓아가더니 철봉으로 문짝을 '우지끈!' 때려부숴놓고, 무시무시한 목소리로 으름장을 놓았다.

"어서 깨끗한 방을 한 일천 칸만 치워놓아라! 이 손선생이 한잠 주무셔야겠다!"

주지 스님은 방장 한구석에 몸을 웅크린 채 숨어서 방금 전갈을 가져왔던 제자 수도승에게 말했다.

"어디서 저렇게 괴상망측한 놈이 왔단 말이냐? 상판도 사납게 생겨먹었을 뿐 아니라, 고함치는 소리가 생김새보다 더 끔찍스럽구나. 우리 절간은 방장, 불당, 종각, 행랑채 두 군데까지 죄다 합쳐도 삼백 칸이 채 못 되는데, 혼자서 잠을 자겠다고 일천 칸씩이나 내놓으라니, 저런 허풍이 어디 또 있단 말이냐? 도대체 저놈은 어디서 굴러들어온 괴물이냐?"

"저도 너무 놀라서 간담이 뚝 떨어졌습니다. 사부님, 어서 뭐라고 하든지 대답을 좀 해주십쇼."

수도승이 다 기어들어가는 목소리로 대꾸했다.

주지 스님은 와들와들 떨어가며 바깥쪽을 향해 큰 소리로 외쳤다.

"잠잘 데를 빌리러 오신 장로님! 우리 절간은 보다시피 궁벽한 산중에 비좁은 곳이라 머물게 해드리기가 불편하니, 제발 딴 데로 가셔서 주무십쇼!"

그러자 손행자는 철봉을 사발만큼씩이나 굵게 키워 가지고 마당 한복판에 푹 꽂아놓더니, 험상궂은 말투로 고함을 질렀다.

"이것 봐, 화상! 비좁고 불편하면 너희들이 딴 데로 옮겨가거라!"

손님이 들어앉겠다고 주인더러 이사를 가라니, 이런 억지 떼가 어디 있단 말인가! 주지 스님은 기가 막혀 말도 제대로 나오지 않는다.

"이 절간은 우리가 어려서부터 살아온 곳이오. 사조(師祖) 어르신께서 사부님에게 전해 내리고 사부님이 다시 우리 대에 전해 내렸으며, 이제 또 우리가 자손 대대로 전해줄 곳이기도 하오. 이렇듯 유서 깊은 곳을 우리더러 내놓고 나가라니, 이 무슨 터무니없는 망발이오?"

두려워 떨기는 하면서도 할 말은 빼놓지 않고 다한다. 그러나 제자 수도승은 도무지 불안해서 견딜 수가 없는지 스승에게 매달렸다.

"사부님, 이거야 어디 무시무시해서 배겨나겠습니까. 우리가 딴 데로 옮겨가도록 합시다. 저 무서운 쇠몽둥이로 때려부수는 날이면 성하게 남아날 집이 어디 있겠습니까?"

"이놈, 못생긴 소리 작작 해라! 우리 이 절간에 노소를 합쳐서 사오백 명이나 되는 승려가 있는데, 이들을 데리고 어디로 옮겨가 산단 말이냐? 옮겨가고 싶어도 살 만한 곳이 없지 않으냐!"

바깥에서 손행자가 이 말을 듣더니, 버럭 호통을 쳤다.

"오냐 좋다! 정녕코 못 나가겠다면 어느 놈이든지 하나 이리 나와서 본보기로 이 철봉 한 대 맞아보도록 해라!"

그 말에 늙은 주지 스님이 제자 수도승을 돌아본다.

"네가 나가서 본보기로 한 대 맞아보아라."

수도승은 질색을 하고 펄쩍 뛰었다.

"아이고, 사부님! 저 엄청나게 무거운 쇠몽둥이에 절더러 맞아보란 말입니까?"

"너 이놈! '군사를 천 날 동안 양성하는 것은 하루아침에 쓰기 위해서(養軍千日, 用軍一朝)'7라는 얘기도 못 들어봤느냐? 그런데 어째서 못 나가겠다는 거냐?"

주지 스님의 꾸지람에, 수도승이 항변했다.

"저 쇠몽둥이에 얻어맞기는 고사하고, 쓰러질 때 깔리기만 해도 저는 고기 떡이 되어버리고 말 겁니다."

이 말에는 주지 스님도 고개를 끄덕였다.

---

7 군사를 천 날 동안 양성하는 것은……: 이 말은 『수호전(水滸傳)』 제61회, 옥기린(玉麒麟) 노준의(盧俊義)가 오용(吳用)의 계략에 빠져 양산박으로 출동할 때 측근들이 만류하는 소리를 듣고, "군사를 천 날 동안 양성하는 것은 하루아침에 요긴하게 쓰기 위해서다!(養兵千日, 用在一朝)"라고 호통친 대목에서 인용한 말이다.

"하긴 그렇겠다. 깔리기는 고사하고 저렇게 마당 한복판에 꽂아놓으면, 한밤중에 걸어가다가 자칫 잘못해서 이마를 부딪치기라도 하는 날엔 골통에 구멍이 뻥 뚫리겠다."

"사부님도 그렇게 무거운 쇠몽둥이인 줄 아시면서, 왜 절더러 나가서 본보기로 얻어맞으라고 하십니까?"

이러다 보니, 집안 식구들끼리 나가라느니 못 나가겠다느니, 옥신각신 말다툼을 벌이기 시작했다.

손행자는 그 꼴을 보고 생각을 바꿔먹었다.

"할 수 없구나. 이 철봉으로 한 대씩 때렸다가는 꼼짝없이 죽어 나자빠질 테고, 사람을 죽였다가는 사부님이 또 날더러 흉악한 짓을 저질렀다고 책망하시겠지? 가만있자, 본보기로 사람을 때릴 것이 아니라, 어디 다른 물건을 하나 골라서 박살내 보여야겠다."

문득 고개를 들고 두리번거렸더니, 방장실 문 밖에 돌사자 한 마리가 도사려 앉아 있다. 그는 더 이상 생각해볼 것도 없이 철봉을 들어 돌사자를 겨누고 단번에 후려쳤다.

"따악!"

돌사자는 눈 깜짝할 사이에 산산조각 부서져 콩가루가 되고 말았다.

창문 틈으로 내다보던 늙은 주지 스님이 그것을 보고 어찌나 놀랐던지 뼈마디가 흐물흐물 녹아내리고 근육이 녹신녹신하게 풀어져 도무지 서 있을 수가 없다. 그는 엉덩방아를 찧고 주저앉은 채 엉금엉금 기어서 침상 밑바닥으로 들어가 와들와들 떨기 시작했다. 수도승은 부뚜막 아궁이 속으로 파고 들어가 도사린 채 입으로만 쉴새없이 떠들어댔다.

"장로님! 그 쇠몽둥이가 정말 무섭습니다, 무거워요! 저는 감당하지 못하겠습니다. 저희가 말씀대로 다 해드릴 테니, 제발 덕분에 웬만큼

해두십쇼!"

"이보게 화상, 때리지는 않겠네. 한데 이 절간에는 중이 몇이나 있는가?"

침대 밑에서 주지 스님의 떨리는 목소리가 흘러나온다.

"앞채 뒤채 전부 합쳐서 이백여든다섯 채의 승방(僧房)이 있고……도첩(度牒)8을 가진 승려가 도합 오백 명이 있소이다."

"그렇다면 냉큼 달려가서 그 오백 명을 낱낱이 점고(點考)하고 장삼 가사를 단정하게 입힌 뒤 산문 바깥으로 나아가 우리 당나라 스님을 모셔들이도록 하게. 예모를 갖추어서 정중하게 맞아들이면 나도 이 철봉으로 때리지는 않겠네."

"나으리, 그 쇠몽둥이로 때리지만 않으신다면 떠메어서라도 모셔들이겠소이다."

"냉큼 나가지 못할까!"

마지막으로 한마디 엄포를 놓으니, 주지 스님은 그 일을 제자 수도승에게 밀어붙인다.

"애야, 간담이 뚝 떨어질 정도가 아니라, 염통이 터져 죽는 한이 있더라도 나 대신에 네가 달려가서 사람들을 불러모아 당나라 스님을 모셔들이도록 해라."

스승의 말씀이니, 제자가 어찌 거역하랴. 수도승은 어쩔 수 없이 사람들을 모으러 바깥으로 나갔다. 그러나 목숨 내걸고 앞문으로 나갈 엄두가 나지 않는 터라, 방장 뒤꼍으로 돌아서 개구멍을 뚫고 빠져나가더

---

8 도첩: 승려나 비구니가 출가할 때 나라에서 발급하는 허가증. '도연(度緣)' 또는 '사부첩(祠部牒)'이라고도 부른다. 본디 중국에서 납세를 모면하려 출가하는 백성이 많았으므로, 그 폐단을 막기 위해 시행한 제도이나, 당-송 때에는 나라에서 도첩을 팔아 군비(軍費)에 보태 쓰는 일도 있었다.

니, 단걸음에 대웅전까지 달려가서 동편에 있는 고루(鼓樓)의 북을 닥치는 대로 두드려 울려놓고, 다시 서편에 있는 종각으로 달려가 몽치를 잡고 요란하게 종을 치기 시작했다.

느닷없이 북소리 종소리가 한꺼번에 울리자, 앞채 뒤채 승방에 있던 크고작은 승려들이 깜짝 놀라 한꺼번에 와르르 뛰쳐나와 대웅전으로 몰려들었다.

"아니, 저녁 종 칠 때가 아직도 멀었는데, 무슨 일로 북을 두드리고 종을 치며 야단법석이냐?"

수도승이 북채와 몽치를 내던지고 말했다.

"사부님의 분부요! 모두들 어서 빨리 옷을 갈아입고 나오시오! 노사부님을 따라 산문 바깥으로 나가서 정렬하고 당나라에서 오신 스님을 영접해야 하오."

주지 스님의 명령이란 말을 듣자, 화상들은 부랴부랴 옷을 갈아입고 나와서 지위에 따라 가지런히 정렬하여 산문 바깥으로 영접을 나갔다. 5백 명이나 되는 승려들 중에는 장삼 가사를 단정하게 걸친 이도 있고, 편삼을 입은 사람, 제대로 걸칠 것이 없는 사람은 직철 한 벌만 입었을 뿐 아니라, 그것조차 없는 가난뱅이 스님은 치마 두 벌을 잇대어서 꿰매 가지고 위아래에 걸치고 나왔다.

그 궁상맞은 꼬락서니를 본 손행자가 물었다.

"여보게, 자네 몸에 걸친 게 무슨 옷인가?"

궁상맞은 스님은 손행자의 추악하게 생긴 모습을 보고 깜짝 놀라 벌벌 떨어가며 대답했다.

"나으리! 말씀드릴 테니 제발 때리지는 마십쇼. 이 옷은 우리가 성내에서 동냥해 얻어온 무명인데, 이곳에는 바느질을 해줄 사람이 없어 우리 손으로 대충 꿰매어서 만든 옷이기 때문에 '일과궁(一裹窮)'이라고 부릅니다."

손행자는 이 말을 듣고 속으로 혼자 웃으면서, 승려들을 휘몰아 산문 바깥으로 나오더니 길 양편에 꿇어앉혔다. 주지 스님은 땅바닥에 이마를 조아리고 큰 소리로 외쳤다.

"당나라에서 오신 고승 나오리! 청컨대 어서 방장 안으로 드소서!"

절간을 통틀어 5백 명이나 되는 승려들이 쏟아져 나와 정중하게 맞아들이자, 저팔계는 놀라움을 금치 못하고 혀를 내둘렀다.

"사부님은 역시 세상일에 서투르시군요. 아까 사부님이 들어가셨을 때는 말 한마디 제대로 붙여보지도 못하신 채 눈물만 줄줄 흘리고 쫓겨 나오시더니, 이제 형님은 무슨 꾀를 부렸기에 저 사람들이 고분고분 이마를 조아리고 영접하러 나왔는지 모르겠습니다."

그러나 삼장은 손행자가 무슨 짓으로 이들을 협박해서 끌고 나왔는지 보지 않고도 알 만했다.

"이 미련한 놈아, 철딱서니 없는 소리 말아라. 속담에 '귀신도 악한 자는 두려워한다'는 말을 못 들어봤느냐?"

주지 스님을 비롯해서 모든 승려들이 쉴새없이 절하는 모습을 보고, 그는 민망스러워 앞으로 나서며 이렇게 권유했다.

"여러분, 왜 이러십니까. 일어나시지요."

그래도 승려들은 여전히 무릎 꿇고 엎드린 채 이마를 조아렸다.

"장로님! 그저 장로님의 제자 분께 좋게 말씀을 좀 해주십쇼. 그 무시무시한 쇠몽둥이를 들지 않겠다고 한말씀만 해주신다면, 한 달 동안이라도 꿇어앉아 있겠습니다."

그제야 절간에서 무슨 일이 있었는지 내막을 알게 된 삼장 법사, 손행자를 돌아보고 엄하게 꾸짖었다.

"오공아, 사람을 때리면 못쓴다!"

손행자는 억울하다는 듯이 얼굴을 찡그렸다.
"때리지 않았습니다. 사부님, 안 때렸다니까요. 만약 두들겨 팼다면, 지금쯤 송두리째 뿌리가 뽑혀나갔을 겁니다."
승려들은 그제야 일어서서 말을 끄는 사람은 말을 끌고, 짐보따리를 짊어질 사람은 짐보따리를 짊어지고, 당나라 스님은 여럿이서 무동을 태워 떠메고, 하다못해 저팔계를 등에 업기까지 하면서 사화상의 팔을 끌다시피 부축해가며 일제히 산문 안으로 들어가더니, 대웅전 뒤꼍에 있는 방장 안으로 모셔들였다.
손님 일행이 자리잡고 앉았더니, 승려들은 또다시 절을 올리기 시작했다. 삼장은 면구스러움을 이기지 못하고 그들을 만류했다.
"주지 스님, 절은 그만 하시고 어서 일어나십시오. 절을 받는 소승 역시 여러분과 똑같은 부처님의 제자 아닙니까? 자꾸만 이러시면 공경이 아니라 오히려 소승을 괴롭히는 격이 됩니다."
주지 스님이 공손한 말투로 여쭙는다.
"장로께서는 상국에서 파견되어 오신 분인데, 저희들처럼 하찮은 중들이 영접해드리지 못하고 무례한 짓을 저질렀습니다. 오늘 이렇듯이 황량한 산중 절간에 오셨으나, 속된 안목이라 존귀하신 분을 알아뵙지도 못하고 또 나으리 같으신 분과 우연히 만나뵙게 될 줄이야 어찌 생각이나 했겠습니까. 나으리께 한 가지 여쭙겠습니다만, 여기까지 오시는 동안 소식을 하셨나요, 아니면 육식을 하셨나요? 그것을 알아야 구미에 맞으시는 진지상을 마련하기 좋겠습니다."
"소식을 했소이다."
삼장이 대답하자, 주지 스님은 세 형제를 돌아보면서 지레짐작으로 이렇게 여쭈었다.
"제자 세 분께서는 육식을 하시겠지요?"

그 말을 듣고 손행자는 절레절레 도리질을 해 보였다.

"아니요. 우리도 사부님과 똑같이 소식을 하오. 셋이 모두 태 속에서부터 소식을 해왔소."

이 말에 늙은 주지 스님은 깜짝 놀랐다.

"이크! 나리처럼 흉악한 분도 고기를 입에 대지 않고 소식을 다 합니까?"

승려들 가운데 뱃심 두둑한 자 한 사람이 앞으로 나서더니 조심스럽게 여쭙는다.

"나리들께서 소식을 하신다면, 쌀은 얼마나 씻어서 밥을 지어드릴까요?"

손행자가 미처 대답을 하기도 전에, 저팔계는 이때다 싶어 냉큼 말꼬리를 가로채고 나섰다.

"이 중 녀석, 진짜 노랑이로군! 그런 걸 물어서 뭣 할 거야? 한 사람 앞에 그저 쌀 한 섬씩만 씻어서 밥을 지어 올리게!"

그 한마디에 승려들은 너나 할 것 없이 부랴부랴 가마솥을 말끔히 씻어내고 차를 달여 내오랴 쌀을 일어 안치랴, 한바탕 소동을 벌인 끝에 등불을 높이 밝혀놓고 식탁과 의자를 준비하여 밥상을 푸짐하게 차려내다 삼장 일행을 대접했다.

손님들이 저녁상을 물리고 나자, 여러 승려들은 밥그릇하며 찬그릇과 수저를 거두어갔다. 삼장은 주지 스님에게 고맙다는 인사를 잊지 않았다.

"주지 스님, 너무 번거로움을 끼쳐드렸습니다."

"천만에! 천만의 말씀입니다. 오히려 저희 대접이 소홀하지는 않았나 송구스럽습니다."

"저희 제자 일행이 여기서 편히 쉬어도 되겠습니까?"

"서두르실 것 없습니다. 나으리. 소승이 잘 마련하고 있으니까요."
이렇게 말한 주지 스님이 제자들을 돌아보고 물었다.
"저편에 시중들 사람이 몇이나 되느냐?"
제자 수도승이 공손히 대답했다.
"여럿이 있습니다. 사부님."
"너희들 가운데 두어 명은 여물을 준비해서 당나라 스님이 타고 오신 말을 먹이도록 해라. 그리고 몇 사람을 시켜 앞채에 세 칸짜리 선당(禪堂)을 깨끗이 소제한 다음, 침상을 마련하고 휘장을 쳐서 나리들께서 곧 편히 쉬도록 해드려라."
분부를 받든 수도승들은 제각기 방을 정돈해놓고 당나라 스님 일행을 모셔다가 편히 쉬게 해드렸다. 이윽고 스승과 제자, 네 사람은 말을 끌고 짐보따리를 짊어진 채 방장을 나와서 선당 문턱에 이르렀다. 그곳에는 등불 빛이 대낮처럼 환하게 밝혀지고 두 칸짜리 방에 등나무 침대 네 채가 가지런히 마련되어 있었다. 손행자는 말먹이를 준비하는 승려를 불러다가 말먹이를 선당 안마당에 풀어놓게 한 다음, 백마를 기둥에 비끄러매었다. 그리고는 승려들을 모두 내보냈다.
삼장은 선당 한가운데 자리잡고 앉았다. 등불 아래 양편에는 5백 명의 승려들이 감히 물러갈 엄두를 내지 못하고 줄지어 늘어선 채 무슨 분부가 떨어지지나 않을까 마냥 기다렸다. 삼장은 몸을 굽혀 사례의 뜻을 표하고 나서 이렇게 말했다.
"여러분, 고맙소이다. 이만 물러가도록 하시지요. 소승은 이렇게 편한 대로 쉬겠소이다."
그래도 승려들은 막무가내로 물러가려 들지 않았다. 게다가 주지 스님이 한술 더 떠서 대열 앞으로 나서더니 여러 승려들에게 엄한 분부를 내렸다.

"나리들께서 편히 자리잡으시거든 돌아가거라."
삼장은 다시 한번 간곡히 말했다.
"이만하면 편히 자리잡았으니까, 어서들 돌아가십시오."
그제야 여러 사람들은 제각기 처소로 흩어져 돌아갔다.

한밤중에 삼장 법사는 소변을 보러 문밖으로 나왔다가, 중천에 높이 뜬 밝은 달을 바라보고 제자들을 소리쳐 불러냈다.
"얘들아!"
스승의 부름에, 손행자와 저팔계, 사화상 세 형제가 모두 달려나와 그 곁에 모시고 섰다.
맑디맑은 공기, 티 한 점 없이 깨끗한 달빛 아래 옥처럼 깔끔한 건물의 윤곽이 깊고도 그윽한 감회를 자아내는데, 하늘에는 수레바퀴처럼 둥그런 보름달이 맑은 빛을 흩뿌리니 대지가 온통 뚜렷하게 밝았다.
삼장 법사는 고풍스러운 장시 한 편을 읊기 시작했다.

맑고 깨끗한 보름달 허공에 매달린 거울이런가, 산하(山河)의 흔들리는 그림자가 십분 온전하구나.
경루(瓊樓) 옥우(玉宇)에는 맑은 빛 가득 차고, 빙감(冰鑑) 은반(銀盤)에 상큼한 기운 감돈다.
이 시각에 만리 천지가 다 같이 맑고 깨끗하며, 일 년 중에 오늘 밤이 가장 또렷하구나.
마치 서리떡[霜餠]이 둥글둥글 창해(蒼海)를 떠나는 듯, 얼음바퀴[氷輪]가 벽천(碧天)에 걸려 있는 듯하다.
별관 썰렁한 창살 밑에 외로운 나그네 수심에 잠기고, 산촌 야점(夜店)에는 늙은 주인 영감이 졸고 있다.

홀연듯 한원(漢苑)에 임하니 서리 낀 귀밑머리에 놀라고, 진루(秦樓)⁹에 이르러 때늦은 밤 치장을 재촉한다.

유량(庾亮)¹⁰은 시를 지어 진(晉)나라 역사를 길이 전하고, 원굉(袁宏)¹¹은 잠 못 들어 강물에 배를 띄운다.

달빛이 술잔 위에 떠오르니 쓸쓸한 심사 무력함을 느끼고, 맑은 빛이 안뜰에 비치니 신선이 어엿하게 왕림한 듯하다.

가는 곳마다 창 밑에선 백설의 노래 읊조리고, 집집마다 대청에서 비파 타는 소리 들린다.

오늘 밤에 고요히 산사(山寺)의 야경 즐기나, 어느 날에야 그대와 더불어 고향으로 돌아가 옛 동산에 오르랴?

손행자는 스승이 시를 읊는 소리를 듣더니, 가까이 다가와서 이렇게 여쭈었다.

"사부님, 사부님께서는 달빛이 밝으니 고향 생각만 하실 뿐, 저 달

---

9 진루: 춘추 시대 진(秦)나라 목공(穆公)의 딸 농옥(弄玉)이 음악을 좋아하고 소사(蕭史)는 퉁소를 잘 불었으므로, 이들 두 남녀를 위해 봉루(鳳樓)를 지어주었더니, 봉황이 날아들어 두 남녀가 봉황을 타고 하늘로 날아 올라갔다는 고사가 있는데, 그후부터는 기생집의 별칭으로 쓰이기 시작했다.

10 유량(289~340): 동진(東晉) 성제(成帝) 때의 외척(外戚)이며 재상을 지낸 세력가. 소준(蘇峻)과 조약(祖約)이 정변을 일으키자, 지방 세력을 규합하여 반란군을 토벌하고 정서 대장군(征西大將軍)에 올라 무창(武昌) 지역을 장악하였는데, 무장(武將)이면서도 풍류가 뛰어나 가을밤마다 몇몇 시인 묵객들을 거느리고 남루(南樓)에 올라 달 구경을 하면서 시를 지었다고 한다.

11 원굉(328~376): 동진 시대의 문학가·역사학자. 후한(後漢)의 역사를 바로잡아 『후한기(後漢紀)』를 저술하였으며,「죽림명사전(竹林名士傳)」「동정부(東征賦)」「북정부(北征賦)」「삼국명신송(三國名臣頌)」과 같은 걸작을 남겼다. 어려서부터 가난하여 각처를 돌아다니며 남의 조미(租米)를 날라다 주고 연명하였는데, 한번은 예주자사(豫州刺史) 사상(謝尙)이 안휘성(安徽省) 당도현(當塗縣) 우두산(牛頭山) 아래 채석기(采石磯) 강물에 배를 띄우고 달 구경을 하고 있었더니, 곁에 닻을 내린 배에서 사상 자신이 지은「영사시(咏史詩)」를 원굉이 처량한 목소리로 읽는 것을 듣고 탄식하였다는 고사가 있다.

이 지니고 있는 참된 뜻이 선천법상(先天法象)의 규범과 준칙〔規繩〕이라는 사실은 모르고 계십니다. 달은 삼십 일이 되면 양혼(陽魂)의 금(金)이 모조리 흩어져서 없어지고, 음백(陰魄)의 수(水)가 가득 차서 온통 캄캄해지고 빛이 없어집니다. 이것을 바로 '그믐〔晦〕'이라고 부릅니다. 이때에는 해와 서로 어우러지기 때문에 그믐과 초하루〔朔〕 이틀 동안에 양광(陽光)을 감응하여 잉태합니다.

초사흗날이 지나면 일양(一陽)이 나타나고, 초파일이 되면 이양(二陽)이 나타나 '음백' 가운데 '양혼'이 절반을 차지하게 되어 그 반달의 현(弦)이 먹줄처럼 팽팽하게 됩니다. 그렇기 때문에 '상현(上弦)'이라고 부릅니다. 오늘처럼 보름이 되면 삼양(三陽)을 다 갖추었기 때문에 달의 윤곽이 둥글어지고, 그래서 '망(望)'이라고 부르는 것입니다.

보름이 지나고 열엿새가 되면 일음(一陰)이 생기고 스무이틀째가 되면 이음(二陰)이 생깁니다. 이때에는 '양혼' 가운데 '음백'이 절반을 차지하게 되어, 그 반달의 현이 또 먹줄처럼 팽팽하게 됩니다. 그래서 '하현(下弦)'이라고 부르는 것입니다. 삼십 일이 되면 삼음(三陰)을 다 갖추어 또다시 그믐이 됩니다.

이것이 곧 선천채련(先天採煉)의 뜻이요, 우리가 만약 '이팔(二八)'의 정기(精氣)를 온전히 기르고 '구구(九九) 팔십일(八十一)'의 난관을 돌파하여 공을 이룰 수 있게 된다면, 그때에는 부처님을 만나뵙기도 쉬울 것이요, 고향으로 돌아가기도 수월해질 것입니다. 시에 이런 말이 있지 않습니까?"

　　　전현(前弦)의 뒤, 후현(後弦)의 앞, 약맛이 평평하여 기상(氣象)이 온전하다.
　　선천채련의 이치를 얻어 돌아와 노정(爐鼎)에 단련하면,

뜻과 마음의 공과(功果)는 곧바로 서천(西天)에 통한다.[12]

삼장 법사는 이 말을 듣고 그 속에 담긴 심오한 뜻을 깨쳐 진언(眞言)의 참된 도리를 뚜렷이 간파할 수 있었다. 그는 기쁨을 이기지 못하고 맏제자 손오공에게 고마움을 표했다. 곁에서 말없이 지켜보고 있던 사화상이 싱긋 웃으면서 한마디 던졌다.

"형님의 말씀이 옳기는 하오만, 그것은 단지 현 앞이 양기에 속하고 현 뒤가 음기에 속하며, 음 가운데 양이 절반을 차지하면 수(水)를 얻은 금(金)이 된다는 이치만을 말씀하셨을 뿐, 다음과 같은 것은 설파하지 못하셨소."

수(水, 저팔계)와 화(火, 손행자)가 서로 도와 저마다 인연이 있으니, 온전히 토모(土母, 사오정)에 의지하여 짝을 이룸이 당연하다.
셋이 모여 다툼만 없다면, 물은 장강(長江)에 있고 달은 하늘에 있으리라.

삼장은 이 말에 또다시 가슴속에 답답하게 막혀 있던 상념이 확 뚫리는 것을 느꼈다. 이야말로 '한 이치를 꿰뚫어 밝히면 만 가지 이치에 통달할 수 있으며, 만물의 불생불멸을 설파하면 그것이 곧 신선이 되는 길(理明一竅通千竅, 說破無生卽是仙)'이라는 뜻이다.

---

12 전현(前弦)의 뒤…… 서천(西天)에 통한다: 이 대목은 송나라 장백단(張伯端)이 도교의 주요 경전인 『음부경(陰符經)』과 『도덕경(道德經)』 『참동계(參同契)』의 뜻을 계승하여 시사(詩詞)로 고쳐 쓴 『오진편(悟眞篇)』에서 따온 것이다. 『오진편』에 대해서는 또 같은 시대의 옹보광(翁葆光)이 주해를 달아, 『오진편 주석(悟眞篇註釋)』 3권을 따로 펴내, 이 대목을 자세하게 풀이해놓은 것이 있다.

그러자 이번에는 저팔계가 선뜻 끼어들더니, 스승을 부여잡고 늘어졌다.

"사부님, 횡설수설하는 소리 들으실 것 없습니다. 공연히 잠만 주무시지 못하니까요. 제가 보기에 저 달은 이렇습니다."

그는 목청을 가다듬고 이런 시를 읊어댔다.

이지러지면 머지않아 둥글어지는 법, 이내 평생처럼 언제나 온전하지는 못하다네.
밥을 많이 먹으면 배가 불룩해지는 것이 싫지만, 밥그릇을 보면 또 군침이 줄줄 흐르는구나.
누구는 영리하여 내세의 복을 닦는다지만, 나는 바보 천치 어리석어 속된 연분만을 쌓는다네.
그대에게 권하노니, 진경을 구하고 삼도업(三塗業)[13]을 다 채워서, 꼬리치고 거들먹거려가며 곧바로 하늘나라에 오르시라!

이윽고 삼장이 말했다.

"애들아, 그만 하자꾸나. 너희 모두 길을 걷느라고 고단할 테니 먼저 들어가 자거라. 나는 이 경이나 한 권 읽어보아야겠다."

손행자가 여쭙는다.

"사부님, 그건 잘못 생각하시는 겁니다. 사부님께서는 어려서부터 출가하여 스님이 되신 이래로 젊었을 적에 읽으신 경문 가운데 어느 것 하나 모르시는 게 없지 않습니까? 그리고 이제 또 당나라 임금님의 뜻을 받드시어 서천으로 부처님을 찾아뵙고 '대승 진경'을 구하러 가시는

---

13 삼도업: 불교 용어로 지옥과 아귀, 축생의 세계. 사람이 악업(惡業)을 저지르고 그 인과응보로 떨어져 고통을 받는 세계. 제12회 주 **2** '삼도 · 육도' 참조.

길 아닙니까? 지금까지 공덕을 완전히 이루지 못하시고 부처님도 뵙지 못하셨을 뿐만 아니라 진경을 구하지도 못하신 터에, 무슨 경을 또 읽으신다는 말씀입니까?"

스승이 대답했다.

"내가 장안성을 떠나온 이래 날이면 날마다 갈팡질팡 이리저리 바쁘게 돌아다니기만 하느라고 젊었을 적에 읽었던 경문마저 다 잊어버렸을 것만 같다. 그래서 오늘 밤은 모처럼 한가로우니 옛날 배운 것을 다시 한번 익혀봐야겠다는 생각이 든 것이다."

"그러시다면 저희들 먼저 들어가 자겠습니다."

이리하여 제자 세 사람은 선당으로 돌아가 등나무 침상에 올라 잠을 잤다.

삼장 법사는 선당 문을 걸어 닫고 은촛대 심지를 잘라 불빛을 높이 밝힌 다음, 경전을 펼쳐놓고 묵묵히 읽어내리기 시작했다.

밤은 점점 깊어지고 하늘엔 외로운 달빛만이 흩뿌리고 있었다.

　　누각 처마 끝에 초경(初更)을 알리는 북이 울리니 인적은 고요하고,
　　포구에 닻을 내린 고깃배도 어화(漁火)가 꺼질 때다.

과연 삼장 법사는 이 절에서 어떤 일을 겪고 떠나게 될 것인지, 다음 회에서 풀어보기로 하자.

제37회 임금은 귀신이 되어 한밤중에 당 삼장을 만나뵙고, 손오공은 입제화로 변신하여 젊은 태자를 유인하다

　삼장 법사는 선당에 앉아 등불을 밝혀놓고 「양황수참경(梁皇水懺經)」[1]을 읽고 다시 「공작경(孔雀經)」의 한 부분을 읽으면서, 삼경(三更, 23시~1시)이 되어 밤이 이슥해질 때까지 앉아 있다가 비로소 책을 싸서 보따리에 집어넣었다. 그리고 막 잠자리에 들려고 몸을 일으킬 때였다.
　갑자기 선당 문 바깥에서 '쏴아아!' 하는 밤바람 소리가 한바탕 몰아치더니, 그것은 이내 '휘리릭, 휘리릭!' 괴이한 바람 소리로 바뀌어 들려왔다. 삼장은 등잔불이 꺼질까 봐 얼른 소맷자락으로 등불을 가리었다. 등잔불은 이상하게도 환히 밝아졌다가는 이내 희뿌연 불빛으로 어두워졌다. 또다시 밝아지고 어두워지기를 계속했다. 그는 왠지 무서운 생각이 들어 속이 떨려왔으나, 하루 온종일 길 재촉을 하느라 지친데다 피곤함을 이기지 못하여 꾸벅꾸벅 졸던 끝에 마침내 그대로 탁자 위

---

1 「양황수참경」「공작경」: **양황수참경(梁皇水懺經)**은 중국 남북조 시대 양나라 무제(武帝)가 죽은 아내의 망집(妄執)을 고쳐주려고 손수 지은 참법(懺法)이다. 양무제(464~549)는 이름이 소연(蕭衍), 건국 시조이면서도 재위 48년 만에 후경(侯景)이 대성(臺城)을 함락시켜 굶어 죽을 때까지 독실한 불교 신봉자였다. 그가 당초 제(齊)나라를 섬기며 옹주자사(雍州刺史)로 있을 때, 부인 치씨(郗氏)가 성품이 혹독하고 질투가 심한 끝에 죽어서도 큰 구렁이가 되어 후궁에 들어와 꿈속을 빌려 남편과 정을 통하려 했다. 양무제는 「자비도량참법(慈悲道場懺法)」 10권을 만들고 승려들을 모셔다 예참(禮懺)하게 하였더니, 부인 치씨는 그제야 천인(天人)으로 화하여 공중에서 남편에게 사죄하고 떠나갔다 한다. 「공작경(孔雀經)」은 「불모대공작명왕경(佛母大孔雀明王經)」의 준말. 당나라 현종(玄宗) 때 인도 출신의 불공금강(不空金剛)Amoghavajra이 번역하였는데, 그 내용은 공작명왕의 신주(神呪)를 기록한 경전이다.

에 엎드려 잠이 들고 말았다. 두 눈은 감기고 정신이 몽롱한 상태였으나 창밖에서 휘몰아치는 괴이한 바람 소리만큼은 두 귀로 또렷이 들을 수 있었다.

소름이 끼치도록 싸늘한 바람 소리, 그것은 음풍(陰風)이었다.

휘리릭, 휘리릭! 쏴아아, 쏴아아! 바람이 표표탕탕하게 불어닥친다.

휘리릭, 휘리릭, 쏴아아, 쏴아아, 한밤중에 낙엽을 흩날리는 바람 소리, 표표탕탕하게 불어닥치는 기세가 뜬구름마저 휘말아 올린다.

온 하늘의 별자리는 한결같이 어두워지고,

온 땅 위의 흙모래 먼지가 세찬 바람결에 흩뿌려지고 분분히 흩날린다.

한바탕 사납게 불다가는 이내 수그러들고,

한바탕 잦아들었다가는 이내 사나워진다.

바람결이 잦아들 때에는 소나무 대나무 숲이 맑은 가락으로 운율을 두드리고, 사납게 휘몰아칠 때에는 강호의 파도와 물결이 혼탁해진다.

세차게 몰아치는 바람결에 산새들은 둥지에 깃들이지 못하여 애처롭게 우짖고, 성난 파도에 바다의 물고기들은 불안하여 펄떡펄떡 마구 뛰어오른다.

동서남북 건물의 창문틀이 모조리 벗겨져 나가고,

앞채 뒤채 곁방의 귀신들이 노여워 고리눈을 부릅뜬다.

부처님 제단 앞의 꽃병이 바람결에 휩쓸려 땅바닥에 떨어지는가 하면,

유리가 흔들리다 떨어져 반야(般若)의 혜등(慧燈)을 어둡게 만든다.

향로가 기우뚱 쓰러지니 타다 남은 재가 한순간에 사면팔방으로 흩날리고,

촛대가 비스듬히 넘어지니 촛불은 한 가닥 연기로 화해 모락모락 솟아오른다.

당간지주(幢竿支柱) 위의 깃발과 보개(寶蓋)는 시달리다 못해 꺾어지고,

종각(鐘閣)과 고루(鼓樓) 건물이 송두리째 흔들린다.

삼장이 아련한 꿈 속에서 바람 소리를 듣고 있노라니, 선당 문 밖에서 들릴 듯 말 듯 사람의 목소리가 울려왔다.

"스님……! 스님……!"

꿈속에서나마 고개를 번쩍 들고 바라보니, 문밖에는 낯선 장정 한 사람이 서 있는데 위아래 몸뚱이가 온통 물에 흠뻑 젖은 채, 두 눈에서 눈물을 줄줄 흘리고 있는 것이 아닌가!

"스님……! 스님……!"

삼장을 부르는 외마디 소리는 그치지 않았다. 삼장 법사가 몸을 움츠리면서 엄하게 꾸짖었다.

"그대는 누구인가? 산도깨비인가 유령인가? 요사스런 마귀나 괴물이 아니거든, 어찌하여 이 깊은 밤중에 이곳을 찾아와서 나를 희롱하는가? 나는 결코 탐욕에 눈이 어두운 사람이 아니요, 광명정대한 승려로서 동녘 땅 대 당나라 황제 폐하의 칙명을 받들어 서천으로 부처님을 찾아뵙고 경을 얻으러 가는 사람이다. 내 수하에는 제자 셋이 있으니, 하나같이 용을 굴복시키고 호랑이와 같은 맹수를 때려잡는 영웅호걸이요,

괴물을 소탕하고 마귀를 없애버리는 장사들이다. 이런 제자들이 만약 그대를 보는 날이면, 뼈마디 근육을 으스러뜨려 가루로 만들어버릴 것이며 한낱 티끌 먼지로 날려보낼 것이다. 내가 이렇게 말해주는 것은 자비를 크게 베풀려는 마음에서이니, 한시 바삐 먼 곳으로 달아나 몸을 피하도록 하고, 내 선당 안에는 들어서지 말 것이다."

그러나 사내는 선당 문설주에 기대어 선 채 이렇게 대답했다.

"스님, 나는 요괴도 마귀도 아닙니다. 산도깨비나 유령은 더더욱 아니올시다."

"그런 부류가 아니라면, 이 깊은 밤중에 무슨 까닭으로 여기 나타났는가?"

"스님, 눈을 크게 뜨시고 나를 자세히 보아주시오."

삼장은 그 말대로 두 눈을 부릅뜨고 자세히 바라보다가, 그만 깜짝 놀라고 말았다. 한밤중에 찾아든 이 사내의 모습은 과연 어떠했는가?

> 머리 위에는 충천관(衝天冠)을 높이 쓰고, 허리에는 한줄기 벽옥대(碧玉帶)를 둘렀으며,
> 몸에 걸친 옷은 용비봉무(龍飛鳳舞)의 화려한 자황포(赭黃袍)요, 두 발에 신은 것은 한 켤레 운두수구(雲頭繡口), 근심 걱정 없애주는 무우리(無憂履) 신발이며, 손에는 북두칠성 별자리 아로새긴 백옥규(白玉珪)를 잡았다.
> 얼굴 모습은 동악(東岳)의 장생제(長生帝)[2]인가 싶고, 자태는

---

[2] 동악 장생제: 도교에서 보통 '장생대제'라고 하면 남극성군, 곧 온갖 생령(生靈)을 통제하는 만령제주남극장생대제(萬靈帝主南極長生大帝)를 일컫는데, 여기서 '동악(東岳)'이란 접두어를 명확히 붙인 것을 보면, 태산(泰山)의 신령으로 5천 9백 명의 신령을 거느리고 인간의 생사를 주재하며 온갖 귀신의 원수(元帥)가 되는 동악천제인성대제(東岳天齊仁聖大帝), 줄여서 '동악대제'를 가리키는 것이 아닌가 한다. 『신이경

문창성(文昌星) 개화군(開化君)³을 빼어 닮았다.

삼장은 대경실색, 얼굴빛이 하얗게 질린 채 몸을 움츠려 숙이고 큰 소리로 외쳐 물었다.

"어느 나라의 황제 폐하이시옵니까? 어서 이리 앉으소서!"

얼른 나가 맞아들이려고 손을 허우적거렸으나, 손길은 허방을 잡고 말았다. 몸을 돌이켜 다시 제자리로 돌아와 앉아서 바라보았더니, 그 사내는 여전히 문설주에 기대어 서 있다.

"폐하! 어느 나라 황제이시옵니까? 어느 나라 제왕이시기에 이런 밤중에 궁벽한 산 속에 행차하셨나이까? 설마 강토가 평온치 못하여 참람한 조정 신하들에게 업신여김을 당하고 학대를 받아 목숨을 건지시려고 야반도주를 하여 이곳까지 오신 것은 아니오이까? 말씀하실 것이 있거든 소승에게 들려주소서!"

사내는 이 말을 듣고 비로소 두 뺨에 눈물을 주르르 흘려가며 수심에 가득 찬 기색으로 지나간 옛일을 한 가지씩 털어놓기 시작했다.

(神異經)』에 따르면, 동악대제는 천지개벽을 한 반고(盤古)의 5대 후손으로, 금선씨(金蟬氏)라고 하며, 세상 백성들의 귀천(貴賤)과 십팔층 지옥, 육진(六眞)의 장부(帳簿), 그리고 칠십오사(七十五司)에 속한 모든 생령들이 태어나고 죽는 날짜를 장악하고 있다 한다.

3 문창성: 문창성은 큰곰자리에 속하는 여섯 개의 별. 그 가운데 둘째인 υ(입실론)성, 셋째 φ(프사이)성과 넷째 θ(시타)성은 중국 특히 산동 지방에서 한나라 때부터 민간신앙의 대상으로 자리잡아, 길이 2촌의 목각 인형으로 만들어 외출할 때에도 몸에 지니고 다닐 만큼 친근한 별이다. 이 별은 인간의 수명과 생사를 주관하다가, 당나라 이후부터 도교의 성관(星官)으로 받들게 되었는데, 사천 지방 일대에서 영험을 많이 드러내어 재동제군(梓潼帝君)으로 추앙받았으며 과거(科擧) 시험을 준비하는 선비들의 꿈에 자주 나타난다고 하여 입신출세를 열망하는 선비들의 수호신으로 자리잡았다. 문창성에게는 시중을 드는 두 동자가 있는데, 하나는 귀머거리 '천롱(天聾)', 또 하나는 벙어리 '지아(地啞)'라고 불렀다. 문창성이 인간의 수명과 귀천, 복록을 주재하는 별인 만큼, 함부로 천기(天機)를 누설하지 못하도록 듣지도 말하지도 못하는 동자들을 곁에 두었다고 한다.

"스님, 내가 살던 곳은 여기서 곧장 서쪽으로 겨우 사십 리 떨어져 있소. 그곳에 성곽이 있는데, 그곳이 바로 내가 닦아놓은 터전이오."

"그 지명을 뭐라고 부릅니까?"

"스님 앞이니 숨기지 않고 솔직히 말씀드리겠소. 그곳은 내 조상들이 손수 세운 나라요, 이름은 짐의 대에 와서 오계국(烏鷄國)이라 고쳐 부르고 있소."

"폐하께서는 무슨 까닭으로 이렇듯 경황없이 한밤중에 이런 곳까지 오셨나이까?"

삼장의 물음에, 사내는 한숨을 내쉬며 이렇게 대답했다.

"스님, 우리나라에는 오 년 전 가뭄이 크게 들어 초목이 자라지 못하고 온 나라 백성들이 모두 굶어 죽게 되어, 짐은 몹시 마음이 아팠었소……."

이 말을 듣고 삼장은 고개를 끄덕거리며 빙그레 미소를 지었다.

"폐하, 옛 성현의 말씀에, '나라의 정치가 올바르면 천심도 순응한다(國正天心順)' 하였습니다. 소승이 생각하옵건대, 폐하께서는 필시 만민을 자애롭게 다스리지 않으신 모양입니다. 가뭄으로 흉작이 되었다면서, 어찌하여 도성을 떠나 이리로 피해오셨습니까? 얼른 돌아가셔서 나라의 창고를 활짝 열어 서민들을 구제하시고, 지난날의 과오를 뉘우쳐 이제라도 선정을 베푸시며, 원통하게 국법에 걸린 사람들을 사면하여 풀어주신다면, 저절로 천심에 화합하여 풍우가 순조로워질 것입니다."

"백번 옳은 말씀이오만, 나라 창고는 텅텅 비어 돈도 양식거리도 모두 바닥이 났고, 문무백관들의 녹봉마저 끊어진 상태이며, 짐의 수라상에 고기 음식이 오른 것이 언제였는지 모를 지경이오. 짐은 저 옛날 어진 임금 우왕(禹王)이 홍수를 다스리던 행적을 본받아 만백성과 고락을 같이하겠다는 일념으로 날마다 목욕재계하고 밤낮없이 분향하며 기우제 지내기를 무려 삼 년, 그러나 비는 한 방울도 내리지 않고 마침내 강물도 우물물도 말라버리고 말았소.

이렇듯 전국 백성들이 바야흐로 명재경각(命在頃刻)의 위급한 처지에 이르렀을 때였소. 난데없이 종남산(終南山)으로부터 전진 도사(全眞道士) 한 사람이 불쑥 나타나더니, 자신은 호풍환우(呼風喚雨)하는 재주를 지녀 비와 바람을 마음대로 내리게 할 수 있는데다 손가락으로 돌을 찍어 황금으로 만들 수도 있다[4]고 했소. 그 도사는 먼저 조정의 문무 대신들이 만나 시험해보고 나서, 그 다음에 짐이 접견했소. 짐은 그 즉시 도사를 모셔 제단에 오르게 하고 기우제를 지내도록 하였는데, 과연 그 도사는 영험이 있어 영패(令牌)를 울리자 눈 깜빡할 사이에 억수같이 큰비가 쏟아져 내리기 시작했소. 짐은 석 자 분량의 비만 내리면 족하다고 했으나, 그는 오랜 가뭄 끝이라 땅을 충분히 적셔야 한다면서 두 치나 되는 비를 더 내려주었소.

짐은 그가 그토록 의로움을 중히 여기는 것을 보고 마침내 그와 팔배지례(八拜之禮)를 나누고 의형제를 맺었소.”

---

4 '손가락으로 찍어 황금 만들기……': 도교의 연금술(鍊金術). 중세 서양에서와 마찬가지로 중국에서도 한나라 때부터 도사들이 외단(外丹)을 구워 만드는 과정에서 연금술이 크게 발달하였는데, 이른바 '점철성금(點鐵成金)'이라 하여, 납이나 무쇠, 주사(朱砂), 수은 따위와 같이 흔한 금속으로 황금·순은 같은 귀금속을 만들 수 있다고 생각하고, 외단술(外丹術)을 '금단술(金丹術)' 또는 '황백술(黃白術)'이라고 일컬었다. 이 연금술은 당나라 때 이르러 '황야(黃冶)'라는 독특한 야금 기술로까지 발전하였는데, 실제로는 외관상 황금이나 백은과 빛깔이 비슷한 합금을 만드는 데 불과한 것으로서, 도사들도 이런 합금을 '약금(藥金)' '약은(藥銀)'이라 불러 진품과 구별짓기 시작했다. 이런 약금, 약은 종류는 비소(砒素)의 함유량에 따라 10퍼센트 이하일 때는 황금빛을 띠기 때문에 연단술사들은 이를 '황금'이라 일컫고, 비소 함유량이 10퍼센트 이상일 때에는 은백색의 금속 광택을 띠므로 이를 '백은(白銀)'이라 불렀다. 이렇듯 광물질 약재로 황금을 만든다는 연금술 얘기가 차츰 민간 고사에 부풀려져 '손가락으로 쇳덩이를 찍어 황금을 만든다', 심지어는 '돌을 찍기만 해도 황금으로 변화시킬 수 있다'는 터무니없이 허황한 얘기까지 떠돌게 된 것이다.

"폐하, 그 기쁨이 얼마나 크셨겠습니까?"

삼장이 찬탄을 하자, 그 사내는 어찌 된 일인지 기뻐하기는커녕 도리어 시무룩한 표정을 지었다.

"기쁘다고 할 것이 뭐 있겠소."

"그 전진교 도사에게 그만한 재간이 있다면, 비가 필요할 때마다 비를 내리게 할 수 있고, 황금이 소용될 때에는 그 도사더러 돌로 황금을 만들어달라면 될 것인데, 무엇이 또 부족하셔서 도성 궁궐을 떠나 이런 곳에 오셨습니까?"

"짐은 너무도 기쁜 나머지 그자와 이 년 동안 침식까지 같이하였소. 그런데 이 년이 지난 어느 봄날의 일이었소……."

오계국의 임금이란 그 사내가 털어놓은 사연은 기막힌 것이었다.

오계국 도성 궁궐은 모처럼 온 산 들판 곳곳마다 아름다운 살구꽃, 복사꽃이 흐드러지게 만발한 양춘가절을 맞이하여, 이집 저집 사대부댁 아녀자들과 도처에 사는 왕손들이 모두 궁궐에 모여 봄놀이를 즐겼다.

그날 하루 해가 저물자, 문무백관은 관사로 돌아가고 비빈들과 궁녀들은 저마다 처소로 돌아갔다. 그러나 오계국 임금은 여전히 흥겨운 나머지 의형제를 맺은 전진 도사와 손을 맞잡고 느긋이 산책하면서 어화원(御花園)까지 나아갔다.

이들 두 사람이 팔각 유리정(八角琉璃井) 우물 앞에 이르렀을 때였다. 전진교 도사는 갑자기 무엇인가 우물 속에 던져넣었다. 그러자 우물 속에서 눈부신 광채가 만 가닥이나 뻗쳐나오기 시작했다. 임금은 영문도 모른 채 그가 유인하는 대로 그것이 무슨 보물인지 알아볼 생각으로 우물가에 가까이 다가가서 들여다보았다. 바로 그 순간, 도사는 갑작스레 흉악한 마음을 품고 등 뒤에서 와락 떠밀어 임금을 우물 속에 빠뜨리고 말았다.

일을 마치자, 도사는 석판으로 우물 입구를 막아버리고 흙더미를 두툼하게 쌓아올린 다음 그 위에 파초 한 그루를 심어놓았다. 그리고는 시침을 뚝 떼고 궁궐로 돌아갔다.

이렇듯 오계국 임금은 가련하게도 우물 속에 떨어져 원통한 귀신이 되고 말았던 것이다…….

"……이렇게 해서 짐은 이미 우물 속에 빠져 죽은 지 삼 년, 억울하게 원귀가 되어버렸던 거요."

삼장 법사는 상대방이 귀신이라는 말을 듣고 깜짝 놀라다 못해 온몸의 맥이 탁 풀리고 솜털이 곤두섰다. 그렇다고 어디로 피해 달아날 길도 없으니 어쩌겠는가. 그는 겁을 잔뜩 집어먹은 목소리로 쭈뼛쭈뼛 다시 물었다.

"폐하, 그 말씀은 전혀 사리에 맞지 않습니다. 돌아가신 지 삼 년이 되었다면서, 조정의 문무백관들과 삼궁의 황후 비빈이 사흘에 한 차례씩 조회를 드리고 문안을 여쭐 터인데, 어찌하여 이날 이때껏 행방불명되신 폐하를 찾지 않았겠습니까?"

"그것은 스님이 모르고 하는 말씀이오. 그 전진교 도사 놈은 이 세상에 보기 드물게 신통력이 너르고 커서, 짐을 죽여버린 다음에 그 즉시 화원 안에서 몸을 흔들어 짐과 똑같은 모습으로 변신했소. 그 술법이 얼마나 감쪽같았는지 털끝만큼도 다른 구석을 찾아볼 수가 없었던 거요. 그놈은 짐의 모습으로 둔갑한 이후 이제껏 내 강산을 차지하고 내 국토를 남모르게 침범해왔소. 그놈은 내 휘하의 문무백관들과 사백 명이나 되는 조정 관원들은 물론이요, 삼궁 육원의 황후 비빈들조차 모조리 제 소유로 만들어버리고 말았소."

그 말을 듣고 삼장은 기가 막혀 말이 제대로 나오지 않았다.

"너무 나약하십니다, 폐하."

"나약하다니, 어째서 짐이 나약하단 말씀이오?"

"폐하! 그 요물이 기왕에 신통력을 제법 지니고 있어서 폐하의 모습으로 둔갑하고 폐하의 천하 강산을 차지하여 조정의 문무백관들과 황후 비빈들조차 그 내막을 모른 채 오직 폐하께서만 알고 계신다면, 어째서 음사(陰司, 저승)에 내려가 염라대왕에게 고소하지 않으셨습니까? 폐하의 그 억울한 사정을 하소연이라도 해보셔야 할 것 아닙니까?"

"아니될 말씀이오. 그 도사란 놈은 신통력이 제법 정도가 아니라 워낙 너르고 커서, 천지간에 이승과 저승 할 것 없이 모든 관리들과 절친하게 사귀고 있소. 도성 안의 서낭신이 그놈과 술자리를 같이하고, 바다의 용왕들이 모두 그놈과 일가친척간이요, 동악제천(東嶽齊天)이 그놈과 절친한 벗으로 사귀고 있을 뿐 아니라, 심지어는 저승의 십대 염라왕조차 그놈의 배다른 형제가 된단 말이오. 사세가 이러니, 짐도 어디다 호소할 데가 없는 거요."

"폐하께서 저승에 가셔도 호소할 수단이 없으시다면, 저희들이 사는 이승에 찾아오신들, 무슨 일을 하실 수 있단 말씀입니까?"

"스님, 옳은 말씀이오. 짐의 원혼이 어찌 감히 스님의 문전에 범접할 수 있겠소? 그러나 짐은 산문 앞에서 호법 제천, 육정 육갑, 오방 게체, 사치 공조, 그리고 열여덟 분의 호교 가람들께서 스님이 타고 계신 말안장 곁에 바싹 따라붙고 있는 것을 보았소이다. 그래서 야유신(夜遊神)이 신풍(神風)으로 휩쓸어 여기까지 들여보내준 것이오. 야유신이 귀띔해주기를 '그대의 수재(水災) 기한이 다 찼으므로 삼장 법사를 찾아뵙게 해주겠다, 그 스님은 수하에 제천대성 행자 손오공이란 대제자를 거느리고 계신데, 요괴를 베어 죽이고 마귀를 항복시키는 능력을 지니고 있다' 하였소. 이제 스님을 찾아뵙고 천만번 거듭 간청하오니, 그 제자 분을 우리나라에 보내셔서 요사스런 마귀를 잡아 없애고 옳고그른 것을 밝혀주신다면, 짐은 마땅히 스님의 은혜에 결초보은(結草報恩)[5]하리다!"

"폐하께서 이곳을 찾아오신 뜻이, 소승의 제자를 청하여 그 요괴를 잡아 없애달라고 부탁하기 위해서였습니까?"

"바로 그렇소! 그것 때문에 찾아왔소!"

오계국 임금이 애타는 심정으로 대답했으나, 삼장 법사는 뜻밖에도 난처한 표정을 지었다.

"소승의 제자가 비록 다른 일에는 서투르지만, 요괴 마귀를 굴복시키는 데는 제법 솜씨가 있는 것이 사실입니다. 그러하오나, 소승의 제자를 시켜 요망한 괴물을 잡으려 한다 해도 그것이 실제로는 어려울 듯싶습니다."

---

[5] 결초보은: 이 말은 『좌전(左傳)』「선공(宣公)」 15년조의 고사에서 유래된 것이다. 춘추 시대 위(魏)나라 무자(武子)가 병들자, 아들 위과(魏顆)에게, "내가 죽거든 사랑하는 첩을 다른 사람에게 시집보내라"고 당부하였다. 그러나 병이 위중하여 죽을 때가 되니, 말을 바꾸어서 "내가 죽거든 애첩을 죽여 내 무덤에 순장(殉葬)시켜라" 하고 유언하였다. 위과는 아버지가 죽자, "임종 때는 정신이 혼란하여 그런 유언을 남기셨을 터이니, 차라리 온전한 정신으로 살아 계실 때의 말씀에 따르는 것이 옳다" 하고, 아버지의 애첩을 죽여 순장하는 대신 다른 곳으로 개가(改嫁)시켜 떠나보냈다. 후에 전쟁이 나서 위과가 출전하였는데, 싸움에 패하고 적장 두회(杜回)에게 쫓겨 달아나게 되었다. 거의 붙잡혀 죽기 일보 직전까지 몰렸을 때 뒤돌아보니, 적장 두회가 발목에 무엇이 걸렸는지 자꾸만 엎어지고 자빠지는데, 웬 노인이 길바닥 수풀에서 풀다발로 올가미를 묶어 적장의 두 발이 옮겨 뗄 때마다 옭아매어 자빠뜨리는 것이었다. 위과는 그 기회를 놓치지 않고 역습하여 적장을 사로잡고 오히려 대승을 거두었다. 그날 밤 꿈에 그 노인이 나타나서 하는 말이, "나는 그대가 아버지의 유언을 어기고 시집보낸 그 애첩의 죽은 아비요. 내 딸의 목숨을 살려준 은혜에 보답하려고 낮에 풀다발로 올가미를 엮어 적장이 그대를 따라잡지 못하게 막아준 것이었소" 하였다. 이 고사가 전해 내려와 오늘날 '결초보은' 또는 '결초함환(結草銜環)'이란 말이 생겨나게 된 것이다.

"어째서 어렵다는 말씀이오?"

"생각해보십시오. 그 요괴는 신통력이 굉장하여 이미 폐하의 모습과 똑같이 둔갑했을 뿐 아니라, 만조의 문무백관이 모두 일심전력으로 그를 따르고 있으며 삼궁의 황후 비빈들마저 뜻과 정성으로 그 요괴와 의기투합하는 실정이니, 이제 소승의 제자가 아무리 수단이 뛰어나다 하더라도 섣불리 손을 쓸 처지는 아닙니다. 만약 대궐에 침입했다가 관원들에게 붙잡히기라도 하는 날이면, 소승 일행은 남의 나라를 멸망시키려 했다는 누명을 쓸 것이요, 그 결과 대역무도의 죄를 받고 성안에 갇혀 곤욕을 치르게 될 터인즉, 이야말로 호랑이를 그리려다 고양이를 그리는 격6이 아니오리까?"

"짐의 조정에는 아직도 쓸 만한 사람이 있소."

"그것참 잘되었습니다! 정말 좋은 일입니다. 그 사람이 누구이옵니까? 필시 일대(一代)의 친왕이나 폐하를 보필하던 시위장이겠군요. 그래 그 사람은 지금 어디 있습니까? 어딘가로 진수(鎭守)하러 보내신 것은 아니옵니까?"

"아니요. 본궁에 태자가 하나 있소. 짐이 친히 낳아 기른 후계자요."

"그 태자님도 혹시 요마에게 쫓겨나지 않으셨을까요?"

"그렇지 않소. 태자는 지금도 금란전과 오봉루에 드나들면서 학사들과 학문을 토론하거나 그 전진교 도사 놈과 더불어 정사를 보고 있소. 단지 변한 것이 있다면, 지난 삼 년 동안 황궁에 출입하는 것을 금지당하고 있기 때문에, 제 어미와 상봉하지 못할 뿐이오."

---

6 호랑이를 그리려다······: 일을 잘한다는 것이 도리어 더 나쁘게 바뀌었다는 뜻. 원문은 '호랑이를 그린다는 것이 개를 닮고, 백조를 새긴다는 것이 따오기를 닮았다(畫虎類狗, 刻鵠類鶩)'였으나, 쉬운 우리말 속담으로 고쳤다. 『후한서(後漢書)』「마원전(馬援傳)」에 나오는 말이다.

"어째서 그렇게 되었습니까?"

"모두 요괴가 꾸며낸 계책이오. 그들 모자가 서로 만났을 때, 무심결에 자신에 대한 얘기를 나누게 되고, 이런저런 얘기를 하다 보면 수상쩍은 기미를 눈치채어 비밀이 누설되지나 않을까 두려워한 나머지, 그들이 서로 만나볼 수 없게 그런 대비책을 세워놓았던 거요. 그래야만 자신의 왕위를 영원히 보전할 수 있지 않겠소?"

이 말을 듣고 삼장의 입에서는 탄식이 절로 나왔다.

"폐하께서 당하신 재난이 하늘의 뜻에 부합되기는 하옵니다만, 소승이 전에 겪었던 처지와 어쩌면 그토록 똑같은지 모르겠습니다. 오랜 옛날, 소승의 부친은 수적(水賊)에게 살해당하시고, 모친은 강제로 수적의 아내가 되고 말았습니다. 그리고 소승은 모친이 그자에게 끌려가신 지 석 달 만에 유복자로 태어났으며, 모친은 제 목숨을 살리려고 강물에 띄워보냈습니다. 다행히도 저는 금산사의 스님께 구함을 받아 그분을 은사로 모시고 불문의 제자가 되어 그곳에서 자랐습니다. 소승이 어렸을 적에 부모님을 잃었던 것을 생각하니, 이제 양친을 잃어버린 태자의 처지가 측은하여 동병상련의 정을 느끼지 않을 수 없습니다."

지난날의 가슴 아픈 추억을 더듬어보며 한숨을 내쉬던 삼장은 다시 화제를 돌려 물었다.

"태자께서 조정 궁궐에 계시다 한들, 저희가 어떻게 그분을 만나뵐 수 있겠습니까?"

"어째서 못 만난다 하시오?"

"태자께서는 요마에게 연금 상태나 다름없이 살아가고 계십니다. 그래서 당신을 낳아주신 모후와도 상면하지 못하고 계시다는데, 소승처럼 한낱 미천한 화상이 무슨 구실로 대궐에 들어가 그분을 뵈올 수 있겠습니까?"

"내일 아침에 그가 나올 거요."

"나오시다니요? 무슨 일로……?"

"내일 아침에 그 아이가 삼천 인마를 거느리고, 매와 사냥개를 이끌고 도성 바깥으로 사냥하러 나올 테니, 스님은 반드시 만나볼 수 있을 거요. 그때에 짐의 말을 전하면 믿어주리라 생각되오."

"하오나 그분은 범태 육안이라, 요마에게 속아서 궁궐 안에만 계시고, 하루에도 몇 차례나 요마를 보고 '부왕'이라 부르지 않았겠습니까? 그런 분이 어떻게 소승의 말을 쉽사리 믿어주시겠습니까?"

"믿지 않을 것이 염려되거든, 증거가 될 만한 물건을 스님께 남겨두리다."

"증거물이라니, 어떤 것을 두고 말씀하시는 것입니까?"

사내는 손에 들고 있던 물건을 내려놓았다. 황금빛 테두리에 백옥으로 만든 홀(笏), 이른바 '금상백옥규(金廂白玉珪)'라는 보물이다.

"이게 어찌 된 물건입니까?"

"전진교 도사 놈이 내 모습으로 둔갑하였을 때, 한 가지를 빼먹었소. 그게 이 보배요. 그놈은 궁궐로 돌아가 조정 대신과 황후 비빈들에게, '비를 내려준 전진교 도사가 이 보배를 빼앗아 도망쳤다'고 거짓말을 퍼뜨렸소. 그래서 지난 삼 년 동안 그놈은 이 보배를 가지고 있지 못했소. 이제 만약 짐의 태자가 이것을 보면, 옛사람의 말처럼 '물건을 보면 그 주인을 생각한다(觀物思人)' 했으니, 진상을 알고 반드시 이 아비의 원수를 갚아줄 거요."

"좋사옵니다. 그렇다면 백옥규를 소승에게 맡겨주소서. 소승이 간직했다가 제자를 시켜 때맞춰 쓰도록 하오리다. 그런데 폐하께서는 어디서 기다리시겠습니까?"

"기다릴 처지가 아니오. 짐은 이 길로 야유신에게 다시 한번 신풍을 일으켜서 짐을 황궁 내원으로 보내달라고 부탁하겠소. 그래서 정궁 황후의 꿈자리에 나타나, 그들 모자가 합심하여 스님의 제자 분이 앞으로 하는 일에 협력하도록 당부해놓으리다."

삼장은 고개를 끄덕여 그 말에 응했다.

"그럼 떠나도록 하소서."

이윽고 원귀가 머리 숙여 작별을 고했다. 삼장은 일어나서 배웅하려다가 무슨 까닭인지 발을 헛딛고 그만 앞으로 곤두박질치고 말았다. 그 바람에 깜짝 놀라 깨어보니, 그것은 현실이 아니라 남가일몽, 한바탕 허망한 꿈이었다. 당황한 그는 아직도 가물거리는 등잔불 앞에 앉은 채 급히 소리쳐 제자들을 깨웠다.

"얘들아, 얘들아!"

먼저 눈을 뜬 것은 저팔계, 모처럼의 단잠을 설친 그는 두 눈을 비벼대면서 투덜거렸다.

"아니, 사부님! 뭘 가지고 '얘야 쟤야'[7] 부르십니까? 지난날에 저는 이래 보여도 사내대장부답게 근사한 일만 저지르고, 마음 내키는 대로 사람도 잡아먹고 살았지만, 날고기를 먹으면서도 그런대로 유쾌한 나날을 보낸 적이 있는 몸입니다. 어쩌다 출가승 신세가 되어 사부님을 모시고 길라잡이 노릇을 하게 되었는지 모르겠으나, 이건 중 노릇이 아니라 숫제 종살이를 하고 있군요. 한낮에는 짐보따리 떠메고 길라잡이 노릇을 하지 않나, 한밤중에는 요강을 들고 대소변 시중을 들어드려야 하지

---

[7] "얘야, 쟤야……": 원문의 내용은, 삼장 법사가 "제자야! 제자야!(徒弟! 徒弟!)" 하고 부른 데 대해, 저팔계가 깨어나서 "무슨 놈의 '토지, 토지' 하고 부르시는 겁니까?(甚麼 '土地土地') 하고 대답하는 장면인데, 중국어로 제자를 일컫는 '도제(徒弟)'와 '토지(土地)'의 발음이 똑같은 '투띠 tu-di'이므로 동음이어, 즉 해음쌍관어(諧音雙關語)로서, 같은 음에 엉뚱하게 다른 뜻을 빗대어 투덜댄 것인데, 우리에게는 사뭇 낯선 관용어이므로 쉽게 의역하여 넘기고 말았다.

않나, 곁에 나란히 누워서 두 발을 뜨뜻하게 데워드려야 하지 않나……! 그러고도 사부님은 무엇이 또 모자라서, 잠도 못 자게 '애야, 쟤야!' 하고 시끄럽게 불러대시는 겁니까?"

삼장은 사뭇 심각한 표정으로 말했다.

"아니다, 얘야. 내가 방금 탁자에 엎드려서 잠깐 눈을 붙이고 졸다가 아주 이상한 꿈을 꾸었다."

이 말에 손행자마저 벌떡 일어났다.

"원, 사부님도……! 꿈이란 마음먹기 탓입니다. 사부님은 서방 세계 영산에 오르지도 않으시고 벌써부터 요괴 마귀를 두려워하시지 않나, 뇌음사까지 가는 길이 멀다고 푸념이나 늘어놓으시면서 도착하지 못할까 걱정하시지를 않나, 그러다가 이제 와서는 고국 땅 장안 도성에 언제 돌아갈까 그리워하고 계시니, 몸도 마음도 고단해질 수밖에 더 있겠습니까? 생각이 많으면 꿈도 많은 법입니다. 이 손오공처럼 오로지 일편단심으로 서방 세계 부처님을 뵙겠다는 일념만 꽉 차 있으면 꿈과 같은 것은 아무리 꾸어보고 싶어도 꾸어지지 않을 겁니다."

"얘야, 오공아. 방금 내가 꾼 것은 고향을 그리워하는 꿈이 아니다. 잠깐 눈을 붙이고 졸았는가 싶었는데, 어디선가 느닷없이 일진광풍이 휘몰아치더니 선당 문 밖에 어느 나라를 다스리던 황제인지 모르겠으나 낯선 사내가 한 사람 나타났는데, 그 사람 얘기로는 자기가 오계국 임금이라고 하더구나. 행색을 보아하니, 물에 빠진 사람처럼 온 몸뚱이가 흠뻑 젖어 있고, 두 눈에서는 눈물이 쉴새없이 줄줄 흘러내리고 있었다."

이렇게 화두를 뗀 스승은 꿈자리에서 듣고 본 사연을 하나도 빼놓지 않고 자초지종 낱낱이 손행자에게 들려주었다.

얘기를 끝까지 다 듣고 난 손행자는 그것이 개꿈이 아님을 깨닫고, 껄껄껄 소리내어 웃었다.

"사부님, 더 말씀하실 것 없습니다. 그가 사부님의 꿈 속에 나타난 것은 이 손선생을 염두에 두고 일거리 하나 마련해주려는 게 분명합니다. 제가 생각해보아도 그 요물이 오계국에서 국왕의 자리와 나라를 빼앗은 게 틀림없습니다. 가만계십쇼! 제가 한번 가서 참말인지 거짓말인지 알아보겠습니다. 만약 그 원귀의 말대로 모든 것이 사실이라면, 그따위 요괴쯤이야 이 철봉 한 대로 당장 요절내버릴 수 있지요."

그래도 스승은 좀처럼 마음이 놓이지 않는다.

"애야, 그 사람 말로는, 그 요괴의 신통력이 대단한 모양이더라. 조심해야겠다."

"그놈의 신통력이 제아무리 대단하기로서니, 그쯤 겁낼 것이 있나요? 이 손오공이 쳐들어간다는 것을 알면, 그놈은 일찌감치 뺑소니를 쳐야 무사할 겝니다. 하긴 도망쳐보았자 갈 곳도 없겠지만 말입니다."

손행자가 큰소리를 탕탕 치는데, 삼장은 무엇인가 곰곰이 생각하더니 무릎을 탁 쳤다.

"이제 또 생각이 나는구나. 그 사람이 무슨 보배 한 가지를 증거물로 남겨두었다던데……."

그러자 미련퉁이 저팔계가 냉큼 스승의 말을 끊었다.

"사부님, 쓸데없는 말씀 마십쇼! 개꿈을 꾸셨으면 그만이지, 왜 자꾸 얼토당토않은 얘기를 꺼내시는 겁니까? 괜한 일에 속을 썩이지 말라니까요!"

이때 사화상이 또 그 말을 끊었다.

"속담에 '정직한 가운데 정직함을 믿지 말고, 인자한 가운데 인자하지 못한 점을 방비하라(不信直中直, 須防仁不仁)' 했소. 그것이 사실인지 아닌지, 우리가 불을 켜고 문을 열고 나가보면 알 게 아니오?"

손행자가 문을 열었다. 넷이서 한꺼번에 나가보니, 별빛 달빛이 환하게 비추는 가운데 처마 끝 돌계단 위에 과연 황금 테두리를 두른 백옥 홀이 한 자루 놓여 있다. 저팔계가 앞으로 나가더니 그것을 집어들고 고개를 갸우뚱거린다.

"형님, 이게 뭐요?"

"국왕이 정사를 볼 때 손에 쥐고 있어야 하는 보배다. '옥규(玉珪)'라고 부르지…… 사부님, 이 물건을 보니 모두 사실인 것 같습니다. 내일 그 요괴를 잡는 일은 전적으로 이 손오공에게 맡겨주십쇼. 그 대신에 사부님은 제가 시키는 대로 세 가지 일을 해주셔야겠습니다."

이 말에 저팔계가 빈정거렸다.

"잘한다, 잘해! 정말 잘하는 짓이다! 꿈을 꾸었으면 그만이지, 게다가 골탕까지 먹이려 든단 말이오? 사부님은 한 가지 일도 못 해내실 텐데 세 가지씩이나 떠맡기다니, 이거 형님이 사람을 놀려먹자는 얘기 아니오?"

스승은 잠자코 선당으로 돌아갔다. 그러고 나서야 비로소 입을 열어 물었다.

"세 가지 일이란 게 무엇무엇이냐?"

손행자는 스승 앞에 정색을 하고 말씀드렸다.

"내일, 사부님은 남을 대신해서 죄를 뒤집어쓰셔야 하고, 모욕을 받더라도 참으셔야 하고, 운수 사나운 꼴을 당하셔야 합니다."

저팔계가 곁에서 피식 웃는다.

"이크! 사부님은 그중에 한 가지도 해내기 어렵겠는데, 세 가지씩이나 어떻게 한단 말이오?"

그러나 삼장 법사는 역시 총명한 스님이었다.

"얘야, 그 세 가지 일을 어떻게 해야 되는지 말해다오."

손행자는 딱 부러지게 말씀드렸다.

"그것은 나중에 말씀드리기로 하고, 우선 두 가지 보배를 맡겨드리지요."

앙큼스런 손대성은 즉석에서 솜털 한 가닥을 뽑아내더니, 숨 한 모금 훅 불어넣고 외마디 호통을 쳤다.

"변해라!"

솜털은 당장 붉은 바탕에 금칠을 입힌 자그만 홍금칠갑(紅金漆匣) 상자로 둔갑했다. 그는 백옥규를 칠갑 속에 담아 가지고 스승에게 건네주었다.

"사부님, 날이 밝거든 금란 가사로 갈아입으시고 이 물건을 두 손으로 떠받든 채 대웅전에 들어가 앉으셔서, 조용히 경을 외우고 계십쇼. 저는 도성으로 가서 형편을 살펴보고, 만약 그것이 진짜 요괴라면 단매에 때려죽이겠습니다. 그래야만 여기서도 공을 세워보지 않겠습니까. 하지만 그게 아니라면 공연히 화근을 일으킬 필요도 없을 테니까, 곧바로 돌아오겠습니다."

"그렇다, 옳은 말이다! 그대로 하려무나."

"태자란 녀석이 성 밖으로 나오지 않는다면 그뿐이겠으나, 만약 꿈속의 얘기대로 사냥을 나온다면 제가 꼭 이리로 끌어들여서 사부님과 만나뵙도록 하지요."

그 말에 스승이 묻는다.

"내가 만나보면 어떻게 그 사람을 대해야 좋을는지 모르겠구나."

"염려 마십쇼. 태자가 오게 되거든 미리 말씀드릴 테니까, 사부님은 이 칠갑 뚜껑을 조금만 열어두세요. 그럼 제가 한 두어 치쯤 되는 난쟁이 스님으로 변신해서 그 상자 안에 들어가 있겠습니다. 사부님은 저까지 함께 두 손으로 떠받들고 계시면 됩니다. 태자가 이 절에 오거든 반드시 예불(禮佛)하려고 대웅전에 들어설 겁니다. 이때 사부님은 태자가 부처님께 절을 하든 말든, 전혀 아는 체도 거들떠보지도 마시고 그냥 내버려두십쇼. 사부님이 꼼짝도 않고 앉아 계신 것을 태자가 보면 괘씸하게 여겨 부하들에게 사부님을 잡아 꿇리라고 호통칠 것입니다. 그래도 사부님은 잡아 꿇려놓고 매질을 하든 결박을 하든, 죽이든 말든 제멋대로 하라고 가만히 계십쇼."

삼장은 그 말에 겁을 집어먹고 얼굴빛이 하얗게 질렸다.

"이크, 저런! 애야, 태자의 군령이 엄격해서 정말로 나를 죽이기라도 하면 어쩌란 말이냐?"

"천만에요! 제가 있지 않습니까? 만약 위급한 지경에 이르신다면, 제가 사부님을 보호해드리고말고요. 그가 만약 사부님께 '어디서 온 누구냐?'고 묻거든, 동녘 땅에서 황제 폐하의 칙명을 받아 서천으로 부처님을 찾아뵙고 보배를 진상하러 가는 스님이라고만 대답하십쇼. '무슨 보배냐?' 하고 묻거든, 금란 가사를 보여주시면서 이렇게 대답하세요. '이것은 삼등품이고, 이것말고도 일등품과 이등품이 따로 있다'고 말씀하십쇼. 저쪽에서 그것까지 알고 싶어서 거듭 묻거든, 못 이기는 체하고 이렇게 말씀하세요. '이 칠갑 속에는 한 가지 보배가 들어 있는데, 이것은 윗대로 오백 년 전의 일을 알고, 아랫대로도 오백 년, 중간대로 또 오백 년, 이렇게 도합 천오백 년 동안 과거, 현재, 미래에 벌어진 일과 벌어지고 있는 일, 또 앞으로 벌어질 일을 훤히 내다보는 물건이오' 하시고, 이 손오공을 칠갑 바깥으로 내놓아주십쇼. 그럼 제가 나가서 스승님께 들었던 꿈 얘기를 태자에게 자초지종 들려줄 겁니다.

이때 만약 태자가 우리 말을 믿으면 그 즉시 돌아가서 요사스런 마귀를 잡아 없앨 것입니다. 그럼 태자는 돌아가신 부왕의 복수를 하게 될 테고, 우리 또한 명예와 지조를 세울 수 있지요. 그러나 만약 그가 끝끝내 믿지 않을 때에는 '금상백옥규'를 꺼내 보여주세요. 어쩌면 그 당시 태자의 나이가 너무 어려서 알아보지 못할까 그게 걱정스럽습니다만……."

삼장은 그 말을 듣고 여간 기뻐하지 않았다.

"얘야, 그것참 절묘한 계책이로구나! 그런데 보배 이름 말이다. 하나는 금란 가사이니 그대로 부르면 되겠고, 하나는 진짜 보배이니 더 말할 나위도 없을 터이지만, 네가 난쟁이 승려로 둔갑한 보배 이름은 뭐라고 불러야 좋겠느냐?"

손행자는 미리 생각해둔 것이 있는 터라, 망설일 것도 없이 한마디로 대답했다.

"그건 '입제화(立帝貨)'! 입제화라고 불러두십쇼."

삼장은 고개를 주억거려가며 그 이름을 가슴 깊이 새겨두었다. '입제화'라!…… '임금을 세워주는 보배'라니, 이 얼마나 기막힌 이름이냐…….

그날 밤, 스승과 제자들은 한잠도 자지 못하고 뜬눈으로 지새웠다. 한시 바삐 날이 밝기를 학수고대하다 보니, 이야말로 '머리 한 번 끄덕여 동녘 하늘에 해를 떠올리지 못하는 게 원망스럽고, 숨 한 모금 내뿜어 온 하늘에 가득 뜬 별자리를 산산이 흩어보내지 못하는 게 한스러울(恨不得點頭喚出扶桑日, 噴氣吹散滿天星)' 지경이었다.

얼마 안 있어 동녘이 훤히 밝아오기 시작했다.

손행자는 저팔계와 사화상을 불러놓고 신신당부했다.

"자네들, 절대로 승려들을 못 살게 굴지 말고 함부로 돌아다니지도 말게. 일이 잘되거든, 우리 함께 떠나도록 할 테니까."

이윽고 일행과 작별한 손행자는 휘파람 소리 한 번에 공중제비 한 바퀴를 돌더니 근두운을 일으켜 타고 곧장 허공으로 솟구쳐 올라갔다. 불덩어리 같은 눈자위에 금빛 눈동자를 부릅뜨고 서쪽 지평선을 내다보니, 과연 성지(城池)가 한군데 바라보였다. 어떻게 그토록 쉽사리 찾아낼 수 있었을까? 그 성지는 칙건 보림사 절간으로부터 겨우 40리밖에 떨어지지 않았기 때문에, 하늘 높이 올라가자 곧바로 내려다보였던 것이다.

손행자가 좀더 가까이 가서 자세히 바라보았더니, 우중충한 안개구름이 자욱하게 뒤덮이고 요사스런 기운을 띤 바람결에 원한 서린 기운이 감돌고 있었다.

그는 허공에 우두커니 선 채 찬탄을 금치 못하였다.

참된 임금이 보좌에 올랐다면, 상서로운 빛과 오색 구름이 감돌았으려니,
요망한 괴물이 제왕의 용상을 침탈하였기에, 검정 기운 무럭무럭 궁궐 문을 막아버렸구나.

손행자가 바야흐로 처절한 감회에 젖어 있을 때였다. 난데없는 포성이 '쿵!' 하고 울리더니 동대문이 활짝 열리면서 한 떼의 인마가 기세등등하게 치달려 나오는데, 지난밤 꿈속에서 들은 대로 사냥하러 나가는 태자의 패거리가 틀림없었다.

이른 새벽 금성(禁城) 동쪽으로 나와, 잔디밭 한복판에 나뉘어 둘러선다.
울긋불긋 채색 깃발이 햇볕 아래 비치고, 백마는 맞바람 거슬러 질풍같이 치닫는다.
큰북 타고(鼉鼓)가 둥둥 두둥실 울리는 가운데, 표창을 잡은 기병대가 짝을 이루어 돌진한다.

　　　　보라매를 어깨에 걸터앉힌 군사들의 기세 거칠고 사납기 이를
데 없으며, 사냥개를 이끄는 장군들의 위세 또한 날쌔고 늠름하다.
　　　　화포(火砲) 소리 잇따라 하늘을 진동하고, 새를 잡는 끈끈이 장
대에 붉은 햇빛 되비친다.
　　　　병사마다 쇠뇌에 화살 메겨들고, 하나같이 보조궁(寶雕弓) 활
을 잡았다.
　　　　산비탈 아래 그물을 깔아놓는가 하면, 질러가는 오솔길에 올무
를 걸어놓는다.
　　　　벼락 치듯 울리는 놀라운 포성 한 발에, 일천 기병이 사나운 곰
을 에워싼다.
　　　　교활한 토끼라도 제 한 몸 보전하기 어렵고, 약아빠진 노루 또
한 꾀가 궁하다.
　　　　여우들도 목숨을 다한 운명이요, 고라니 사슴 역시 죽임을 면
치 못한다.
　　　　까투리 장끼 산꿩이 날갯짓을 쳐도 벗어나기 어려우니,
　　　　들닭인들 무슨 재주로 횡액을 피해 달아날 수 있으랴?
　　　　사냥터를 샅샅이 뒤져내어 맹수를 잡으며,
　　　　숲속 나뭇가지 마구 꺾어가며 날짐승을 쏘아 떨어뜨린다.

　그들은 도성 밖으로 빠져나와 동쪽 교외에 흩어져 행군하더니, 얼
마 안 있어 20리쯤 떨어진 벌판길로 방향을 꺾어 전진을 계속했다. 중
군(中軍) 영채에는 젊디젊은 장군 한 사람이 투구 쓰고 갑옷 걸치고, 허
리에는 호신용 두툼한 갑띠를 둘렀는가 하면, 아랫도리에 열여덟 겹 미
늘 갑옷 자락을 드리우고, 손에는 서슬 퍼런 청봉 보검(靑鋒寶劍)을 잡
은 채 얼룩무늬 황표마(黃驃馬) 안장 위에 올라앉았는데, 허리춤에는 만

현궁(滿絃弓)을 차고 있는 품이 그야말로 위풍당당해 보였다.

> 은연중에 돋보이는 군주의 기상이요, 떳떳한 제왕의 모습이다.
> 인물의 크기는 보잘것없는 부류가 아니며,
> 행동거지는 진룡(眞龍)[8]임을 나타낸다.

공중에서, 손행자는 속으로 기뻐하며 혼자 생각했다.

'더 말할 것도 없이, 저 친구가 바로 태자로구나! 좋다, 내가 한번 놀려주어야겠다.'

장난꾸러기 손대성은 구름을 낮추고 내려서더니, 어느 틈에 진중으로 뚫고 들어가 태자의 말머리 앞까지 살금살금 기어나간 다음, 아무도 모르게 몸을 한 번 꿈틀하여 앙증스러운 옥토끼로 둔갑했다. 옥토끼란 놈은 태자의 애마 앞에서 이리 팔짝 저리 팔짝 함부로 깡충깡충 뛰어다니기 시작했다.

그것을 본 태자는 이게 웬 떡이냐 싶어 활시위에 화살 한 대를 메겨 가지고 힘껏 당겨 쏘았다. '위잉!' 하고 날아간 화살은 옥토끼를 정통으로 들어맞혔다.

태자는 모르고 있었으나, 그것은 손대성이 일부러 얻어맞은 것처럼 보이게 했을 뿐, 실상 토끼의 몸에 화살이 꽂힌 것은 아니었다. 눈썰미가 대단하고 손놀림 역시 재빠른 그는 살촉이 몸에 들어박히기 직전에 손으로 냉큼 받아들고 꼬리 깃을 앞으로 떨어뜨려가며 네 발굽을 모아

---

[8] 진룡: 여기서는 인간 세계의 제왕 또는 임금이 될 고귀한 신분을 가리킨다. 제10회 본문에서 경하 용왕(涇河龍王)이 당태종을 꿈에서 만나, "폐하께서는 참된 용〔眞龍〕이시고, 저는 업보를 지닌 보잘것없는 용〔業龍〕이옵니다……"라고 말한 것도 그런 연유에서다.

그야말로 쏜살같이 도망치기 시작했다. 화살이 명중한 것으로 생각한 태자는 옥토끼가 살에 맞은 채 달아나는 것을 보자 말고삐를 모조리 풀어주고 혼자 앞장서서 뒤쫓기 시작했다. 말이 빠른 속도로 쫓아오면 옥토끼로 둔갑한 손행자도 질풍같이 치닫고, 말 달리는 속도가 느려지면 그 역시 치닫던 걸음걸이를 늦추었다. 그러면서도 언제나 태자의 눈앞에서 멀리 떨어지지 않고 얼씬거렸다.

약이 바싹 오른 태자가 놓칠세라 뒤쫓다 보니, 어느덧 3천 인마를 멀찌감치 뒤에 떨어뜨려놓고 혼자서 옥토끼 한 마리를 뒤쫓는 형국이 되고 말았다. 1리 또 1리…… 손행자는 거리를 보아가며 차츰차츰 태자를 유인하여 마침내 보림사 산문 앞까지 끌어들이는 데 성공했다. 태자가 발길을 돌리지 않으리라는 확신이 서자, 그는 비로소 본모습을 드러내고 화살을 문설주에 박아놓은 다음, 절간 안으로 뛰어들면서 당나라 스님에게 외쳐 알렸다.

"사부님, 왔습니다! 왔어요!"

대웅전에 뛰어든 손행자, 또 한차례 탈바꿈을 하여 키가 두 치 남짓한 아기 중으로 변하더니, 때맞춰 뚜껑 열린 붉은 칠갑 속으로 훌쩍 뚫고 들어가버렸다.

한편 오계국 태자는 산문 앞까지 뒤쫓아왔으나, 옥토끼는 간 데 없고 문설주에 자기가 쏘았던 화살 한 대만이 박혀 있는 것을 발견했다. 태자는 대경실색, 얼굴빛이 하얗게 질린 채 혼잣말로 중얼거렸다.

"이럴 수가 있나! 그것참 이상한 노릇이다. 내가 분명 옥토끼를 쏘아 맞혔는데, 어째서 옥토끼란 놈은 보이지 않고 화살만 여기 박혀 있단 말이냐? 아무래도 그놈이 오랜 세월 해묵어 정령 아니면 도깨비가 된 모양이다."

화살을 뽑아들고 머리를 들어 바라보니, 산문 위에 큼지막하게 다섯 글자가 씌어 있다.

칙건 보림사

"옳거니, 이제 알겠다! 여러 해 전 부왕께서 금란전에 오르셨을 때, 칙사를 이 절간으로 파견하여 금과 비단을 내려 대웅전을 수리하고 불상(佛像)을 다시 고쳐 세우게 하신 적이 있었지! 그런데 오늘 이곳에 오게 될 줄이야 누가 생각이나 했으랴? 이야말로 '도관 앞을 지나가다가 우연히 스님과 마주쳐 대화를 나누고, 또 그 김에 반나절 동안이나마 뜬 세상에서 한가로움을 얻는다(因過道院逢僧話, 又得浮生半日閑)'[9] 하더니, 바로 이게 그런 격이로구나. 기왕 여기까지 왔으니 나도 잠시 들러봐야겠다."

마상에서 훌쩍 뛰어내린 태자가 이제 막 산문 안으로 들어서려는데, 경호 책임을 맡은 장령(將領)들이 3천 인마를 거느리고 헐레벌떡 뒤쫓아오더니, 태자 전하를 에워싸고 한꺼번에 산문 안으로 밀어닥쳤다. 그 바람에 놀란 보림사 승려들이 허겁지겁 몰려나와 이마를 조아리고 태자 전하 일행을 영접하여 대웅전 한가운데로 모셔들였다.

부처님 앞에 참배를 마친 태자가 다시 눈을 들어 두루두루 휘둘러보고 나서 이곳저곳 절간 안팎을 구경하려고 일어났을 때였다. 문득 눈길에 잡히는 사람이 하나 있는데, 누군지 모르겠으나 중 녀석 하나가 예불하는 대웅전 한복판에 천연덕스레 버티고 앉아서 태자 따위는 본 척만 척 거들떠보지도 않은 채 중얼중얼 염불하고 있는 것이 아닌가! 그

---

9 '도관 앞을 지나다가……': 이 대목은 당나라 때의 시인 이섭(李涉)이 지은 「학림사 스님의 방에 제하여(題鶴林寺僧舍)」라는 시의 후반 두 구절을 인용한 것이다.

꼴을 본 태자는 노발대발, 즉석에서 벼락 때리듯 호통을 쳤다.

"저놈의 화상, 무엄하기 짝이 없구나! 내가 미리 행차한다는 통보를 하지 않아 멀리 영접하러 나오지는 못하였을망정, 내 호위 부대가 이 자리에 들어섰으면 의당 몸을 일으켜 문안 인사를 올려야 하지 않겠는가! 그런 줄 뻔히 알면서도 움쭉달싹 않고 앉아 있다니, 정말 괘씸한 중놈이로구나. 여봐라! 저놈을 당장 잡아 꿇려라!"

잡아 꿇리라는 말끝이 떨어지기가 무섭게, 좌우 양편에서 교위(校尉)들이 와르르 달려들더니, 당나라 스님을 움켜잡고 포승줄로 친친 동여매기 시작했다.

칠갑 속에 들어앉은 손행자는 그 기척을 듣고 나지막이 주문을 외웠다.

"호법 제천, 육정 육갑은 내 말을 듣거라! 내가 이제 계책을 써서 요사스런 마귀를 항복시키고자 하는데, 저 태자가 알아보지 못하고 우리 사부님을 결박지으려 하니, 그대들은 당장 법력을 일으켜 보호하라! 만약 진짜로 묶이게 되는 날에는, 그대들도 죄를 면치 못할 줄 알아라!"

왁살스러운 제천대성의 분부를 어느 누가 거역하랴! 호법 신령들은 그 즉시 삼장 법사를 에워싸고 암암리에 호위했다. 효과는 과연 대단했다. 장령들 가운데 몇몇이 삼장의 번들거리는 대머리를 더듬어보려 했으나, 그 신변이 마치 장벽에 가로막힌 듯 손가락 하나 건드리지 못하고 애꿎은 허공만 더듬을 따름이었다.

그것을 본 태자가 약이 올랐는지 버럭 호통쳐 물었다.

"네 이놈! 어디서 온 중놈이기에, 그따위 은신법을 써서 내 눈을 속이느냐?"

삼장은 그 앞으로 나아가 허리를 구부리고 공손히 예를 드렸다.

"소승은 은신법 같은 것을 모릅니다. 저로 말씀드리면, 동녘 땅 대 당나라에서 온 승려로서, 서방 세계 뇌음사로 부처님을 찾아뵙고 경을 전해 받고, 보배를 진상하러 가는 길에 이곳에 들렀을 뿐이옵니다."

"너희가 사는 동녘 땅은 비록 중원에 자리잡고 있다고는 하지만 궁벽하기 짝이 없는 곳이라던데, 그런 곳에 무슨 보배가 있겠느냐? 그래도 부처님께 진상하러 간다니, 어디 말해보아라. 도대체 보배라는 것이 무엇이냐?"

태자의 빈정대는 말에, 삼장은 자신이 걸치고 있는 금란 가사를 가리켜 보였다.

"소승이 몸에 걸치고 있는 이 가사는 삼등품 보배이옵고, 이것말고도 일등품과 이등품이 더 있습니다."

"허어, 네 그 옷은 몸뚱이를 절반만 겨우 가릴 뿐이고 팔뚝마저 드러낸 것인데, 그게 얼마나 대단한 물건이기에 보배라고 자랑하는 거냐?"

"이 가사는 비록 전신을 감싸지는 못할지라도, 천하에 둘도 없는 보배입니다. 이런 시가 그것을 증명합니다."

부처님의 옷이 반신(半身)만을 가린다고 따지지 말라, 그 속에는 진여(眞如)를 감추고 속된 세상의 티끌을 벗어났다.
만 가닥 실과 천 개의 바늘로 정과(正果)를 이루었으며, 아홉 구슬과 여덟 보배가 원신(元神)에 부합한다.
월궁(月宮)의 항아님과 천계(天界)의 선녀들이 정성 들여 만들었으니, 선승(禪僧)에게 내려주어 속세의 때문은 몸을 깨끗하게 한다네.
── 전하의 거둥에 영접을 나가지 못하였음은 오히려 용서받을 수 있으나,

그대는 부친의 원수를 갚지 못하였으니, 사람 축에도 들지 못하리라.

시 끝머리에 덧붙인 말을 듣고 태자는 노발대발, 그 자리에서 펄펄 뛰었다.

"이런 발칙한 중놈! 뉘 앞이라고 주둥아리를 함부로 놀려 방자한 소리를 지껄이는 거냐? 반쪽짜리 옷을 자화자찬하는 것은 넘어간다 하더라도, 내가 부왕의 원수를 갚지 않아 사람 축에도 못 든다니, 그게 무슨 소리냐? 어디 다시 한번 지껄여봐라!"

삼장은 다시 한 걸음 더 나아가서 합장하고 여쭈었다.

"태자 전하, 사람이 천지간에 태어나서 몇 가지 은혜를 입습니까?"

"그야 물론 네 가지가 있지!"

"어느 것 어느 것 해서 네 가지입니까?"

삼장이 꼬치꼬치 따져 물으니, 태자는 벌컥 성미를 부리면서도 배운 대로 하나하나씩 주워섬겼다.

"하늘이 덮어주고 땅이 실어주는 은혜(感天地蓋載之恩), 해와 달이 빛을 밝게 비쳐주는 은혜(日月照臨之恩), 임금이 물과 땅을 다스려주어 살아가게 하는 은혜(國王水土之恩), 부모님이 낳아 길러주시는 은혜(父母養育之恩), 이렇게 네 가지가 있지 않더냐?"

"허어, 태자 전하의 그 말씀에는 어폐가 있습니다. 사람이 천지간에 살아가고, 해와 달의 밝은 빛을 받으며, 나라의 임금님이 물과 땅을 다스려주는 덕이야 은혜라고 할 수 있습니다만, 부모님께서 낳아 길러 주신 것을 놓고 무슨 은혜라 할 수 있습니까?"

그 말을 듣고 태자의 노여움은 더욱 커져, 두 발을 쾅쾅 굴러가며 호되게 꾸짖었다.

"이런 고약한 중놈 봤나! 머리 깎고 하릴없이 떠돌아다니며 빌어먹기나 하는 거렁뱅이 신세도 부족해서, 이제는 임금이 권장하는 삼강오륜조차 무시하는 패역까지 저지르다니! 이놈아, 부모에게 양육을 받지 않았다면 도대체 그 육신은 어디서 생겨났단 말이냐?"

태자가 펄펄 뛰면 뛸수록, 삼장의 말씨는 더욱 침착하기만 하다.

"전하, 소승은 잘 알지 못합니다만, 이 홍금 칠갑 속엔 한 가지 보배가 들어 있습니다. 이 보배는 '입제화'란 것인데, 윗대로 오백 년, 아랫대로 오백 년, 중간으로 오백 년, 도합 천오백 년의 과거와 미래, 현재의 일을 꿰뚫어 알고 있습니다. 부모에게 양육받은 것이 어째서 은혜가 못 되는지 물어보시면 곧 알 수 있으며, 그 때문에 소승도 오래전부터 여기서 전하를 기다리고 있었습니다."

태자는 이 말을 듣더니 성급하게 재촉했다.

"잔소리 그만 하고, 어서 이리 꺼내 보여라!"

"예에, 분부대로 하오리다."

삼장이 선뜻 칠갑 뚜껑을 열었다. 손행자가 툭 튀어나오더니 두 발로 아장아장 걸으면서 대웅전 안이 비좁아라 이 구석 저 구석 함부로 돌아다녔다. 그 꼬락서니를 본 태자는 기가 막혀 입만 딱 벌어졌다.

"요런 꼬마 녀석이 무얼 안단 말이냐?"

손행자는 '꼬마 녀석'이란 말을 듣자, 그 자리에서 신통력을 발휘하여 허리를 길게 뽑아 가지고 두 치짜리 키에서 삽시간에 석 자 다섯 치로 늘어났다.

태자를 호위하고 있던 군사들이 그 모습을 보고 깜짝 놀랐다.

"이크, 저런! 저대로 키가 빨리 자랐다가는, 며칠 안 있어 하늘까지 뚫고 올라가겠구나!"

그러나 손행자는 본래의 크기로만 키우고 더 이상 늘이지 않았다.

태자가 비로소 입을 열어 묻는다.

"입제화! 이 늙다리 화상의 말을 들으니, 네가 과거 미래의 길흉을 안다고 하는데, 거북 등딱지나 시초(蓍草) 따위로 점을 치느냐, 아니면 글자풀이로 사람의 길흉화복을 판단하는 거냐?"

손행자가 대답했다.

"그런 것은 하나도 써본 적이 없소이다. 내 입 안의 세 치 혓바닥만 가지고도 만 가지 일을 모두 알 수 있으니까요."

"요런 앙큼한 놈이 있나! 함부로 주둥이를 놀리다니. 옛날부터 『주역(周易)』이란 글은 그 내용이 지극히 오묘하여 천하 만사에 길흉을 남김없이 판별하고, 사람이 화(禍)를 피할 수 있게 해주고 있다. 그런 까닭으로 거북 등딱지나 시초와 같은 풀을 태워서 점을 칠 수 있는 것이다. 이런 것도 쓰지 않고 인간 세상의 길흉화복을 알 수 있다니, 도대체 네놈은 무엇을 근거로 그런 말을 하는 거냐? 어서 바른대로 대라! 망령되게 화복을 지껄여서 민심을 현혹시키려는 수작이 아니면 뭐냐?"

"전하, 서두르지 마시고 내 말부터 들어주시오. 전하께서는 오계국 국왕의 태자이십니다. 그 나라는 지금부터 오 년 전에 가뭄이 크게 들어 흉년이 되고, 전국 백성들이 괴로움을 당했소이다. 황제와 조정 신하들이 열심히 기도를 드리고 기우제를 지냈으나, 비는 한 방울도 내리지 않았소이다. 그때, 종남산에서 전진교 도사 한 명이 나타났는데, 그는 바람과 비를 부르고 손가락으로 돌을 가리켜 황금으로 만드는 재간을 지니고 있었소. 오계국 임금은 그를 무척 아끼고 사랑하여 의형제를 맺기까지 하였소. 전하, 어떻습니까? 과연 그런 일이 있었지요?"

"그래, 있었다마다! 어디 더 말해봐라!"

태자가 신기하게 여기고 그 다음 말을 재촉했다.

"그뒤 삼 년 동안 전진교 도사가 보이지 않았소. 그리고 지금 황제라 일컫는 사람은 누구요?"

"네 말이 맞다. 전진교 도사란 분이 과연 계셨다. 부왕께서는 너무나 고마워하신 나머지 그분과 의형제를 맺기까지 하셨다. 끼니때마다 음식도 한 식탁에서 같이 자시고, 잠자리마저 같이하셨다. 그런데 삼 년 전 두 분이 어화원 안에서 산책하시던 도중, 전진교 도사는 갑자기 무슨 욕심이 들었는지 한바탕 신풍을 일으켜서 부왕의 수중에 들고 계시던 금상백옥규를 빼앗아 가지고 종남산으로 돌아가고 말았다. 부왕께서는 지금까지도 그분을 그리워하고 계시다. 그가 사라진 뒤부터 화원을 산책할 흥미를 잃으셔서 화원 문을 굳게 잠그고 폐쇄한 지 벌써 삼 년이 지났다. 그런데, 황제 노릇을 하는 분이 누구냐고? 금상 황제 폐하께서 내 아버님이 아니시면 또 누구란 말이냐?"

손행자는 태자의 반문을 듣고 비웃기라도 하는 듯이 빙글빙글 미소를 지었다. 태자가 거듭 물었으나 대꾸는 하지 않고 여전히 빙글거리기만 할 따름이었다. 속시원하게 대답을 기다리던 태자는 끝내 노여움을 터뜨리고 말았다.

"너 이놈! 어째서 하라는 말은 하지 않고 생글생글 웃기만 하고 있느냐?"

그래도 손행자는 여전히 싱글대면서 이렇게 말했다.

"드릴 말씀은 태산 같습니다만, 좌우에 이렇듯 듣는 사람이 많으니 어쩌겠소? 태자 전하, 여기는 함부로 말씀드릴 곳이 못 됩니다."

손행자가 하는 말을 가만 듣고 있으려니 무슨 까닭이 있는 듯하기에, 태자는 소맷자락을 휘둘러 좌우 측근들을 물리쳤다. 태자를 호위하던 장령들이 급히 명을 전달하여 3천 인마를 모두 산문 바깥으로 물러나 머물러 있게 하였다.

이리하여 대웅전에는 아무도 없게 되었다. 태자는 상석에 자리잡고 앉았다. 삼장 법사는 그 앞에 서고, 그 왼편에 손행자가 서 있었다. 보림사 승려들 역시 모두 물러가고 없었다.

그제야 손행자는 비로소 웃음기를 거두고 정색하며 말했다.

"전하, 그날 신풍에 휩쓸려 사라졌다는 분이 바로 태자 전하를 낳아주신 부왕이시고, 지금 왕위를 차지하고 있는 사람은 비를 내려주었던 전진교 도사, 바로 그자입니다."

태자가 또 한차례 펄쩍 뛰었다.

"닥쳐라! 어디라고 감히 허튼수작을 부리는 거냐? 부왕께서는 전진교 도사가 사라진 뒤에도 풍우가 순조롭게 내려 전국이 태평스러워지고 만백성이 평안히 살게 된 것을 보시고 지금도 그분의 은혜를 잊지 못하고 계시단 말이다! 그런데 네놈의 말은 이분이 내 부왕이 아니라니, 그런 가당치도 않은 소리가 어디 또 있느냐? 나는 아직 나이가 어려서 네놈을 용서할 수 있겠으나, 만약 부왕께서 이 말을 들으셨다면, 당장 끌어내다가 육시 처참을 해서 죽였을 것이다."

태자는 분을 못 이겨 쉴새없이 호통치며 손행자를 꾸짖었다.

손행자는 당나라 스님을 돌아보면서 양손을 펼쳐 보였다.

"자아, 어떻게 할까요? 이분은 제 말을 곧이듣지 않는군요. 짐작한 대로가 아닙니까? 이렇게 된 바에야 그 보배를 이분께 돌려주시고, 관문 통행 문서에 서명 날인이나 받아 가지고 서천으로 떠납시다."

사세가 이렇게 되니 삼장 법사도 어쩔 도리가 없다는 듯 손에 떠받들고 있던 홍금 칠갑을 제자에게 넘겨주었다. 손행자가 그것을 받아 가지고 몸을 한 번 부르르 떨었더니, 칠갑은 어느새 감쪽같이 사라져 보이지 않았다. 신통력으로 둔갑시켰던 것을 솜털로 되돌려 제 몸에 거두어들인 것이다. 이윽고 그는 백옥규를 두 손으로 받들어 태자에게 바쳤다.

행방불명이 되었던 국보를 본 태자는 깜짝 놀라 저도 모르게 고함을 질렀다.

"이런 고약한 중놈! 네가 오 년 전에 비를 내려주고 우리 국보를 사기 쳐서 빼앗아갔던 전진교 도사로구나! 이제 와서 무슨 꿍꿍이속으로 다시 화상으로 변장하고 나타나 이 보배를 도로 바치는 거냐? 여봐라, 저놈들을 당장 잡아 묶어라!"

추상같은 명령이 떨어지니, 가뜩이나 안절부절못하던 삼장은 간이 콩알만큼 오그라들어 어쩔 줄 모르고 허둥대더니, 나중에는 손행자에게 삿대질을 해가며 원망했다.

"너 이 필마온 녀석아! 어쩌자고 공연히 말썽을 일으켜 나까지 혼이 나게 만든단 말이냐? 가만히 있으면 될 것을 쓸데없이 화근을 만들다니, 장차 이 노릇을 어쩔꼬? 이 노릇을 어쩔꼬……?"

이래저래 펄펄 뛰는 두 사람 앞으로 손행자가 썩 가로막고 나섰다.

"떠들지 마십쇼! 소문이 나가면 안 된다니까요! 태자 전하, 내 이름은 '입제화'가 아니라 본명이 따로 있습니다."

그래도 태자는 분노를 억누르지 못하고 으르렁댔다.

"너 이놈! 이리 오너라! 네 진짜 이름이 뭐냐? 내 당장 법사(法司)로 압송해서 대역죄를 다스리겠다!"

이쯤 되자 손행자는 비로소 차근차근 사연을 털어놓기 시작했다.

"나는 이 스님의 맏제자로서 이름을 손오공, 손행자라고 부르오. 사부님을 모시고 서천으로 경을 가지러 가는 길에 어젯밤 이곳을 찾아와서 잠자리를 빌려 들었소이다. 우리 사부님은 밤늦도록 불경을 읽고 계시다가 삼경이 다 되어서 꿈을 꾸셨는데, 그 꿈 속에 태자 전하의 부왕이 나타나서 하시는 말씀이,

'짐은 전진교 도사에게 속아 궁궐 뒤쪽 어화원에 있는 팔각 유리정 우물 속을 들여다보다가 그자에게 떠밀려 우물 속에 빠져 죽었다. 그자

는 짐의 모습으로 둔갑하여 왕위를 차지하였으나, 만조 백관들은 그것을 알아보지 못하고, 황후 비빈들은 물론이요 태자마저 어린 나이에 진위를 가리지 못할 뿐 아니라 황궁 출입을 금지당하고 있는 실정이다. 그자는 비밀이 누설될까 두려운 나머지 어화원을 폐쇄하여 아무도 들어가지 못하게 하였다…….'

일이 이렇게 되자, 부왕의 원혼은 억울함을 이기지 못하고 간밤에 일부러 사부님의 꿈자리에 현몽하여 이 손오공더러 요사스런 마귀를 잡아 없애고 원수를 갚아달라고 간청하셨기에, 나는 그것이 정말 요마인지 아닌지 알아보고 싶은 생각이 들어 공중에서 도성을 살펴보았소. 그랬더니 과연 그것은 요마가 틀림없었소. 그래서 그놈을 잡으려고 막 손을 쓰려던 차에, 때마침 태자 전하가 성 밖으로 사냥을 나오신 거요. 전하의 화살에 맞았던 옥토끼는 바로 이 손오공이었고, 손오공은 전하를 이곳 보림사까지 유인하여 우리 사부님을 만나게 해드렸던 것이오.

우리 사부님께서 말씀하신 것은 충정에서 우러나온 말씀이요, 구구절절이 사실이오. 백옥규를 알아보셨다면 어찌하여 전하를 낳아주시고 키워주신 부왕의 은혜를 생각하지 않으시오? 원통하게 돌아가신 어버이의 원수를 갚아야 하겠다는 생각이 어찌 없단 말씀이오?"

태자는 이 말을 듣고 비통함을 금할 길이 없었으나, 마음 한구석에는 아직도 의구심이 남아 있어 결단을 내리지 못하고 망설였다. 그도 그럴 것이, 손행자가 한 말을 믿지 않으려 해도 그 속에는 어딘가 모르게 진실이 담겨 있고, 그렇다고 곧이곧대로 믿자니 이날 이때껏 부왕으로 섬겨오던 분을 궁궐에 돌아가서 무슨 면목으로 대할지 난감하기 짝이 없는 것이다.

이야말로 진퇴양난, '마음은 입에게 묻고, 두 번 세 번 거듭 생각한 끝에 또 입은 마음에게 되묻는다'는 격이라, 젊은 태자는 이러지도 저러지도 못하고 의혹에 잠겨서 결단을 내리지 못한 채 주저하고 있었다.

손행자는 보기만 해도 안타까운 마음이 들어, 다시 앞으로 나섰다.

"전하, 의심할 것 없습니다. 일단 궁궐로 돌아가셔서 국모 되시는 어머님께 한마디만 여쭈어보십쇼. 부부간의 정리와 사랑이 삼 년 전에 비해 어떠하신지 그것 한 가지만 여쭈어보시면 진위를 알아보실 수 있을 겁니다."

이윽고 태자가 마음을 돌리고 결단을 내렸다.

"바로 그것이다! 내가 이 길로 달려가서 어머님께 여쭈어보고 돌아오마."

자리를 박차고 벌떡 일어선 태자가 백옥규를 몸에 감추고 곧장 바깥으로 뛰어나가려 했다. 손행자는 얼른 그 앞을 가로막아 섰다.

"전하, 아니되오! 저렇게 많은 병력을 거느리고 한꺼번에 도성으로 달려간다면, 비밀이 새어나가 일을 성공시키기 어려울 거요. 그러니 전하 혼자서 필마단기(匹馬單騎)로 남모르게 성안으로 들어가시되, 누구라고 떠들거나 소문 낼 것도 없이 정양문(正陽門)을 거쳐 들어가지 마시고 후재문(後宰門)으로 들어가십쇼. 황궁에 들어가셔서 모후를 만나뵙더라도 큰 소리로 떠들지 말고 가만가만 나지막한 목소리로 말씀을 나누도록 하십쇼. 그 요괴는 신통력이 굉장하다니까, 자칫 잘못해서 눈치라도 채는 날이면 두 분 모자의 목숨마저 보전하기 어려울 것입니다."

태자는 선선히 그 충고를 받아들였다. 산문 바깥으로 나선 그는 심복 장령들에게 엄명을 내렸다.

"그대들은 이곳에 영채를 세우고 조용히 대기하고 있거라. 절대로 이동해서는 안 된다. 나는 급한 일이 생겨서 잠시 자리를 뜰 테니, 내가 다녀온 뒤에 함께 도성으로 귀환하기로 하겠다."

장령들이 명령대로 군사들을 지휘하여 산문 밖 일대에 영채를 세우고 주둔시키는 것을 지켜보고 나서, 그는 몸을 날려 말안장 위에 올라앉았다. 그리고 길을 멀찌감치 돌아 아무도 모르게 도성을 바라고 힘차게 치닫기 시작했다.

　　과연 그가 도성으로 돌아가 어머니를 만나볼 수 있을 것인지, 또 만나서는 무슨 말을 하게 될 것인지, 다음 회에서 풀어보기로 하자.

제38회 젊은 태자는 모친에게 물어 정과 사를 알아내고, 두 제자는 우물 용왕을 만나보고 진위를 가려내다

그대를 만나 수생인(受生因)[1]을 말하면, 곧 여래를 만날 수 있어 상인(上人)이 되리.

일념으로 고요히 진세불(塵世佛)을 바라보니, 시방세계(十方世界)에 강위신(降威神)을 더불어 볼 수 있다.

오늘의 참된 명군(明君)을 알고 싶거든, 모름지기 당년의 생모(生母)에게 신변의 일을 물어볼 것이다.

따로 한 세상 있으나 일찍이 본 적 없었으니, 한 걸음 한 걸음 옮겨 뗄 때마다 새로운 꽃이 피어나리.

오계국 왕의 태자는 손대성과 작별한 지 얼마 안 되어 마침내 도성 안으로 돌아왔다. 손대성이 말한 대로, 과연 정양문으로 들어가 자신이 돌아온 사실을 남에게 보일 수는 없었다. 궁궐 문을 지키는 관리가 그대로 정전(正殿)에 아뢸 것이 분명하니 말이다. 그는 후재문을 거쳐 후궁으로 들어섰다. 그곳에도 태감(太監) 몇 사람이 지키고 있었으나, 태자의 신분을 알아보고 감히 그 앞을 막아서지 못한 채 그대로 들여보내주

---

[1] 수생인: 불교 용어. 삼계(三界)에 대한 미망(迷妄)의 인과(因果)를 열두 가지로 나눈 것. 즉 십이연기(十二緣起) 가운데 열한번째 인과인 '생(生)'을 말하는데, '이 몸을 받아서 낳음'이란 뜻으로서, 이른바 현재의 생(生)에 의하여 미래의 생(生)을 받는 위치를 말한다.

었다.

태자는 말 배때기를 걷어차면서 기세등등하게 안으로 들이닥쳤다. 금향정(錦香亭) 아래 다다르고 보니, 모후인 정궁 마마께서 정자 안에 앉았는데, 양곁에는 수십 명의 비빈들이 부채질을 하고 있다. 그런데 어찌 된 일인지, 모후는 조각을 아름답게 새겨놓은 정자 난간에 기대어 눈물을 흘리고 있었다. 어째서 눈물짓고 있었을까? 그녀는 어젯밤 사경(四更, 3시)이 지날 무렵 꿈을 꾸었는데, 깨어나서 생각해보니 절반만 기억에 남고 나머지 절반은 흐려져서 도무지 떠오르지 않아, 속이 상해서 깊은 시름에 빠져 있었던 것이다.

"어머님!"

태자가 마상에서 훌쩍 뛰어내리더니 정자 아래 무릎 꿇고 외쳐 불렀다.

서글픔에 잠겨 있던 모후는 억지로 기쁜 내색을 하면서 아들을 반겨 맞아들였다.

"애야, 이게 얼마 만이냐? 반갑구나, 반가워! 지난 이삼 년 동안 네가 정전에서 부왕과 강론을 시작한 뒤로 전혀 보지 못하였기에, 나도 무척이나 그리워하고 있던 참이란다. 그런데 오늘은 무슨 바람이 불어서, 이렇듯 날 보러 올 틈이 생겼느냐? 정말 기쁘고 기쁘구나! 한데 애야, 네 목소리가 왜 그리 비참하게 들리느냐? 부왕께서도 이제 연세가 지긋하셔서 어느 날인가 '용이 창해로 돌아가고, 봉황이 구천 하늘에 오르듯(龍歸碧海, 鳳返丹霄)' 수명이 다하여 돌아가실 때가 되면 곧 임금의 자리를 이어받을 터인데, 네가 무엇이 부족해서 언짢은 기색을 짓고 있느냐?"

태자는 이마를 조아리고 여쭈었다.

"어머니, 여쭐 말씀이 있습니다. 지금 용상에 앉아 계신 분이 누구십니까? '짐'이라 일컫고 '과인'이라 일컫는 이가 도대체 어떤 분이십니까?"

"아니, 이 아이가 미쳤구나! 황제 폐하로 계신 분이면 곧 네 아바마마이신데, 그걸 몰라서 묻는단 말이냐?"

태자는 듣기에도 송구스러워 다시 한번 머리를 깊숙이 조아렸다.

"어머니, 이 아들의 불경죄를 용서해주신다면 여쭈어보겠습니다만, 용서치 않으신다면 감히 여쭙지 못하겠습니다."

"모자지간에 무슨 허물이 있겠으며 용서할 것이 또 무엇이 있겠느냐. 그래, 용서할 테니 무슨 말이든 어서 해보려무나."

"그럼 어머님께 여쭙겠습니다. 어머니, 삼 년 전에 양친 두 분께서 침전을 함께 쓰셨을 때의 애정과 삼 년 뒤인 요즈음 부부간의 금실이 어떻습니까? 같습니까, 달라지셨습니까?"

이야말로 마른하늘에 날벼락을 맞아도 유분수지, 오랜만에 만난 아들의 입에서 부모의 애정 관계를 묻는 말이 노골적으로 나오다니! 정궁마마는 그만 혼비백산을 하도록 놀란 끝에 자빠질 듯 고꾸라질 듯 허겁지겁 정자 아래로 내려오더니, 두 팔로 아들을 와락 끌어안아 가슴에 품었다. 어느덧 그녀의 눈에는 눈물이 글썽글썽 맺혀 있다.

"내 아들아……! 내 너를 오랫동안 보지 못하였더니, 오늘 와서 왜 그런 것을 다 묻느냐?"

태자가 노기를 띠며 다그쳐 묻는다.

"어머니, 어서 말씀해주십쇼! 말씀을 아니하시면, 대사를 그르치게 됩니다."

모후는 그제야 일이 심각하다는 것을 깨닫고 좌우 측근들을 호통쳐 물러나게 했다. 그러고는 눈물을 주르르 흘리면서 낮은 목소리로 속삭여 말했다.

"그 일을…… 네가 묻지 않았더라면, ……나는 죽어서 구천지하에 가서라도 그 까닭을 똑똑히 밝히지 못했을 것이다. 기왕에 물었으니, 말해주마……."

삼 년 전에는 온화하고 따뜻하기만 하더니, 삼 년 뒤에는 냉랭하기가 얼음장 같아졌다.
베갯머리에서 간곡히 말해보아도, 그분은 노쇠하여 일에 흥이 나지 않는다 하는구나.

태자는 그 말을 듣자 손을 뿌리치고 어머니의 품에서 빠져나오더니, 그 즉시 몸을 날려 말 위에 올라타려고 했다.
"애야! 도대체 무슨 일이기에, 얘기도 끝내지 않고 훌쩍 떠나려 하는 거냐?"
모후가 다급하게 아들을 붙잡고 물었다.
태자는 다시 어머니 앞에 무릎 꿇었다.
"어머니, 너무도 엄청난 일이라 감히 말씀드리지 못하겠습니다……."
"그래도 얘기는 다 해야 할 게 아니냐? 궁금해서 죽겠구나."
"실은 오늘 아침에 부왕의 허락을 받고 성 밖으로 사냥을 나갔습니다. 보라매를 날리고 사냥개를 풀어 한창 사냥하던 중에 우연히 동녘 땅에서 경을 가지러 가는 성승 한 분을 만나게 되었습니다. 그 스님에게는 손행자라고 부르는 수제자가 있는데, 요괴 마귀를 항복시키는 데 아주 뛰어난 재능을 지녔다고 합니다. 그 손행자가 저에게, 듣기에도 끔찍스런 얘기를 하나 해주었습니다. 부왕께서는 어화원 팔각 유리정 우물 속에 빠져 돌아가시고, 전진교 도사가 부왕으로 변신하여 용상을 침탈했다는 것입니다. 그리고 또 간밤 삼경 무렵, 부왕께서 현몽하시어 손행자더러 도성에 가서 요괴를 잡아달라고 간청했답니다. 그러나 저는 그 얘기를 그대로 다 믿을 수가 없어, 이제 어머님께 와서 여쭈어본 것입니다. 방금 어머님이 그렇게 말씀하시는 걸 듣고 보니, 그는 필연코 요괴가 틀림없습니다."

모후가 또 한차례 펄쩍 뛰었다.

"애야! 외지 사람이 하는 말을 어떻게 사실로 믿는단 말이냐?"

"저도 아직은 사실로 인정하기 어렵습니다만, 부왕께서는 그분에게 증거물을 남겨주셨습니다."

"증거물이라니, 그게 어떤 물건이냐?"

모후의 물음에, 태자는 소매춤에서 문제의 금상백옥규를 꺼내 바쳤다. 정궁 낭랑은 그것이 지난날 국왕이 지니던 보물임을 한눈에 알아보고, 샘솟듯이 눈물을 흘려가며 허공을 바라고 외쳐 불렀다.

"주군 폐하! 돌아가신 지 삼 년 만에 나타나셨으면 어찌하여 신첩을 먼저 보러 오지 않으시고, 성승부터 만나보시고 또 뒤에 태자를 보셨단 말씀이옵니까?"

비통에 가득 찬 모후의 울부짖음을 듣고, 태자는 깜짝 놀랐다.

"어머니, 그게 무슨 말씀입니까?"

"애야, 이제 얘기하마. 어젯밤 사경이 지날 무렵에 나 역시 꿈을 꾸었단다. 꿈속에서 부왕이 물에 흠뻑 젖은 몰골로 나타나 내 앞에 서 계셨다. 그분은 이런 말씀을 하시더구나. '짐은 이미 죽은 몸, 이 세상 사람이 아니오. 이제 나는 원통한 귀신이 되어 당나라 스님을 찾아보고 그 수제자에게 거짓 황제를 굴복시키고 내 전생의 몸을 구해달라고 부탁해두었소.' ……여기까지는 똑똑히 기억나는데, 그 다음 절반은 흐리멍덩해져서 도무지 생각이 나질 않더구나. 그래서 이른 아침부터 지금까지

서유기 제4권　　267

이렇게 알 듯 모를 듯 아리송한 꿈을 기억에 떠올려보겠다고 앉아 있던 참이란다. 그런데 오늘 또 네가 찾아와서 그런 얘기를 들려주고 보배까지 꺼내 보일 줄이야 누가 알았겠느냐? 그 보배는 이리 다오. 내가 잠시 보관해두마. 너는 이 길로 성승에게 달려가서 한시 바삐 요괴를 잡아 없애달라고 간청해라. 이 오계국 도성 안에 요사스런 기운을 말끔히 씻어내고 정사(正邪)를 분명히 가려낼 수만 있다면, 부왕께서 너를 낳아주시고 길러주신 은혜에 다소나마 보답하는 길이 될 것이다."

태자는 부리나케 말을 타고 후재문을 빠져나가 쫓기듯 도성을 떠났다. 이야말로 눈물로써 이마 조아려 국모님께 하직을 고하고, 비통함을 머금은 채 당나라 스님께 머리 숙여 다시 찾아뵙는다는 격이 된 것이다.

도성을 떠난 지 얼마 안 있어, 그는 마침내 보림사 산문 앞에 말을 멈춰 세웠다. 그곳에 영채를 세우고 기다리던 3천 명의 장병들이 태자를 맞아들였을 때는 이미 붉은 해가 뉘엿뉘엿 서산으로 떨어지고 있었다. 태자는 장병들에게 금족령(禁足令)을 내려 함부로 움직이지 못하게 묶어두고 혼자 몸으로 또다시 산문 안에 들어선 다음, 의관을 가다듬고 정식으로 손행자 만나뵙기를 청하였다.

이윽고 대웅전 안에서 원숭이 임금이 그럴 줄 알았다는 듯이 거드름을 한껏 부려가며 어슬렁어슬렁 걸어나왔다. 태자는 그 앞에 두 무릎을 꿇었다.

"스님, 제가 돌아왔습니다."

말투가 무척 공경스럽다. 손행자가 태자를 부축해 일으켜주면서 물었다.

"일어나시오. 성내에 가서 누구한테 물어보셨소?"

"어머님께 여쭙고 왔습니다."

이어서 태자는 도성에 갔던 일을 자초지종 하나도 빠뜨리지 않고 낱낱이 말해주었다.

손행자는 빙그레하니 미소를 지었다.

"그토록 냉랭한 놈이라면, 아무래도 얼음같이 차가운 물건이 둔갑한 모양이로군. 전하, 문제없습니다! 이 손선생께서 말끔히 쓸어드릴 테니까, 걱정하실 것 하나도 없어요. 오늘은 날이 저물었으니까 일하기도 불편하니, 전하께서는 먼저 돌아가십쇼. 내일 아침 날이 밝거든 그리로 갈 테니 기다리도록 하세요."

그러나 태자는 땅바닥에 무릎 꿇은 채 계속 머리를 조아렸다.

"스님, 저도 여기 있게 해주십쇼. 내일 아침 날이 밝거든, 스님과 동행하여 함께 떠나겠습니다."

손행자는 그 말을 듣고 두 손을 홰홰 내저었다.

"안 됩니다, 안 돼요! 내가 만약 전하와 함께 입성하면, 분명 그 괴물이 의심을 품지 않겠소? 내가 전하를 충동질한 것으로 여기지 않고 전하께서 이 손오공을 찾아온 것으로 알고, 태자를 수상쩍게 볼 것이 아니오?"

"이대로 도성에 돌아간다 하더라도, 어차피 의심을 살 것은 분명합니다."

"왜 의심을 한단 말이오?"

"제가 오늘 아침에 허락을 받고 숱한 인마와 보라매, 사냥개를 이끌고 사냥하러 나왔는데, 하루 온종일 짐승 한 마리도 잡지 못했으니 무슨 낯으로 돌아가 황제를 만나겠습니까? 변변치 못하다는 죄를 씌워 후미진 가택에 연금시키기라도 하는 날이면, 스님께서 내일 입성하신다 해도 누구에게 의탁할 수 있겠습니까? 더구나 조정 대신들 가운데 아는 사람이 하나도 없지 않습니까?"

"그거야 뭐 대수로운 일이겠소? 진작 말씀하셨으면 기다리지나 않게 해드렸을 것을……."

큰소리 뻥뻥 치는 손대성, 태자가 보는 앞에서 솜씨 한번 드러내 보일 작정으로 몸을 훌떡 젖히더니 공중으로 솟구쳐 구름 끝에 뛰어올라섰다. 그리고는 두 손으로 인결을 맺고 '옴람정법계(唵藍淨法界)'의 진언을 외워 산신령과 토지신을 끌어냈다. 신령들은 진언에 얽매여 꼼짝없이 반공중에 모습을 드러내고 손대성에게 큰절을 올렸다.

"대성 어르신, 무슨 분부가 계시기에 소신들을 불러내셨습니까?"

"이 손선생은 지금 당나라 스님을 모시고 이곳까지 와서 요사스런 마귀를 잡아 없애려 하고 있다. 그런데 저 태자 전하께서 사냥을 나오셨다가 아무것도 잡지 못하여 빈손으로는 궁중에 돌아갈 수 없다 하시니 어쩌겠느냐? 그대들은 인정을 베풀어 노루, 멧돼지, 사슴, 토끼 같은 길짐승, 날짐승을 여러 종류 몰아다가 잡아드려 저분이 안심하고 돌아가시게 해드려라."

제천대성이 어떤 분이신데 감히 그 분부를 거역하겠는가? 산신령과 토지신은 고개를 연신 끄덕거리면서 이렇게 물었다.

"잡아드리고말고요! 하온데 종류마다 얼마나 필요하십니까?"

"얼마든지 간에 잡아오기만 하면 된다."

산신령과 토지신은 그 즉시 현지 음병(陰兵)들에게 명령을 내려 날짐승, 길짐승을 한군데로 몰아들이는 음풍을 일으키게 한 다음, 들닭, 산꿩, 뿔 달린 사슴, 살이 토실토실 찐 노루, 여우와 너구리, 담비, 토끼에서 호랑이, 표범, 이리, 늑대, 구렁이에 이르기까지 도합 1천 수백 마리나 되는 들짐승을 한꺼번에 붙잡아서 손대성 앞에 바쳤다.

그러자 손대성은 고개를 절레절레 내둘렀다.

"손선생에게는 이런 것들이 소용없다. 그러니 이것들의 심줄을 비틀어서 도성까지 가는 사십 리 길 양편에 늘어놓아, 사람들이 매나 사냥개를 풀어놓지 않고도 주위 가지고 돌아갈 수 있게 해준다면, 그대들의 공덕으로 셈쳐주겠다."

신령들은 분부대로 음풍을 거두어들인 다음, 사냥감들을 몰아다가 심줄을 비틀어 뽑는 대로 40리 길가에 골고루 널어놓았다.

손행자는 구름을 낮추고 지상에 내려서서 태자에게 말했다.

"전하, 이제 돌아가셔도 됩니다. 가시는 도중에 들짐승을 많이 잡아놓았으니, 소용되시는 대로 거두어 가십시오."

태자는 그가 공중에서 구름을 타고 신통력 부리는 것을 두 눈으로 똑똑히 본 터라, 그 말을 믿지 않으려 해도 믿지 않을 수가 없었다. 그는 손행자에게 머리 숙여 감사하고 작별을 고했다. 산문 밖으로 나선 그는 장수들에게 군령을 내렸다.

"군사들을 집결시켜라! 도성으로 귀환하겠다!"

길가에는 과연 손행자의 말대로 죽은 들짐승이 끝도 없이 무수하게 널려 있었다. 군사들은 매 한 마리 날려보내거나 사냥개 한 마리 풀어놓지도 않고 손길 닿는 대로 마음껏 사냥감을 얻게 되자, 박수갈채를 터뜨리면서 장군부터 졸병에 이르기까지 모두가 태자 전하의 행운에 기뻐 날뛰었다.

"천세(千歲)! 천세! 전하의 홍복(洪福)을 하례하나이다!"

그들이 개선가를 드높이 부르면서 도성으로 돌아간 것은 더 말할 나위도 없다.

한편 태자를 돌려보낸 손행자는 삼장을 모시고 여전히 보림사에 머무르고 있었다. 절간의 승려들은 삼장 일행이 태자와 그토록 친밀한 관계를 맺고 있는 것을 보았으니, 공경하는 태도가 앞서와는 딴판일 수밖에. 그들은 잠시도 지체하지 않고 음식상을 잘 차려내다 대접하랴, 차를 끓여 대령하랴, 잠자리를 돌보아주랴, 눈코 뜰 새 없이 시중을 들었다. 이리하여 스승과 제자, 네 사람은 그날도 선당에서 편히 쉴 수가 있었다. 땅거미가 내리고 초경(初更, 19시~21시)이 될 무렵, 손행자는 마음 속에 이것저것 궁리하는 것이 많아 좀처럼 잠에 들지 못했다. 두 눈을 멀뚱멀뚱 뜬 채 하염없이 천장만 바라보던 그는 갑자기 무슨 생각이 들었는지 벌떡 일어나 스승이 누워 있는 침상머리 쪽으로 엉금엉금 기어갔다.

"사부님!"

삼장도 이 무렵 잠이 들지 않았으나, 심보 고약한 원숭이 녀석이 또 무슨 짓궂은 장난질을 쳐서 놀라게 하려는가 싶어, 두 눈을 질끈 감은 채로 잠든 체했다.

스승이 못 들은 척 돌아눕는 것을 보자, 그는 스승의 대머리를 더듬어 잡더니, 마구 흔들어붙이기 시작했다.

"사부님, 진짜 주무시는 겁니까? 때가 이런데 어떻게 잠이 오십니까?"

"왜 아직껏 안 자고 시끄럽게 구느냐?"

스승의 말투에 짜증스럽다는 역정이 묻어나왔다. 손행자는 그래도 이 말을 무시해버리고 스승의 귀에 자기가 할 말을 털어넣었다.

"사부님, 잠깐 의논드릴 것이 하나 있습니다."

"무슨 일이냐?"

"아까 낮에, 제가 태자 전하 앞에서 큰소리를 좀 쳤습니다. 제 수단이 산보다도 높고 바다보다 더 깊어서, 요괴 한 마리쯤 때려잡기는 호주머니 속에 물건 꺼내듯이 손쉽다고 자랑했단 말입니다. 그런데 막상 일이 눈앞에 닥치고 보니 다소 어렵다는 생각이 드는군요. 그래서 도통 잠이 오지 않는 겁니다."

"어렵다면 지금이라도 그만두면 되겠구나."

잠을 설쳤는지 스승의 말투가 쌀쌀맞기 짝이 없다.

"그놈을 잡기는 잡아야겠는데, 사리에 맞지 않는 점이 있어서 그렵니다."

그 말을 들으니, 삼장은 꾹 참고 있던 화가 한꺼번에 터져나왔다.

"이 못된 원숭이 녀석! 무슨 소리를 하는 거냐? 요괴가 인군(人君)의 자리를 빼앗은 것을 되찾겠다는데, 뭐가 어째서 사리에 맞지 않는다는 거냐?"

손행자는 차분히 말씀드렸다.

"어르신께서는 날이면 날마다 염불이나 하시고 부처님 앞에 절을 하시고, 가부좌 틀고 앉아서 참선이나 하셨으니, 소하(蕭何)의 율법[2] 따위를 언제 보실 틈이 있었겠습니까? 속담에도 '도적을 잡으려면 장물부터 찾아내라(拿賊拿贓)' 하였듯이, 그 요괴는 벌써 삼 년 동안이나 임금 행세를 하고 있으면서도 꼬리를 잡히지 않았고 비밀이 새어나가지도 않았을 뿐 아니라, 삼궁의 황후 비빈들과 잠자리를 같이하고 조정의 문무백관들과도 동고동락해온 처지입니다. 더구나 정사에 실책이 없고 평판도 나쁘지 않았습니다. 사세가 이러니 만약 제가 수단을 부려서 그놈을 잡아 끓일 수 있다 하더라도, 그놈에게 무슨 죄목을 씌워 처벌할 수 있겠습니까?"

---

2 **소하의 율법**: 소하(蕭何, ?~기원전 193)는 한(漢)나라 개국 공신. 고조(高祖) 유방(劉邦)과 더불어 진(秦)나라를 멸망시키고 수도 함양(咸陽)에 입성하자, 보물이나 미녀는 건드리지 않고 무엇보다 먼저 통일 제국에서 쓰던 율법과 정령(政令)에 관한 문서와 전국 산천의 요충지, 험이도(險易度)를 그린 지도, 각 군현(郡縣)의 호구(戶口), 사회 정황을 기록한 도서부터 수집하여, 이어서 벌어진 항우(項羽)와의 초한전쟁(楚漢戰爭)에서 명장 한신(韓信)을 도와 결정적 승리를 거두었으며, 한나라 건국 이후 '약법삼장(約法三章)'을 비롯하여 새로운 율법과 모든 제도를 간결하고도 요령 있게 만들어 백성들에게 큰 환영을 받았다.

"어째서 죄목을 씌우기가 어렵단 말이냐?"

"그놈은 한마디로 밑 빠진 독에 물 붓기나 마찬가지입니다. 우리가 아무리 공박해도 명분이 뚜렷하니 귓등으로 흘려듣기 십상입니다. 사부님께서 그놈과 이러쿵저러쿵 사리를 따져봤자, 그놈 쪽에서 '나는 오계국 임금이다, 내가 언제 하늘의 뜻을 거스른 일이 있기에 나를 잡아 끓이느냐?' 하고 대들었을 때, 사부님은 무슨 증거로 그놈을 꼼짝 못하게 만드실 수 있겠습니까?"

삼장이 가만 듣고 보니 과연 옳은 말씀이다.

"그럼 너는 어떻게 할 작정이냐?"

스승의 군색한 물음에, 손행자는 빙글빙글 웃어가며 여유 있게 대답했다.

"이 손오공의 계략은 벌써 다 세워놓았습니다. 곤란한 점이 있다면, 어르신께서 누구를 너무 감싸주시고 한쪽만 두둔하시는 버릇이 있으셔서 그게 탈이라는 말씀입니다."

"내가 누굴 감싸주고 두둔한단 말이냐?"

"사부님은 팔계가 못나다 보니 너무 역성을 들어주시지 않습니까."

"나는 그놈을 역성들어준 적이 없다. 절대로!"

스승이 딱 부러지게 대답한다.

손행자는 옳다 됐구나 싶어, 스승의 말꼬리를 잡고 늘어졌다.

"좋습니다. 사부님께서 팔계를 감싸주시지 않는다면, 사화상과 함께 여기 가만히 앉아 계십쇼. 지금부터 저는 팔계를 데리고 오계국 도성 궁궐 안으로 들어가 어화원을 찾아내고 팔각 유리정 우물 뚜껑을 열어 황제의 시신을 건져 가지고 돌아오겠습니다. 그리고 내일 아침에 그 시신을 보따리에 싸가지고 성내로 들어가겠습니다. 조정에 들어가서 통관 문첩에 서명 날인을 받는 동안, 저는 황제인지 뭔지 하는 녀석을 눈여겨

보아두었다가 요괴라고 판명되면 당장 철봉을 꺼내 가지고 들이치겠습니다. 그놈이 딴소리를 할 때에는 시신을 그놈의 눈앞에 내보일 작정입니다. '자, 봐라! 네가 죽인 사람이 진짜 황제다!'…… 그 다음에는 태자를 시켜 아버지 시신 앞에 통곡을 하게 하고, 황후 비빈들을 불러내다 부군인지 아닌지 확인시키고, 마지막으로 조정 문무백관들에게 자신의 임금이 과연 누구인지 알아보게 한 다음, 저와 팔계가 손을 쓰기 시작하겠습니다. 그래야만 비로소 가해자와 피해자의 입장이 뚜렷해지고 범인의 정체가 분명히 밝혀져서, 국가의 운명이 걸린 사건을 판가름할 수 있지 않겠습니까?"

이 말을 듣고 삼장은 내심으로는 기뻐하면서도 꺼림칙한 표정을 지었다.

"팔계가 나서지 않을까 보아 그게 걱정되는구나."

손행자는 껄껄대고 웃었다.

"하하! 그것 보십쇼. 그래서 사부님이 저 녀석을 감싸주기만 하신다고 제가 말씀드리는 게 아닙니까. 저 녀석이 나서지 않으리란 것을 사부님이 어떻게 미리 아십니까? 제가 방금 사부님을 불렀을 때에는 한 시간이 지나도록 대꾸조차 하지 않으셨습니다. 사부님이 한쪽만 두둔하지 않으신다면, 저는 세 치 혓바닥 하나만 가지고 저팔계가 아니라 '저구계(豬九戒)'라도 얼마든지 따라나서게 할 자신이 있습니다."

"오냐, 좋다! 어디 재주껏 데려가도록 해보려무나."

스승의 허락이 떨어지자, 그는 저팔계가 누워 잠자는 침상 곁으로 옮겨가서 큰 소리로 불러 깨우기 시작했다.

"여보게, 팔계……! 팔계!"

그러나 미련퉁이 저팔계는 하루 온종일 짐보따리를 지고 길을 걸어오느라 지칠 대로 지쳐, 아무리 외쳐 불러도 코만 드르렁드르렁 골아가며 깊은 잠에 빠져 있었다. 여간해서는 잠을 깨우기가 어렵다고 생각한 그는 저팔계의 귀를 잡아 비틀고 뒷덜미 갈기터럭을 움켜잡고 마구 흔들어붙였다.

"팔계야! 이 미련한 놈아, 어서 일어나지 못하겠어?"

고래고래 악을 써가며 불러댔으나, 이 미련한 놈은 여전히 엎치락뒤치락 몸뚱이를 뒤채면서 좀처럼 눈을 뜨려 하지 않았다.

"팔계야!"

또 한번 소리치자, 그제야 반응이 나왔다.

"귀찮게 장난질은 그만 하고 주무시기나 하시오, 형님. 내일 또 길을 떠나야 하지 않소?"

손행자는 옳다구나 됐다 싶어, 얼른 달콤한 말로 저팔계를 살살 꾀기 시작했다.

"장난이 아닐세. 돈벌이가 하나 생겼는데, 자네 나하고 같이해보지 않으려나?"

아니나 다를까, '돈벌이'를 하잔 말에 저팔계의 두 눈이 번쩍 뜨이고 귀가 솔깃해진다.

"돈벌이라니, 그게 뭔데?"

"아까 낮에 태자가 한 말 못 들었나?"

"나는 태자가 누군지 상판도 못 봤소. 어떻게 생겨먹었는지도 모르는데, 무슨 얘기를 듣는단 말이오?"

"우선 내 얘기부터 듣게. 태자가 나한테 하는 말이, 그 요괴는 보배를 하나 가지고 있는데, 어찌나 기운이 세고 용감한지 우리 둘이서 내일 성안에 들어가 한바탕 싸워야만 겨우 이길까 말까 한다는 걸세. 그 요괴가 보배를 가졌다니 우선 그놈부터 굴복시켜야 하지 않겠나? 우리 쪽이 그놈한테 패한대서야 보배를 얻기는 둘째로 치고 이건 도리어 꼴이 말씀 아니게 되는 셈 아닌가? 그래서 말인데, 싸워서 당해낼 승산이 별로 없을 바에야, 차라리 선수를 쳐서 그놈의 물건을 슬쩍 훔쳐내는 것이 낫겠다, 그런 얘길세. 어떤가, 나하고 지금 당장 도성 안으로 들어갈 생각은 없나?"

"하하! 형님이 나를 살살 꾀어서 도둑질을 시킬 작정이구려. 하기야 그런 돈벌이라면 내가 빠질 수야 없지! 좋소, 형님. 내가 조수 노릇을 할 테니까 어디 가보기로 합시다…… 한데 솔직히 말해서 형님한테 말해둘 것이 하나 있소. 보배를 훔쳐내고 요괴를 항복시켰다고 해서 내가 뭐 단작스럽게 모든 공로를 내 몫으로 해달라는 것은 아니지만, 그 보배 하나만큼은 내가 가지기로 하겠소."

"그걸 가져다 어디 쓰려고?"

"생각해보면 알 게 아니오? 나는 형님처럼 말재간도 없고 남의 집에 찾아가서 동냥질도 제대로 못 해오고, 그저 태생이 멧돼지라 말씨도 거칠 뿐만 아니라 염불 독경도 잘 못 하는 놈 아니오? 이래저래 할 줄 아는 것이 하나도 없으니 어디서 무얼 제대로 얻어먹겠소? 그래서 말인데, 만약 내가 이도 저도 안 되는 궁지에 몰리게 되거든 그 보배로 음식이나 바꿔 먹을 작정이오."

하기야 미련퉁이 돼지 녀석이 먹을 것밖에 무얼 더 생각하랴? 손행자는 빙그레 웃으면서 그런 것 따위는 관심 없다는 투로 대답했다.

"이 손선생은 그저 명분이나 얻으면 그만이지, 보배를 손에 넣고 싶은 생각은 없네. 그 보배는 자네한테 줌세! 어떤가, 그럼 되겠지?"

미련퉁이 바보 녀석은 보배를 송두리째 준다는 말에 기뻐 어쩔 줄 몰라하더니, 그 자리에서 벌떡 일어나 주섬주섬 옷가지를 찾아 입었다. 그리고는 두말도 없이 휘적휘적 손행자의 뒤를 따라나섰다. 이야말로 '말간 술이 사람의 얼굴을 붉게 물들이고, 황금이 도 닦는 마음을 흔들어놓는다(淸酒紅人面, 黃金動道心)' 하더니, 바로 그런 격이다.

이윽고 두 사람은 스승이 눈치채지 못하게 살그머니 선당 문을 열고 바깥으로 나왔다. 그리고 아무도 없는 곳에 이르자 상광을 일으켜 타고 곧바로 도성을 향해 치달았다.

얼마 안 있어 구름을 낮추고 내려서니 종각에서 이경(二更, 21시)을 알리는 북소리가 들려왔다.

"여보게, 벌써 이경이 되었네."

손행자의 말에, 저팔계는 좋아라 하고 떠든다.

"됐소, 됐어! 사람들이 모두 곯아떨어졌을 때요."

두 사람은 정양문 쪽으로 가지 않고 한 바퀴 빙 돌아 후재문에 이르렀다. 가까운 곳에서 야경 도는 순라군의 딱따기 치는 소리가 들려왔다.

"여보게, 앞뒷문이 모조리 잠겨 있으니 어떻게 들어가야 하나?"

"도둑질하는 놈이 정문으로 들어가는 것 봤소? 담장이나 훌쩍 뛰어넘으면 그뿐이지, 뭐!"

손행자가 아우님의 말대로 훌쩍 몸을 솟구치더니 그 높은 궁궐 성벽을 단숨에 뛰어넘었다. 저팔계 역시 그 뒤를 따랐다. 두 사람은 궁궐 안으로 잠입한 후, 길을 더듬어가며 어화원이란 곳을 찾아서 헤매고 다녔다.

한참을 정신없이 헤매다 보니, 한군데 3층 처마가 높이 치솟고 그 아래 희고 가는 대쪽으로 엮어올린 문루가 보이는데, 그 위에 커다란 금빛 글자 셋이 달빛과 별빛을 받아 번쩍거리고 있었다.

'어화원(御花園)', 바로 그곳이다.

손행자는 대문 앞으로 다가서서 문고리를 살펴보았다. 빗장 지른 문고리에는 봉인을 찍은 종이가 몇 겹으로 두텁게 붙어 있고, 자물쇠는 시뻘겋게 녹이 슬어 있었다.

"여보게, 자네가 손쓸 차례가 됐네!"

사형의 분부가 떨어지자, 미련퉁이 저팔계는 쇠스랑을 번쩍 들어 있는 힘껏 대문짝을 내리찍었다. 무시무시한 괴력에 놀란 문짝은 맥없이 산산조각 부서져 나가고 말았다.

손행자가 먼저 걸음을 내디며 그 안으로 선뜻 들어서더니, 무엇을 보았는지 참을성 없는 천성 그대로 팔짝팔짝 뛰면서 이 소리 저 소리 마구 떠들기 시작했다.

저팔계는 기겁을 하도록 놀라 사형의 옷자락을 붙잡고 말렸다.

"형님! 날 죽이려고 이러시오? 도둑질하러 와서 이렇게 함부로 소리치는 법이 어디 있소? 사람을 놀라서 깨어나게 해보시구려. 우리가 관가로 붙잡혀가는 날이면 비록 죽을죄는 아니더라도, 변방으로 끌려가 죄수 부대 졸병 노릇이나 하는 신세가 되고 말 거요!"

그러자 손행자는 화원을 가리키면서 탄식했다.

"여보게! 자네 저 화원 꼬락서니를 좀 보게. 그럼 내가 왜 조급하게 굴었는지 알 걸세."

저팔계는 영문도 모르고 사형의 손가락 끝을 따라 화원 안을 들여다보았다.

채색 그림으로 조각을 아로새긴 난간은 어지러이 흐트러지고, 보배로 꾸며 만든 정자 누각은 실그러졌다.

잔디 깔린 물가, 수풀 우거진 언덕은 하나같이 흙모래 먼지 더미에 파묻히고, 작약도 겨우살이 씀바귀도 모두 시들었다.

말리화(茉莉花), 장미화는 그 향기 어둡고, 모란꽃, 백합꽃도 풀이 죽어 송이만 벌어져 있을 뿐.

부용화, 무궁화도 풀덤불 속에 무겁게 짓눌리고, 색다른 풀, 기이한 꽃떨기도 서로 헝클어진 채 말라 죽었다.

인공으로 쌓은 가산(假山)의 기묘한 바윗돌하며 산봉우리는 한꺼번에 허물어져 내리고, 물 마른 연못에 물고기도 죽어서 보이지 않는다.

푸르던 소나무, 자줏빛 대나무는 땔나무처럼 메말랐으며, 오솔길 가는 곳마다 쑥대밭이 되어 잡초만이 무성하다.

붉은 꽃 계수나무 푸른 복숭아나무는 가지가 꺾였으며, 해류(海榴, 석류나무), 당체(棠棣, 해당화)는 뿌리가 지면으로 비스듬히 뻗어나왔다.

다리 위 굽이굽이 좁은 오솔길에는 푸른 이끼만 덮이고, 임금님 즐기던 꽃세상은 온통 냉막하구나.

"형님, 저런 꼴을 보고 한숨은 쉬어서 뭘 하겠소? 우리 어서 돈벌이나 하러 갑시다!"

신경이 무딘 저팔계가 재촉을 한다.

화려했던 지난날을 잃어버린 채 퇴락한 정경을 보고 하염없이 탄식을 금치 못하는 손행자, 그러나 저팔계의 일깨우는 소리를 듣고 이내 현실로 돌아왔다. 그렇다, 사부님이 꿈속에서 무슨 말을 들었다고 했던가? 어화원 파초나무 아래 팔각 유리정 우물이 있다고 했다. 무엇보다 파초나무를 찾아야 한다. 그는 아무 소리도 않고 화원 깊숙이 들어갔다.

삼장 법사가 원귀에게서 들은 것은 사실이었다. 화원 한 귀퉁이에는 과연 파초나무 한 그루가 무성하게 자라고 있었던 것이다. 다른 점이 있다면 주변에 시들고 메마른 꽃나무에 비해 줄기와 잎이 유별나게 싱싱하고도 기운차게 뻗어나가고 있는 모습이었다.

신령한 묘목 한 종류가 빼어나게 미끈하니, 타고난 천성이 텅 빈 공(空)이라네.

가지마다 종잇조각 싹터 나온 듯하고, 돌돌 말린 잎새마다 향기를 뿜어내며 아름답게 뭉쳐 있다.

비취색 푸른 줄기는 천 갈래로 가늘고, 붉디붉은 단심(丹心)은 일점홍(一點紅)이라 하겠네.

처량한 모습은 밤비 내릴까 근심하고, 초췌한 몰골은 소슬바람 불어올까 겁을 먹은 듯.

원정(園丁)의 힘으로 무럭무럭 자라고, 천지 조화(造化)의 공덕으로 풍성하게 가꾸어졌다.

편지 사연 봉함(封緘)에 묘한 쓰임새 이루고, 물 뿌리기에도 기이한 공력(功力)이 있다.

봉황의 깃털처럼 평온함을 안겨주고, 난새의 꼬리처럼 감칠맛이 있다.

옅은 이슬 맺혀 똑똑 듣고, 가벼운 안개 연기 담담하게 감돌고 있구나.

푸른 그늘은 벽창(壁窓)을 가리고, 벽록(碧綠)의 그림자는 주렴 드리운 창틀에 비쳐든다.

홍안(鴻雁)의 기러기는 깃들이지 못하게 하니, 옥총(玉騘) 준마의 고삐인들 어찌 묶게 하랴.

서리 찬 날이면 형색(形色)이 메마르고 초췌하지만, 달 뜬 밤이면 그 빛깔 더욱 몽롱하다.

찌는 듯한 무더위만 가시게 해주더냐, 뜨거운 햇볕을 피하기에 오히려 알맞다.

복사꽃 살구꽃 향기 없음을 부끄러워하는가, 회칠한 해돋이 담장 곁에 외로이 선 자태가 적막하고 쓸쓸하기 짝이 없구나.

"여보게, 팔계! 어디 손을 좀 써볼 텐가? 보배는 바로 이 파초나무 밑에 파묻혀 있다네."

손행자가 파초나무를 가리키자, 미련퉁이 저팔계는 두 손으로 쇠스랑 자루를 거머쥐고 단번에 나무뿌리부터 찍어 넘기더니, 그 다음에는 주둥이로 흙더미를 들쑤셔서 눈 깜짝할 사이에 3, 4척 깊이나 파놓았다. 이윽고 뿌리 밑에 두꺼운 돌판 덮개 한 장이 나타났다. 우물 뚜껑이 모습을 드러낸 것이다.

"형님! 이게 웬 떡이오? 석판이 덮여 있는 걸 보니 과연 보배가 여기 파묻혀 있는 게 틀림없소. 가만있자, 항아리에 담아두었나, 아니면 궤짝에 넣어두었나?"

저팔계는 제멋대로 지레짐작을 하느라 정신이 없다. 손행자는 침착하게 지시를 내렸다.

"여보게, 그 석판을 들춰보게."

미련한 저팔계가 또 한번 주둥이로 쑤셔서 돌판을 들춰냈더니, 갑자기 저녁노을 같은 광채가 눈부시게 퍼져나가면서 환한 바닥을 드러냈다.

"하하! 이것 보게! 조화로구나, 조화야! 보배가 눈부신 광채를 쏟아내는걸!"

저팔계는 껄껄대고 웃으면서 앞으로 다가섰다. 그리고는 광채 속에 머리를 처박고 들여다보니, 웬걸! 보배는커녕 커다란 우물 속 수면에 별빛 달빛이 반사되어 번쩍번쩍 빛나고 있지 않은가?

"이크, 우물이다! 그럼 이 우물 속에 보배가 있단 말인가……? 아니, 형님! 무슨 일을 하려거든 미리 준비가 있어야 하지 않소?"

"준비라니, 뭘 말인가?"

손행자가 시침을 뚝 떼고 되묻는다.

"이건 우물이오. 절간에 있을 때 보배가 우물 속에 감춰져 있다고 미리 귀띔이라도 해주었더라면 밧줄을 한 두어 타래 마련해 가지고 왔을 게 아니오? 그럼 이 저팔계가 무슨 수를 써서라도 우물 속에 내려갈 수 있는 것을, 지금 이렇게 맨주먹만 가지고 어떻게 우물 속에 있는 물건을 건져낸단 말이오?"

"자네, 물속으로 들어갈 각오는 돼 있나?"

"들어가고 싶어도 밧줄이 없지 않소?"

저팔계가 퉁명스레 쏘아붙이는데, 손행자는 빙글빙글 웃어가며 지시를 내린다.

"옷이나 벗게. 들어가는 방법을 가르쳐줄 테니까……"

"벗으라면 못 벗을 것도 없지. 뭐 그리 좋은 옷도 아닌데…… 직철한 벌만 벗어던지면 나는 벌거숭이에 알몸뚱이니까."

교활하기 짝이 없는 손행자, 미련한 녀석의 기대감을 잔뜩 부풀려 놓고 귓속에서 여의금고봉을 꺼내들었다. 그러고는 양쪽 끝 테두리를 엿가락 늘이듯이 잡아당기면서 외마디 소리로 호통을 쳤다.

"길어져라!"

그 한마디에 철봉은 눈 깜짝할 사이에 7, 8장(丈) 길이로 죽죽 늘어나기 시작했다.

"자네, 이 철봉 한쪽 끝을 붙잡고 우물 속으로 내려가게."

"형님, 내려가긴 내려가겠는데 수면에 닿거든 멈춰주셔야 하오. 물이 차가울 테니까."

"나도 잘 알고 있네."

이윽고 미련한 저팔계가 철봉 한쪽 끄트머리를 단단히 부여안았다.

그러고는 손행자가 거든하게 들어올려 집어넣는 대로 따라서 우물 속으로 내려가기 시작했다. 얼마 안 있어 두 다리가 수면 위에 닿았다.

저팔계가 위쪽을 향해 소리쳤다.

"물에 닿았소!"

그런데 손행자는 귀머거리가 되었는지 이 소리를 듣고도 못 들은 척, 그대로 철봉을 아래쪽으로 쑤욱 쑥 계속 내리밀었다.

"풍덩!"

미련퉁이 저팔계는 당황한 나머지 이리저리 발버둥치다가 엉겁결에 철봉을 놓치고 머리통을 제대로 가누지도 못한 채 그만 물속으로 빠져들고 말았다.

"어푸, 어푸……! 저런 급살맞을 놈 봤나! 내가 물에 닿거든 멈추라고 얘기했는데도 그냥 밀어넣다니……!"

"여보게! 보배가 있나?"

철봉을 끌어올린 손행자가 웃으면서 묻는다.

"아무것도 없소! 보배는커녕 온통 물뿐이오."

"그야 당연하지. 보배는 무거우니까 물속에 가라앉아 있을 게 아닌가? 좀더 들어가서 잘 찾아보게!"

"알았소!"

저팔계가 미련하기는 해도 헤엄치기나 무자맥질 하나만큼은 이 세상에서 둘째가라면 서러워할 위인이다. 그는 물속에 머리를 처박기가 무섭게 아래로아래로 계속 잠수해 들어갔다. 그런데 이 우물이 얼마나 깊은지 도대체 밑바닥이 나타나지 않았다. 저팔계는 무작정 물살을 헤쳐가며 끝도 모르게 깊고깊은 물 속으로 하염없이 내려갔다.

얼마쯤 내려갔을까, 정신없이 내려가던 그가 퍼뜩 눈을 뜨고 살펴보았더니 한군데 패루(牌樓)가 눈길에 잡히는데, 누각 위에는 뜻밖에도

'수정궁(水晶宮)'이란 세 글자가 씌어 있는 것이 아닌가!

저팔계는 깜짝 놀랐다.

"이크! 이거 야단났구나! 물길을 잘못 들어 바다 밑까지 밀려온 거 아냐? 바다 속에나 수정궁이 있지, 우물 속에 어떻게 수정궁이 있단 말인가?"

저팔계는 모르고 있었다. 이곳이 우물 용왕의 수정궁이라는 사실을 말이다.

그가 혼잣말로 투덜거리고 있는 동안, 때마침 물속을 순찰하던 야차(夜叉) 한 마리가 낯선 불청객을 발견하고 용궁 문을 열다가, 그 흉물스런 알몸뚱이를 보고 기겁해서 허둥지둥 안으로 뛰어들어가 보고했다.

"대왕님! 큰일났습니다. 우물 위에서 주둥아리가 기다랗고 귀가 커다란 화상 하나가 떨어졌습니다. 몸에 옷가지 하나 걸치지 않은 벌거숭이인데, 물에 빠져서도 죽지 않고 무슨 말인지도 모를 소리만 중얼거리고 있습니다."

갑작스레 이런 말을 듣자 우물 용왕은 속으로 크게 놀랐다.

"저런! 생김새가 그렇다면 아무래도 천봉원수가 온 모양이로구나. 간밤에 야유신이 칙명을 받들고 찾아와서, 오계국 왕의 혼령을 꺼내다가 당나라 스님을 만나뵙게 하고 제천대성에게 간청하여 요괴를 항복시키겠다고 하더니, 과연 그 말대로 제천대성과 천봉원수가 찾아온 게 분명하다. 여봐라! 무엇들 하느냐? 어서 서둘러 영접 나갈 채비를 해라! 섣불리 대했다가는 큰일낼 분들이다."

부랴부랴 의관을 가다듬은 우물 용왕이 일가친척 물고기 족속들을 이끌고 수정궁 문 밖으로 나아가더니 저팔계를 향하여 우렁찬 목소리로 인사를 건넸다.

"천봉원수님, 어서 오십시오! 자아, 어서 안으로 드시죠!"

길을 잃고 당황하던 저팔계는 뜻밖의 환대에 입이 싱글벙글 저절로 벌어졌다.

"이크! 날 알아보는 사람이 여기도 있었군 그래!"

그는 사양 한 번 않고 인사도 없이 수정궁 안으로 휘적휘적 들어가더니, 염치도 좋게 벌거숭이 몸뚱이로 물을 뚝뚝 흘려가며 상석을 차지하고 앉았다.

우물 용왕이 여쭙는다.

"원수님, 요즈음 듣자하니, 원수께서는 죽을 목숨 건지고 석가여래의 가르침에 귀의하여 당나라 스님을 모시고 서천 땅으로 경을 얻으러 가신다던데, 어떻게 이런 곳엘 다 오셨습니까?"

저팔계도 숨김없이 대꾸했다.

"바로 그 일 때문에 왔소. 우리 사형 되는 손오공이 내게 큰절을 여러 번 해가면서 신신당부를 합디다. 날더러 그대를 찾아보고 무슨 보배인가 뭔가 하는 것을 얻어오라고 했단 말이오."

손님이 보배를 얻으러 왔다는 말에, 우물 용왕은 사뭇 난처한 기색을 보였다.

"참말 딱도 하신 말씀입니다. 이런 좁아터진 우물 속에 처박혀 있는 저한테 무슨 보배 같은 것이 손에 들어올 리 있겠습니까? 장강(長江)이나 황하(黃河), 회수(淮水), 제수(濟水)처럼 영역이 너른 강물 속에 사는 용왕들이야 날고 뛰는 변화 술법 재간을 지녔으니까 보배도 얻고 재물도 많이 거두어들이겠지만, 내 처지를 그런 용왕들과 비길 수가 있겠습니까? 저는 이 우물 속에 오랜 세월 들어박혀 하늘에 뜬 해와 달 구경조차 못 해보았습니다. 이런 주제에 보배 같은 것이 어디서 생긴단 말씀입니까?"

"그런 핑계 댈 것 없이 어서 보배나 꺼내주시구려."

저팔계가 억지 떼를 쓰고 나오자, 우물 용왕은 잠시 생각하던 끝에 이런 말을 했다.

"있긴 하나 있습니다만, 저희가 꺼내오지는 못하겠습니다. 원수님께서 직접 가셔서 보시면 어떨까요?"

"좋소! 그럽시다! 물론 내 눈으로 가서 봐야겠지."

이리하여 우물 용왕은 앞장을 서고, 저팔계는 그 뒤를 따랐다. 수정궁 뒤편으로 돌아가보니, 복도 한 귀퉁이에 남자 시체가 한 구 가로뉘어 있었다. 6척 장신의 우람한 몸집을 가진 사내였다.

용왕이 손끝으로 그 시신을 가리켰다.

"원수님, 저것이 보배올시다."

저팔계는 앞으로 다가서서 굽어보다가, 아연실색하고 뒷걸음질쳐 물러났다. 어느 나라 황제였는지, 머리에는 충천관을 쓰고, 몸에는 자황포를 걸쳤으며 두 발에는 무우리 신발 한 켤레를 신고, 허리에는 남전(藍田) 특산의 옥대(玉帶)를 띠었는데, 마치 잠든 것처럼 단정한 자세로 꼿꼿하게 누워 있는 것이다.

저팔계는 어처구니가 없어 웃음이 절로 나왔다.

"이런 젠장, 이거야 어디 보배라고 할 수 있나! 이 저팔계가 복릉산에서 요괴 노릇을 할 때만 하더라도 날이면 날마다 이런 것들을 밥 대신 잡아먹고 살았는데, 그것도 어쩌다가 맛보기로만 먹은 게 아니라, 눈에 뜨이는 대로 숱하게 잡아먹었던 거요. 이런 걸 보배라니, 어디 말이나 되는 소린가!"

"그건 원수님께서 모르고 하시는 말씀입니다. 이것은 본디 오계국 임금의 시신입니다. 우물 안에 떨어져 내렸을 때, 제가 얼굴을 바로잡아 놓고 정안주(定顔珠)를 입에 물려 지금까지 썩지 않게 해놓았습니다. 이

시신을 떠메고 나가서 제천대성 어른을 만나보시고, 그분이 기사회생하는 술법을 부려 죽은 목숨을 도로 살려놓을 수만 있다면, 보배 따위는 그만두고라도 이 세상천지에 어떤 물건이든지 모두 다 얻으실 수 있을 겁니다."

"하긴 듣고 보니 그럴듯한 얘기로군. 좋소! 내가 떠메고 나가리다. 가기는 가겠는데, 화장을 하거나 매장을 하거나 비용이 들 테니까, 돈을 좀 주셔야겠소."

"돈 같은 것은 한 푼도 없습니다. 정말입니다."

우물 용왕이 딱 잡아떼었다.

"사람을 공짜로 부려먹을 작정이오? 돈이 없다면 그만두시구려. 나도 업고 나가지 않을 테니까!"

저팔계가 뻗대니, 우물 용왕도 지지 않고 맞선다.

"업고 나가지 않겠다면, 좋습니다. 그냥 돌아가시죠!"

저팔계는 휑하니 발길을 돌렸다. 그 꼴을 본 우물 용왕이 힘깨나 씀직한 야차 두 마리를 시켜 오계국 왕의 시신을 떠메다가 수정궁 대문 바깥으로 끌어내어 한구석에 내려놓고, 시체에서 벽수주(辟水珠)를 뽑아냈다. 물결 가르는 구슬을 떼어내자, 곧바로 '쏴아아!' 하는 물소리가 일었다.

저팔계가 무슨 소리인가 싶어 급히 뒤돌아보았을 때, 수정궁의 대문짝은 이미 보이지 않고, 캄캄한 물 속에서 이리저리 손으로 더듬어보니 애물 덩어리 임금의 시체가 손길에 섬뜩하게 와서 닿았다. 그는 기절초풍하도록 놀란 나머지 두 다리를 마구 휘저으면서 허우적허우적 수면 위로 솟구쳐 올라갔다. 그리고는 우물 벽을 두 손으로 잔뜩 움켜쥔 채 고래고래 악을 썼다.

"형님! 철봉을 내려주시오! 날 꺼내줘요! 어서 날 구해달라니까!"

우물 위에서 손행자의 목소리가 들려왔다.

"보배는 있던가?"

"있기는 뭐가 있단 말이오! 물 밑바닥에 사는 우물 용왕이 날더러 죽어 뻐드러진 사람의 시체나 떠메고 가랍디다. 내가 업고 나가지 않겠다고 우겼더니, 그냥 나가라기에 그대로 나왔는데, 눈 깜짝할 사이에 수정궁은 어디로 사라졌는지 보이지 않고 어둠 속을 더듬어보았더니, 그 빌어먹을 놈의 시체가 손길에 잡히는 게 아니겠소? 얼마나 놀랐는지 손발이 와들와들 떨리고 맥이 탁 풀려 도무지 견딜 수가 있어야지. 그래서 이렇게 도망쳐 나온 거요. 형님! 일이야 어찌 됐든, 제발 날 좀 살려주시오!"

"그게 바로 보배인데, 어째서 업고 올라오지 않았나?"

"죽은 지 얼마나 오래되었는지도 모르는 것을, 내가 무엇 때문에 떠메고 나와야 하는 거요?"

"업고 나오지 않겠다고? 그럼 난 이만 돌아가겠네."

우물 위쪽에서 매정한 목소리가 들려왔다. 미련퉁이 바보 녀석은 그게 무슨 소리인지 몰라 어리둥절해서 되묻는다.

"돌아가다니, 어딜 말이오?"

"절간으로 돌아가서 사부님하고 잠이나 자야지 뭐."

"그럼 난 돌아가지 못하고?"

"자네 힘으로 기어올라올 수 있으면 함께 돌아갈 것이고, 못 올라오면 할 수 없지. 나 혼자서나 돌아갈밖에!"

저팔계는 당황했다. 절벽보다 더 가파른 우물 벽을 무슨 재주로 기어서 올라간단 말인가? 그는 위쪽을 향해 또다시 고래고래 악을 썼다.

"이것 봐요, 형님! 성벽이라도 기어서는 올라가기 어려운 노릇인데, 이 우물은 호리병처럼 모난 구석 하나 없이 둥글둥글한데다, 배만 크고 아가리는 작아서 올라갈수록 좁아지지 않소? 게다가 몇 해 동안을 두고 물을 긷지 않은 탓으로 이끼만 잔뜩 끼어 얼마나 미끄러운지 모르는데, 날더러 어떻게 기어올라가라는 말이오? 좋소! 정 그렇다면, 내가 형제지간의 정리를 생각해서 이놈의 시체를 업고 올라갈 테니, 철봉이나 내려보내주시오. 나도 형님하고 돌아가서 잠 좀 자야겠소!"

"옳거니! 이제 바른말을 하는군. 어서 빨리 떠메고 올라오게. 자네하고 돌아가서 잠을 자기로 하지!"

손행자의 말끝이 떨어지기가 무섭게, 미련퉁이 바보 녀석은 사납게 몸을 뒤틀더니 다시 물속으로 자맥질해 들어가, 아직껏 물 밑바닥에 누워 있는 시체를 등에 걸쳐 업고 수면 위로 떠올라 우물 벽을 부여잡은 채 버럭 고함쳤다.

"형님, 떠메고 나왔소!"

손행자가 우물 속을 들여다보았더니, 과연 등에 사람을 업고 있다. 그제야 그는 철봉을 엿가락처럼 늘여 우물 속으로 내려보냈다. 손행자에게 골탕을 먹고 독이 오를 대로 오른 미련퉁이는 입을 쩍 벌려 철봉 끄트머리를 으스러져라 악물고서 손행자가 끌어올리는 대로 철봉 끝에 매달린 채 거뜬히 우물 바깥으로 빠져나왔다.

저팔계가 시체를 땅바닥에 메다꽂듯 털썩 내려놓고 주섬주섬 옷을 찾아 입는 동안, 손행자는 시체를 바로 뉘어놓고 요모조모 자세히 뜯어보았다. 오계국 황제의 얼굴 모습은 살아 있을 때나 조금도 다를 바 없어, 변질된 구석이라곤 눈을 씻고 찾아봐도 보이지 않았다.

"여보게, 이 사람은 죽은 지 삼 년이나 되었다던데, 어째서 얼굴이 조금도 상하지 않았을까?"

저팔계가 투덜투덜 볼멘소리로 대꾸한다.

"모르는 말씀 마시오. 우물 용왕이 나한테 하는 말이, '시체의 얼굴을 바로잡아놓고 입에 정안주를 물려 보존해두었다'고 했소. 그러니까 시체가 상하지 않았던 거요."

"그것참 잘되었군! 잘되었어! 이 사람은 아직 원수를 갚지 못한 처지니까, 우리에게 공덕을 이룰 수 있는 기회가 주어진 셈 아닌가? 자, 어서 들쳐 업게나!"

"어디로 업고 가란 말이오?"

"떠메고 가서 사부님께 보여드려야 하지 않겠나?"

끔찍스런 시체를 또 업고 가라는 말에, 저팔계는 약이 바싹 올라 혼잣말로 투덜댔다.

"이런 제기랄! 어쩌면 이럴 수가 있나? 말도 안 되는 수작 아닌가! 일껏 잘 자고 있는 사람을 이 빌어먹을 놈의 원숭이가 사탕발림으로 살살 꾀어다가 무슨 돈벌이를 시켜준다고 여기까지 끌고 와서 우물 속에 처박더니, 이제는 송장을 떠메고 돌아가자는 말이냐? 에잇 참! 이토록 지저분한 것을 어떻게 떠메고 가라는 거야? 냄새도 역겹고 진물이 줄줄 흘러내려서 옷을 더럽히면 빨아줄 사람도 없는데…… 누덕누덕 기운 단벌 홑옷이 날씨나 흐리면 마르지도 않을 텐데, 그 질척질척한 것을 어떻게 입고 다니란 말이야?"

"아무 소리 말고 어서 떠메고 가기나 하게! 절에 가면 갈아입을 옷은 내가 마련해줄 테니까."

"말도 안 되는 소리 작작 하시오! 형님 갈아입을 여벌도 없는데, 나까지 갈아입힐 옷이 어디 있겠소?"

"그놈의 주둥아리 닥치고 얼른 업지 못하겠나?"

"못 업겠소!"

"못 업으시겠다? 그럼 좋아! 자네 그 종아리를 걷어올리게. 내 이 철봉으로 한 스무 대만 때려줄 테니까."

종아리를 친다는 말에, 저팔계는 찔끔 놀라 자라목을 움츠렸다.

"아이고, 형님! 그 사람 잡는 쇠몽둥이로 스무 대씩이나 때린다면, 나도 이 죽은 임금님과 똑같은 신세가 되고 말 거요!"

"매 맞는 것이 무섭거든 빨리 떠메란 말이다!"

저팔계는 과연 매 맞는 게 겁이 나는 터라, 싫기는 하지만 어쩔 도리가 없다. 그는 우거지상을 지으며 내키지 않는 손을 뻗어 시체를 끌어다가 등에 들쳐 업고, 어슬렁어슬렁 걸음을 옮겨 떼기 시작했다.

어화원을 나서자, 앙큼스런 손대성은 인결을 맺고 주문을 외우면서 손지(巽地) 방위를 향해 숨 한 모금 빨아들이더니 '훅!' 하고 도로 내뿜었다. 그러자 일진광풍이 불어닥치더니 저팔계를 휘몰아 가지고 황궁 내원 바깥으로 날려보냈다. 이리하여 저팔계는 시체를 등에 업은 채 손행자와 함께 눈 깜짝할 사이에 도성을 벗어날 수 있었다.

이윽고 미친 바람이 잦아들고, 두 사람은 땅에 내려서서 묵묵히 걷기 시작했다. 무거운 시체를 떠메고 터벅터벅 걸어가면서, 저팔계는 가슴속에 분노가 치밀어 견딜 수가 없다. 매가 무서워 말은 하지 못했으나, 머릿속으로는 어떻게 하면 이 괘씸한 원숭이 녀석에게 골탕 먹은 앙갚음을 해서 분풀이할까 그 궁리뿐이었다.

'요놈의 원숭이가 날 골탕 먹였겠다? 어디 절간에 돌아가서 두고 보자꾸나! 나도 네놈을 골탕 먹이고야 말 테니까! 사부님을 들쑤셔서 이 원숭이 녀석이 죽은 사람을 도로 살려낼 수 있다고 말씀드리자. 살려내면 그뿐이겠지만 살려내지 못할 때에는 사부님더러 긴고주를 외우시게 해서 이놈의 머리통을 부숴놓고야 말 테다. 그래야만 내 분이 풀릴 게 아닌가……?'

터덜터덜 길을 가면서 이 궁리 저 궁리 끝에 생각이 또 바뀌었다.

'아니지, 아냐! 이놈더러 죽은 사람을 살려내라면 그거야 손바닥 뒤집기보다 더 쉬운 일이 아닌가? 저승으로 달려가 염라대왕에게서 혼령을 빼앗아오기만 하면 당장 살려내고 말 것이다. 안 되겠다. 저승에 가도록 내버려둘 게 아니라, 이승에서 살려놓으라고 수작을 부리자꾸나. 됐어, 그 방법이 최고다!'

이러구리 보림사 산문 앞에 당도한 손행자는 미련퉁이가 무슨 꿍꿍이속을 차리고 있는지 까맣게 모른 채 곧바로 절간 안에 들어섰다. 저팔계는 등에 업고 있던 시신을 선당 문턱 앞에 내동댕이쳤다.

"사부님! 이리 나와보십쇼!"

당나라 스님 역시 두 제자를 떠나보낸 뒤부터 마음이 놓이지 않아 잠을 못 이루고 사화상과 함께 마주 앉아서, 맏제자가 저팔계를 꾀어 데리고 나간 지 벌써 한참이 지나도록 돌아오지 않아 걱정을 하고 있던 참이었다. 그는 저팔계가 외쳐 부르는 소리에 벌떡 일어나 방문을 열어젖혔다.

"얘들아, 돌아왔구나! 한데 뭘 보라는 게냐?"

"이리 나와보십쇼. 손행자 형님 조상 댁 외할아버지가 이 저팔계의 등에 업혀서 왔다니까요."

곁에서 손행자가 버럭 호통쳐 꾸짖는다.

"이 보릿겨나 처먹고 사는 미련퉁이 바보 녀석아! 나한테 무슨 외할아버지가 있다는 거냐?"

"형님! 외할아버지가 아니라면 무엇 하러 이 저팔계더러 업고 오라고 했소? 얼마나 힘들었는지 알기나 하시오?"

미련퉁이 저팔계 녀석은 스승 들으라고 일부러 씨근벌떡 가쁜 숨을 내쉬어가며 엄살을 떨었다.

삼장 법사는 사화상과 나란히 문밖으로 머리를 내밀고 바라보았다. 땅바닥에 널브러진 시체 한 구, 그것은 꿈속에 나타났던 오계국 왕의 모습이 분명했다. 그런데 어찌 된 노릇인지 죽어서 3년이나 지난 사람의 얼굴이며 살갗이 조금도 변하지 않고 살아 있을 때와 다름이 없었다. 삼장은 처참한 생각이 들어 두 눈에 눈물이 핑그르르 돌았다.

"폐하! 폐하께서는 어느 세상에서 원수를 맺으셨기에, 지금은 이 세상에서 그런 놈을 만나 아무도 모르게 죽임을 당하시고, 아내를 빼앗기고 자식과 이별을 하셨으며, 조정의 문무백관들조차 내막을 아는 사람이 하나도 없는 기구한 신세가 되셨습니까? 가련하게도 폐하의 처자식들은 무지몽매하여 남편과 아비가 이런 꼴을 당하신 줄 모르고, 영전에 향불 한 대 살라드리기는커녕 차 한잔 따라 올리지 않고 있으니……!"

목이 메어 말을 잇지 못하고 눈물만 비 오듯 철철 흘러내린다.

저팔계는 피식 웃으면서 마음 약한 스승에게 핀잔을 주었다.

"원, 사부님도! 이 사람이 죽은 게 사부님과 무슨 상관이 있다고 눈물까지 흘리십니까? 사부님의 사돈에 팔촌 어른이라도 된단 말입니까? 그것도 아닐 텐데, 울기는 왜 우시는 겁니까?"

삼장이 점잖게 타이른다.

"애야, 출가하여 중이 된 사람은 자비심을 근본으로 삼아야 하며, 남을 위하여 가슴 아파할 줄도 알아야 하는 법이다. 너는 어쩌자고 마음씨가 그토록 악착스럽단 말이냐?"

"제가 악착스러워서 그런 게 아닙니다. 형님하고 저하고 약속한 게 하나 있거든요. 형님은 절더러 이 시체를 떠메고 나오기만 하면, 반드시 도로 살려놓겠다고 했습니다. 살려내지 못한다면 제가 무엇 때문에 그토록 힘들여가며 업고 올 리가 있겠습니까?"

삼장은 본래 줏대가 없는 사람이라, 미련퉁이의 말을 듣고 귀가 솔깃해졌다. 그는 당장에 손행자를 돌아보고 외쳐 물었다.

"오공아, 만약 네게 그런 수단이 있거든 이 임금을 살려드려라. '사람의 목숨 하나 구해주는 것은 일곱 층 불탑을 쌓기보다 더 낫다(救人一命, 勝造七層浮屠)'는 말이 있다. 또한 우리가 영산에 올라 부처님을 참배하는 것보다 더 큰 공덕이 될는지 누가 알겠느냐?"

손행자는 기가 막혀 저도 모르게 이맛살이 찌푸려졌다.

"사부님, 이 바보 멍텅구리 녀석의 터무니없는 소리를 곧이들으십니까? 사람이 한번 죽으면 '삼칠은 이십일 일, 오칠은 삼십오 일, 칠칠은 사십구 일', 도합 칠백 일 안에 이승에서 지은 죄를 다 씻어야 환생할 수 있습니다. 그런데 이 사람은 죽은 지 벌써 삼 년이나 됩니다. 이런 사람을 어떻게 도로 살려낼 수 있단 말씀입니까?"

삼장이 듣고 보니 그럴듯한 말이다.

"그도 그렇겠구나. 그만두어라."

스승이 쉽게 단념하니, 저팔계란 놈은 심통이 뻗쳐 견딜 수가 없다. 그래서 다시 한번 스승을 충동질했다.

"사부님, 속지 마십쇼! 사형은 머릿속에 앙큼한 꾀가 잔뜩 들어서 귀찮은 일을 하지 않으려고 그런 말을 한 겁니다. 그 주문을 한번 외워보십쇼. 반드시 이 죽은 송장을 산 사람으로 만들어놓고야 말 겁니다."

귀가 여린 삼장 법사, 미련퉁이의 부추김에 넘어가 정말로 '긴고주'를 외우기 시작했다. 원숭이 임금은 눈알이 빠져나오고 머리통이 뼈개질 듯이 아파 견딜 수가 없어, 땅바닥에 데굴데굴 굴러가며 애처로운 비명을 질러댔다.

손행자가 과연 죽은 황제의 목숨을 다시 살려낼 수 있을 것인지, 다음 회에서 풀어보기로 하자.

제39회 천상에서 한 알의 단사를 얻어 내려오고, 죽은 지 3년 만에 임금은 이승에 다시 살아나다

"사부님! 외우지 마십쇼! 제가 살려놓을 테니, 제발 그것 좀 외우지 마세요!"

손행자는 머리가 터져나가는 아픔을 끝내 견디지 못하고 애걸복걸 빌었다.

"어떻게 살려낼 테냐?"

스승이 물었다.

"저승에 건너가서 그곳 염라대왕더러 이 사람의 영혼이 있는가 물어보고, 있다면 얻어다가 구해내겠습니다."

이때 저팔계가 초를 쳤다.

"사부님, 그 얘기 믿지 마십쇼! 형님은 애당초 저승에 가지 않고도 이 밝은 세상에서 살려놓을 수 있다고 큰소리쳤습니다. 그래야만 형님의 뛰어난 재간을 볼 수 있지 않겠습니까?"

삼장은 이 터무니없는 소리를 또 그대로 믿고 중얼중얼 '긴고주'를 계속 외워대기만 했다. 당황한 손행자가 이거 큰일나겠다 싶어 입에서 나오는 대로 승낙하고 말았다.

"사부님! '긴고주'를 외우지 마시고 말씀만 하십쇼. 이 밝은 세상에서 살려놓겠습니다! 하늘이 두 쪽 나는 한이 있더라도 꼭 이승에서 살려놓겠습니다!"

그러나 곁에서 저팔계는 계속 부채질을 했다.

"그치면 안 됩니다! 사부님, 그저 귀를 막고 계속 외우세요! 외우기만 하시라니까요!"

밉살맞은 충동질에, 손행자는 버럭 욕설을 퍼부었다.

"이 미련퉁이 바보 같은 짐승 놈아! 사부님을 부추겨서 계속 날 못살게 굴 작정이냐?"

미련퉁이 저팔계는 어찌나 고소한지 속이 후련하다 못해 몸을 제대로 가누지도 못할 지경으로 웃어댔다.

"하하하하……! 우하하핫……! 형님! 형님만 남을 속여서 골탕 먹일 줄 아시오? 그거 잘못 생각하셨지! 내게도 형님을 골탕 먹일 수가 있는 줄은 몰랐을 거요!"

손행자는 너무나 고통스러워 미련퉁이의 비웃음 따위는 귀에 들어오지 않는다.

"사부님, 외우지 마십쇼! 외우지 마시라니까요! 이 손오공이 반드시 이승에서 살려놓으면 될 거 아닙니까?"

삼장이 다시 묻는다.

"이승에서 어떻게 살려놓겠단 말이냐?"

"지금 당장 근두운을 타고 남천문으로 올라가, 두우궁에 들르지도 않고 영소보전의 옥황상제도 뵙지 않고, 곧바로 삼십삼천에 이르러 이한천궁(離恨天宮) 두솔원(兜率院)으로 태상노군을 찾아뵙고, 그분이 빚어 만든 '구전 환혼단(九轉還魂丹)'을 한 알 얻어다가, 반드시 살려내겠습니다."

그 말을 듣자, 삼장은 크게 기뻐하면서 '긴고주'를 그치고 당부 말을 건넸다.

"어서 다녀오너라. 빨리 갔다 빨리 와야 한다."

손행자는 하늘의 별빛을 보고 시간을 헤아리더니 이렇게 여쭈었다.

"지금은 벌써 삼경이라, 한밤중입니다. 제가 다녀오려면 날이 밝을 때에야 돌아오게 될 겁니다. 그런데 이 사람은 땅바닥에서 이렇게 썰렁하게 누워 있으니 보기에 너무 꼴사납지 않습니까? 누구든지 상주(喪主)라도 한 사람 세워놓고 곡을 해주어야만 격에 어울릴 듯싶습니다만……."

저팔계가 눈치 빠르게 그 말을 받았다.

"더 말하지 않아도 알 만하군 그래! 이 원숭이가 기어코 날더러 상주 노릇을 하면서 곡을 하라, 이 말씀이지?"

"울지 말라고 할까 봐 겁이 나느냐? 울지만 않았단 봐라! 나도 이 사람을 살려놓지 않을 테니까!"

"형님, 그런 걱정 말고 어서 다녀오기나 하시구려. 통곡일랑 내가 도맡아서 하고 있을 테니 말이오."

저팔계는 선선히 그 말을 받아들이는데, 손행자의 조건은 까다롭기 짝이 없다.

"곡을 하는 데도 여러 가지가 있네. 눈물이 나오지 않고 입으로만 건성 우는소리를 내는 것은 '호(嚎)'요, 눈물을 찔끔찔끔 짜내기만 하는 것을 '도(啕)'라 하고, 같은 울음을 울어도 가슴을 두드려가며 눈물을 철철 흘리고 마음속으로부터 우러나오는 통곡 소리를 내야만 비로소 '호도 통곡(嚎啕痛哭)'이라 할 수 있는 걸세."

"그럼 내가 한번 울어볼 테니, 형님이 들어보시겠소?"

저팔계는 어디서 났는지 종이쪽을 하나 꺼내더니 비비 꼬아 가지고 심지를 만들었다. 그것을 콧구멍에 두어 차례 쑤셔넣고는 몇 번 재채기를 하던 끝에 눈물을 펑펑 쏟아가며 진짜 소리내어 꺼이꺼이 울기 시작했다. 입으로 걸쭉한 침을 질질 흘려가며 쉴새없이 주절주절 푸념을 늘어놓는 품이, 부모 친상을 당한 불효자라도 그토록 서럽게 울지는 못할 노릇이었다. 그가 얼마나 청승맞게 통곡을 하는지, 곁에서 지켜보고 있던 삼장마저 복받쳐오르는 슬픔을 참지 못하고 눈물을 뚝뚝 떨어뜨리기 시작했다.

손행자는 그제야 마음이 흡족해서 깔깔대고 웃었다.

"됐다, 됐어! 바로 그렇게 애통해해야 하는 걸세. 울음소리를 그쳐서는 안 되네. 이 미련한 친구야, 잘 들어둬! 날 속여넘겨서 떠나보낸 뒤에 울지 않을 속셈인 모양이네만, 내가 다 듣고 있다는 걸 명심해야 되네. 만약 한순간이라도 울음을 그치거나 목이 쉬어서 소리가 나지 않을 때에는, 내 당장 쫓아와서 자네 그 다리몽둥이에 철봉 스무 대를 안길 테니까, 그리 알게나!"

저팔계도 제 꼬락서니가 우스웠는지 '푸웃!' 하고는 웃음보를 터뜨렸다.

"어서 가요! 어서 떠나기나 하라니까! 내가 한번 울기 시작했다 하면 적어도 이틀 동안은 그치지 않을 거요."

이때 사화상은 두 형님이 계속 수다를 늘어놓는 것을 보자, 어디선가 향을 몇 대 얻어 가지고 돌아와서 오계국 왕의 시신 앞에 불을 붙여 꽂아놓았다. 구색을 맞춰놓았으니, 떠날 사람은 빨리 떠나고 통곡할 사람은 어서 통곡이나 하라는 무언의 재촉이다.

손행자가 껄껄대고 웃는다.

"됐네, 됐어! 이제야 온 집안 식구가 다 같이 조의를 표하는군. 격식이 맞으니, 이 손선생도 재간을 부리기 좋게 되었어!"

이미 그 밤도 깊었는데, 용감한 손대성은 스승과 아우, 세 사람에게 작별을 고하고 근두운을 날려 단숨에 남천문까지 올라갔다. 그는 자신이 다짐한 대로 과연 두우궁에 들르지도, 영소보전의 옥황상제를 참배하지도 않고 곧바로 운광(雲光)을 휘몰아 이한천궁 두솔원으로 들이닥쳤다. 궁궐 문에 들어서고 보니, 때마침 태상노군이 단실(丹室) 안에 들어앉아 여러 동자들과 함께 파초선으로 부채질을 하면서 단약을 구워내고 있었다. 그는 제천대성이 나타난 것을 보자, 그 즉시 단약을 지키고 있는 동자에게 경계령을 내렸다.

"얘들아, 조심해야겠다! 단약을 훔쳐가는 도둑놈이 또 왔구나."

손행자는 태상노군 앞에 꾸벅 절하면서 빙글빙글 웃었다.

"하하! 노군 어르신, 어쩌면 그리도 경우가 없으십니까? 점잖지 못하게 이 손선생을 경계하시다니…… 저는 이제 그런 짓을 하지 않는다니까요."

태상노군이 버럭 호통을 친다.

"이놈의 원숭이 녀석! 오백 년 전에 천궁을 발칵 뒤집어놓고 내 영단을 숱하게나 훔쳐먹었지? 현성 이랑진군에게 붙잡혀 상계로 끌려왔을 때만 하더라도, 팔괘로에 던져넣고 사십구 일 동안이나 단련하느라고 내 숯을 얼마나 많이 허비했는지 알기나 하느냐? 이제 죄에서 벗어나 불과(佛果)에 귀의해 당나라 스님을 모시고 서천으로 경을 얻으러 간다기에 천만다행이라고 여겼는데, 그럼에도 불구하고 지난번 평정산에서 마귀를 제압하고도 일부러 애를 먹이면서 내 다섯 가지 보배를 곱게 돌려주지 않더니, 오늘은 또 무슨 짓을 하려고 날 찾아온 게냐?"

상대가 무섭게 호통칠수록, 손대성은 생글생글 웃기만 한다.

"과거지사는 따져서 무얼 하십니까? 이 손선생이 여기 오래 머물 것도 아닌데 말입니다. 또 어르신의 다섯 가지 보배는 그때 고스란히 넘겨드리지 않았습니까? 그런데도 절 의심하시면 정말 억울합니다그려."

"이놈아! 갈 길은 가지 않고 뭣 하러 내 궁궐에는 살그머니 기어들어왔느냐?"

그제야 손대성은 찾아온 용건을 끄집어냈다.

"평정산에서 어르신과 작별한 뒤로 저희는 계속 서천 땅만 바라고 나아갔습니다. 그런데 오계국이란 나라에 당도하고 보니, 그 나라 임금이 전진교 도사로 둔갑한 요물에게 해를 당하고 있었습니다. 그놈은 비바람을 불러내리는 비상한 신통력을 지니고 있었는데, 가뭄에 단비를 내려 환심을 사놓고 남모르게 임금을 죽여 없앤 다음, 자신이 임금과 똑같은 모습으로 변신하여 지금도 오계국 금란전에서 옥좌를 차지하고 앉아 있습니다.

저희 사부님께서 한밤중 보림사란 절간 선당에서 경을 읽고 계시자니까, 살해당한 임금의 원귀가 나타나 사부님을 뵙고 간청하기를, 이 손오공더러 그 요괴를 굴복시키고 흑백을 가려달라는 게 아니겠습니까. 그래서 저는 사실을 확인할 길이 없어, 둘째 아우 저팔계를 데리고 밤중에 황궁으로 숨어들어가 어화원을 뒤진 끝에, 팔각 유리정에 빠져 죽은 임금의 시체를 찾아낼 수 있었습니다. 우물 속에서 시신을 끌어올리고 보았더니, 죽임을 당한 지 삼 년이 지났어도 얼굴 모습이 조금도 상하지 않았기에, 절간으로 떠메어다 사부님께 보여드렸습니다. 그랬더니 사부님은 자비심이 동하셔서 이 손선생더러 그 사람을 살려놓으라고 하는 겁니다. 그것도 저승에 가서 혼령을 구해오면 안 되고, 반드시 밝은 세상 이승에서 살려내라고 억지 떼를 쓰시지 않겠습니까. 저는 아무리 생각해봐도 이승에서 죽은 사람을 살려낼 뾰족한 수가 없기에, 지금 이렇게 태상노군 어르신을 찾아뵙고 부탁드리러 온 것입니다.

도조(道祖) 어르신, 저 원통하게 죽임을 당한 사람을 불쌍히 여기시고 제발 부탁이니 '구전 환혼단'을 더도 덜도 말고 꼭 일천 알만 이 손선생에게 내려주셔서, 그를 살려내도록 해주십시오."

"예끼, 이 원숭이 녀석아! 말 같지도 않은 소리 작작 해라. 무슨 일천 알, 이천 알을 내놓으라는 거냐? 그게 어디 밥 먹듯이 퍼먹는 것인

줄 아느냐? 흙덩어리로 빚어 만든 것이라 해도 그렇게 쉽사리 내어주지는 못할 게다! 없다, 없어! 없으니까 썩 꺼지기나 해라!"

그래도 손대성은 생글생글 웃으면서 넉살 좋게 손바닥을 내민다.

"일천 알이 안 되거든 일백 몇십 알만 주셔도 됩니다."

"없다니까!"

"한 열 알쯤이라도 좋습니다."

손대성이 끈덕지게 매달리자, 태상노군은 노발대발, 분통을 터뜨리고 말았다.

"이 못된 원숭이 녀석, 어지간히도 질긴 놈이로구나! 없다! 없어! 어서 빨리 돌아가지 못할까!"

"하하! 정말 없으시다면, 저도 딴 데 가서 구해봐야겠습니다그려."

"가거라, 가! 어서 내 눈앞에서 썩 꺼져라!"

태상노군이 호통을 치자, 손대성은 어슬렁어슬렁 발길을 돌려 궁궐 바깥으로 나가버린다. 그 모습을 지켜보아하니, 아무래도 이렇게 순순히 물러가는 게 수상쩍기만 하다. 태상노군 어르신이 가만 생각해본다.

"저놈의 원숭이 녀석이 어째서 저토록 고분고분해졌을꼬……? 저 엉뚱하고 약아빠진 놈이 곱게 물러가기는 한다만, 언제 다시 남몰래 살금살금 들어와서 단약을 통째로 훔쳐갈지도 모르는 일 아닌가……?"

단약을 송두리째 도둑맞은 경험이 있는 터라, 태상노군은 겁이 더럭 났다. 그래서 즉시 동자를 뒤쫓아보내 손대성을 도로 불러들였다.

"요놈의 원숭이야! 자네 손버릇이 나쁜 줄 내가 아니까, 환혼단을 더도 덜도 말고 딱 한 알만 주마."

"어르신께서 내 솜씨를 잘 알고 계시지 않습니까. 어서 금단이나 몽땅 꺼내놓으십쇼. 우리 둘이서 똑같이 사륙제(四六制)로 공평하게 나눕시다. 만약 그게 싫으시다면 한 알도 남기지 않고 깡그리 없어질 줄 아십쇼!"

좀도둑이 집주인더러 재산을 반분하자니, 이거야말로 적반하장(賊反荷杖)도 유만부동 아닌가! 태상노군은 기가 막혔으나 할 수 없이 호리병을 꺼내 밑바닥을 거꾸로 세우고 금단 한 알을 쏟아냈다. 그리고 그것을 손행자에게 주면서 이렇게 말했다.

"이것 한 알밖에 없으니까 어서 가지고 가게나! 어서 가! 이걸로 그 임금을 살려낼 수 있을는지는 모르겠으나, 그렇게만 된다면 순전히 자네 공덕일세!"

도둑 원숭이의 참마음을 생각해서였는지, 태상노군도 그 말씨가 한결 부드러워졌다.

"잠깐만! 너무 성급하게 쫓아내지 마십쇼. 이게 과연 진짜인지 우선 제가 맛 좀 봐야겠습니다. 가짜라면 큰일이니까요. 멀리 여기까지 와서 어르신의 잔꾀에 속아넘어가서야 되겠습니까?"

손행자가 이미 받아든 알약을 입 안에다 툭 털어넣는다. 그것을 본 태상노군은 기절초풍을 하도록 놀라더니, 앞으로 달려들기 무섭게 손행자의 멱살을 움켜잡고 코앞에 주먹을 휘둘러 보였다.

"이 못된 원숭이 녀석! 그것을 꿀꺽 삼켰단 봐라, 내 당장 네놈을 때려죽이고 말겠다!"

"어르신, 쩨쩨하게 왜 이러십니까? 이까짓 것 몇 푼어치나 된다고! 이름만 그럴듯하지 실속도 없는 걸 이 손선생이 먹어치운단 말인가요? 자, 보십쇼! 여기 얌전히 들어 있지 않습니까?"

원숭이에게는 턱밑에 모이 주머니가 따로 달려 있다. 그래서 금단을 모이 주머니 속에 담아둔 것이다.

태상노군은 비로소 놀란 가슴을 쓸어내리면서 오금을 박았다.

"어서 가버리기나 해! 가서는 두 번 다시 찾아와서 날 귀찮게 굴지 말게!"

　제천대성 손오공은 그제야 노조(老祖) 어르신께 허리 굽혀 정중히 사례하고 두솔원을 떠나갔다.

　천 가닥 상서로운 아지랑이가 서린 천궁을 떠나, 만 가닥 상운이 속진(俗塵) 세상에 강림하는 가운데, 잠깐 사이에 남천문을 벗어나 동관(東觀)으로 돌아올 무렵, 벌써 아침 해가 떠올랐다. 구름을 낮추고 보림사 산문 밖에 내려서고 보니, 저팔계 녀석이 통곡하는 소리가 아직도 들려오고 있다. 그는 곧바로 선당 앞에 다가서서 스승을 외쳐 불렀다.

　"사부님!"

　삼장 법사는 반색하며 제자를 맞아들였다.

　"오공아, 돌아왔구나! 그래, 단약은 얻었느냐?"

　"예, 얻어왔습니다."

　곁에서 울던 저팔계가 빈정거린다.

　"못 가져올 리가 있습니까? 남의 것을 훔쳐서라도 분명 가져왔을 겁니다."

　손행자는 껄껄대고 웃으면서 핀잔을 주었다.

　"여보게, 자네는 저리 비키게. 이제는 쓸모가 없으니까. 눈물 닦고 딴 데 가서 울게나!"

　그리고 다시 사화상을 불렀다.

　"사화상, 자네 얼른 가서 물을 좀 떠오게. 쓸 데가 있네."

　명령을 받은 사화상이 부리나케 뒤꼍 우물가로 달려가더니, 두레박으로 물을 길어 바리때에 절반쯤 찰랑찰랑하게 담아 가지고 와서 맏형에게 건네주었다.

　손행자는 물그릇을 받아들고 모이 주머니에 간직해두었던 '구전환혼단'을 토해내더니, 그것을 오계국 황제의 입술 틈에 얌전히 넣고 윗니 아랫니를 어긋나게 벌린 다음, 맑은 물 한 모금으로 단약을 뱃속에 흘려넣었다.

한 시간 남짓 지나자, 뱃속에서 '꾸르륵, 꾸르륵' 하는 소리가 요란스럽게 일어났다. 그러나 몸은 여전히 움직이지 않았다. 곁에서 지켜보는 손행자의 심정이 초조하기 짝이 없다.

"사부님, 금단 영약을 썼어도 살려낼 수가 없군요. 아무래도 제 솜씨 가지고는 안 되는 모양입니다. 이래도 주문을 외워서 이 손선생을 죽이시렵니까?"

낙담하는 제자의 말에, 삼장은 그래도 기대를 저버리지 않는다.

"오공아, 서두르지 말아라. 어째서 살아나지 못한단 말이냐? 이처럼 죽은 지 오래된 시체가 어떻게 목구멍으로 물을 넘길 수 있겠느냐? 금단에 신통한 효력이 있는 것은 분명하다. 방금 알약이 뱃속에 들어가니까 꾸르륵꾸르륵 하고 창자 울리는 소리가 나지 않았더냐. 그것은 혈맥이 통하기 시작했다는 증거다. 하지만 짧은 시간에 기력이 돌아서지는 못할 것이다. 사람이 물속에 삼 년씩이나 잠겨 있었으니, 사람은 둘째로 치고 생철이라도 녹이 슬었을 것이다. 원기가 끊어져서 그럴 뿐이니, 누군가 숨결을 불어넣어 도와준다면 이어질 수 있으리라 본다."

곁에 있던 저팔계가 대뜸 앞으로 나서더니, 시체의 입에 주둥이를 대고 입김을 불어넣으려 했다. 스승이 황급히 그 앞을 가로막았다.

"너는 안 된다! 역시 오공이 해야겠다."

삼장이 그렇게 고집을 부리는 데는 까닭이 있었다. 저팔계는 본디 젊었을 적부터 살생을 많이 저지르고 사람을 숱하게 잡아먹은 요괴 출신이라, 입 안에 온통 탁기(濁氣)가 가득 차 있기 때문이다. 이와는 반대로 손오공은 어릴 적부터 수행하여 제 분수를 지키고, 소나무 잣나무씨와 열매 따위를 먹고 살아왔기 때문에 오늘날까지도 맑고 깨끗한 숨결을 지니고 있었던 것이다.

이윽고 스승의 지명을 받은 손대성이 앞으로 나서더니, 그 뇌공과도 같은 주둥이로 시체의 입술을 덮고 숨 한 모금을 '훅!' 불어넣었다. 숨결은 곧바로 중루(重樓)를 거쳐서 양미간에 자리잡은 명당(明堂)을 돌아 단전혈(丹田穴)[1]에 모이더니, 다시 경락(經絡)을 타고 용천혈(湧泉穴)로 내려갔다가 거기서 방향을 되돌려 정수리에 있는 이원궁(泥垣宮)까지 올라가 고였다.

숨결이 일주천(一周天)[2]을 한 지 얼마 안 있어, 시체의 입과 코에서 '푸우!' 하고 한숨 내쉬는 소리가 들려나왔다. 그리고 이어서 정신과 원기를 되찾은 몸뚱이가 펄떡 뒤채더니 두 주먹을 휘저으면서 다리를 오

---

1 중루·명당·단전혈: 중루(重樓)는 인체의 목구멍, '중당(重堂)'이라고도 하며, 명당(明堂)은 두 눈썹 사이 안쪽으로 한 치쯤 들어간 부위로 '천문(天門)' 또는 관상술(觀相術)에서 '인당(印堂)'이라고 부른다. 제22회 주 **6**, **7** 참조. 단전혈(丹田穴)은 도가(道家)에서 내단을 수련하는 가장 중요한 부위로서, 배꼽 밑 세 치쯤 되는 부분, 남자의 경우 '정실(精室)'에 해당하며 여자의 경우 자궁에 해당한다.『동의보감(東醫寶鑑)』은 「선경(仙經)」을 인용하여, 뇌수(腦髓)를 상단전, 심장부를 중단전, 배꼽 아래 세 치 되는 부분을 하단전이라 일컬으며, 도교에서는 일반적으로 하단전은 정(精)을 저장하는 부분, 중단전은 신(神)을 저장하는 부분, 그리고 상단전은 기(氣)를 저장하는 부분으로 보고, 하단전을 노(爐)로 삼고 중단전과 상단전을 정(鼎)으로 삼아 내단을 수련한다고 하였다.

2 일주천: 주천(周天)이란 본디 고대 천문학 용어이나, 도교에서 내단을 수련하는 단계의 명칭으로 빌려 쓴다. 주천에는 대주천(大周天)·소주천(小周天)의 2단계가 있는데, '소주천'이란 정(精)을 기(氣)로 변화시키는 기초 단계로, 백일축기(百日築基)·자오주천(子午周天)·감리교구(坎離交媾)·수화기제(水火旣濟)라고도 부른다. '대주천'은 소주천 단계를 거친 후에 진행하는데, 기(氣)를 단련하여 신(神)으로 변화시키는 제2단계이며, 역시 건곤교구(乾坤交媾)·묘유주천(卯酉周天)·명오수양(明伍守陽)이란 별칭이 있다. 일주천은 통상 인간의 정신력과 의지력이 이끄는 가운데 '단약'을 임맥(任脈)·독맥(督脈)을 따라 운행시키는 것이다. 먼저 등 뒤쪽으로부터 독맥을 따라 미려혈(尾閭穴) - 협척혈(夾脊穴) - 옥침혈(玉枕穴)의 세 부위를 차례로 거쳐 상승시키는 '통삼관(通三關)', 그러고 나서 다시 신체 앞면의 세 단전 곧 뇌수(腦髓)에 해당하는 이환궁(泥丸宮) - 심장부에 해당하는 황정(黃庭) - 복부 배꼽에 해당하는 단전혈(丹田穴)을 따라 내려보내는데, 이렇듯 인체를 360도 한 바퀴 순환시키는 과정이 곧 일주천이다.

그라뜨렸다. 뒤미처 입에서 외마디 소리가 터져나왔다.

"스님!"

오계국 임금은 흙먼지투성이의 땅바닥에 두 무릎 꿇고 엎드렸다.

"어젯밤에는 원귀가 되어 찾아뵈었더니, 오늘 아침에는 이승에 살아 돌아오는 몸이 되었을 줄이야 어찌 알았사오리까?"

삼장은 급히 그를 안아 일으켰다.

"폐하! 소승이 한 일이 아니오니, 소승의 제자에게 사례하소서."

손행자가 씁쓰레하니 웃음을 짓는다.

"원, 사부님도 공연한 말씀을 다하십니다. '한 집안에 두 어른이 없다(家無二主)'는 속담이 있지 않습니까. 사부님께서 큰절 한 번 받으신 것으로 족합니다."

삼장은 적잖이 미안스러운 심정으로 맏제자를 한 번 돌아본 다음, 오계국 황제를 부축하여 함께 선당으로 들어갔다. 저팔계, 손행자, 사화상이 뒤따라 들어가 황제와 첫 대면 인사를 나누고 자리를 잡고 앉았다.

이때쯤 되어서 보림사 승려들이 조반상을 차려 가지고 내오다가, 물에 흠뻑 젖은 황제가 선당 안에 좌정한 것을 발견하고 깜짝 놀라, 선뜻 안으로 들어서지 못하고 바깥에 웅성웅성 몰려서서 머뭇거렸다.

그것을 본 손행자가 벌떡 일어나 그들 앞으로 다가갔다.

"이것 봐, 화상들! 놀랄 것도 없고 의심할 것도 없어. 이분이 바로 오계국 임금이요, 그대들의 참된 주인이시다. 삼 년 전 요사스런 괴물에게 목숨을 빼앗겨 돌아가신 것을, 이 손선생이 간밤에 다시 살려낸 것이다. 이제부터는 도성으로 들어가 흑백을 가릴 작정이니, 조반 준비가 다 되었거든 어서 차려 내오너라. 식사가 끝나는 대로 떠나야겠다."

승려들은 그 말을 듣고 깜짝 놀라 서둘러 더운물을 내다 임금께서 세수를 하시게 하고 갈아입으실 만한 옷을 꺼내왔다. 오계국 황제가 물에 축축하게 젖은 자황포를 벗으니, 승려들은 무명으로 짠 직철 승복 두 벌을 입혔다. 남전 옥대를 풀어놓으니 누런 실로 꼬아 만든 실띠를 바쳐 동여매게 하였다. 무우리 신발을 벗어놓으니 낡아빠진 승혜(僧鞋) 한 켤레를 바꿔 신겨드렸다. 그러고 나서야 모두 한자리에 앉아 조반을 마친 다음, 마필을 끌어내다 안장을 얹고 뱃대끈을 조여맸다.

"여보게, 팔계. 자네 그 짐보따리가 얼마나 무거운가?"

손행자가 묻는다.

"형님, 이 짐보따리는 날마다 떠메고 다녀서 몸에 배었는지, 얼마나 무거운지 감이 잡히지 않소."

저팔계의 말을 듣고, 손행자는 짐보따리를 가리키면서 이렇게 분부했다.

"자네, 그 짐을 둘로 나누게. 하나는 자네가 떠메고 다른 하나는 이 황제 폐하께서 떠메도록 하세. 어서 서두르게. 도성 안에 들어가면 우리 할 일이 많으니까."

무거운 짐을 나누자는 말에, 미련퉁이 저팔계가 좋아서 어쩔 줄을 모른다.

"아이고, 형님! 이게 웬 떡이오? 간밤에 내가 우물 속에서 저 임금을 업고 나올 때 얼마나 힘들었는지 몰랐는데, 이제 살아나서는 내 힘을 덜어주게 생겼구려!"

아무리 바보 미련퉁이라도 약은 꾀는 있게 마련이다. 저팔계가 신바람 나게 짐보따리를 풀어 두 몫으로 나누어 다시 묶어놓았는데, 하나는 가볍게, 또 하나는 묵직하게 나누어 가지고 가벼운 쪽은 제 몫으로 남겨두고, 절간 승려에게 부탁하여 멜대 한 개를 얻어다가 무거운 짐을 꿰어서 황제에게 떠메라고 내주었다.

미련퉁이가 제법 농간을 부리는 꼬락서니를 지켜보던 손행자, 웃음이 터져나오는 것을 억지로 참으면서 임금에게 안쓰러운 표정을 지어 보였다.

"폐하, 그렇게 누추한 몸차림을 하시고 무거운 짐까지 떠메게 하여 우리 뒤를 따라 맨걸음으로 걷게 해서 참으로 송구스럽습니다."

국왕은 황망히 무릎 꿇고 대답했다.

"스님, 스님은 나를 두번째로 낳아주신 어버이나 마찬가지요. 짐을 지기는 고사하고 채찍을 들고 말머리 앞에 따르라 하신다 해도, 성승 어르신을 모시고 서천까지 가오리다."

"서천까지 가실 것은 없소이다. 우리에게 다 생각이 있어 그러하니, 그 짐을 짊어지시고 한 사십 리 길만 걸어주십시오. 도성 안에 들어가 요괴를 잡게 되거든, 폐하는 다시 황제 노릇을 하시고, 우리는 우리대로 경을 가지러 떠날 것이외다."

곁에서 가만 듣고 있던 저팔계가 낙심천만, 이맛살을 잔뜩 찌푸리며 투덜댄다.

"그럼 이분은 겨우 사십 리 길만 날품팔이 삯꾼 노릇을 하고, 나머지 길은 또 이 저팔계더러 긴 머슴살이 짐꾼 노릇을 계속하라는 얘기였구려! 젠장……!"

"여보게, 못생긴 소리 그만 하고, 어서 나가 길이나 인도하게!"

손행자의 핀잔에 저팔계는 더 이상 따따부따 떠들지 못한 채 짐보따리를 걸머진 황제를 이끌고 앞장서서 길을 걷기 시작했다. 사화상이 스승을 부축하여 말에 올려 태우고, 손행자는 뒤따라 나섰다. 보림사 5백 명이나 되는 승려들도 질서정연하게 늘어서서 풍악을 울리며 산문 밖까지 삼장 일행을 전송하러 나왔다.

손행자는 그들을 보고 웃으면서 이렇게 당부했다.

"멀리 전송 나올 것 없소. 관가에서 눈치를 채거나 비밀이 새어나가는 날에는 도리어 좋지 못한 결과가 될지도 모르니까, 배웅은 이쯤 해 두고 어서들 돌아가시오. 절간에 돌아가거든 황제 폐하의 의복 관대(冠帶)를 깨끗이 빨아서 정돈해두었다가, 오늘 밤이나 내일 아침 일찍 성안으로 보내주시오. 그럼 내가 상금을 두둑이 받아내어 사례하리다."

승려들은 손행자의 분부대로 발길을 돌렸다. 당부를 마친 손행자는 큰 걸음걸이로 휘적휘적 걸어서 삼장 일행을 따라잡더니 곧장 앞질러 달려나가기 시작했다.

그의 가슴 속에는 오직 하나, 요괴를 잡아 없애고 오계국 황제를 다시 복위시키겠다는 일념으로 가득 차 있을 따름이었다.

서방 세계에 오묘한 이치가 있어 진리를 찾기에 좋으니, 금(金, 손오공)과 목(木, 저팔계) 화합하여 신기(神氣)를 단련하네.
단모(丹母)[3]는 한낱 허황한 꿈만 꾸고, 영아(嬰兒, 젊은 태자)는 잎새 떨어진 나뭇가지처럼 무기력한 신세를 길이 탄식했다.
모름지기 우물 밑바닥에서 현명한 군주를 추구하였으니, 다시 천당에 올라 태상노군께 참배를 올려야 했다.
'색시공(色是空)'을 깨쳐 본성으로 돌아오다니, 진실로 부처님의 제도(濟度)하심에 인연 있는 사람이로구나.

이러구러 스승과 제자들이 길 걷느라 반나절을 보내고 났더니, 벌써 오계국 도성이 가깝게 바라보였다. 삼장 법사는 맏제자를 돌아보고 물었다.

"오공아, 저 앞쪽 도성이 오계국인 모양이로구나."

---

[3] 단모: 도교에서 이른바 심신(心神)을 일컫는 말. 일명 '단원(丹元)'이라고도 부른다.

"바로 그렇군요. 어서 들어가서 볼일을 봐야겠습니다."

성내에 들어서니, 길거리 장터에는 사람들로 북적대고 점포마다 화물과 상품이 가지런히 쌓여 손님을 기다리고 있었다. 흥청거리는 분위기가 보기만 해도 번창했다. 곳곳마다 용각 봉루가 높이 세워져 장엄하고도 아름다운 모습을 자랑하는데, 이를 증명하는 시가 있다.

해외(海外)의 궁궐 누각이 마치 상방(上方, 중국)의 규모와 같고, 인간 세상의 가무(歌舞) 또한 그 옛날 당(唐)나라 시절과 흡사하다.
꽃떨기가 보배로운 부채〔寶扇〕를 영접하니 붉은 구름이 감돌고, 햇볕이 도포 자락을 선명하게 비추니 짙푸른 안개가 빛난다.
공작 병풍이 활짝 펼쳐지는 가운데 향기로운 아지랑이 솟아나오고, 진주로 꾸민 주렴을 걷어올리니 채색 깃발이 나부낀다.
태평성대의 경관이 진실로 경하할 만하고, 관리들은 고요히 늘어선 채 조정에 상주할 일거리가 없다네.

삼장이 말에서 내렸다.
"얘들아, 여기서 곧장 조정으로 들어가 통관 문첩에 도장을 받는 것이 좋겠구나. 그래야만 복잡하게 관아의 수속 절차를 밟아야 하는 번거로움을 덜 수 있을 듯싶다."
스승의 말에 누구보다 먼저 손행자가 찬동했다.
"일리가 있는 말씀입니다. 우리 형제들이 모두 들어가기로 하죠. 사람이 많으면 얘기하기도 좋지 않겠습니까?"
"그래, 모두들 함께 들어가자꾸나. 하지만 시골뜨기 티를 내서는 안 된다. 무엇보다 먼저 군신의 예를 깍듯이 차리고 나서 말을 꺼내야 한다."

"군신간의 예를 차리라면, 우리더러 아랫자리에 서서 무릎 꿇고 큰절을 올리란 말씀입니까?"

"그렇다, 오배 삼고두(五拜三叩頭), 무릎 꿇고 다섯 번 절하되, 절할 때마다 세 번씩 이마를 조아리는 대례(大禮)를 올리는 것이다."

이 말을 듣고 손행자는 기가 막혀 껄껄대고 웃었다.

"원, 사부님도 딱한 말씀을 다하십니다. 우리더러 그 요괴한테 큰절을 올리라니 그런 어리석은 일이 어디 또 있습니까. 그러지 말고 저를 먼저 앞세워 들여보내주십쇼. 제가 눈치껏 알아서 할 테니까요. 또 만약 저쪽에서 무엇인가 묻거든 제가 먼저 대답하겠습니다. 제가 큰절을 올리면 사부님과 아우들도 큰절을 하시고, 무릎 꿇고 앉거든 똑같이 꿇어앉으시면 됩니다."

말썽꾸러기 원숭이 임금은 삼장 법사가 뭐라고 대답하기도 전에 일행을 이끌고 궁궐 문 앞에 다가서더니, 대궐 문을 지키는 각문대사에게 큰 소리로 수작을 걸었다.

"우리는 동녘 땅 대 당나라에서 황제 폐하의 칙명을 받들고 서천으로 파견되어 부처님을 찾아뵙고 경을 가지러 가는 사람들이오. 이제 귀국을 통과하게 되어 통관 문첩에 날인을 받고자 하니, 이 뜻을 국왕 폐하께 아뢰어 선과(善果)를 그르치지 않도록 해주시기 바라오."

궁궐 문을 지키고 있던 황문관은 이 말을 듣고 부리나케 단문(端門)으로 들어가더니 섬돌 아래 엎드려 계주하였다.

"폐하께 아뢰오. 조문 밖에 승려 다섯 사람이 왔사온데, 동녘 땅 대 당나라 임금의 칙명을 받들어 서천으로 경을 가지러 간다 하옵니다. 지금 우리나라에 들어와 통행을 허가하는 문서에 폐하의 친필 서명을 받고자 청하옵는데, 감히 조정에 들어올 수 없는지라 조문 밖에서 대령하고 있나이다."

마왕은 즉시 입궐하라는 어명을 내렸다. 당나라 스님 일행이 궁궐 안으로 들어서니, 목숨을 되찾은 오계국 왕도 그 뒤를 따랐다. 눈에 익은 궁궐에 들어서서 걷다 보니, 눈물이 두 뺨을 타고 흘러내리는 것을 억제할 길이 없다.

"가련하구나. 이 금성철벽과도 같은 내 사직, 내 천하 강산을 저 요사스런 마귀 놈이 차지하게 될 줄이야 뉘 알았으랴……!"

눈치 빠른 손행자가 그 기미를 채고 목소리를 낮추어 위안했다.

"폐하, 너무 상심하지 마십시오. 저놈이 눈치챌까 두렵습니다. 내 귓속에 든 철봉이 번뜩 뽑혀 나오는 날이면 기필코 보람을 찾아 요괴를 때려잡고 사악한 기운을 말끔히 휩쓸어버릴 터이니, 이 강산은 머지않아 또다시 폐하께 되돌아갈 것입니다."

오계국 왕은 그 당부 말을 어길 수 없어 옷깃으로 남몰래 눈물을 훔쳐내고 목숨 던질 각오로 삼장 일행을 뒤따랐다.

이윽고 일행은 금란전 아래 당도했다. 좌우를 둘러보니 문무백관 4백여 명의 조정 관원들이 줄지어 늘어섰는데, 하나같이 단정하고도 엄숙한 자태로 위세당당하게 품계 따라 자리잡은 채, 이제 막 조정으로 들어서는 삼장 일행을 지켜보고 있었다.

손행자는 당나라 스님을 인도하여 백옥 계단 앞에 나아가더니, 그 자리에 꼿꼿이 서서 움쭉달싹도 하지 않았다.

계단 아래 문무백관들이 너나 할 것 없이 송구스러움을 이기지 못하고 저들끼리 웅성대기 시작했다.

"저놈의 중 녀석들이 아주 벽창호로구나! 우리 국왕을 뵙고도 어째서 엎드려 절하지도 않고 축수(祝壽) 한마디 없을 뿐 아니라 하다못해 허리 굽혀 읍례조차 올리지 않는단 말인가? 실로 대담하고 무례한 놈들이다!"

마왕이 입을 열어 묻는 소리가 들려왔다.

"그대들은 어디서 온 화상인가?"

손행자는 고개를 바싹 치켜들고 거침없이 대꾸했다.

"우리는 남섬부주 동녘 땅 대 당나라 황제 폐하의 흠차사신(欽差使臣)으로, 서역 천축국 대뇌음사로 살아 계신 부처님을 찾아뵙고 진경을 구하러 가는 사람이오. 이제 귀국 영토에 이르러 그대로 지나칠 수 없으므로 통관 문첩에 폐하의 서명 날인을 받고자 하여 이렇게 찾아왔소이다."

그 말을 듣고 마왕은 속에서 화가 치밀어 호통을 쳤다.

"그대의 동녘 땅이 어쨌단 말인가! 나는 그대의 조정에 공물(貢物)을 바친 적도 없거니와 양국이 서로 통교(通交)한 일도 없거늘, 어찌하여 나를 보고도 무엄하게 버텨 서서 예를 올리지 않는가!"

손행자가 빙글빙글 웃는다.

"우리 동녘 땅은 옛날 옛적부터 천조(天朝)를 세우고 오랜 세월 상국(上國)으로 일컬음을 받아왔으며, 이 나라는 하토 변방(下土邊方)에 속해 있소. 자고로 '상국의 천자는 부군(父君)이 되며, 하방의 제왕들은 신자(臣子)가 된다' 하였으니, 그대의 나라는 우리 일행을 예의로써 영접하지 않으면서 어찌 우리더러 예를 올리지 않는다 탓하시오?"

마왕은 노발대발, 길길이 날뛰면서 문무백관들에게 엄명을 내렸다.

"저 괘씸한 중놈들을 당장 잡아 꿇리지 못할까!"

'잡으라'는 말끝이 떨어지기가 무섭게 수많은 관원들이 일제히 반열에서 벗어나 삼장 일행을 향해 달려들었다.

그러나 뒤미처 손행자가 외마디 호통을 치며 손가락으로 그들을 가리켰다.

"꼼짝 말고 게들 섰거라!"

손가락에는 '정신법(定身法)'이 걸려 있을 터, 무서운 기세로 한꺼번에 달려들던 뭇 관원들은 그 자리에 못 박힌 듯 우뚝 선 채 꼼짝달싹하지 못했다. 그야말로 기막힌 신통력이라, 백옥 계단 앞에 교위들은 나무로 깎아 세운 장승 꼴이요, 정전(正殿) 위에서 국왕을 호위하던 장군들은 진흙으로 빚어 만든 인형 꼴이 되고 말았던 것이다.

마왕은 신하들이 술법에 걸려 손가락 하나 까딱하지 못하는 것을 보자, 급히 몸을 솟구쳐 용상 아래로 뛰어내리더니 단숨에 손행자를 움켜잡으려 했다. 이에 원숭이 임금은 옳다구나 싶어, 좋아라 하고 소리쳤다.

"잘 왔다, 잘 왔어! 그래야지 이 손선생의 생각대로 되는 거다. 네 놈의 골통이 무쇠로 두드려 만들었다손 치더라도, 이 철봉 한 대에는 구멍이 뻥 뚫리고야 말 게다!"

이래서 손행자가 행동을 취하려 할 때였다. 뜻하지 않게 곁에서 느닷없이 한 사람이 불쑥 뛰쳐나왔다. 요괴에게는 구명의 별이 나타난 셈이었다. 그것이 누구인가? 다름아닌 오계국 왕의 태자, 바로 그 젊은이였다. 그는 요괴의 조복(朝服) 자락을 움켜잡고 앞쪽으로 달려나와 길을 가로막았다.

"아바마마, 고정하소서!"

요괴가 씨근벌떡 거칠게 숨을 몰아쉬면서 꾸짖듯이 묻는다.

"애야, 무슨 말이냐?"

태자는 공손히 여쭈었다.

"아바마마께 아뢰나이다. 삼 년 전에 소문을 듣자오니, 동녘 땅 당나라 조정에서 칙명으로 성승을 파견하여 서천으로 가서 부처님을 뵙고 경을 구한다 하였사온데, 오늘날 이 나라에 당도할 줄은 뜻밖이라 아니할 수 없사옵니다. 이제 존엄하신 아바마마께서 불같이 진노하신 끝에 저들 화상을 잡아 목이라도 베어 죽이신다 하오면, 장차 무슨 일이 일어나겠사오리까. 강대국 당나라 조정에서 언젠가는 반드시 이 소식을 알게 될 날이 있을 것이며, 그때에는 저들의 공분(公憤)을 사게 될 것이옵니다.

아바마마께서는 저 당나라 이세민이 왕위에 올라 스스로 황제라 일컬으며 강산을 통일하고 나서도 만족할 줄 모르고 다시 군사를 일으켜 바다 건너 땅을 정벌하였던 사실[4]을 상기하옵소서. 이제 만약 그가 자신과 의형제를 맺은 성승을 아바마마께서 살해하셨다는 사실을 알게 된다면, 반드시 정벌군을 크게 일으켜 아바마마와 일전을 겨루려고 침공해 올 것이 분명하나이다. 그때에 가서 병력이 모자라고 장수들이 미약함을 후회하셔도 때는 이미 늦을 터이니 어찌하오리까? 아바마마께서는 소자가 아뢰는 바를 용납하시어 우선 저 네 사람의 승려에게 확실한 내력을 알아보시고, 오계국 황제에게 참배하지 아니한 까닭부터 규명하신 다음에 죄를 묻도록 하소서."

태자가 이렇듯 아뢴 것은 그의 천성이 워낙 소심하여, 만에 하나라도 삼장 법사가 요괴의 손에 죽임을 당할지도 모른다는 의구심에서 일부러 요괴의 마음을 구슬려보자는 뜻으로 한 것이었다. 그러나 손행자가 이 기회에 요괴를 잡아 없애려 잔뜩 벼르고 있었으리라고는 꿈에도

---

[4] 바다 건너 땅을 정벌……: 바다 건너 땅은 곧 한반도의 고구려와 백제, 신라를 가리킨다. 당태종은 중국이 수나라 때부터 여러 차례 고구려를 침공하다가 참패한 것을 치욕으로 삼고, 건국 이후 16년간에 걸쳐 서북 변방의 이민족을 차례로 정복한 다음, 625년부터 신라 측의 지원 요청을 받아 동방 정복 작전에 착수, 649년 고구려 안시성 전투에서 패배, 사망할 때까지 24년에 걸쳐 여러 차례 고구려를 침공하였다. 그가 죽은 후에도 대를 이은 고종(高宗) 이치(李治)는 정복 작전을 계속하여, 마침내 백제·고구려를 차례로 멸망시키고 신라마저 병탄하려다 뜻을 이루지 못한 채 676년에 통일신라의 길을 열어주고 말았다.

생각지 못하였다.

　요괴는 과연 태자의 그 말을 믿었다. 그는 다시 용상으로 돌아가 앉으면서 엄한 목소리로 따져 물었다.

　"화상들은 듣거라! 그대 일행은 어느 때 동녘 땅을 떠났으며, 또 당나라 임금은 무슨 까닭으로 그대를 서천에 보내어 경을 구하려 하느냐? 사실대로 소상히 아뢸 것이니라!"

　손행자가 여전히 머리를 바싹 치켜들고 떳떳이 대꾸한다.

　"우리 사부님은 바로 당나라 황제 폐하의 아우 되시는 분으로서 법호를 삼장이라 하오. 당나라 조정에는 위징이란 승상 한 분이 계시는데, 그 사람은 천조(天條)를 받들어 꿈속에서 늙은 경하 용왕의 목을 베었소이다. 이에 당나라 임금은 용왕의 참소를 받아 저승으로 내려가 지옥의 세계를 떠돌던 끝에 다시 환생하였으며, 원통하게 죽은 혼령들을 건져내기 위해 수륙도량을 크게 열었소이다. 우리 사부님께서 수륙재가 열리던 자리에 경문을 강해하시고 자비를 널리 베푸셨더니, 갑자기 남해 관세음보살께서 강림하시어 사부님께 서방 세계로 '대승 진경'을 얻으러 가라는 분부를 내리셨소이다. 우리 사부님은 기꺼운 마음과 아름다운 의지로 충성을 다하여 나라의 은혜에 보답하겠다는 뜻을 품으시고 당나라 임금이 내리는 통관 문첩을 받으셨으니, 이때가 대 당나라 정관 십삼년 구월 십이일이었소이다.

　동녘 땅을 떠난 사부님은 양계산에 이르러 나를 수제자로 받아들이셨으니, 내 성은 손씨요 이름은 오공, 별명은 손행자라 하오. 그리고 다시 우쓰장국 고로장에서 둘째 제자를 받아들이셨으니, 성은 저씨요, 이름은 오능, 별호는 저팔계라 하며, 또 유사하 강변에 이르러 셋째 제자를 받아들이셨는데, 그 성은 사씨요, 이름은 오정, 별호는 사화상이라 하오. 그리고 얼마 전 칙건 보림사에서 짐꾼으로 수도승 한 사람을 새로 받아들여, 일행이 모두 다섯이나 되었소이다."

요사스런 마왕이 그 말을 듣고 보니, 당나라 스님에게는 꼬투리 잡힐 만한 것이 없는 터라, 몸수색을 하거나 조사해볼 엄두가 나지 않았다. 그래서 손행자를 꼼짝 못하게 만들 생각으로 이리저리 궁리하던 끝에 퍼뜩 한 가지 생각이 떠올랐다. 그는 두 눈을 딱 부릅뜨고 엄하게 호통쳐 다시 물었다.

"화상! 내가 다시 묻겠다. 그렇다면 애당초 동녘 땅을 떠날 때에는 그대 혼자였으나, 도중에 제자를 넷씩이나 받아들였다는 얘기인데, 이 세 화상은 그래도 괜찮다 하겠지만 보림사에서 짐꾼으로 받아들였다는 수도승 하나만큼은 아무래도 수상쩍다. 혹시 우리 오계국 사람을 유괴해서 강제로 끌고 다니는 것은 아닌지 모르겠으니 문초를 해보아야겠다. 저 수도승의 법명은 무엇인가? 도첩은 지니고 있느냐? 여봐라! 저 수도승을 잡아 꿇려놓고 사실대로 자백할 때까지 단단히 문초하라!"

추상같은 호령이 떨어졌으나 응답하는 신하가 없다. 그도 그럴 것이, 모두들 아직껏 정신술법에 걸려 있어 꼼짝달싹할 수 없기 때문이다. 그러나 진짜 오계국 황제는 기절초풍하도록 놀란 나머지, 엄동설한에 사시나무 흔들리듯 와들와들 떨어가며 손행자를 붙잡고 늘어졌다.

"스님, 뭐라고 대답해야 좋겠습니까?"

손행자는 그 옆구리를 꾹꾹 찌르면서 안심시켜주었다.

"겁낼 것 없소. 내가 대신 자백하리다."

그는 백옥 계단 앞으로 썩 나서면서 큰 소리로 대꾸했다.

"폐하! 이 늙은 수도승은 벙어리에다 귀마저 약간 어둡소이다. 하지만 한창 젊었을 시절에 서천 땅을 다녀온 적이 있었으므로 길만큼은 익히 알고 있어 짐꾼으로 받아들인 것이외다. 이 사람의 근본 내력에 대해서는 내가 샅샅이 알고 있으니, 폐하께서 너그러운 아량을 베풀어 용납해준다면, 이 사람을 대신하여 내가 말씀드릴까 하오."

"좋다! 대신이라도 좋으니 이실직고하여 죄를 모면하렷다!"

마왕의 허락이 떨어지자, 이윽고 손행자가 목청을 가다듬더니 멋들어진 시 한 수로 읊기 시작했다.

　　죄상을 자백할 수도승은 나이 연로하고, 귀머거리에 벙어리요 가산도 거덜났다.
　　조상은 본디 이 고장 사람으로, 오 년 전에 파산하고 패망하는 재난에 봉착했다.
　　하늘에는 내릴 비가 없고, 전국 백성들은 목마르고 굶주리니,
　　군왕과 서민이 모두 함께 목욕재계하고 향불 올려 하느님께 고하였으되, 창공 만리 드넓은 천지에 구름조차 끼지 않았다.
　　홀연 종남산으로부터 전진교 도사로 가장한 요괴가 내려왔다.
　　처음에는 바람과 비를 불러내는 신통력을 드러내더니,
　　나중에는 그의 목숨을 남모르게 해쳤다.
　　화원 우물 속에 떠밀어넣고 음모를 꾸며 황제의 용상을 은밀히 침탈하였으나, 사람들은 내막을 알기 어려웠다.
　　다행히도 이 몸께서 나타나시어 그 공적이 크니,
　　기사회생의 술법 써서 불쌍한 이를 살려내는 데 아무 거리낌이 없었다.
　　기꺼운 마음으로 귀의하여 수도승이 되겠다 자청하니,
　　짐꾼 되어 스님 따라 서천으로 향한다.
　　국왕으로 가장한 것은 전진교 도사요,
　　수도승으로 행세하는 이가 진짜 국왕이라네.

금란전 위에서 한바탕 사설 타령을 듣고 난 요괴 마왕, 깜짝 놀라다 못해 가슴이 두 방망이질 치고 벌겋게 상기된 얼굴에는 홍운(紅雲)이 피어올랐다. 용상을 박차고 일어나 뺑소니를 치려 했으나, 몸에 손행자를 맞아 싸울 만한 병기 하나 없는 맨주먹뿐이니 이 노릇을 어쩌면 좋으랴. 고개 돌려 좌우를 두리번거렸더니, 금란전에서 어가를 호위하는 진전장군(鎭殿將軍) 한 사람이 허리에 보도(寶刀)를 차고 있는 것이 눈길에 잡혔다. 그러나 이 장군께서는 손행자의 정신술법에 걸려 움쭉달싹도 못 한 채 아직껏 멍청하게 서 있었다. 요괴는 두말할 것도 없이 그에게 와락 달려들어 허리에 찬 보도를 빼앗아 가지고 구름을 일으켜 타고 하늘 높이 솟구쳐 올랐다.

이것을 본 저팔계와 사화상이 안타까움을 이기지 못해 펄펄 뛰고 악을 고래고래 쓰면서 분통을 터뜨렸다.

"이런 제기랄 놈의 원숭이 녀석 봤나! 어쩌면 그렇게나 성미가 조급한지 모르겠군!"

저팔계의 원망이 이만저만 큰 게 아니다. 여기에 또 사화상마저 가세했다.

"큰형님! 그 얘기를 좀더 천천히 꺼냈더라면, 그놈도 멍청하게 앉아 있었을 게 아니오? 그럼 별로 힘 안들이고 잡아 족쳤을 것을, 이제 구름 타고 뺑소니를 쳐버렸으니 어디로 쫓아가서 찾아낸단 말이오?"

그러나 손행자는 빙글빙글 웃기만 했다.

"이것 봐, 자네들! 함부로 떠들지 말게. 이제 내가 태자를 불러내다 아바마마를 뵙게 하고, 다시 황후 비빈들을 모두 나오게 해서 남편과 상봉하도록 주선부터 해야겠네."

그리고 다시 주문을 외워 정신술법을 풀어놓고 문무백관들을 모두 깨어나게 만들었다.

"조정 관원들이 정신을 차리거든 자기네 임금께 참배를 올리도록 하세. 그래야만 진짜 군주가 누구인지 알아볼 수 있지 않겠는가? 그 다음 황제께서 과거에 겪은 일을 낱낱이 얘기하면 시비와 흑백이 분명하게 가려질 걸세. 이 모든 일이 다 끝나고 나면 그 못된 요괴를 찾으러 떠날 작정이네."

기막힌 상봉이 통곡 속에 끝나자, 그는 다시 저팔계와 사화상을 보고 이렇게 당부했다.

"자네들은 여기 남아서 이 오계국 군신, 부자, 황후 비빈들과 우리 사부님을 잘 보호하고 있게. 나는 다녀오겠네!"

'다녀온다'는 말끝이 떨어졌을 때, 벌써 그의 모습은 형체도 그림자도 온데간데없이 사라져 보이지 않았다.

하늘 높이 솟구쳐 올라간 손행자는 구름을 딛고 서서 두 눈을 부릅뜨고 요괴의 행방을 찾아 이리저리 사면팔방을 둘러보았다. 아니나 다를까, 그 짐승은 목숨 하나 가까스로 건져 가지고 동북방을 향해 필사적으로 달아나고 있었다.

손행자는 단숨에 뒤쫓아가서 천둥 벼락 치듯 호통을 질렀다.

"이 괴물아! 어디로 도망치는 거냐? 게 섰거라! 이 손선생이 여기 와 계시다!"

요괴는 후딱 뒤돌아보더니 칼자루를 고쳐 잡고 마주 고함쳤다.

"손행자! 이 엉큼한 놈아! 내가 다른 사람의 임금 자리를 차지했기로서니, 네가 무슨 상관이기에 쓸데없이 참견해서 내 비밀을 까발려놓는단 말이냐?"

손행자도 질세라 껄껄대고 웃어가며 대거리를 했다.

"이 못된 괴물아! 아무리 대담한 녀석이라 해도 누가 네놈더러 황제 노릇을 하라고 허락했더냐? 내가 손오공인 줄 알아차렸다면 일찌감치 꼬리 도사리고 멀리 도망쳐 피신할 것이지, 어째서 우리 사부님을 성가시게 굴고 아니꼽게 무슨 자백을 받겠다고 설쳐대는 거냐? 그래, 방금 내가 '진술'한 내용이 네놈 듣기에 어떠냐? 그럴듯하더냐, 아니면 잘못된 것이더냐? 이놈 달아나지 말아라! 사내대장부라면 내 철봉 맛이 어떤지 한 대 받아봐라!"

철봉이 벼락 때리듯 날아들자, 요괴는 한쪽으로 슬쩍 몸을 피하더니, 보도를 높이 쳐들고 정면으로 마주쳐오며 대항했다. 이윽고 손행자와 요사스런 마왕, 둘이 혼신의 재간을 다 펼쳐가며 무섭게 맞붙기 시작했다. 이리하여 공중에서는 실로 볼 만한 싸움이 한바탕 벌어졌다.

원숭이 임금은 용맹스럽고, 마왕은 굳세기 비할 데 없으니, 칼끝이 날아들면 철봉이 막아내며, 치고받고 어우러지는 품이 막상막하의 호적수다.
온 하늘에 가득 찬 안개구름이 삼계(三界)[5]를 미혹에 빠뜨리니, 이는 오로지 한 나라의 제왕을 바로 세우려 하기 때문이다.

그들 둘이서 2, 3합을 싸우고 났을 때, 요괴는 벌써 원숭이 임금을 당해낼 수 없는 처지에 이르고 말았다. 형세가 급박해지자, 요괴는 재빨리 몸을 돌이켜 싸움판에서 빠져나오더니, 도망쳐오던 길로 되돌아 정신없이 달아난 끝에 도성 궁궐 금란전으로 훌쩍 뛰어내렸다. 그리고는

---

5 삼계: 불교에서 말하는 **삼계**(三界)는 욕계·색계·무색계, 즉 중생이 생사 유전을 거듭하는 세 가지 미혹의 세계를 말하는데(제2회 주 **19** 참조). 도교의 삼계 개념은 다음과 같이 세 분야로 나뉜다. 즉 시간적으로 우주 삼계(宇宙三界)는 무극계(無極界)·태극계(太極界)·현세계(現世界), 공간적으로 천지 삼계(天地三界)는 천계(天界)·지계(地界)·수계(水界), 그리고 도(道)의 경지(境地)로서 삼계는 불교와 마찬가지로 욕계(欲界)·색계(色界)·무색계(無色界)로 나뉜다.

백옥 계단 앞에 줄지어 늘어선 조정의 문무백관 틈을 뚫고 들어가더니 어느새 몸을 한 번 꿈틀하여 삼장 법사와 똑같은 모습으로 변신하여 그 곁에 나란히 버티고 섰다. 그 뒤를 놓칠세라 바짝 쫓아온 손행자는 저 무시무시한 철봉을 번쩍 들어 단매에 때려죽이려고 했다.

그 순간, 삼장으로 둔갑한 요괴가 급히 소리쳤다.

"애야! 때리지 말아라! 나다, 나야!"

손행자는 아차 싶어 황급히 철봉의 방향을 틀어 이번에는 바로 그 곁의 삼장을 후려 때리려 했으나, 그편에서도 역시 똑같은 고함 소리가 터져나왔다.

"애야! 때리지 말아라! 나다, 나야!"

기가 막힐 노릇이다. 똑같은 생김새, 똑같은 목소리의 스승이 두 분씩이나 되니 어느 쪽이 진짜요 어느 쪽이 가짜인지 도대체 분간할 길이 없다. 이제 만약 요괴가 둔갑한 삼장을 때려죽인다면 일이 성공하지만, 자칫 잘못해서 진짜 스승을 때려죽이기라도 하는 날에는 그 노릇을 어쩌면 좋단 말인가……?

이래저래 일이 난감하게 된 그는 손을 멈추고 저팔계와 사화상을 돌아보았다.

"여보게! 자네들 보지 못했나? 어느 쪽이 가짜요, 어느 쪽이 우리 사부님인가? 아무래도 자네들이 말해주어야만 때려잡을 수 있겠는걸!"

저팔계가 그 큰 놈의 머리통을 절레절레 내두른다.

"형님이 공중에서 싸울 때, 내가 눈을 한 번 깜빡했더니 어느새 사부님이 두 분으로 늘어났지 뭐요. 나도 누가 진짜인지 가짜인지 잘 모르겠소."

손행자는 그 말을 듣고 퍼뜩 생각나는 것이 있어, 당장 인결을 맺고 중얼중얼 주문을 외우더니, 호법 제천, 육정 육갑, 오방 게체, 사치 공조, 열여덟 분의 호법 가람, 그리고 현지의 토지신과 오계국 경내의 산신령들까지 모조리 불러냈다.

"이 제천대성 손오공이 이곳에 와서 요사스런 마왕을 굴복시키고자 하는데, 요마란 놈이 하필이면 우리 사부님으로 둔갑하여 그 생김새나 탯거리가 똑같아 도무지 가려낼 재간이 없소. 그대들 가운데 남모르게 진짜를 알고 있는 이가 있거든 우리 사부님을 보호하여 금란전 위로 모셔 올려주시오. 그럼 내가 나머지 가짜를 때려잡을 수 있을 거요."

그러나 이 역시 부질없는 짓이었다. 요사스런 마왕 역시 안개구름을 탈 줄 아는 신통력의 소유자라, 방금 손행자가 주문을 외우고 여러 신령들에게 하는 말을 똑똑히 귀담아 엿들을 수 있었을 줄이야……! 요괴는 이 말을 듣는 순간, 자신이 먼저 손을 뿌리치고 휑하니 금란보전 위로 올라가고 말았다.

손행자는 백옥 계단 아래 홀로 남은 진짜 당나라 스님을 요괴로 잘못 알고 철봉을 높이 들어 힘껏 내리치려 했다. 가련하구나! 당나라 스님, 만약 신령들 가운데 몇몇이서 보호하지 않았던들, 설령 스무 명의 당나라 스님이 있다손 치더라도 영락없는 고기 떡 신세가 되고 말았을 것이 아닌가!

"손대성, 잠깐만!"

여러 신령들이 철봉 앞을 가로막고 외쳐 불렀다.

"그 괴물은 구름을 탈 줄 알기 때문에 한발 앞서 금란전으로 올라갔소!"

손행자가 금란보전 위로 뒤쫓아 올라가자, 요괴는 또다시 섬돌 아래 뛰어내려 당나라 스님을 붙잡고 매달린 채 문무백관들의 대열 사이에 뒤섞여 들어갔다. 그러니 또 가려내기 어려울밖에, 연거푸 두세 차례나 골탕을 먹은 손행자는 속도 상할뿐더러 스승을 구하지 못하는 자신의 무능함에 조바심을 견디지 못하고 발만 동동 굴렀다.

그런데 곁에서는 저팔계란 녀석이 빙글빙글 웃고만 서 있다. 약이 바짝 오른 손행자는 그만 울화통을 터뜨리고 말았다.

"이 미련퉁이 바보 천치 녀석아! 네놈은 뭐가 좋아서 웃고 있는 거냐? 스승님이 둘씩이나 생겨서 진짜 가짜를 가려내지 못해 속이 상하는 판에, 뭐가 좋다고 곁에서 히죽벌쭉 웃고만 있는 거야?"

그래도 저팔계는 여전히 웃음기를 버리지 않고, 속이 상할 대로 상한 손행자에게 핀잔을 주었다.

"형님은 날더러 미련퉁이 바보 천치라고 욕하지만, 나보다 더 큰 미련퉁이 바보 천치는 바로 형님이오! 진짜 사부님을 가려내는 게 뭐 그리 어려운 일이겠소? 형님은 잠시 머리통 아픈 것을 참고 계실 셈치고, 두 분 사부님더러 그 주문을 외워보시게 하면 될 거 아니겠소? 그럼 나하고 사화상이 한 분씩 맡아 가지고 귀담아듣기로 하리다. 만약 어느 쪽이든 그 주문을 외우지 못하는 사람이 있으면, 바로 그놈이 요괴가 분명할 것인데, 구별해내는 데 문제될 것이 어디 있단 말이오?"

손행자가 듣고 보니 과연 그럴듯한 말씀이다. 그는 솔직히 잘못을 인정했다.

"여보게, 아우. 내가 공연히 자네를 나무랐네. 정말 그 주문은 사부님과 우리 셋만이 알고 있는 비밀이니까, 네 사람밖에는 아무도 모르겠지? 본디 우리 여래부처님께서 마음속 깊은 곳으로부터 우러나온 비결을 관세음보살에게 전해주셨고, 또 그분은 우리 사부님께 전해주셨으니, 다른 사람이야 알 턱이 있겠나. 좋아! 어디 그럼 내 골통이 뼈개져 나가도 좋으니까, 사부님! 그 주문을 외워보십쇼!"

이윽고 진짜 당나라 스님이 중얼중얼 '긴고주'를 외우기 시작했다. 그러나 요사스런 마왕은 제아무리 신통력이 크기로서니 그 비결이야 어찌 알 수 있으랴! 삼장 법사가 입속으로 무엇인가 중얼대니까, 자신도 홍얼홍얼 입에서 나오는 대로 아무렇게나 읊어대는 것이 고작이었다.

곁에 바싹 붙어 서서 듣고 있던 저팔계가 버럭 고함을 쳤다.

"이놈이다! 되는 대로 홍얼거리는 이놈이 바로 요괴다!"

저팔계는 가짜의 팔뚝을 붙잡았던 손을 놓고 쇠스랑을 번쩍 들어 냅다 후려 찍었다. 손이 풀린 마왕은 이거 큰일났구나 싶어 냉큼 몸을 솟구치더니, 구름을 딛고 올라서서 곧바로 삼십육계 줄행랑을 놓고 말았다.

"저놈 잡아라!"

용감무쌍한 저팔계가 놓칠세라 외마디 호통을 치면서 구름을 일으켜 타고 그 뒤를 바싹 쫓기 시작했다. 깜짝 놀란 사화상 역시 스승을 떨쳐버리고 항요보장을 뽑아들기 무섭게 뒤쫓아 올라가서 들이쳤다.

그제야 당나라 스님이 '긴고주'를 그쳤다. 손행자는 머리통이 터져나갈 듯한 아픔을 억지로 참아가며 귓속의 철봉을 뽑아들고 공중으로 뒤쫓아 올라갔다.

허어! 이번 한판이야말로 세 사람의 무서운 스님들이 한마음 한뜻으로 못된 요괴 한 마리를 철통같이 포위해버렸으니, 마왕은 이제 저팔계의 이빨 아홉 달린 쇠스랑과 사화상의 항요보장에 가로막힌 채 좌우 양편으로부터 협공을 받는 신세가 되고 말았다.

어디 그뿐이랴, 등 뒤에서는 손행자가 껄껄 웃는 소리마저 들려왔다.

"여보게들! 나까지 배후에서 들이친다면, 저놈은 이 손선생을 겁내고 무슨 수를 써서라도 빠져나가려고 발악할 걸세. 그놈의 발목을 조금만 더 잡아놓고 있게. 내가 더 높은 허공으로 솟구쳐 올라갔다가 곤두박질쳐 내리면서 결정타를 먹여 가지고 저놈을 끝장내고 말겠네!"

제천대성 손오공이 상광을 잡아타고 까마득히 높은 구소(九霄) 하늘 위로 솟구쳐 오르더니, 한 바퀴 선회 동작을 취한 다음 마치 사흘 굶주린 독수리가 먹이를 보고 덮쳐내리듯 순식간에 곤두박질치면서 요괴를 겨냥하여 철봉으로 내리치려 했다. 바로 그때였다. 느닷없이 동북방 상공에 한 떨기 채색구름이 뭉게뭉게 피어오르더니 구름 속에서 엄하게 호통치는 소리가 손행자의 귓전을 때렸다.

　　"손오공아! 잠깐만 그 손질을 멈추거라!"

　　손행자가 후딱 고개 돌려 바라보니, 그곳에는 문수보살(文殊菩薩)이 서 계셨다. 황급히 철봉을 거두어들인 그는 보살 앞으로 달려가 공손히 예를 올렸다.

　　"보살님, 어딜 가시는 길입니까?"

　　문수보살이 대답한다.

　　"너를 대신해 저 요괴를 수습하러 왔다."

　　손행자는 고마움을 이기지 못하여 사례했다.

　　"폐를 끼쳐드려 송구스럽습니다."

　　문수보살은 이 말에 대꾸를 하지 않고 소맷자락에서 조요경(照妖鏡)을 꺼내더니 요괴를 비춰 꼼짝달싹 못 하게 만들었다. 요괴는 그제야 본상을 드러냈다.

　　"여보게, 아우님들! 어서 이리 오게!"

　　손행자가 외쳐 부르는 소리에, 저팔계와 사화상이 한꺼번에 달려와 문수보살 앞에 인사를 드렸다. 그리고 셋이서 나란히 거울 속을 들여다보았더니, 생김새가 흉악스럽기 짝이 없는 마왕의 본래 모습이 여실히 드러났다.

　　　　두 눈알은 유리 등잔보다 더 부리부리하고, 머리통은 불길 속에 갓 구워낸 항아리와 다름없다.

　　온 몸뚱이는 한여름철 삼복 무더위에 쪽빛 이끼만큼이나 짙푸르고, 네 발톱은 늦가을철 서릿발처럼 서슬이 시퍼렇다.

　　두 귀는 하늘을 향해 뻗쳐오르고, 꼬리는 앞마당 쓰는 빗자루처럼 길게 땅바닥을 휘젓고 있다.

　　푸른 갈기터럭에는 날카로운 기운이 배어나오고, 불덩어리 같은 눈동자로 금빛 광채를 번쩍번쩍 쏘아낸다.

　　넓죽한 앞니가 옥판(玉板)처럼 가지런히 늘어섰고, 곱슬머리에 수염은 창 끝보다 더 빳빳하게 곤두섰다.

　　거울 속의 진상(眞像)을 들여다보니, 애당초 문수보살이 타고 다니던 사리왕(獅狸王)이다.

"보살님, 이놈은 보살님께서 타고 다니시던 청모사자(靑毛獅子)가 아닙니까? 그런 놈이 어째서 도망쳐 나와 요괴가 되었을까요? 그리고 사자란 놈이 보이지 않았으면 왜 당장 불러들여 다루지 못하셨습니까?"

　　손행자가 은근히 괘씸한 생각이 들어 투덜투덜 불만을 털어놓자, 문수보살은 이렇게 사정을 설명해주었다.

　　"오공아, 저놈은 도망쳐 나온 것이 아니다. 여래부처님의 뜻을 받들어 특별히 이곳으로 보내진 것이다."

　　"저따위 사자 녀석조차 요괴가 되어서 황제의 자리를 침탈하고도 여래부처님의 뜻을 받들었다 하면, 이 손선생처럼 당나라 스님을 모시고 죽을 고생 해가며 가는 사람은 도대체 부처님께 몇 번이나 칙명을 받아야 옳겠습니까!"

　　"너는 모를 것이다. 당초 이 오계국 임금은 승려들에게 시주하기를 즐기고 착한 일을 많이 행한 까닭에, 부처님께서 나를 보내시어 그를 서천으로 건져올리고 금신나한(金身羅漢)으로 삼을 수 있는지 증도(證道)하라 명하셨다. 그래서 나는 본상을 드러내고 그를 만날 수 없어 평범한 일개 승려로 변신하고 찾아가 시주할 것을 청했다. 그때 내가 시험 삼아 몇 마디 언짢은 말을 건넸더니, 그는 내가 착한 사람인 줄 알아보지 못하고 밧줄로 나를 꽁꽁 묶어서 임금이 뱃놀이하는 어수하(御水河) 강물에 빠뜨려 사흘 밤낮을 잠겨두었다.

다행히도 육갑 금신(六甲金身)이 나를 구하여 서천으로 돌려보내주었고, 나는 여래부처님께 이런 사실을 아뢰었다. 여래부처님께서는 이 청모사자 괴물에게 명령을 내리시고 이 고장에 보내셔서 그를 우물 속에 밀어넣고 삼 년 동안 물속에 잠겨두게 하셨다. 결국 내가 사흘 동안 수재(水災)를 당한 보복을 해주신 것이다. '물 한 모금, 음식 한 가지, 아무리 하찮은 것이라도 전세에 정해지지 않음이 없다(一飮一啄, 莫非前定)' 하였으니, 이제 너희가 이 나라에 와서 공덕을 쌓게 된 것도 인연이라 할 것이다."

그래도 손행자는 할 말이 더 있다.

"보살님께서는 비록 무슨 '물 한 모금, 하찮은 음식 한 가지에도 반드시 인과응보가 있다' 하여 사사로운 원한을 갚으셨는지 모르겠으나, 그것은 저 괴물이 지난 삼 년 동안 얼마나 많은 사람을 해쳤는지 모르고 하시는 말씀입니다."

"사람을 해치지는 않았을 것이다. 저놈이 이 나라에 온 지 삼 년 동안 풍우가 순조로워, 나라는 태평하고 백성들 모두 평안하게 생업을 누리며 살아왔으니, 어찌 사람을 해쳤다고 말할 수 있겠느냐?"

"그건 그렇다 치더라도, 삼궁의 황후 비빈들과 날이면 날마다 동침하고 기거를 같이하였으니, 남의 몸을 얼마나 더럽혔을 것이며, 삼강오

류 또한 얼마나 많이 깨뜨렸겠습니까. 이러고도 사람을 해치지 않았다 말씀하실 것입니까?"

"남의 몸을 더럽히진 못하였을 것이다. 저놈은 애당초 거세한 수사자였다."

저팔계가 이 말을 듣더니, 선뜻 청모사자 앞으로 다가가 손으로 아랫도리를 더듬었다. 그리고는 껄껄껄 너털웃음을 터뜨렸다.

"이런 바보 천치 녀석! 제법 솜씨 있는 요괴인 줄 알았더니, 변변치 못하게 제구실도 못 하는 고자 녀석이었군 그래! 이놈아, 네 이름값이 아깝다, 아까워!"

손행자는 그 소리를 못 들은 척 무시하고 문수보살에게 여쭈었다.

"그렇다면 다행입니다. 어서 그놈을 거두어 데려가시지요. 만약 보살님께서 오시지 않았다면, 저놈의 목숨은 절대로 용서하지 않았을 겁니다."

문수보살이 주어를 외우면서 호통을 쳤다.

"이 못된 짐승아! 아직도 귀정할 줄 모르고 어느 때를 기다릴 작정이냐!"

이윽고 마왕이 본래의 모습을 드러냈다. 문수보살은 연꽃을 던져 요망한 괴물을 움직이지 못하게 만들어놓고 등에 훌쩍 올라타더니, 상광을 딛고 서서 손행자 일행과 작별했다.

> 오호라, 청모사자여! 오대산(五臺山)으로 감돌아 들어가니, 보련좌(寶蓮座) 아래 담경(談經)을 듣는구나.

과연 당나라 스님과 제자 일행은 어떻게 도성 밖으로 떠나게 될 것인지, 다음 회에서 풀어보기로 하자.

제40회 어린것에게 농락당하여 선심이 흐트러지니, 세 형제는 각오를 새롭게 다지고 분발 노력하다

손대성을 비롯한 형제 세 사람이 구름을 낮추고 곧바로 궁궐 안에 들어서니, 조정의 군왕 신하들과 황후 비빈들은 누가 먼저랄 것도 없이 모두 엎드려 절하며 맞아들였다.

손행자는 문수보살이 요마를 굴복시켜 데려간 경위를 그들에게 처음부터 끝까지 낱낱이 얘기해주었다. 오계국 임금과 신하들은 사연을 다 듣고 나자, 한결같이 땅바닥에 두 손 모아 엎드려 오체투지(五體投地)의 정례(頂禮)를 올리며 좀처럼 일어설 줄 몰랐다.

모두들 기뻐하며 서로 축하를 나누고 있을 때, 황문관이 또 들어와서 아뢰었다.

"주상 폐하! 대궐 바깥에 또 다른 승려 네 사람이 나타났습니다."

미련퉁이 저팔계는 속이 뜨끔해져서 호들갑을 떨었다.

"형님, 그 요괴가 농간을 부려 문수보살로 둔갑하고 우리를 속여넘긴 모양이오! 그리고 이제 또 화상으로 변신해서 우리와 싸워보려고 찾아온 게 아니오?"

손행자는 딱 부러지게 도리질을 했다.

"그럴 리가 있나!"

그리고 임금에게 불러들일 것을 청하였다.

여러 문무 관원들이 어명을 전달하여 입궐시키고 보니, 그들은 다른 사람이 아니라 바로 보림사의 승려들이었다. 넷이서 제각기 깨끗이

빨고 손질한 황제의 충천관(沖天冠), 벽옥대(碧玉帶), 자황포(赭黃袍), 무우리(無憂履)를 한 가지씩 두 손으로 떠받들고 들어오는 것이었다. 이것을 본 손행자는 기쁜 마음에 껄껄대고 웃으면서 반겨 맞았다.

"때맞춰 잘들 왔네! 마침 잘 왔어!"

그는 우선 보따리를 끌러놓고 수도승 짐꾼으로 변장했던 황제를 가까이 부르더니, 머리에 쓴 두건을 벗긴 다음 충천관을 씌워주고, 무명으로 짠 승복을 벗겨 자황포로 갈아입혔으며, 실띠를 풀고 남전 특산의 벽옥대를 두르게 하고, 승려들이나 신는 헝겊신을 벗겨내고 무우리를 신겨주었다. 그리고 태자를 시켜 백옥규(白玉圭)를 가져오게 하여 그의 손에 쥐여주며 이렇게 아뢰었다.

"폐하, 어서 금란전에 오르시어 '남면칭고(南面稱孤)'하소서!"

'남면칭고'라! 그렇다, 국왕의 보위에 오른 이는 남쪽을 향해 앉으며 자신을 가리켜 '외로운 사람', 즉 '고(孤)'라고 일컫는 것이 관례다. 손행자가 이렇듯 서두른 것이야말로 '조정에는 하루라도 군주의 자리가 비어서는 안 된다(朝廷不可一日無君)'는 사실을 익히 알고 있기 때문이다.

그러나 죽었다가 다시 살아난 황제가 어찌 선뜻 용상에 앉으려 할 것인가. 그는 섬돌 한중간에 꿇어 엎드린 채 눈물을 뚝뚝 흘리며 이렇게 말했다.

"저는 이미 죽은 지 삼 년이 된 몸입니다. 이제 스님께서 저를 되살려 구해주셨는데, 무슨 염치로 망령되이 스스로 지존(至尊)이라 일컬을 수 있겠습니까. 바라옵건대 장로님께서 임금의 자리에 올라주십시오. 저는 처자식들을 데리고 성 밖으로 나가 일개 서민으로 살아갈 수만 있다면 더할 나위 없이 만족하겠습니다."

하지만 삼장 법사 역시 그 요청을 받아들일 턱이 어디 있으랴. 그는 한시 바삐 부처님을 찾아뵙고 진경을 구하겠다는 일념만 가슴속에 꽉 들어찬 사람이었다. 국왕은 다시 손행자더러 보위에 오를 것을 청하였으나, 그 또한 껄껄대고 웃으면서 사양했다.

"여러분에게 솔직히 말씀드리겠소만, 이 손선생이 만약 황제가 되겠다고 마음먹었다면, 온 천하 만국 구주(九州)의 황제 노릇을 다 해보았을 것이오. 그러나 우리는 중 노릇이 몸에 배고 뼈에 사무쳐서 이렇듯 되는 대로 자유롭게 살아가는 거요. 만약 황제가 되었다고 생각해보시오. 머리도 거추장스레 길게 길러야 하고, 해가 저물어도 쉬지 못하고 오경을 알리는 북소리가 울리도록 잠을 자지 못하며, 변방에서 무슨 일이 터졌다는 보고를 받으면 걱정스러워 마음과 몸이 다 불안하고, 나라 안에 가뭄이나 홍수와 같은 재앙이 생기면 그저 속수무책으로 근심 걱정에 가슴이나 아파할 뿐 어쩔 도리가 없을 터이니, 우리가 그런 일을 어찌 감당하겠소? 황제 노릇은 역시 해본 당신이나 할 일이고, 우리 같은 사람은 그저 중 노릇이나 하면서 공덕을 쌓으러 가는 것이 옳겠소."

모두들 고개를 내저으며 거절하니, 국왕도 더 이상은 사양할 도리가 없어, 마침내 금란보전에 오르더니 남쪽을 향하여 용상에 앉아 복위를 선포하기에 이르렀다. 그리고 온 천하에 대사령을 내리고 보림사 승려들에게도 벼슬과 상을 두터이 하사하여 돌려보낸 다음, 동각을 활짝 열어놓고 당나라 스님 일행을 위한 사은의 잔치를 크게 베풀었다. 아울러 단청(丹靑) 솜씨가 뛰어난 화공(畵工)을 불러들여 당나라 스님과 제자 일행, 네 분의 웃는 모습을 그리게 하여 금란보전 위에 받들어 모시고 사시장철 향화를 올리도록 하였다.

오계국 황실과 나랏일이 평안히 수습되자, 이들 스승과 제자, 네 사람은 더 이상 오래 머무르려 하지 않고 국왕에게 작별을 고한 다음 서쪽 길로 떠날 채비를 서둘렀다. 황제와 삼궁의 황후 비빈, 태자, 그리고 여러 신하들은 나라에 비장해두었던 보배와 금은, 비단을 당나라 스님 일행에게 바쳐 그 은덕에 보답하려 하였으나, 삼장 법사는 털끝만한 물건도 받아들이지 않고 그저 통관 문첩에 날인만 받아 가지고 손오공을 비롯한 제자들에게 말머리를 돌려 속히 떠날 것을 재촉했다. 국왕은 미안스러운 마음을 금할 길 없어 난가(鑾駕)를 잘 매만지고 꾸민 다음, 당나라 스님을 상석에 모셔 태우고 문무백관을 시켜 좌우 양편에서 길을 인도하게 하고, 국왕 자신은 삼궁의 황후 비빈, 태자와 황실의 종친들까지 모두 동원하여 손수 수레바퀴를 밀면서 도성 밖으로 나아갔다. 전송 행렬이 성문 밖에 이르자, 당나라 스님은 비로소 용련(龍輦)에서 내려와 국왕 일행과 작별 인사를 나누었다.

"스님, 서천에 가셨다가 공과를 이루고 돌아오시는 날에 과인의 나라에 꼭 한 번 들러주십시오."

국왕의 간곡한 청에, 삼장 법사도 공손히 응답했다.

"소승, 어명을 받드오리다."

이윽고 황제는 눈물이 글썽글썽 맺힌 채 여러 신하들과 더불어 발길을 돌렸다.

당나라 스님 일행 네 사람은 한갓진 마음으로 꼬불꼬불 뻗어나간 대로상에 올랐다. 이들에게는 오로지 한시 바삐 영산에 달려가 부처님께 참배하고 싶은 일념뿐, 그 밖의 다른 일은 안중에도 없었다.

때는 바야흐로 늦가을이 다하고 초겨울에 접어들 무렵이었다. 해를 거듭해서 맞이하는 절기였으나, 가는 곳마다 바뀌는 경치는 언제나 새롭기만 했다.

찬 서리에 붉은 나뭇잎 시들어 숲속마다 메마르고, 늦가을철

내리는 비에 수수는 누렇게 익어 가는 곳마다 물결친다.

포근한 날씨에 영마루 매화는 아침나절 햇살 받아 피어나지만, 소슬바람에 산죽(山竹)이 흔들려 쌀쌀한 소리를 낸다.

오계국을 떠난 이후, 스승과 제자 일행은 밤이 되면 잠잘 데 찾아 쉬고, 날이 밝으면 또 하염없이 길을 걸었다. 보름 남짓 지나다 보니, 눈앞에 또 갑자기 높은 산이 나타났는데 참으로 엄청나게 높아, 산더미 전체가 하늘을 온통 가리지 않았는가 싶을 지경이었다.

마상의 삼장 법사는 보기만 해도 가슴이 서늘해져서 말고삐를 급히 당기고 주눅 든 목소리로 맏제자를 불러세웠다.

손행자가 걸음을 멈추고 여쭙는다.

"사부님, 무슨 분부하실 일이라도 있으십니까?"

삼장은 채찍 끝으로 산봉우리를 가리켰다.

"저 앞산을 좀 보려무나. 험산준령이라고 해도 저렇게 엄청날 수가 있느냐? 아무래도 조심해서 방비해야겠다. 언제 어디서 또 요사스러운 것들이 나타나 우리를 해칠지 누가 알겠느냐?"

손행자는 씨익 웃으며 스승을 안심시켰다.

"아무 걱정 마시고 그저 갈 길이나 가십쇼. 이 손선생이 다 알아서 방비하고 보호해드릴 테니까요."

장로님은 그제야 마음이 다소 놓여, 채찍을 힘차게 휘둘러 말을 몰아 단숨에 산자락 밑에까지 달려나가기는 했는데, 산악을 눈앞에 두고 보니 과연 엄청나게 높고 험준하기 짝이 없어, 도무지 앞으로 나설 엄두가 나지 않았다.

얼마나 높은지 산봉우리 꼭대기는 푸른 하늘에 잇닿았고, 얼마나 깊은 골짜기인지 냇물 흐르는 곳이 저승처럼 까마득하다.

산 앞에는 뭉게뭉게 피어오르는 흰 구름과, 무럭무럭 솟구치는 검정빛 안개 장막을 언제나 볼 수 있다.

어디를 돌아보나 붉게 핀 것은 매화, 비취 빛깔은 대나무 잎새 줄기, 초록빛으로 우거진 잣나무, 짙푸른 소나무 숲.

산 뒤편에는 천길만길 까마득 치솟은 혼령대(魂靈臺) 절벽이요, 바위 더미 뒤로는 기괴망측한 장마동(藏魔洞)이 아가리를 쩍 벌렸다.

마귀가 들어앉았을 법한 동굴에는 물방울이 또랑또랑 떨어져 샘물 이루고,

샘터 아래 골짜기로 꾸불텅꾸불텅 굽이치며 냇물 흐른다.

또 보이는 것은 하늘 높이 뛰어오르고 땅바닥을 휩쓸며 과일 바치는 원숭이, 갈래진 뿔 머리에 이고 먼 산 바라보는 사슴이며, 헬금헬금 길손 눈치 살피는 노루떼.

밤 되면 온 산을 휘젓고 돌아다니며 굴 찾는 호랑이뿐이요,

날 밝으면 물결을 뒤집고 솟구쳐 나오는 수룡(水龍)뿐이다.

동굴 문턱에 올라서니 우지끈 나무 가장귀 부러지는 소리에,

날짐승이 놀라 푸드덕 날개 치고 뛰쳐나온다.

우거진 나무숲 속에는 네 발 달린 길짐승이 어슬렁어슬렁 걸어다니고,

무리를 지은 날짐승과 길짐승 떼를 보고 놀란 사람들의 가슴은 툭탁툭탁 두 방망이질 친다.

우당탕 퉁탕 엎어지고 자빠지다 보면 동굴 속에 거꾸러지고, 우당탕 퉁탕 뛰다 보면 어느덧 신선 노릇을 한다.

푸른 바윗돌은 세월에 물들어 천 덩어리의 옥돌이 되니,

만 겹으로 쌓인 아지랑이에 벽사 초롱 불빛을 드리운 듯하다.

스승과 제자들이 두려움에 질려 겁을 집어먹고 있을 때였다. 산등성이 너머 으슥한 골짜기에서 또 한 무더기의 붉은 구름 기둥이 치솟더니 까마득하게 높은 구소(九霄) 하늘 허공까지 뻗쳐오르는데, 그 속에 시뻘건 불덩어리가 뭉쳐 있었다.

이것을 본 손행자는 평소 그답지 않게 깜짝 놀라서 앞으로 달려가자마자 당나라 스님의 다리를 거칠게 잡아끌어 내렸다. 그리고 아우들에게 큰 소리로 외쳤다.

"여보게들, 걸음을 멈추게! 요괴가 나타났네!"

요괴가 나타났다는 말에 기겁을 한 저팔계가 급히 쇠스랑을 뽑아들고, 사화상 역시 허둥대며 무작정 항요보장부터 휘두른다. 이리하여 세 형제는 당나라 스님을 한가운데 모셔놓고 바짝 경계 태세를 취했다.

이야기는 갈라져서, 손행자가 본 대로 시뻘건 빛덩어리 속에는 과연 요정 한 마리가 들어앉아 있었다. 그 요괴는 몇 해 전 사람들에게서 소문을 하나 들었는데, 사연인즉 '동녘 땅의 당나라 스님이 서천으로 경을 가지러 가는데, 그는 바로 석가여래의 제자 금선장로가 환생한 사람으로 십세 수행을 쌓은 훌륭한 사람이라, 누구든지 그 살코기를 한 점만 먹으면 목숨이 늘어나 오래 살 수 있고 끝내는 천지와 수명을 같이할 수 있다'는 얘기였다. 그래서 이 요괴도 행운을 잡아볼 생각으로 날이면 날마다 이 산중에서 당나라 스님이 나타날 때를 목이 빠지도록 기다려왔는데, 생각지도 않게 오늘에야 그 기회가 닥쳐온 것이다.

반공중에서 이들을 바라보던 요괴는 제자 셋이 마상의 당나라 스님을 에워싼 채, 저마다 잔뜩 긴장한 태세로 병기를 휘둘러가며 보호하는 광경을 보고 저도 모르게 찬탄을 아끼지 않았다.

"정말 대단한 중놈들이로구나! 저 허여멀쑥하고 살이 토실토실 찐 중이 말을 타고 있으니 그가 바로 당나라 조정에서 보낸 성승임이 분명한데, 어째서 저토록 추악하게 생겨먹은 중 녀석들의 호위를 받고 있을까? 그것도 세 놈씩이나 되게 말이다. 하나같이 주먹들을 불끈 내쥐고 소맷자락 걷어붙이고, 저마다 손에 한 자루씩 병기를 잡고 있는 품이, 누구든지 걸리기만 하면 당장 싸움을 벌일 태세로구나…… 아뿔싸! 어떤 놈이 눈치가 빨라서 나를 알아본 모양이다. 가만있거라, 내 이런 꼴을 해가지고는 아예 당나라 화상의 고기 한 점 먹어볼 생각도 말아야겠는걸!"

곰곰이 궁리하기를 반나절, 마음은 입에 묻고 입은 또 마음에 물어가며 자문자답하던 끝에, 그는 마침내 자신과 타협을 했다.

"뚝심만 믿고 무작정 덤벼들어 잡으려고 설쳐대다가는 근처에 얼씬도 못 할 게다. 우선 저 화상의 착한 마음씨를 발동시켜 홀려놓고 나서 기회를 엿보아 채뜨리는 것이 상책이다. 저놈을 감쪽같이 속여넘기고 미혹에 빠뜨려놓기만 하면, 선심을 베푸는 동안 좋은 기회를 잡을 수 있겠지. 내 단연코 저놈을 손아귀에 넣고야 말 테다! 그럼 우선 지상으로 내려가서 어디 한번 농간을 부려보자꾸나!"

영악스런 요괴는 생각이 여기에 미치자, 즉시 붉은 빛덩어리를 흩어버리고 구름을 낮추어 지상으로 내려섰다. 그리고 으슥하게 후미진 산비탈로 들어가 몸뚱이 한 번 꿈틀하더니, 단숨에 일곱 살쯤 들어 보이는 장난꾸러기 어린애로 둔갑한 다음, 옷가지 하나 걸치지 않은 벌거숭이 알몸뚱이가 되어 굵다란 밧줄로 제 팔다리를 꽁꽁 묶어 가지고 높다란 소나무 가지 끝에 대롱대롱 매달린 채 고래고래 악을 쓰기 시작했다.

"사람 살려……! 사람 살려줘요……!"

한편 제천대성 손오공이 흘끗 고개를 들어 다시 바라보니, 어느덧 붉은 구름 기둥은 모조리 흩어지고 불덩어리 기운도 말끔히 사라져 보이지 않았다. 그는 스승에게 소리쳐 알렸다.

"사부님, 말에 올라타십쇼. 길을 가야지요."

당나라 스님이 묻는다.

"요괴가 나타났다고 하더니, 왜 또 길을 가자는 거냐?"

"제가 조금 전에 보았을 때는 붉은 구름 기둥 한 무더기가 땅에서 솟구쳐 오르더니 공중에서 시뻘건 불덩어리로 뭉쳐졌습니다. 그것은 보나마나 요괴가 틀림없습니다. 그런데 이제 다시 보니 붉은 구름도 흩어지고 불덩어리 역시 사라졌습니다. 아마도 지나가는 요정이라, 사람을 해칠 생각이 없었던 모양입니다. 자아, 어서 말에 오르셔서, 우리 갈 길이나 서둘러 가십시다."

저팔계 녀석이 코웃음을 치면서 빈정댄다.

"형님은 말씀도 곧잘 둘러대시는구려. 요정이 있으면 있는 것이지, 무슨 놈의 지나가고 말고가 있단 말이오?"

"자네가 뭘 알겠나. 만약 저 산 동굴 속에 마왕이 잔치를 베풀어놓고 다른 산 여러 동굴에 사는 요정들을 초대했다고 치세. 그럼 초대받은 요괴가 동서남북 사면팔방에서 우르르 몰려들어 참석할 게 아닌가? 그럼 요괴들은 잔치 자리에 나가서 얻어먹을 생각만 하고 있을 테니, 어느 겨를에 사람 해칠 생각이 나겠는가? 그래서 지나가는 요정이라고 말한 것일세."

삼장 법사가 이 말을 듣고 믿어야 좋을지 말아야 좋을지 엉거주춤, 그저 시키는 대로 마상에 올라 산길을 따라서 달려갈 수밖에 없다.

한참을 정신없이 달려가다 보니 어디선가 '사람 살려!' 하는 소리가 들려온다. 장로님은 깜짝 놀라 또 제자들을 불러세웠다.

"얘들아, 이 깊은 산중에 웬 사람이 악을 쓰는 소리냐?"

손행자가 선뜻 말머리 앞으로 나섰다.

"사부님은 그저 갈 길만 가시면 됩니다. 가마꾼이 사인교(四人轎)[1]를 메고 가든, 나귀가 떠메고 가는 교자(驟轎)든, 지붕 없는 명교(明轎)든, 낮잠 자면서 타고 가는 수교(睡轎)든 그런 것은 아랑곳하실 게 없습니다. 이런 산중에 설령 가마가 있다손 치더라도, 사부님을 태우고 떠메갈 사람은 없단 말입니다."

"가마꾼이 떠메는 교자 얘기가 아니라, 웬 사람이 악을 쓰고 있단 말이다."

스승이 항변을 하니, 손행자는 웃으면서 다시 말씀드렸다.

"저도 들어서 압니다. 쓸데없는 일에 상관 마시고 어서 길이나 가시죠."

삼장 법사는 맏제자가 하라는 대로 다시 말을 몰아 앞으로 나아갔다. 그러나 1리도 채 못 가서 또 악을 쓰는 소리가 들려왔다.

"사람 살려요!"

장로님은 말고삐를 낚아챘다.

"얘야, 저 외치는 소리를 좀 들어봐라. 귀신이나 도깨비, 요정이나 괴물의 소리가 아니다. 만약 귀신이나 도깨비, 요정 괴물이 소리를 질렀

---

[1] '악을 쓰는 소리…… 사인교……': 본문에서 당나라 장로님이 제자들에게, "얘들아 …… 웬 사람이 악을 쓰는 소리냐?" 하고 물었을 때, 손행자가 "……가마꾼이 사인교를 메고 가든…… 교자든 명교든…… 수교든……"이라고 대답하는 대목에서, '사람이 악쓰는 소리〔人叫〕'와 '가마꾼이 메고 가는 사인교'의 '인교(人轎)' 발음은 중국어로 똑같이 '렌쟈오 ren-jiao'다. 따라서 이 해음쌍관어(諧音雙關語)는 똑같은 말이면서 그 의미를 딴 쪽에 두어 즉흥적으로 재치 있게 넘겨버렸을 뿐만 아니라, '인교 ren-jiao'에서 더 내친김에 '나귀가 끄는 교자〔驟轎〕luo-jiao' '지붕 없는 교자〔明轎〕ming-jiao' '낮잠 자며 타고 가는 수교(睡轎)shui-jiao'까지 들먹여 스승의 관심을 전혀 엉뚱한 데로 끌고 가는 효과를 보인 것이다.

으면 그저 한 번 들릴 뿐이지, 저 소리처럼 메아리쳐서 들려올 리가 없지 않느냐. 이편에서 외치면 산울림으로 저편에 가서 돌아오고, 저편에 울린 메아리가 또 이편으로 돌아오지 않느냐? 아무래도 누군가 봉변을 당해서 살려달라는 사람이 어디 있는 모양이다. 우리, 찾아가서 구해주자꾸나."

손행자가 간곡히 만류했다.

"사부님, 오늘만큼은 제발 그놈의 자비심일랑 가슴 깊숙이 거두어두십쇼. 이 산을 넘어가거든 그런 자비심을 베푸셔도 늦지 않습니다. 이 산길에는 좋은 일보다 흉한 일이 더 많습니다. 사부님도 '의초부목지설(倚草附木之說)'이란 걸 아시지 않습니까. 풀이든 나무든, 어떤 물건이든지 오래 묵으면 요정이 됩니다. 다른 것은 괜찮다손 치더라도, 뱀이나 구렁이 이무기 같은 것들이 오랜 세월 해묵으면 요정이 되어 사람을 곧잘 알아보고, 소리를 낼 줄 압니다. 그런 요정들이 수풀 속이나 깊은 산속 골짜기에 숨어서 한마디라도 지나가는 사람을 불렀을 때, 만약 그 사람이 대꾸를 하지 않으면 괜찮겠지만 한마디 응답이라도 하는 날이면, 그놈은 당장 그 사람의 넋을 뽑아내고 그날 밤중에 뒤쫓아와서 목숨을 해치고야 맙니다. 그러니 어서 가십시다! 어서 가세요! 옛사람도 '제 코가 석 자인데 남 돌아볼 겨를이 어디 있으랴. 내 한 몸 빠져나갈 수 있기만 해도 신령님의 덕분인 줄 알고 고마워하라'고 말하지 않았습니까. 저런 소리는 절대로 귀담아듣지 마십쇼."

장로님은 그저 시키는 대로 따를 수밖에, 그래서 채찍질을 가하여 말을 휘몰고 앞으로 달려나갔다.

스승의 뒷모습을 바라보며 손행자는 속으로 곰곰이 생각했다.

'저 못된 요괴 녀석이 도대체 어디 있기에 고래고래 악만 쓰고 있는지 모르겠구나. 안 되겠다. 이 손선생께서 저놈한테 묘유성법(卯酉星

法)²을 부려서, 쌍방이 서로 마주치지 못하도록 만들어줘야겠다.'

앙큼스런 제천대성, 그 즉시 사화상을 불러 이렇게 당부했다.

"자네, 말고삐를 단단히 잡고 천천히 걷도록 하게. 내 뒤를 좀 보고 올 테니까."

이렇듯 대소변을 본다는 핑계로 당나라 스님을 몇 걸음 앞세워 보내놓고, 혼자 떨어진 손행자는 중얼중얼 주문을 외우더니 산악을 옮기고 거리를 줄이는 이른바 '이산 축지법(移山縮地法)'을 써서 금고봉으로 등 뒤를 한 번 찍었다. 그것뿐, 스승과 제자 일행은 문제의 산봉우리를 눈 깜짝할 사이에 훌쩍 넘어서 그대로 전진해나가게 되었고, 요괴가 악을 쓰던 산봉우리는 멀찌감치 뒤로 물러나고 말았던 것이다. 일을 감쪽같이 끝낸 손행자는 시치미 뚝 떼고 어슬렁어슬렁 느긋한 걸음걸이로 당나라 스님을 뒤쫓아 따라잡은 다음, 곧바로 산길을 치달려나가기 시작했다.

그런데 또다시 외쳐 부르는 소리가 산 뒤편에서 들려왔다.

"사람 살려! 사람 살려요……!"

장로님은 등 뒤를 흘끗 돌아보며 안타깝다는 듯이 중얼거렸다.

"얘들아, 저기 재난을 당한 사람은 우리와 만날 연분이 없는 모양이다. 우리는 벌써 저 산을 지나쳐왔는데, 뒤편에서 외쳐대고 있으니 말이다."

저팔계가 아는 척 대꾸한다.

---

2 **묘유성법**: 점성술에서 쓰는 용어. 도교의 점술가들이 사주팔자 운명을 점칠 때, 대상의 생년월일과 시간, 지역 방위(方位)를 하늘의 일월성신, 음양오행에 결합시켜 길흉화복을 알아맞히는데, 이 '묘유성법' 역시 도교 내단 수련법에서 말하는 일주천(一周天), 곧 묘유주천(卯酉周天)의 개념을 접목시켜, 해가 뜨는 묘시(卯時, 5시~7시)부터 해가 지는 유시(酉時, 17시~19시)까지 180도, 즉 앞과 뒤를 정반대의 위치로 전환시킨다는 술법을 묘사한 것이다.

"있기는 여전히 산 앞쪽에 있습니다만, 바람 부는 방향이 바뀌어서 메아리가 뒤편에 부닥쳐 들려오는 겁니다."

손행자는 이것 큰일나겠다 싶어 미련퉁이의 입막음을 했다.

"쓸데없는 소리! 바람 부는 방향이 바뀌었든 메아리가 들리든 말든, 어서 갈 길이나 빨리 걷도록 하게!"

모두들 말없이 묵묵히 걸어갔으나, 이 험산준령을 단번에 뛰어넘지 못하는 것이 한스러운 것은 더 말할 나위가 없다.

한편 자기도 모르는 새 동떨어진 요괴는 산비탈 밑 소나무 가지 끝에 매달린 채 연거푸 서너 번이나 고함을 질렀어도 달려오는 사람이 없는 것을 보자, 차츰 이상한 생각이 들었다.

"그것 참말 고얀 노릇이로구나. 내가 당나라 화상을 여기서 기다리고 있으니, 거리라고 해보았자 겨우 삼 리밖에 안 떨어져 있을 터인데, 어째서 반나절이 지나도록 여태 나타나지 않는단 말인가……? 혹시 중간에 지름길을 찾아서 앞질러 빠져나간 것은 아닐까……?"

생각이 여기에 미치자, 요괴는 몸뚱이를 후르르 털어 밧줄을 벗어 던지고 또다시 시뻘건 불덩어리로 화해 공중으로 솟구쳐 오르더니 사면팔방을 두리번두리번 살펴보기 시작했다.

때를 같이해서, 손행자 역시 예감이 이상했던지 무심결에 고개를 후딱 치켜들고 허공을 바라보다가, 시뻘건 요괴의 불덩어리가 또 나타난 것을 발견하고 황급히 스승의 다리를 잡아당겨 말안장에서 끌어내리며 아우들에게 경고를 보냈다.

"여보게들, 조심하게! 그놈의 요정이 또 나타났네!"

저팔계와 사화상은 또 한번 놀라 쇠스랑 지팡이를 곤두세우고, 당나라 스님을 한복판에 둘러쌌다.

요괴는 반공중에서 이 광경을 내려다보고 안타까워하면서도 칭찬을 아끼지 않았다.

"정말 대단한 중놈들 아닌가! 나는 그저 말을 타고 있는 허여멀건한 화상을 한 번 굽어보기만 했을 뿐인데, 어떻게 저 세 놈은 재빨리 알아채고 숨겨놓았을까? 우선 저놈들 가운데 누군가 제일 눈치 빠른 녀석부터 때려눕어야만 당나라 화상을 잡기가 수월하겠다. 그렇지 못했다가는 속담에 이른 대로, '내 심기만 허비하고 목표한 물건을 얻기 어려우며(徒費心機難獲物), 정력과 신바람은 헛수고가 되어(枉勞情興總成空)' 아무것도 얻는 것이 없을 게다."

이리하여 그는 또다시 구름을 낮추고 먼젓번처럼 일곱 살짜리 어린애로 둔갑한 다음, 벌거숭이의 꽁꽁 묶인 몸을 소나무 가지 끝에 대롱대롱 매단 채, 느긋하게 기다리기 시작했다. 다른 것이 있었다면, 삼장 일행과의 거리를 반 리도 못 되게 바싹 줄여놓았다는 점이다.

한편, 제천대성 손오공이 고개를 쳐들고 다시 바라보니, 붉은 구름 기둥이 또 흩어졌다. 그래서 스승더러 다시 말에 올라타 계속 길을 가자고 청했다.

두 번씩이나 번거롭게 말에서 내리고 올라타자니, 삼장 법사도 짜증이 나지 않을 수가 없다.

"너는 대체 어쩌자는 게냐? 방금 요정이 다시 나타났다고 하더니, 왜 또 길을 떠나자는 얘기냐?"

"이번에도 지나가는 요정이라, 우리를 건드리지 못한 겁니다."

또 그 말이 그 말, 삼장은 슬그머니 부아가 치밀었다.

"요 못된 원숭이 녀석이 아주 나를 놀려먹을 작정이로구나! 요마가 나타났을 때는 도리어 아무 일 없다 하고, 이렇듯 조용한 데 와서는 때없이 무슨 놈의 요괴가 나타났다고 호들갑을 떨지 않나, 공갈을 때려서 내게 겁을 주지 않나, 다리몽둥이를 와락 잡아당겨서 끌어내리지 않나……! 이놈아, 그러다가 굴러떨어져 수족을 다치기라도 하면 어쩔 셈이냐! 그랬다만 봐라, 내가 죄송하단 사과 한마디로 그냥 넘어갈 듯싶으냐? 이런 고얀 놈! 괘씸하기 짝이 없는 놈……!"

그래도 손행자는 할 말을 다했다.

"사부님, 그렇게 꾸짖지만 마십쇼. 굴러떨어져 수족을 다치신다면 차라리 고쳐드리기가 쉽습니다만, 요괴한테 붙잡혀가신다면 어딜 가서 찾아오겠습니까?"

이 말에 삼장은 노발대발하더니, 매정하게도 '긴고주'를 외우려고 입을 씰룩거리기 시작했다. 곁에서 지켜보던 사화상은 이거 큰일나겠구나 싶어 혀가 닳도록 스승을 구슬린 끝에 가까스로 진정시키고 마상에 모셔 태우는 데 성공했다.

삼장이 말안장 위에 자리잡고 편히 앉기도 전이었다. 앞쪽에서 또 애절하게 외쳐 부르는 소리가 들려왔다.

"스님! 사람을 좀 살려주십쇼!"

장로님이 고개를 번쩍 들고 올려다보니, 웬걸! 어린애 하나가 벌거벗은 알몸뚱이로 결박당한 채 나뭇가지에 매달려 있는 것이 아닌가? 그는 당장 말고삐를 휘감아 잡고 손행자를 무섭게 호통쳐 꾸짖었다.

"이 못된 원숭이 녀석! 어쩌면 그렇게도 짓궂고 고약하단 말이냐? 착한 마음씨라고는 손톱만큼도 없고 그저 흉악한 짓이나 저지를 궁리만 하고 있다니! 내가 그토록 사람의 목소리라고 얘기했는데도 네놈은 끝까지 온갖 궤변을 다 늘어놓으면서 요괴라고 고집 부리더니, 자, 네 눈으로 똑똑히 봐라! 저 나무에 매달린 것이 사람이 아니고 뭐란 말이냐?"

손대성은 스승이 꾸짖는데도 대꾸 한마디 없이 그저 물끄러미 바라보기만 할 따름이다. 스승에게 의심을 받은 이상 어떻게 손을 써볼 여지도 없거니와, 설령 손을 쓴다 해도 스승의 노여움을 사서 저 무시무시한

'긴고주'를 외우게 될까 봐 겁이 났던 것이다. 그는 고개를 푹 수그린 채 두 번 다시 입을 열어볼 엄두도 내지 못하고, 말에서 내린 당나라 스님이 소나무 그루 곁에 다가가도록 그냥 내버려두었다.

장로님이 채찍 끝으로 가리키면서 묻는다.

"애야, 너는 뉘 집 아이냐? 무슨 일로 여기 매달려 있느냐? 어서 말해다오. 그럼 널 구해주마."

오호라! 이 노릇을 어쩌면 좋으랴! 분명히 요괴가 이런 모습으로 둔갑한 것인데, 스승은 범태 육안이라 알아보지 못하니 그저 안타까울 따름이다.

요사스런 마귀는 상냥한 질문을 받자, 더욱 떠벌리는 몸짓으로 눈물까지 뚝뚝 떨어뜨려가며 애처롭게 울부짖었다.

"스님, 이 산 서쪽으로 가면 고송간(枯松澗)이라고 해서 냇물이 흐르는 골짜기가 하나 있습니다. 그 냇가에 마을이 있는데, 저는 그 동네에 살고 있습니다. 제 할아버님은 성이 홍씨(紅氏)요, 평생 돈을 많이 모아놓으셔서 재산이 수만 금이나 되는 거부이시기 때문에 홍백만(紅百萬)이란 별명으로 불리셨답니다.

연로하신 할아버님은 세상을 떠난 지 오래되셨고, 가산은 제 아버님께 물려주셨습니다. 그런데 요즈음 들어 아버님이 여러 사람들과 교제하시면서 사치스럽게 지내셨기 때문에, 재산이 점차 줄어들고 가업도 기울어, 아버님의 별명은 홍십만(紅十萬)으로 바뀌셨으며, 사방의 호걸들과 사귀시기만 일삼으시고 이자를 받아쓰실 생각으로 집 안에 있는 돈을 모조리 남에게 빌려주셨습니다.

그러나 사방 천하로 떠돌아다니는 호걸이란 사람들이 모두 남을 속이고 돈을 옭아먹는 사기꾼이라는 것을 어찌 알았겠습니까. 아버님한테는 본전도 이자도 돌아오지 않았습니다. 결국 제 아버님께서는 그 이후

남에게 돈 한 푼 꾸어주지 않기로 굳게 맹세하셨습니다. 그랬더니 돈을 꾸어 쓰던 사람들은 살아갈 방도가 없어진 터라, 흉악한 놈들끼리 한통속이 되어 흉기와 몽둥이를 들고 밝은 대낮에 저희 집을 습격해서 재산을 모조리 빼앗아갔을 뿐 아니라, 제 아버님을 죽이고 어머니까지 강제로 끌어갔습니다. 제 어머님은 다소 자색을 갖추신 터라, 데려다가 무슨 압채부인(壓寨夫人)을 삼겠다는 것이었습니다. 어머님은 그 난리통에 어린 저를 차마 버리실 수가 없어, 품에 안으시고 애처롭게 통곡하시며 전전긍긍, 불안한 마음으로 도적놈들을 따라가셨습니다.

이 산 속에 들어서자, 도둑놈들은 뜻밖에 또 저마저 죽여 없애려고 했습니다. 그러나 제 어머님이 애걸복걸 빈 덕택으로, 저는 칼날 아래 죽임을 당하기는 모면했으나, 그 대신에 밧줄로 꽁꽁 묶인 채 이 소나무 가지에 매달리는 신세가 되고 말았습니다. 굶어 죽지 않으면 얼어 죽게 내버려둔 것입니다. 저는 이곳에서 오늘까지 사흘 낮 사흘 밤을 매달려 있었지만, 구해줄 만한 사람은 하나도 지나가지 않았습니다.

그런데 제가 어느 세상에서 공덕을 쌓았는지 모르겠으나, 이렇듯 노스님을 만나뵙게 될 줄이야 누가 알았겠습니까. 스님, 제발 덕분에 자비심을 크게 베푸시어 제 한 목숨 구해주십쇼. 저를 살려서 집에 돌아가게 해주시기만 한다면, 이 한 몸을 저당잡히고 목숨을 파는 한이 있더라도 스님의 크신 은혜에 보답할 것이며, 죽어서 흙에 묻히고 황천에 들어가게 되더라도 결코 저버리지 않겠습니다."

삼장은 이 말을 듣더니 정말인 줄 알고 저팔계를 시켜 밧줄을 풀고 구해주라는 분부를 내렸다. 이 미련한 녀석도 사람을 알아보는 재주가 없는 터라, 스승이 시키는 대로 선뜻 앞으로 나서더니 밧줄에 손을 대고 풀어주기 시작했다.

곁에서 지켜보던 손행자는 더 이상 참을 수가 없어, 요괴를 향해 냅다 호통을 쳤다.

"요 못된 놈의 괴물아! 네놈의 정체를 알아보시는 분이 여기 있다! 터무니없는 거짓말을 꾸며 사람을 속여보겠다고? 어림 반푼어치도 없는 수작 말아라! 네놈의 집안은 이미 깡그리 재산을 털려 풍비박산이 되었고, 아버지도 강도들에게 죽임을 당하고 어머니마저 잡혀갔다고 했는데, 네놈을 살려서 누구한테 넘겨주라는 게냐? 또 빈털터리 알거지가 된 네놈이 무엇으로 은혜를 갚는단 말이냐? 거짓말을 해도 앞뒤가 맞아야지, 그따위 새빨간 거짓말을 누구더러 믿으라는 게냐?"

요괴는 이 말을 듣고 가슴이 뜨끔했다. 그러나 손대성이 유능한 사람이라는 것을 마음속 깊이 새겨둔 채, 또다시 와들와들 떨고 눈물을 철철 흘려가며 애처로운 기색으로 이렇게 대꾸했다.

"스님, 저희 부모님이 비록 돌아가시고 잡혀가시고 재산도 거덜났다고는 하더라도, 마을에는 아직도 저희 집 논과 밭뙈기가 그대로 남아 있습니다. 도적놈들이 땅까지 손을 대지는 못했으니까요. 그리고 저희 일가친척들도 모두 살아 계십니다."

"일가친척이라니, 네놈한테 무슨 친척이 있단 말이냐?"

"제 외할아버지 댁은 이 산 남쪽에 있고, 고모님은 영마루 너머 북쪽에 살고 계십니다. 고송간 상류에 사시는 이사(李四)가 제 이모부요, 숲속에 사시는 홍삼(紅三)이 저의 큰아버님이시며, 또 그 밖에도 당숙(堂叔) 어른과 사촌 형제들이 모두 우리 마을 이편저편에 살고 계십니다. 노스님께서 저를 구해주시고 함께 마을에 가서 일가친척 여러분을 만나보시면, 노스님께서 저를 구해주신 은혜를 제가 낱낱이 말씀드리고 논밭을 저당잡히거나 팔아서라도 듬뿍 사례해드리도록 하겠습니다."

욕심꾸러기 저팔계가 이 말을 듣더니, 손행자에게 대들며 사납게 따졌다.

"형님, 이런 어린애를 데리고 무슨 놈의 승강이를 벌이는 거요? 이 애 말대로 강도들이 집 안의 재산을 몽땅 털어갔다고 칩시다. 그렇지만 집 건물과 논밭 땅뙈기까지 떠내가기야 했겠소? 우리 먹새가 아무리 크기로서니, 땅 열 마지기 값어치도 다 먹지는 못할 거요. 그러니 저 아이 녀석을 구해서 데려갑시다."

이 미련한 녀석이야 그저 먹을 생각만 앞세울 뿐이지, 무엇이 좋고 나쁜 것인지 사리 분별 따위는 아랑곳없다. 미련퉁이는 손행자가 미처 말리기도 전에 선뜻 계도(戒刀)를 뽑아 잡더니 밧줄을 썽둥 끊어버리고 요괴를 땅바닥에 내려주었다. 요괴는 속으로 됐구나 싶으면서도, 당나라 스님이 타고 계신 말머리 앞에 꿇어 엎드려 눈물을 철철 흘리면서 쉴 새없이 머리를 조아렸다.

마음 착하신 장로님은 측은한 생각이 들어 요괴에게 손짓했다.

"얘야, 내 말 위로 올라오너라. 내가 태워다 주마."

그랬더니 요괴는 절레절레 도리질을 했다.

"노스님, 저는 하도 오래 매달려 있어서 손발에 맥이 풀려 저리고 허리가 시큰시큰 쑤시기도 하려니와, 본래 시골뜨기 무지렁이라 말은 탈 줄도 모릅니다."

이 말을 듣고 당나라 스님은 저팔계를 불러 업고 가게 했다. 그러자 요괴는 저팔계의 생김새를 한 번 보더니 두 눈을 가리고 이렇게 말했다.

"스님, 제 몸뚱이의 살갗이 꽁꽁 얼어서, 이 스님 등에는 업히지 못하겠습니다. 이분은 주둥이가 길고 귀가 큰데다, 뒷덜미에 갈기터럭이 송곳처럼 억세게 돋쳐나와, 얼어붙은 살갗이 찔릴까 겁이 납니다."

"그럼 사화상더러 업고 가라고 해야겠구나."

당나라 스님이 이렇게 말하자, 요괴는 또 눈을 가리고 겁먹은 기색으로 딴청을 부렸다.

"스님, 도둑떼가 저희 집을 털어먹으러 왔을 때, 모두들 얼굴에 검 댕칠을 한데다, 가짜 수염을 달고 칼과 몽둥이를 휘두르는 바람에 얼마나 놀라고 혼이 났는지 모릅니다. 이제 이 스님의 거무튀튀한 얼굴을 보니, 그 도둑놈들이 생각나서 정신이 아찔해질 지경인데, 어떻게 이분한테 업히겠습니까?"

당나라 스님은 할 수 없이 손행자더러 업으라고 분부했다.

손행자는 껄껄대고 웃으며 선선히 응낙했다.

"제가 업지요, 업어! 제가 업고 가겠습니다!"

요괴는 옳다 됐구나 싶어 속으로 기뻐하면서 시침 뚝 떼고 손행자에게 업어달라고 양손을 내밀었다.

손행자가 요괴를 길 한곁으로 끌어다가 덜미를 잡고 번쩍 들어 몸무게를 달아보니, 겨우 서너 근 몇 냥쭝[3]밖에 안 돼 보인다. 그는 어처구니가 없어 실소를 터뜨렸다.

"요 깜찍한 괴물아, 넌 오늘 꼼짝없이 죽었다. 이 손선생 앞에서 그 따위 꿍꿍이 수작이 통할 듯싶으냐? 난 네놈이 '그렇고 그런 놈'인 줄 뻔히 들여다보고 있단 말이다!"

요괴는 속으로 겁이 더럭 났으나, 여전히 시침을 뚝 떼고 능청스레 받아넘겼다.

"저는 양갓집 아들입니다. 불행하게도 그런 끔찍한 봉변을 당해 두려워하고 있는데, 절더러 '그렇고 그런 놈'이라니, 그게 무슨 말씀이십니까?"

"양갓집 자식이라면서 뼈마디가 왜 이렇게 가벼우냐?"

---

[3] 서너 근 냥쭝: 청대 판본 『서유증도서(西遊證道書)』를 주해한 황주성(黃周星)은 "홍해아가 삼매진화(三昧眞火)를 수련하여 온몸이 불덩어리이므로 가볍게 들떴을 것이다(通身是火, 所以輕浮)"라고 해석하였다.

"뼈대가 아직 덜 여물어서 가볍죠."

"올해 몇 살이냐?"

"일곱 살이에요."

이죽이죽 얄밉게 대꾸하는 소리에, 손행자는 기가 막혀 웃음이 나왔다.

"한 해에 한 근씩 늘어났더라도 일곱 근은 되어야 할 놈이, 어째서 너 근도 못 되는 거냐?"

"제가 너무 일찍 젖을 떼어서 그럴 겁니다."

"알았다, 그렇다고 해두자. 이제 널 업어줄 터이니, 가는 도중에 오줌이나 똥이 마렵거든 꼭 미리 얘기해야 한다. 알겠느냐?"

삼장 법사는 그제야 저팔계, 사화상과 함께 앞장서서 나가고, 손행자는 어린애를 등에 업은 채 뒤따라 나섰다. 이리하여 일행은 서쪽을 바라고 다시 길을 떠나갔다.

이를 증명하는 시가 다음과 같이 있다.

도덕이 높게 융성하면 마귀의 장애도 따라 높아지는 법, 선기(禪機)란 본디 고요하니 고요한 가운데 요물이 생겨난다.

심군(心君, 손오공)은 정직하여 중도(中道)를 행하나, 목모(木母, 저팔계)는 어리석고 완고하여 위태로운 외길을 곧잘 걷는다.

백마는 뜻이 있으나 말없이 애욕(愛慾)을 품고, 황파(黃婆, 사오정)는 묵묵히 홀로 걱정하고 속을 태운다.

불청객으로 끼어든 요괴는 뜻한 바를 얻었다고 공연히 기뻐하나, 필경은 올바른 곳으로 스러져버릴 것을.

손대성은 요마를 등에 업기는 했으나, 마음속으로는 그 고달픔을 몰라주는 당나라 스님이 이만저만 원망스러운 게 아니었다.

"이처럼 험준한 산길을 빈 몸으로 걷기도 어려운 판에, 이 손선생더러 사람까지 업고 가게 하시다니! 요런 못된 요괴 놈은 둘째치고 마음씨 착한 사람이라도 업어주기가 힘들겠다. 하물며 요 녀석은 아비 어미도 없다는데 누구한테 업어다 주란 말이냐? 그럴 바에는 차라리 여기서 메다꽂아 죽여버리는 것이 낫겠다!"

눈치 빠른 요괴가 벌써 그 낌새를 채고 재빨리 신통력을 썼다. 그는 사방으로부터 네 차례 숨결을 들이마시더니, 그것을 손행자의 등판에 '훅!' 하고 세차게 내뿜었다. 숨결의 무게는 삽시간에 1천 근쯤 무거워져 손행자를 짓눌렀다.

그러나 손행자는 씨익 웃으면서 빈정거렸다.

"요 녀석아, 네놈이 중신법(重身法) 따위로 이 손선생을 납작하게 만들어보겠다, 이거냐? 어림 반푼어치도 없는 수작 말아라!"

1천 근이나 되는 무게에도 끄떡 않는 것을 보자, 요괴는 손대성이 도리어 자기를 해칠까 봐 겁이 더럭 났다. 그는 잽싸게 해시법(解屍法)을 써서 송장 껍질만 남겨둔 채 원신(元神)으로 빠져나가더니, 구소 하늘 까마득히 높은 허공으로 솟구쳐 달아났다. 그리고 공중에 우뚝 서서 손행자가 어떻게 하는지 지켜보기 시작했다. 손행자는 시간이 갈수록 등에 진 무게가 점점 더 무거워지는 터라, 약이 바짝 올라서 어깨 너머 손길로 요괴를 움켜잡기가 무섭게 길 한켵 바윗돌에 '철썩!' 소리가 나도록 힘껏 내동댕이쳐버렸다. 요괴의 몸뚱이는 바윗돌에 부딪혀 한 덩어리 고기 떡이 되고 말았으나, 손행자는 그래도 분이 풀리지 않아 두 번 다시 농간을 부리지 못하게 아예 양팔 두 다리를 찢어 길바닥 양편에 내던져버리고 말았다.

공중에서 이런 끔찍스런 광경을 똑똑히 내려다보고 있던 요괴는 속에서 울화통이 치밀어올라 견딜 수가 없었다.

"저런 몹쓸 놈의 원숭이 중 녀석, 정말 악착스럽기 짝이 없는 놈이로구나! 내가 비록 요마 노릇을 하고 네놈의 사부를 해치려 한다손 치더라도, 어쩌면 그토록 지독스런 손찌검으로 내 몸뚱이를 박살낼 수가 있단 말이냐? 내가 일찌감치 눈치채고 빠져나왔기에망정이지, 그렇지 않았던들 꼼짝없이 죽을 뻔했구나. 오냐, 좋다! 그럼 나도 이 틈에 당나라 화상을 낚아채고야 말 테다! 저대로 내버려두었다가는 저 원숭이 녀석이 갈수록 꾀가 늘어나 행패를 부릴 것이다."

교활한 요괴는 반공중에 우뚝 선 채로 한바탕 회오리바람을 일으켰다. 바윗돌을 굴리고 모래먼지를 흩뿌리는, 실로 사납기 이를 데 없는 돌개바람이 흉흉한 기세로 느닷없이 휘몰아치니, 그 기세야말로 뭐라고 형언할 길이 없을 정도였다.

폭풍 노도처럼 사나운 돌개바람이 휘말아올리니 수운(水雲)에 비린내가 풍기고, 검정 기운이 무럭무럭 뻗쳐올라 하늘의 해를 가려놓는다.

고갯마루 나무는 뿌리째 몽땅 뽑혀나가고, 들판의 곧은 매화나무가 줄기째로 나자빠져 평지를 이룬다.

싯누런 모래가 눈을 어지럽히니 길손은 걸음을 옮겨 떼지 못하고, 기암괴석이 부서져 나뒹구니 길바닥을 어찌 고르게 하랴.

꾸역꾸역 몰려드는 검정 기운에 평지가 온통 어둠 속에 잠기니, 온 산 천지에 날짐승 길짐승 울부짖는 소리가 메아리친다.

바람이 얼마나 거세던지, 삼장 법사는 말안장 위에서 몸을 제대로 가누지 못하고, 저팔계 녀석은 감히 얼굴을 쳐들고 올려다볼 엄두도 내지 못하는가 하면, 사화상 역시 머리통을 잔뜩 수그린 채 두 손으로 얼굴을 가렸다. 손행자는 괴물이 바람으로 농간을 부린다는 것을 알아차리고 급히 두 다리를 놀려 뒤쫓아갔으나, 요괴는 벌써 돌개바람 결에 당나라 스님을 낚아채 가지고 사라진 뒤였다. 종적도 없고 그림자도 없이 어느 쪽으로 잡아갔는지, 찾아갈 곳마저 알아볼 길이 없었다.

한참 만에야 바람 소리가 잦아들고 햇빛이 밝아졌다. 손행자가 허겁지겁 달려가보니, 주인 잃어버린 백룡마 혼자 전전긍긍 떨며 울부짖고 있을 뿐이요, 짐보따리는 길바닥에 흩어진 채 나뒹굴고, 저팔계는 언덕 아래 등 돌린 채 끙끙 신음 소리만 내는가 하면, 사화상은 언덕 앞에 쭈그려 앉아 고래고래 소리를 지르고 있을 따름이었다.

손행자가 다급한 목소리로 버럭 악을 썼다.

"여보게! 팔계!"

이 미련한 친구는 손행자의 목소리를 알아듣고서 꿈지럭꿈지럭 머리를 쳐들었다. 두 눈을 비비고 두리번거려보니 미치광이 돌개바람은 어느새 잠잠해지고, 사면팔방은 조용해졌다. 그제야 어슬렁어슬렁 걸어나와서 손행자를 부여잡고 안도의 한숨을 내쉬는 저팔계…….

"형님, 정말 지독하기 짝이 없는 바람이구려!"

사화상도 얼굴 가린 손을 떼고 다가오며 한마디 보탠다.

"정말이오, 형님. 돌개바람이 대단했소."

그리고 또 물었다.

"사부님은 어디 계시오?"

저팔계가 고개를 절레절레 흔들며 대꾸한다.

"바람이 어찌나 거세던지, 우리 모두 머리를 파묻고 두 눈을 가린 채 저마다 바람을 피하느라 처박혀 있지 않았나! 그러니 사부님도 안장 위에 엎드려 계실 걸세."

손행자가 내처 묻는다.

"그렇다면 지금은 어딜 가셨단 말인가?"

사화상은 주변을 둘러보면서 혼잣말하듯 중얼거렸다.

"사부님은 등잔 심지보다 더 가벼우신 분이라 돌개바람에 휘말려 가셨나 보오."

"여보게들, 우리 이제부터 헤어져야 되겠네."

손행자가 낙담한 기색으로 시무룩하게 말했더니, 저팔계 녀석이 대뜸 찬동하고 나섰다.

"옳소! 진작에 헤어져서 제각기 갈 길을 찾았더라면 얼마나 좋았겠소. 서천으로 가는 길이 끝 닿을 데가 없으니, 어느 세월에야 당도한단 말이오!"

사화상은 두 사형이 주고받는 얘기를 듣더니, 소름이 오싹 끼치고 온몸이 굳어져서 한동안 말을 못 했다. 그러다가 한참 만에 겨우 입을 열어 이렇게 말했다.

"형님들, 그게 무슨 말씀이시오? 우리가 전생에 죄를 지은 탓으로 벌을 받다가, 관세음보살의 감화를 받고 마정수계(摩頂受戒)의 예식을 거쳐 법명까지 받은 덕택으로, 불과(佛果)에 귀의하여 당나라 스님을 모시고 서방 세계에 가서 부처님을 뵙고 경을 구해, 그 공덕으로 죄를 씻도록 해주시지 않았소? 그런데 오늘 여기까지 와서 모든 일을 팽개치고 제각기 살길을 찾아 헤어지자는 말씀을 꺼내다니, 세상에 이토록 허망한 노릇이 어디 있단 말이오? 그것은 보살님이 베풀어주신 선과(善果)를 저버리는 짓이기도 하려니와, 스스로 쌓아올린 덕행을 무너뜨리는 일이니, 남들이 우리더러 일만 벌여놓고 끝을 맺지 못하는 유시무종(有始無終)한 녀석들이라 비웃기라도 하면 어찌시겠소?"

막내의 꾸지람에, 손행자가 고개를 주억거렸다.

"이 사람아, 자네 하는 말에도 일리가 있기는 하지만, 사부님이 남의 말을 통 듣지 않으시니 어쩌겠나? 이 손선생의 불 같은 눈, 금빛 눈동자로 옳고그른 것을 분명히 꿰뚫어보고 벌써 몇 차례나 말씀드렸는가? 방금 불어닥친 바람만 해도 그렇지, 소나무에 매달렸던 어린 놈이 장난질을 친 것이라는 사실을 자네들은 모르나? 이 손선생은 그놈이 요괴인 줄 첫눈에 알아보았는데도, 사부님만 몰라보신 게 아니라 자네들 역시 알아보지 못하고, 그저 양갓집 자식이라는 말만 믿고 날더러 업어서 데려가라고 했네. 이 손선생이 그놈을 어떻게 처치해버릴까 궁리했더니, 그놈은 당장 중신법으로 날 짓눌러놓으려고 수작을 부렸네. 내가 그놈을 메다꽂아 내동댕이쳤더니, 그놈은 해시법을 써가지고 훌쩍 빠져나가 한바탕 회오리바람을 일으켜서 사부님을 납치해가고 만 걸세. 이렇듯 번번이 요괴한테 걸려들어 혼이 나면서도 끝끝내 내 말을 듣지 않으시니, 이젠 나도 정나미가 뚝 떨어지고 맥이 풀려서 제각기 헤어지자고 한 걸세. 그런데 오정 아우님에게 그만큼 성의가 있는 것을 보니, 이 손선생은 정말 오도 가도 못 하고 진퇴양난일세그려…… 이것 봐, 팔계. 솔직히 말해보게. 자네 생각에는 대체 어떻게 했으면 좋겠는가?"

"나도 입에서 나오는 대로 허튼소리 몇 마디 지껄이긴 했지만, 사실 헤어져서야 되겠소? 형님, 어쩔 수 있소. 역시 사화상 아우님의 말씀이 믿음직스러우니 요괴부터 찾아서 사부님을 구해놓고 봅시다."

저팔계까지 이렇게 나서니, 손행자는 성을 내던 마음이 기쁨으로 돌아섰다.

"여보게, 아우님들! 우리 다시 한번 합심 협력하기로 굳게 다짐하세. 자, 어서 짐보따리하고 마필을 수습하게. 우리 모두 산에 올라가 괴물을 찾아내고 사부님을 구해드리세!"

이리하여 각오를 새롭게 다진 세 형제는 칡덩굴에 몸을 의지하고 등나무 줄기에 매달리며, 가시덤불을 헤쳐 언덕을 넘고 골짜기 냇물 건너 무려 6, 70리 길을 더 나아갔으나, 스승의 행방은 묘연하고 아무런 기미도 찾을 수가 없었다. 어떻게 된 셈인지, 이 산중에는 날짐승 길짐승마저 전혀 보이지 않고, 오랜 세월 해묵은 늙은 소나무 잣나무 숲만이 끝 모르게 펼쳐져 있을 따름이었다.

조바심에 등이 달아오를 대로 달아오른 제천대성 손오공은 몸을 훌쩍 솟구쳐서 공중제비를 한 바퀴 돌더니, 산꼭대기 험준한 봉우리에 껑충 뛰어올라 큰 소리로 고함을 쳤다.

"변해라!"

호통 소리 한마디에 그의 몸뚱이는 당장 머리가 셋, 팔뚝이 여섯 달린 삼두육비(三頭六臂)의 법신으로 탈바꿈했다. 그것은 저 옛날 천궁을 뒤집어엎던 시절의 본상(本像)이기도 했다. 그는 또다시 여의금고봉을 번뜩 휘둘러 세 자루로 만들어 가지고 눈앞에 닥치는 대로 후려치고 내리찍고 받아치면서, 동에 번쩍 서에 번쩍 미치광이처럼 마구잡이로 들이치기 시작했다.

저팔계가 그것을 보고 찔끔하며 자라목을 움츠렸다.

"여보게, 사화상! 큰일났네. 형님이 사부님을 찾지 못해 약이 올라서 미치광이 발작을 일으킨 모양일세!"

손행자가 한바탕 정신없이 들이치고 났을 때, 궁상바가지 몰골을 한 잡귀 신령들이 우르르 떼를 지어 몰려나왔다. 하나같이 윗도리를 겨우 가린 누더기 한 벌, 아랫도리를 가린 속곳 한 벌에, 바지 저고리 하나 제대로 걸치지 못한 상거지 꼬락서니들이 산봉우리 앞에 무릎 꿇고 엎드려 큰 소리로 문안을 드리는 것이다.

"손대성 어른! 산신령과 토지신들이 문안드리나이다!"

"무슨 놈의 산신령, 토지신이 이렇게 많은 게냐?"

여러 신령들은 송구스러워 머리를 조아렸다.

"대성 어른께 아룁니다. 이 산은 '육백 리 찬두 호산(六百里鑽頭號山)'이라 부릅니다. 저희들은 십 리마다 산신령이 한 명, 십 리마다 토지신이 한 명씩, 이렇게 해서 모두 합쳐 산신령 삼십 명, 토지신 삼십 명이 있사옵니다. 어제 대성께서 이곳에 나타나셨다는 소식을 들었사오나, 한날 한때에 한꺼번에 모일 수가 없사와, 이렇듯 영접이 늦어 대성 어른의 노여움을 사게 되었으니, 그저 그 죄를 너그러이 용서해주십시오."

"그대들의 죄는 잠시 접어두기로 하마. 내가 한 가지 물어볼 것이 있다. 이 산중에 요괴가 몇 마리나 있느냐?"

"대성 어르신, 이곳에 요정이라곤 단 한 마리밖에 없습니다. 그놈 한 마리뿐인데도 저희들의 머리를 이렇게 홀라당 까놓고 지전(紙錢)도 향화(香火)도 받지 못하게 만들었을 뿐 아니라, 혈식(血食)을 받아먹기는커녕 몸에 걸칠 옷가지 한 벌도 없이 만들어, 보시다시피 이런 상거지 꼬락서니로 지내는 형편인데, 요괴가 더 많았다가는 저희들이 어떻게 살아갈 수 있겠습니까?"

"호오, 그렇다……? 하면 그 요괴는 이 산 앞에 사느냐, 아니면 산 너머 뒤편에 사느냐?"

여러 신령들이 입을 모아 이구동성으로 아뢴다.

"산 앞에 살지도 않고 산 너머 뒤편에 살지도 않습니다. 이 산 속에는 고송간(枯松澗)이란 골짜기에 냇물이 한줄기 흐르고, 그 냇가에 화운동(火雲洞)이라는 동굴이 하나 있습니다. 그 동굴 속에 마왕이 살고 있는데, 신통력이 어찌나 대단한 놈인지 걸핏하면 저희들을 잡아들여다가 문지기 노릇도 시켜먹고 아궁이에 불을 때게도 합니다. 한밤중에 느닷없이 끌어다가 요령(搖鈴)을 흔들고 호통쳐가며 야경까지 돌게 하기 일

쏘입니다. 어디 그뿐인 줄 아십니까. 그놈의 부하 녀석들도 걸핏하면 용돈을 뜯어가는 형편입니다."

"그대들은 모두 음부(陰府, 저승)에 속한 귀선(鬼仙)일 터인데, 무슨 돈이 있다고 뜯어간단 말인가?"

"대성 어르신의 말씀처럼 사실 그놈들에게 줄 돈이 어디 있겠습니까. 그저 노루나 사슴 같은 들짐승 따위를 몇 마리씩 잡아 아침저녁으로 상납하여 졸개 요괴 녀석들을 구슬립니다만, 무엇이든지 갖다 바치는 것이 없을 때에는 당장 매를 치지 않나, 사당을 때려부수지 않나, 옷가지를 벗겨가지 않나, 이건 도무지 마음을 놓고 살아갈 수 없게 들볶아댑니다. 대성 어르신, 제발 덕분에 그놈의 괴물을 없애버리시고 이 산중의 생령들이 편히 살아가도록 구해주십시오!"

"그대들이 그놈의 절제를 받고 이따금씩 동굴 안에 끌려들어가 일을 해주고 있다면, 그놈이 어디서 온 요정이며, 또 이름이 무엇인지는 알고 있겠군?"

"그 요괴의 내력을 말씀드리자면, 혹 대성 어른께서도 아실는지 모릅니다. 그놈은 우마왕(牛魔王)의 아들로서, 나찰녀(羅刹女)가 낳아 키웠습니다. 일찍이 화염산(火燄山)에서 삼백 년 동안 수행을 쌓았고 삼매진화(三昧眞火)까지 단련해내어 신통력이 굉장합니다. 우마왕이 그 아들 녀석을 이 '육백 리 찬두 호산'에 보내어 지키도록 했는데, 어릴 적 이름은 홍해아(紅孩兒)요, 지금은 별호를 '성영대왕(聖嬰大王)'이라고 부릅니다."

손행자는 이 말을 듣고서 크게 기뻐하더니, 토지신과 산신령들을 호통쳐 물러가게 한 다음, 산봉우리 밑으로 훌쩍 뛰어내려와 아우들에게 달려갔다. 그리고 저팔계와 사화상을 번갈아 돌아보며 싱글벙글 자랑스럽게 얘기해주었다.

"여보게들, 아무 걱정 말고 마음 푹 놓게! 이젠 사부님의 목숨은 다치지 않을 것이네. 그 요정은 이 손선생하고 친분 있는 사이니 말일세."

저팔계가 어처구니가 없어 피식 웃는다.

"원, 형님도 거짓부렁 좀 하지 마시오. 형님은 동승신주(東勝神洲)에 살고 계셨고, 그놈이 사는 이곳은 서우하주(西牛賀洲)인데, 두 대륙 사이가 엄청나게 멀리 떨어졌을 뿐 아니라 천산만수(千山萬水)에 가로막혀 있고 또 망망대해가 둘씩이나 갈라져 있는 곳에서, 형님이 어떻게 그놈과 친분을 맺었단 말이오?"

"하하, 내 말 좀 듣게. 방금 나타났던 패거리들은 모두 이 고장 토지신과 산신령들일세. 내가 그 잡귀들에게 요괴의 출신 내력을 물어보았더니, 그놈은 우마왕의 아들로서 나찰녀가 낳아 키웠다는 게 아닌가? 어릴 적 이름은 홍해아요, 별호를 성영대왕이라 부른다더군. 이 손선생이 오백 년 전에 천궁을 크게 뒤엎었을 때, 천하의 명산을 두루 찾아다니면서 대지(大地)의 호걸들과 사귀었는데, 그 우마왕이 바로 이 손선생과 의형제를 맺은 일곱 호걸 중 한 사람이었네. 대여섯 명의 마왕 가운데 이 손선생이 제일 꼬마였기 때문에, 그 우마왕을 맏형이라고 불렀지 뭔가. 우리 사부님을 잡아간 요괴는 우마왕의 아들이라니, 나하고 그놈의 아버지와 친분을 따지자면, 결국 내가 그놈의 아저씨뻘이 되는 셈 아닌가? 그런데 이 아저씨 되는 분의 사부님을 조카 녀석이 어찌 감히 해칠 턱이 있겠나? 자, 우리 어서 빨리 가보도록 하세!"

그러자 사화상은 웃으면서 이렇게 말했다.

"큰형님, 이런 속담 못 들어보셨소? '삼 년 동안 찾아가지 않으면 일가친척도 남남(三年不上門, 當親也不親)'이라고 했소. 형님이 그 우마왕이란 사람과 서로 헤어진 지 오륙백 년이나 되었고, 또 일찍이 술 한 잔 서로 나눠 마신 일이 없을뿐더러 피차 인사를 차려서 초대한 적도 없는 사이인데, 그놈이 어떻게 형님과의 친분을 생각해주기나 하겠소?"

"자넨 어찌 그토록 사람을 대수롭지 않게 여기나? 이런 속담을 못 들어봤는가? '한 잎사귀 뿌리 없는 부평초도 망망대해로 돌아가니, 사람이 인간 세상 어느 곳에선들 만나지 못하랴!(一葉浮萍歸大海, 爲人何處不相逢)' 했네. 설령 그 녀석이 친분을 알아주지 않는다 하더라도, 설득만 잘하면 우리 사부님을 해치지는 않을 걸세. 그 녀석이 술자리를 벌여놓고 대접해주기를 바라는 건 아니지만, 당나라 스님을 우리에게 반드시 돌려보내주기는 할 걸세."

이렇듯 서로 격려하고 용기를 북돋운 세 형제는 저마다 경건한 마음으로 백마의 고삐를 끌고 안장 위에 짐보따리를 실은 채 큰길을 찾아 곧바로 전진해 나아갔다.

밤낮을 가리지 않고 1백여 리쯤 가다 보니, 갑자기 소나무 숲이 한군데 나타났다. 숲속에는 과연 깊은 계곡 한줄기가 구불구불 감돌아 나가는데, 골짜기 사이로 벽옥(碧玉)처럼 맑고 푸른 시냇물이 물보라를 일으키면서 세차게 흘러내리고, 냇물 상류 쪽에는 돌다리 하나가 건너편으로 걸쳐서 동굴 입구까지 통해 있었다.

"여보게들, 저것 좀 보게. 바위 더미 절벽이 번들거리는 것을 보아 하니, 아마 그놈의 요괴가 사는 동부(洞府)인 듯싶네. 우리 여기서 의논을 좀 하세. 자네 둘 중에 누가 남아서 짐보따리와 말을 지키고, 누가 나하고 같이 건너가서 요괴를 때려잡을 텐가?"

저팔계가 먼저 팔뚝을 걷어붙이고 나섰다.

"형님, 이 저선생은 참을성이 없어서 한군데 오래 앉아 있지 못하는 성미니까, 형님을 따라 같이 가겠소."

"좋네, 좋아!"

손행자는 그 제의를 흔쾌히 받아들였다. 그리고 막내를 돌아보고 이렇게 당부했다.

"사화상, 자네는 말과 짐보따리를 숲속에 감춰두고 조심해서 지키고 있게. 우리 둘이서 사부님을 찾으러 갔다 오겠네."

"예, 조심해서 지키고 있지요."

사화상이 순순히 응답하니, 저팔계는 손행자와 함께 병기를 꺼내들고 냇물 건너 동굴 앞으로 달려가기 시작했다.

이야말로, '영아(嬰兒)⁴를 미처 단련하지 못하여 사악한 삼매진화가 기승을 부리니, 심원(心猿, 손오공)과 목모(木母, 저팔계)는 서로 돕고 의지한다'는 격이다.

필경 이번 출전하는 마당에 길흉은 어떻게 날 것인지, 다음 회에서 풀어보기로 하자.

---

4 영아: 도교에서는 금단(金丹, 외단)을 제련하는 광물성 약재 곧 납을 뜻하는 암호지만, 이 마무리 시의 내용으로 본다면, '어린것에게 농락당하여 선심(禪心)이 흐트러지다(嬰兒戲化禪心亂)'라는 제목에서 명시한 것처럼 요괴 홍해아를 지목한 것이 아닌가 한다.

■ 서유기―총 목차

제1권 제1회~제10회

옮긴이 머리말

제1회 신령한 돌 뿌리를 잉태하니 수렴동 근원이 드러나고, 돌 원숭이는 심령을 닦아 큰 도를 깨치다 · 31

제2회 스승의 참된 묘리를 철저히 깨치고 근본에 돌아가, 마도(魔道)를 끊고 마침내 원신(元神)을 이룩하다 · 63

제3회 사해 바다 용왕들과 산천이 두 손 모아 굴복하고, 저승의 생사부에서 원숭이 족속의 이름을 모조리 지우다 · 94

제4회 필마온의 벼슬이 어찌 그 욕심에 흡족하랴, 이름은 제천대성에 올랐어도 마음은 편치 못하다 · 125

제5회 제천대성이 반도대회를 어지럽히고 금단을 훔쳐 먹으니, 제신(諸神)들이 천궁을 뒤엎어놓은 요괴를 사로잡다 · 155

제6회 반도연에 오신 관음보살 난장판이 벌어진 연유를 묻고, 소성(小聖) 이랑진군, 위세 떨쳐 손대성을 굴복시키다 · 185

제7회 제천대성은 팔괘로 속에서 도망쳐 나오고, 여래는 오행산 밑에 심원(心猿)을 가두다 · 215

제8회 부처님은 경전을 지어 극락 세계에 전하고, 관음보살 법지를 받들어 장안성 가는 길에 오르다 · 243

제9회 진광예(陳光蕊)는 부임 도중에 횡액을 당하고, 그 아들 강류승(江流僧)은 아비의 원수를 갚고 근본을 되찾다 · 276

제10회 어리석은 경하 용왕 치졸한 계략으로 천조(天曹)를 어기고, 승상 위징은 서찰을 보내어 저승의 관리에게 청탁을 하다 · 308

제2권 제11회~제20회

제11회 저승 세계를 두루 유람하던 태종의 혼백이 돌아오고, 염라대왕에게 호박을 바치러 죽어간 유전(劉全)은 새로운 배필을 얻다 · 17

제12회 태종이 정성으로 수륙대회 베풀어 불도를 선양하니, 관세음보살이 현성(顯聖)하여 금선 장로를 깨우치다 · 53

제13회 호랑이 굴에 빠진 삼장 법사, 태백금성이 액운을 풀어주고, 쌍차령에서 유백흠이 삼장 법사 가는 길을 만류하다 · 98

제14회 심성을 가라앉힌 원숭이 정도(正道)에 귀의하니, 마음을 가리던 육적(六賊)도 흔적 없이 스러지다 · 127

제15회 신령들은 사반산에서 남모르게 삼장을 보호하고, 응수간의 용마는 소원 이뤄 재갈을 물다 · 164

제16회 관음선원의 승려들 보배를 탐내어 음모를 꾸미고, 흑풍산의 요괴가 그 틈에 금란가사를 도둑질하다 · 196

제17회 손행자는 흑풍산에서 일대 소동을 일으키고, 관음보살은 흑곰의 요괴 굴복시켜 거두다 · 231

제18회 당나라 스님은 관음선원의 재난에서 벗어나고, 손대성은 고로장(高老莊)에서 요마를 없애러 나서다 · 270

제19회 운잔동에서 오공은 팔계를 굴복시켜 받아들이고, 삼장 법사는 부도산에서 『심경(心經)』을 받다 · 295

제20회 황풍령(黃風嶺)에서 당나라 스님은 재난에 봉착하고, 저팔계는 산허리에서 사형과 첫 공로를 앞다투다 · 327

제3권 제21회~제30회

제21회 호법 가람은 술법으로 집 지어 손대성을 묶게 하고, 수미산의 영길보살(靈吉菩薩)은 황풍괴를 제압하다 · 17

제22회 저팔계는 유사하(流沙河)에서 일대 격전을 벌이고, 목차 행자는 법지를 받들어 사오정을 거두어들이다 · 47

제23회 삼장은 부귀영화, 여색의 시련에 본분을 잊지 않고, 네 분의 성신(聖神)은 일행의 선심(禪心)을 시험해보다 · 77

제24회 만수산의 진원 대선은 옛 친구 삼장을 머물게 하고, 손행자는 오장
관에서 인삼과(人蔘果)를 훔쳐먹다 · 111

제25회 진원 대선은 경을 가지러 가는 스님을 뒤쫓아 잡고, 손행자는 오장
관을 뒤엎어 난장판으로 만들다 · 142

제26회 손오공은 인삼과 처방을 구하러 삼도(三島)를 헤매고, 관세음보살
은 감로(甘露)의 샘물로 나무를 살려내다 · 175

제27회 시마(屍魔)는 당나라 삼장을 세 차례나 농락하고, 성승(聖僧)은 미
후왕의 처사를 미워하여 쫓아내다 · 207

제28회 화과산의 요괴들이 다시 모여 세력을 규합하고, 삼장 일행은 흑송
림(黑松林)에서 마귀와 부닥치다 · 239

제29회 강류승은 재난에서 벗어나 보상국으로 달아나고, 저팔계는 사오정
을 희생시켜 숲속으로 뺑소니치다 · 269

제30회 사악한 마도(魔道)는 정법(正法)을 침범하고, 심성을 지닌 백마는
원숭이 임금을 그리워하다 · 297

제4권 제31회~제40회

제31회 저팔계는 의리를 내세워 미후왕을 격분시키고, 손행자는 지혜로써
요괴의 항복을 받아내다 · 17

제32회 평정산에서 일치 공조(日值功曹)는 소식을 전해주고, 미련한 저팔
계는 연화동(蓮花洞)에서 봉변을 당하다 · 56

제33회 외도(外道)는 진성(眞性)을 미혹하고, 원신(元神)은 본심(本心)을
도와주다 · 92

제34회 마왕은 교묘한 계략으로 원숭이 임금을 곤경에 빠뜨리고, 제천대성
은 사기 쳐서 상대편의 보배를 가로채 달아나다 · 128

제35회 외도(外道)는 위세 부려 올바른 심성을 업신여기고, 심원(心猿)은
보배 얻어 사악한 마귀를 굴복시키다 · 162

제36회 영악한 원숭이는 고집스런 승려들을 굴복시키고, 좌도 방문을 깨뜨
려 견성명월(見性明月)에 잠기다 · 193

제37회 임금은 귀신이 되어 한밤중에 당 삼장을 만나뵙고, 손오공은 입제
화로 변신하여 젊은 태자를 유인하다 · 226

제38회 젊은 태자는 모친에게 물어 정(正)과 사(邪)를 알아내고, 두 제자는 우물 용왕을 만나보고 진위(眞僞)를 가려내다 · 263

제39회 천상에서 한 알의 단사(丹砂)를 얻어 내려오고, 죽은 지 3년 만에 임금은 이승에 다시 살아나다 · 296

제40회 어린것에게 농락당하여 선심(禪心)이 흐트러지니, 세 형제는 각오를 새롭게 다지고 분발 노력하다 · 331

제5권 제41회~제50회

제41회 손행자는 삼매진화(三昧眞火)에 참패를 당하고, 저팔계는 구원을 청하려다 마왕에게 사로잡히다 · 17

제42회 제천대성은 정성을 다하여 남해 관음을 찾아뵙고, 관세음보살은 자비를 베풀어 홍해아를 잡아 묶다 · 52

제43회 흑수하(黑水河)의 요얼(妖孽)이 당나라 스님을 잡아가고, 서해 용왕의 마앙 태자는 타룡(鼉龍)을 사로잡아 돌아가다 · 88

제44회 삼장 일행이 강제 노역을 하는 승려들과 마주치고, 심성 바른 손행자, 요망한 도사의 정체를 간파하다 · 124

제45회 손대성은 삼청관 도사들에게 이름을 남겨두고, 원숭이 임금은 차지국 왕 앞에서 법력을 과시하다 · 159

제46회 외도(外道)가 강한 술법으로 농간 부려 정법(正法)을 업신여기니, 심원(心猿)은 성스러운 법력으로 사악한 도사들을 파멸시키다 · 193

제47회 성승(聖僧)의 밤길이 통천하(通天河) 강물에 가로막히고, 손행자와 저팔계는 자비심을 베풀어 동남동녀를 구하다 · 229

제48회 마귀가 찬 바람으로 농간 부리니 폭설이 나부끼는데, 스님은 서방 부처 뵈올 마음에 층층 얼음길 내딛다 · 263

제49회 삼장 법사 재난을 만나 통천하 수택(水宅)에 잠기고, 구고구난(救苦救難) 관음보살 어람(魚籃)을 드러내다 · 296

제50회 성정(性情)이 흐트러짐은 탐욕(貪慾)에서 비롯되며, 심신(心神)이 동요를 일으키니 마두(魔頭)와 만나다 · 331

제6권 제51회~제60회

제51회 심원(心猿)이 온갖 계책을 다 썼으나 모두가 헛수고요, 수공(水攻) 화공(火攻)으로도 마귀를 제압하지 못하다 · 17

제52회 손오공은 금두동에 들어가 한바탕 뒤집어엎고, 석가여래는 마왕의 주인을 넌지시 일러주다 · 52

제53회 삼장은 자모하(子母河) 강물을 잘못 마셔 잉태하고, 사화상은 낙태천의 샘물 떠다가 태기(胎氣)를 풀다 · 85

제54회 서쪽으로 들어선 삼장 법사는 여인국에 봉착하고, 심원(心猿)은 계략을 세워 여난(女難)에서 벗어나다 · 121

제55회 색마는 음탕한 수단으로 당나라 삼장 법사를 농락하고, 삼장은 성정(性情)을 지켜 원양(元陽)을 깨뜨리지 않다 · 153

제56회 손행자는 미쳐 날뛰어 산적떼를 때려죽이고, 삼장 법사는 미혹에 빠져 심원(心猿)을 추방하다 · 188

제57회 진짜 손행자는 낙가산의 관음보살에게 하소연하고, 가짜 원숭이 임금은 수렴동에서 또 가짜를 찍어내다 · 223

제58회 마음이 둘로 갈리니 건곤(乾坤)을 크게 어지럽히고, 한 몸으로는 참된 적멸(寂滅)을 수행하기 어렵다 · 252

제59회 당나라 삼장은 화염산(火燄山)에 이르러 길이 막히고, 손행자는 속임수를 써서 파초선을 처음 빼앗다 · 282

제60회 우마왕(牛魔王)은 싸우다 말고 잔치판에 달려가고, 손행자는 두번째로 사기 쳐서 파초선을 손에 넣다 · 316

제7권 제61회~제70회

제61회 저팔계가 힘을 도와 우마왕을 패배시키고, 손행자는 세번째로 파초선을 손에 넣다 · 17

제62회 육신의 때를 벗기고 마음 씻어 보탑을 깨끗이 쓸어내고, 요마를 결박지어 주인에게 돌리니 이것이 수신(修身)이다 · 54

제63회 손행자와 저팔계가 두 괴물을 앞세워 용궁을 뒤엎으니, 이랑현성 일행이 도와 요괴들을 없애고 보배를 되찾다 · 85

제64회 형극령(荊棘嶺) 8백 리 길에 저오능이 애를 쓰고, 목선암(木仙庵)에서 삼장 법사는 시(詩)를 논하다 · 118

제65회 사악한 요마는 가짜 소뇌음사(小雷音寺)를 세워놓고, 스승과 제자 네 사람은 모두 큰 횡액(橫厄)에 걸려들다 · 157

제66회 제신(諸神)들은 잇따라 독수(毒手)에 떨어지고, 미륵보살(彌勒菩薩)은 요마(妖魔)를 결박하다 · 191

제67회 타라장(駝羅莊)을 구원하니 선성(禪性)이 평온해지고, 더러운 장애물에서 벗어나니 도심(道心)이 맑아지다 · 224

제68회 당나라 스님은 주자국(朱紫國)에서 전생(前生)을 논하고, 손행자는 삼절굉(三折肱)의 진맥 수법으로 의술을 베풀다 · 257

제69회 심보 고약한 원숭이는 한밤중에 약을 몰래 만들고, 국왕은 연회석 상에서 사악한 요마 얘기를 털어놓다 · 290

제70회 요마의 보배는 연기, 모래, 불을 뿜어내고, 손오공은 계략을 써서 자금령(紫金鈴)을 훔쳐내다 · 323

제8권 제71회~제80회

제71회 손행자는 거짓 이름으로 늑대 괴물을 굴복시키고, 관세음보살이 현성하여 마왕을 제압하다 · 17

제72회 반사동(盤絲洞) 일곱 요정이 근본을 미혹시키니, 탁구천(濯垢泉) 샘터에서 저팔계가 체통을 잃다 · 55

제73회 원한에 사무친 요괴들은 극독으로 해를 끼치고, 손행자는 요행으로 마귀의 금빛 광채를 깨뜨리다 · 93

제74회 태백장경(太白長庚)은 마귀 두목의 사나움을 귀띔해주고, 손행자는 변화술법을 베풀어 사타동(獅駝洞)에 잠입하다 · 132

제75회 심원(心猿)은 음양 이기병(陰陽二氣瓶)에 구멍을 뚫고, 마왕은 뉘우쳐서 대도(大道)의 진(眞)으로 돌아가다 · 167

제76회 손행자는 뱃속에서 늙은 마귀의 심성을 돌이켜놓고, 저팔계와 더불어 요괴를 항복시켜 정체를 드러내게 하다 · 206

제77회 마귀 떼는 삼장 일행의 본성(本性)을 업신여기고, 손행자는 홀몸으로 석가여래의 진신(眞身)을 뵙다 · 243

제78회 손행자는 비구국 아이들을 불쌍히 여겨 신령을 보내주고, 삼장은 금란전에서 요마를 알아보고 함께 도덕을 따지다 · 281

제79회 청화동(淸華洞)을 찾아서 요괴를 잡으려다 남극수성(南極壽星)을 만나고, 조정에 들어가 군주를 올바로 각성시키고 어린것들의 목숨을 살려내다 · 314

제80회 아리따운 색녀는 원양(元陽)을 기르고자 배필을 구하려 하고, 손행자는 스승을 보호하려 사악한 요물의 정체를 간파하다 · 345

제9권 제81회~제90회

제81회 진해 선림사에서 손행자는 요괴의 정체를 알아보고, 세 형제는 흑송림(黑松林)에서 스승을 찾아 헤매다 · 17

제82회 아리따운 요녀는 삼장에게서 양기를 얻으려 하고, 당나라 스님의 원신(元神)은 끝내 도(道)를 지키다 · 55

제83회 손행자는 여괴(女怪)의 근본 내력을 알아내고, 아리따운 색녀(姹女)는 드디어 본성으로 돌아가다 · 92

제84회 가지(伽持)는 멸하기 어려우니 큰 깨우침을 원만히 이루고, 삭발당한 멸법국왕, 승려의 몸이 되어 본연으로 돌아가다 · 126

제85회 앙큼한 손행자는 저팔계를 시샘하여 골탕먹이고, 마왕은 계략 써서 당나라 스님을 손아귀에 넣다 · 159

제86회 저팔계는 위력으로 도와 괴물을 굴복시키고, 제천대성은 법력을 베풀어 요괴를 섬멸하다 · 194

제87회 하늘을 모독한 죄로 봉선군(鳳仙郡)에 가뭄이 들고, 손대성은 착한 행실 권유하여 단비를 내리게 하다 · 230

제88회 선승(禪僧)은 옥화현(玉華縣)에 이르러 법회를 베풀고, 손행자와 저팔계, 사화상은 첫 문하 제자를 받아들이다 · 261

제89회 황사(黃獅) 요괴는 훔쳐 온 병기 놓고 축하연을 베풀고, 손행자와 저팔계, 사화상은 계략으로 표두산을 뒤엎다 · 292

제90회 스승은 죽절산의 사자 소굴로, 사자 요괴들은 옥화성으로 각각 붙잡혀 가고, 도(道)를 훔치려다 선(禪)에 얽매인 구령원성은 끝내 주인에게 굴복하다 · 319

제10권 제91회~제100회

제91회 금평부(金平府)에서 정월 대보름 연등 행사를 구경하고, 당나라 스님은 현영동(玄英洞)에서 신분을 털어놓다 · 17

제92회 세 형제 스님이 청룡산에서 한바탕 크게 싸우고, 네 별자리는 코뿔소 요괴들을 포위하여 사로잡다 · 48

제93회 급고원(給孤園) 옛터에서 인과(因果)를 담론하고, 천축국 임금을 뵙는 자리에서 배필감을 만나다 · 79

제94회 네 스님은 어화원(御花園)에서 잔치를 즐기는데, 한 마리 요괴는 헛된 정욕을 품고 홀로 기뻐하다 · 108

제95회 거짓 몸으로 참된 형체와 합치려다 옥토끼는 사로잡히고, 진음(眞陰)은 바른길로 돌아가 영원(靈元)과 다시 만나다 · 139

제96회 구원외(寇員外)는 고승을 받아들여 환대하나, 당나라 스님은 부귀영화를 탐내지 아니하다 · 169

제97회 손행자는 은혜 갚으려 악독한 도적들과 마주치고, 신령으로 꿈에 나타나 저승의 원혼을 구원해주다 · 197

제98회 속된 심성이 길들여지니 비로소 껍질에서 벗어나고, 공을 이루고 수행을 채우니 진여(眞如)를 뵙게 되다 · 235

제99회 구구(九九)의 수효를 다 채우니 마겁(魔劫)이 멸하고, 삼삼(三三)의 수행을 마치니 도는 근본으로 돌아가다 · 269

제100회 삼장 법사는 곧바로 동녘 땅에 돌아오고, 다섯 성자는 마침내 진여(眞如)를 이루다 · 294

작품 해설 · 329

부록 · 483

■ 기획의 말

'대산세계문학총서'를 펴내며

근대 문학 100년을 넘어 새로운 세기가 펼쳐지고 있지만, 이 땅의 '세계 문학'은 아직 너무도 초라하다. 몇몇 의미있었던 시도에도 불구하고, 전체적으로는 나태하고 편협한 지적 풍토와 빈곤한 번역 소개 여건 및 출판 역량으로 인해, 늘 읽어온 '간판' 작품들이 쓸데없이 중간되거나 천박한 '상업주의적' 작품들만이 신간되는 등, 세계 문학의 수용이 답보 상태에 머물러 있었음을 부인하기 힘들다. 분명한 자각과 사명감이 절실한 단계에 이른 것이다.

세계 문학의 수용 문제는, 그 올바른 이해와 향유 없이, 다시 말해 세계 문학과의 참다운 교류 없이 한국 문학의 세계 시민화가 불가능하다는 의미에서, 보다 근본적으로, 우리의 문화적 시야 및 터전의 확대와 그 질적 성숙에 관련되어 있다. 요컨대 이것은, 후미에 갇힌 우리의 좁은 인식론적 전망의 틀을 깨고 세계 전체를 통찰하는 눈으로 진정한 '문화적 이종 교배'의 토양을 가꾸는 작업이며, 그럼으로써 인간 그 자체를 더 깊게 탐색하기 위해 '미로의 실타래'를 풀며 존재의 심연으로 침잠하는 작업이라 할 수 있다.

우리의 현실을 둘러볼 때, 그 실천을 위한 인문학적 토대는 어느 정도 갖추어진 듯이 보인다. 다양한 언어권의 다양한 영역에서 문학 전공자들이 고루 등장하여 굳은 전통이나 헛된 유행에 기대지 않고 나름의 가치있는 작가와 작품을 파고들고 있으며, 독자들 또한 진부한 도식을 벗어나 풍요로운 문학적 체험을 원하고 있다. 새롭게 변화한 한국어의 질감 속에서 그 체험이 이루어지기를 바라는 요청 역시 크다. 그러므로 필요한 것은 어쩌면 물적 토대뿐일지도 모른다는 판단이 우리를 안타깝게 해왔다.

    이러한 시점에서, 대산문화재단의 과감한 지원 사업과 문학과지성사의 신뢰성 높은 출판을 통해 그 현실화의 첫발을 내딛게 된 것은 우리 문화계의 큰 즐거움이 아닐 수 없다. 오늘의 문학적 지성에 주어진 이 과제가 충실한 결실을 맺을 수 있도록, 우리는 모든 성실을 기울일 것이다.

'대산세계문학총서' 기획위원회

풍자와 해학, 낭만과 재치로 가득 찬 동양 소설의 걸작
21세기 한국어로 다시 태어난 정본 완역 『서유기』

16세기에 나온 『서유기』는 동양 환상소설의 가장 높은 봉우리이며 세계 환상소설의 역사에 우뚝 선 작품이다. 이름이 가리키는 것처럼, 『서유기』는 7세기 당(唐)의 고승 현장이 천축에서 불경을 얻어온 역사적 사실에 바탕을 두고 의인화된 동물들을 주인공으로 내세운 동물 환상소설animal fantasy이다. 손오공, 저팔계, 사오정이라는 주인공들의 이름이 이제는 보통명사가 되었다는 사실에서 우리는 이 작품이 우리 문화에 미친 영향을 가늠할 수 있다. 충실하게 옮겨진 원전을 우리 독자들이 만날 수 있게 된 것이 반갑다.__복거일(소설가)

중국의 비단길 서쪽 끄트머리 투르판에 이르면 『서유기』의 무대 중 하나인 화염산이 솟아 있고 이 산 기슭에는 신괴소설(神怪小說) 『서유기』 주인공들 석상이 조성되어 있다. 꾸러미 여행일 경우 공자 문묘 방문은 일정에 들어도 이 석상 구경은 번번이 빠진다. 『서유기』에 대한 이런 홀대는, "공자님은 괴력난신(怪力亂神)을 말하지 않았다", 이 한마디 때문일 터. 화염산 기슭에서 가슴에 손을 얹고 묻다. 『서유기』를 진지하게 읽어본 적이 있는가? 어떤 판본으로 읽었는가? 묻고 대답하면서 많이 부끄러워하다. 『서유기』 완역판이 장구한 세월에 걸쳐 이렇게 준비되고 있었다는 것을 알지 못했으니 그 또한 부끄러운 일. 기적에 가까운 일이다. 『서유기』가 이렇게 완역된 것은. 이 책 읽으면서 비로소 해묵은 부끄러움을 씻다.__이윤기(소설가·번역가)

『서유기』는 동양적 판타지와 동양적 상상력의 집대성이자 새로운 원천이다. 유·불·도 3교와 그 이전 고대의 신화와 전설이 모두 이 소설 속에 녹아들었고, 훗날의 수많은 문학적 상상력이 이 소설로부터 흘러나왔다. 이 소설의 놀라운 환상과 상상은 세상에 대한 날카로운 조소와 맞물려 있고, 인간의 마음과 욕망에 대한 깊은 성찰과 결합되어 있다는 점에서 더욱 놀랍다. 그러나 '서유 이야기'의 대강 스토리만으로는 그 놀라움의 체험에 도달하는 것이 불가능하다. 그 놀라움은 서술과 묘사의 디테일 속에 있다. 『서유기』 완역본이 나옴으로써 우리는 이제 비로소 그 놀라움을 온전히 체험할 수 있게 된 것이다.__성민엽(문학평론가)

ISBN 89-320-1419-1 값 13,000원
ISBN 89-320-1246-6(전10권)